К свету

Николай Вагнер

К свету

ISNB: 978-1-63637-680-6

К СВЕТУ

ЧАСТЬ ПЕРВАЯ

I

Болѣе двадцати лѣтъ тому назадъ, добрая барыня, вдова, Марья Петровна Карбагаева, нервная, хилая, больная, пріютилась, наконецъ, послѣ тревожной замужней жизни, въ своей родовой единственной деревушкѣ Мельтюковкѣ. Молодость Марьи Петровны вся точно на огнѣ сгорѣла и замужство ея началось и кончилось скандаломъ. Не было ей и семнадцати лѣтъ, какъ въ сосѣдствѣ съ Мельтюковкой поселился отставной гусаръ Левъ Никитичъ Карбагаевъ, человѣкъ уже не молодой, но весьма моложавый, красавецъ, крѣпкій и здоровый, какъ кандовый лѣсъ.

Прослуживъ или, правильнѣе говоря, прокутивъ лѣтъ двадцать пять въ А... гусарскомъ полку, онъ былъ, наконецъ, выгнанъ изъ службы по поводу нападенія въ мирное время съ своимъ эскадрономъ на одну деревню, которую онъ очень храбро взялъ приступомъ и при этомъ даже девять дѣвокъ въ полонъ увелъ.

Въѣздъ въ столицы ему былъ запрещенъ и дѣвать ему себя, кромѣ своихъ помѣстій, было некуда. Благо этихъ помѣстій, хотя уже порядочно разоренныхъ, было не мало: Шелепиха, Курчакова, Ямки, Вилявино (Успенское тожъ).

Принадлежалъ Карбагаевъ къ числу тѣхъ безпросыпныхъ широкихъ гулякъ и кутилъ, которые, кажется, могутъ быть только у насъ на Руси и со временемъ можетъ-быть во что-нибудь выродятся и хорошее, но, навѣрно, никогда не переведутся. Закурить, загулять, завить небывалое горе веревочкой — такъ и подмывало Карбагаева. Въ его бѣшеной, безалаберной натурѣ было много простого, дѣтски-добраго, и жилъ, и кутилъ онъ весело, да только отъ этого безобразничанья часто сосѣдямъ приходилось не весело. По возвращеніи во-свояси, первымъ дѣломъ и долгомъ счелъ Карбагаевъ завести на своемъ дворѣ роту усачей-лихачей. Быстро набралъ онъ шайку сорви-головъ. Не надо было за ними въ лѣсъ ходить, — подъ бокомъ нашлись. Собрался народъ забубенный, съ огнемъ и полымемъ, — подъ нимъ и въ морозъ земля горитъ,— и творилъ Карбагаевъ съ этими потѣшными всякія проказы. Выйдетъ онъ, бывало, на крыльцо зимой, статный, выхоленный, раздобрѣлый. Черныя кудри разметались по прямымъ, поднятымъ кверху, плечамъ, черные большіе усы кольцами вьются, черные глаза изъ-подъ бровей дугой и горятъ, и жгутъ. Соболья шапка на-бекрень сѣдиной блеститъ, соболья шубка на-распашку чуть съ плечъ не валится, а на дворѣ отъ морозу лѣсъ колется. Но и на этомъ морозѣ, видно, душно широкой, взбалмошной натурѣ. Тяжело дышетъ Карбагаевъ. Точно въ кровномъ, огневомъ аргамакѣ, все въ немъ дрожитъ и трепещетъ и въ каждой жилкѣ кровь, какъ горячій свинецъ, переливается. Постоитъ онъ минутъ съ пять, посмотритъ направо, посмотритъ налѣво и вдругъ гикнетъ и закричитъ зычнымъ, звонкимъ голосомъ:

— Эй, вы, усачи-лихачи, ухари-жигари, ясные соколы, скучно, душно мнѣ, душѣ покататься хочется!

И откуда ни возьмутся ухари-жигари, въ мигъ все спроворятъ, обладятъ, и, вотъ, летятъ-подкатываютъ подъ крыльцо широкія сани-пошевни. Кучеръ Михрюкъ, косой, изъ крещеныхъ татаръ, на козлахъ звѣремъ сидитъ, и хоть чуетъ въ плечахъ могучую силу, но держитъ изъ всѣхъ силъ бѣшеную, дикую тройку вороныхъ въ гремучей наборной сбруѣ. А кони — тонконогіе, гривы до земли, глаза огнемъ пышутъ, бѣлая пѣна съ бѣлымъ паромъ съ удилъ на снѣгъ валитъ. Пристяжныя навалились на оглобли, жмутся и прыгаютъ; горбоносый коренникъ уши насторожилъ, уперся, фыркаетъ, озирается.

— О-го-го, голубчики!— радуется, самъ не свой, Левъ Никитичъ и дрожитъ онъ, и языкомъ прищелкиваетъ, и медленно сходитъ съ крыльца, садится въ сани. Подлѣ него рядомъ садится, съ длиннымъ арапникомъ и фляжкой на ремнѣ, Сенька Ярыганъ, "продувная душа, цыганская кровь". Тихо выѣзжаютъ сани съ двора, а за ними уже тянется цѣлый поѣздъ въ пятеро-шестеро саней, и сидятъ все въ нихъ усачи-лихачи. Кони фыркаютъ, колокольцы глухо позвякиваютъ. И только-что выѣдетъ поѣздъ изъ деревни въ поле, какъ съ бубнами, съ гикомъ зальется громкая, разъудалая пѣсня:

Я во поле, я во поле млада выходила,
Я въ широкомъ мою долю, мою злую выносила.
Ты раздайся чисто поле, зеленое,
Разгуляйся моя душенька-душа!
Гей, жги-говори! Гей, жги-говори!...

И бубны гремятъ, струны звенятъ — надрываются, у Льва Никитича сердце въ груди накипаетъ — растетъ. И вдругъ вскинется онъ, вскочитъ съ неистовымъ гикомъ, махнувъ обѣими руками, и всѣ тройки, какъ съ цѣпи сорвавшись, закусивъ удила, несутся, летятъ; цѣлая метель надъ ними, снѣгъ брызжетъ во всѣ стороны, паръ клубами разносится... Мостъ — не мостъ, оврагъ — не оврагъ,— гуляй душа, пропадай голова!

Промчатся верстъ пять-шесть, сердце отляжетъ, поѣдутъ шагомъ и въѣдутъ въ какую-нибудь деревню, а въ деревнѣ всѣ ужь давно попрятались,— всѣ, и старые, и малые, заслышали, что карбагаевскіе лихачи загуляли. Старыя старухи запрятали малыхъ ребятъ. Никто на встрѣчу не попадайся! Выскочитъ собака — убьютъ, дѣвчонка — напугаютъ до смерти; дѣвушка попадется — въ снѣгъ посадятъ или увезутъ, если смазливая. Нагулявшись до-сыта, натѣшивши сердце буйное, возвращается Карбагаевъ съ разбойничьяго набѣга въ свою резиденцію Вилявино — Успенское тожъ, и везетъ его полупьянаго, соннаго, бережно поддерживая, Сенька Ярыганъ, "продувная душа".

А на другой день идутъ къ Карбагаеву и старый, и малый съ жалобой на него самого — за разломанное прясло, разметанный домишко, выжженный лѣсъ, затравленную свинью, искалѣченнаго мальчишку. И Карбагаевъ всѣхъ щедро одѣлитъ и каждому какую-нибудь прибаутку отпуститъ, а иной разъ и арапникомъ отпотчуетъ.

Не мало жалобъ подавали на него и губернатору. И былъ наряженъ судъ даже два раза. Въ первый разъ Карбагаевъ отсыпалъ суду, и притомъ въ такомъ количествѣ, что все дѣло какъ въ воду кануло. Нагрянулъ судъ и во второй разъ, да видно не въ добрый часъ. Карбагаевъ всѣхъ гостей принялъ ласково и началъ ихъ поить-угощать. Угостились гости до-сыта, а Левъ Никитичъ все ихъ отъ чистаго сердца потчуетъ. Только спьяна кто-то изъ приказныхъ выругалъ его, и вскипѣлъ онъ, кровь къ горлу подступила, задавила грудь...

— Лей въ нихъ, молодцы,— закричалъ онъ,— лей воронкой, не жалѣй, души крапивное сѣмя, кровопійцъ, душегубителей!...

И молодцы сдѣлали дѣло...

На другой день какой-то полупьяный стрекулистъ, котораго залучилъ Карбагаевъ (самъ онъ едва умѣлъ подписать свое имя),— настрочилъ ему жалобу къ губернатору о томъ, что "наѣхалъде судъ отъ нижеписаннаго числа и съ насиліемъ разбилъ-де мой погребъ, выпилъ изъ него два ящика шампанскаго, да бочку вишневки, да три ведра полугару и

3

опился-де до смерти, а посему и проситъ онъ, отставной поручикъ Левъ Карбагаевъ, нарядить слѣдствіе о таковомъ безчинствѣ суда и за понесенныя протори ему, Карбагаеву, взыскавъ съ кого слѣдуетъ, уплатить"

Губернаторъ, получивъ донесеніе, задумался, да и было надъ чѣмъ. Подъ него подкапывались: доносъ за доносомъ летѣлъ въ Петербургъ,— а тутъ вдругъ судъ обвиняютъ въ грабежѣ со взломомъ и весь судъ опился. Нарядилъ онъ строжайшее слѣдствіе. Пошли допросы, распросы. Карбагаевъ перезаложилъ одну изъ своихъ деревень. Всѣ усачи-лихачи въ одинъ голосъ показывали и разсказывали обстоятельно, какъ дѣло было: какъ судъ потребовалъ ключи отъ погреба, которыхъ ему не дали, какъ судъ разбилъ ломомъ двери погреба (и двери были дѣйствительно разбиты), какъ судъ цѣлую ночь пьянствовалъ и, наконецъ, всѣ перепились мертвецки, а на утро найдены усопшими. Слѣдователи осмотрѣли мертвецовъ,— никакихъ наружныхъ знаковъ насилія не оказалось; вскрыли и нашли, что дѣйствительно смерть произошла отъ опитія.

А губернаторъ прислалъ, частнымъ образомъ, къ Карбагаеву чиновника съ совѣтомъ прекратить дѣло и съ покорнѣйшею, личною его просьбой — быть потише.

И Карбагаевъ какъ будто дѣйствительно сталъ потише на цѣлыхъ три недѣли, а тамъ опять прорвался, закурилъ, загулялъ и учинилъ небывалое, неслыханное и невиданное мамаево побоище... Сосѣди и ближніе, и дальніе ахнули, пошли толки, что нѣтъ ни суда, ни расправы, что завелся разбойничій атаманъ, звѣрь въ человѣчьемъ образѣ. Но всѣ эти толки шли шепотомъ, за угломъ, съ глазу на глазъ, съ другомъ-пріятелемъ, а среди бѣла-дня, на улицѣ или на дорогѣ, встрѣтясь съ Карбагаевымъ, тѣ же самые сосѣди спѣшили передъ нимъ шляпу снять и любезно раскланивались, думая: "неровенъ часъ,— чего возьмешь съ этого бѣшенаго?!"

И вотъ этотъ "бѣшеный", "звѣрь въ человѣческомъ образѣ", "разбойничій атаманъ", въ одно воскресное утро подкатилъ на парѣ вороныхъ рысаковъ, въ щегольскихъ саняхъ, съ лакеемъ усачомъ на запяткахъ, къ низенькому господскому домику Мельтюковки.

Въ домикѣ все всполохнулось. "Карбагаевъ пріѣхалъ!" — раздалось въ немъ, какъ громовой ударъ. Всѣ дѣвки съ визгомъ попрятались. Кто-то заохалъ, кто-то застоналъ. Не потерялась одна госпожа и владѣтельница домика, мать Марьи Петровны, Катерина Степановна Мельтюкова. Вышла она къ незваному дорогому гостю и приняла его по-своему.

II

Катерина Степановна прожила съ своимъ супругомъ, Петромъ Лаврентьичемъ, въ ладу и согласіи почти до самой ихъ серебряной свадьбы. Въ цѣломъ свѣтѣ едва ли еще найдется пара людей, которыхъ бы судьба свела такъ удачно на помощь другъ другу. Въ холостой своей жизни Петръ Лаврентьичъ былъ истиннымъ мученикомъ. Отецъ его, человѣкъ строгій, жила и кляузникъ, называлъ его, своего единственнаго сына, "божьимъ посѣщеніемъ" или "Петькой юродивымъ". На шестнадцатомъ году онъ отдалъ этого юродиваго въ *** драгунскій полкъ, надѣясь, что онъ въ полку развернется, и мечталъ со-временемъ перевести его даже въ гвардію. Но въ полку Петръ Лаврентьичъ не развернулся и служба для него была гораздо хуже всякой каторги. Онъ боялся всѣхъ, начиная отъ полкового командира, до собственной шпаги, которую всякій разъ вынималъ дрожащими руками изъ ноженъ, зажмуря глаза и читая молитву. Его вялость, неуклюжесть и простота сдѣлали изъ него нѣчто въ родѣ полкового шута. Надъ нимъ потѣшались командиры и товарищи, солдаты и денщики, даже смѣялись, по увѣренію остряковъ, собственныя лошади. Нерѣдко приводилось слышать Петру Лаврентьичу своими ушами, какъ его же товарищъ, при немъ, разсвирѣпѣвъ на денщика, кричалъ на него безъ церемоніи:

— Дура ты неписанная! "Мельтюковщина" ты неотесанная! Растакъ тебя этакъ!...

Когда по смерти отца вернулся Петръ Лаврентьичъ въ Мельтюковку, то не прошло и мѣсяца, какъ былъ уже онъ въ полной опекѣ у своего бурмистра, Антипыча, и у разныхъ налетѣвшихъ со всѣхъ сторонъ друзей-недруговъ. Всѣ пили, гуляли на его гроши и самого его въ грошъ не ставили. Кончилъ бы онъ, по всѣмъ вѣроятіямъ, нищенскою сумой и кабачкомъ, да нашлись благодѣтели, которые отъ нечего дѣлать женили его на Катеринѣ Степановнѣ.

У Катерины Степановны были четыре сестры — старыя дѣвы, три брата и двѣ невѣстки. Сестры ее терпѣть не могли, невѣстки ѣли поѣдомъ, а братья заступались и за женъ, и за сестеръ. И, ко всему этому, старики, мать съ отцомъ, ворчали на всѣхъ день деньской. Правду сказать, и Катерина Степановна была не. изъ кроткихъ. Некрасивая собой, смуглая, чернобровая, статная, она была, что называется, сама себѣ король и никому спуску не давала. И вотъ, какъ только заслышала она о сватовствѣ, тотчасъ же сообразила и почуяла, что здѣсь своей волей пахнетъ. И, несмотря на наговоры разныхъ досужихъ кумушекъ, что женихъ-де и мотъ, и пьяница,— несмотря на то, что и женихъ ей показался невзрачнымъ и смѣшливымъ, она вышла за него съ твердой увѣренностью не попасть изъ огня да въ полымя.

Вѣнчали ее въ довольно богатыхъ фамильныхъ бриллiантахъ, которые ей дали только подъ вѣнецъ. Торжественность ли обряда настроила ее, или уже само сердце у ней переполнилось всѣмъ, что она вытерпѣла во всю жизнь, только когда взглянула она сбоку на мизерную, неуклюжую фигурку Петра Лаврентьича, на его маленькiя, худыя руки, утонувшiя въ манжетахъ и трепетавшiя вмѣстѣ съ большой восковой свѣчой, на его доброе, блѣдное, испуганное лицо со слезинками въ голубыхъ глазахъ и съ полуоткрытымъ ртомъ, то вдругъ въ ея сердцѣ какъ будто что-то перевернулось. Ей стало жаль этого безпомощнаго, кроткаго полуребенка, который ужь никакъ не могъ быть ей "главой". И, перекрестясь, большимъ крестомъ, она тутъ же внутренно дала обѣтъ быть ему опорой, вѣрнымъ, надежнымъ другомъ его на всю жизнь, и сдержала слово.

Петръ Лаврентьичъ и вздохнулъ свободно отъ всѣхъ невзгодъ, и зажилъ спокойно подъ зоркой опекой и попечительнымъ уходомъ Катерины Степановны, а она все взяла въ свои руки и во всемъ водворила порядокъ. Антипыча скрутила и ссадила на простую тягловую запашку, несмотря на то, что онъ давалъ за себя пять сотъ ассигнацiей выкупу. Новый бурмистръ глядѣлъ во всѣ глаза Катеринѣ Степановнѣ и робѣлъ передъ ней даже за чужую вину. Въ десять лѣтъ она не только выкупила имѣнье изъ казеннаго долгу, но даже отложила довольно порядочную сумму въ ломбардѣ, и слава ея, какъ женщины дѣловой, разнеслась по всему околодку. Издалека, даже люди пожилые, опытные и бывалые, прiѣзжали подъ-часъ къ Катеринѣ Степановнѣ посовѣтоваться, уму-разуму поучиться.

А Петръ Лаврентьичъ въ буквальномъ смыслѣ слова жилъ растительною жизнью. Зимой любимымъ его занятiемъ было разматыванье талекъ или вязанье погалешничковъ. Но самымъ капитальнымъ, основнымъ дѣломъ было спанье на лежанкѣ въ тепломъ тулупчикѣ. Весной онъ какъ будто пробуждался отъ зимней спячки и вмѣстѣ съ первой весеннею травкой дѣлался бодрымъ и принимался за дѣятельность. Цѣлые дни онъ копался въ саду, въ грядахъ и парникахъ, садилъ деревца, кустики, разсаду и сѣялъ съ молитвою всякую овощь. Лѣтомъ собиралъ грибы, осенью чистилъ и сушилъ ягоды, для чего сѣнная дѣвушка, по приказанію Катерины Степановны, относила ему первую, полно отсыпанную, тарелку. Но вмѣстѣ съ первыми изморозями Петръ Лаврентьичъ начиналъ хмуриться, потягиваться, охать, залѣзалъ въ тулупчикъ и валенки, закупоривался въ комнатахъ и устраивался въ своемъ гнѣздѣ, на теплой лежаночкѣ.

Изъ всѣхъ дѣтей Петра Лаврентьича и Катерины Степановны выжила одна только четвертая дочка, Марья Петровна.

Выростила ее Катерина Степановна у себя подъ крылышкомъ, выучила читать и писать съ грѣхомъ пополамъ, выучила считать на учетахъ и даже пуды въ фунты превращать, выучила и Закону Божію, а остальное тамъ, вѣдь, все ученость!

Въ пятнадцать лѣтъ Марья Петровна была уже стройной дѣвушкой, съ русою косой до пояса, съ свѣтлыми, большими, такими же добрыми глазами, какъ у Петра Лаврентьича.

Только-что ей минуло шестнадцать лѣтъ, какъ стукнуло, ее первое горе. Петръ Лаврентьичъ въ послѣднее время жизни плохо видѣлъ, почти оглохъ и даже совсѣмъ потерялъ способность слова подбирать. Напримѣръ, ему захочется ухи, и начнетъ онъ перебирать: "перцу-то, луку-то, толокна-то, огурчиковъ-то...", пока, наконецъ, съ помощью Катерины Степановны и Марьи Петровны не доберется до желаемаго. Послѣдніе дни жизни онъ больше спалъ и, наконецъ, свернувшись клубочкомъ, какъ сурокъ на зимнюю спячку, заснулъ сномъ праведнымъ.

Мѣсяцевъ черезъ восемь послѣ его смерти, Марья Петровна, въ глубокомъ траурѣ, въ которомъ она казалась еще милѣе и желаннѣй, была вмѣстѣ съ матерью у обѣдни, и тутъ въ первый разъ увидалъ ее Карбагаевъ.

Передъ этимъ всю недѣлю онъ прокутилъ темную, и въ чаду, съ уставшими нервами, точно по ошибкѣ зашелъ въ церковь. Что-то человѣчное, мирное шевельнулось въ. его сердцѣ, при тихомъ пѣніи клира, при сосредоточенна молящихся лицахъ, простыхъ и угрюмыхъ. Когда растворились царскія двери и дряхлый, сѣдой старичокъ-священникъ вынесъ дрожащими руками чашу и началъ причащать другого, также дряхлаго, оборваннаго старичка въ желтомъ нанковомъ кафтанѣ, когда этотъ старичокъ разбитымъ голосомъ, вслухъ, всхлипывая, произнесъ: "не бо врагомъ Твоимъ тайну повѣмъ, ни лобзанія Ты дамъ яко Іуда, но яко разбойникъ исповѣдую Тя: помяни мя, Господи, егда пріидеши во царствіи Твоемъ",—

7

у Льва Никитича вдругъ слезы сдавили горло и онъ, поклонившись въ землю, съ трепетомъ повторилъ: "помяни мя, Господи, егда пріидеши во царствіи Твоемъ!..." А когда, потомъ, онъ тихо приложился ко кресту и обернулся, передъ нимъ стояла Марья Петровна и своими ясными, безконечно добрыми, ангельскими, какъ показалось Льву Никитичу, глазами смотрѣла прямо въ его глаза. Карбагаевъ смутился, потупилъ свои соколиныя очи; а Марья Петровна опустила головку и прошла мимо его тихой, плавною поступью. Самъ не свой вернулся къ себѣ Левъ Никитичъ. Видалъ онъ на своемъ вѣку не мало красавицъ, бывалъ не разъ влюбленъ, но такой оказіи не бывало съ нимъ. Не понималъ онъ, что подвернулся онъ съ раскрытымъ сердцемъ прямо подъ прямой, ясный взглядъ доброй дѣвушки. И на яву, и во снѣ сталъ мерещиться ему этотъ ясный и ласковый взглядъ.

"Все вздоръ,— думалъ Карбагаевъ,— бабья чепуха!... Неужели же жениться мнѣ, свою молодецкую волю связать?... Не бывать этому: развернусь, зальюсь и — все мое лихо къ лихому бѣсу пойдетъ!"

И сзывалъ Левъ Никитичъ своихъ усачей-лихачей, сосѣдей-пріятелей, и всѣми силами старался развернуться. Но не развертывалась душа, сердце было веревочкой завязано — и глядѣли въ это сердце все одни и тѣ же кроткія, милыя очи. Карбагаевъ похудѣлъ, брови у него, сдвинулись, сонъ съ глазъ пропалъ, по цѣлымъ часамъ онъ катался по полу и ревѣлъ благимъ матомъ. Пробовалъ онъ и къ знахаркѣ обращаться, чтобъ отворожила она его отъ лихого глаза. И знахарка отводила сухоту отъ сердца молодецкаго. Она шептала, наговаривала на трехъ луковкахъ, одну въ землю зарыла, другую сожгла и прахъ на четыре стороны развѣяла, а третью испекла и дала, съ молитвой, съѣсть Льву Никитичу. Но и луковки не помогли. Махнулъ, наконецъ, рукой Левъ Никитичъ и въ одно воскресное утро надѣлъ синій фракъ съ бронзовыми пуговицами, пригладилъ кудри молодецкіе и отправился въ Мельтюковку "товаръ покупать, свою молодецкую волю на красную дѣвицу мѣнять".

III

Накинула на плечи черную шаль Катерина Степановна, на головѣ чепецъ съ фалборами, подъ двойнымъ подбородкомъ, черными ленточками завязала и вышла къ своему гостю. А гость точно въ ловушку попался. Душно и тѣсно стало его молодецкому простору въ маленькихъ комнаткахъ. Передъ строгою вдовой всталъ онъ самъ не свой, точно школьникъ провинившійся. Усѣвшись въ креслѣ, пыхтя и заикаясь, кое-какъ объяснилъ онъ, зачѣмъ пріѣхалъ: "Очень ужъ полюбилась мнѣ Марья Петровна,— прибавилъ онъ сквозь слезы, ударивъ себя въ грудь,— просто не могу я безъ нея жить, какъ безъ свѣту бѣлаго!"

Катерина Степановна хоть и смутилась, и тяжело дышала, слушая безсвязную рѣчь страннаго жениха, но до конца стерпѣла, выслушала его. Потомъ платье на себѣ обдернула и руками развела.

— Странно это мнѣ,— начала она,— что ваша милость изволили за такимъ дѣломъ ко мнѣ приспѣть. Напрасно только, полагаю я, трудить себя заставили, и отвѣтъ мой вамъ коротокъ будетъ. Вы, чай, государь мой, думали, что я на ваши три тысячи душъ покорыстуюсь и продамъ мое дѣтище, дочку мою единородную, отдамъ ее, какъ овцу неповинную, этакому медвѣдю на съѣденіе?... Не дурой я родилась, сударь мой, вотъ что тебѣ скажу! Ты, можетъ-быть, съ похмѣльныхъ-то глазъ и лба хорошенько не перекрестилъ, да на такое святое дѣло, какъ бракъ Божій, лѣзешь съ неумытыми руками. А ты прежде съ себя дурную славу сними, что ты по всему околодку о себѣ распустилъ, какъ разбойникъ, да потомъ ужь, благословясь, и начинай дѣло... Да видно вашу милость, какъ горбатаго, могила исправитъ... Вотъ вамъ, сударь, и весь отвѣтъ и говорить больше другъ съ другомъ намъ не объ чемъ, прошу не прогнѣваться и ко мнѣ безъ зову не жаловать. А моей Машѣ за тобой не бывать, не бывать и не бывать!— И она три раза кулакомъ по столу стукнула и, не поклонясь ему, вышла, чтобъ еще чего не сказать, лишняго, да уходя дверью хлопнула.

Всталъ и пошелъ Карбагаевъ, не солоно хлѣбавши, темной тучи темнѣй. И досада, и злоба, и какое-то неопредѣленное, связывающее чувство неодолимой любви къ дѣвушкѣ, которая была тутъ же въ одномъ съ нимъ домѣ, давили его. Вышелъ онъ въ переднюю, шубу у лакея рванулъ, чуть рукавъ не вырвалъ. Вышелъ онъ на крыльцо, постоялъ, обернулся къ дому и погрозилъ кулакомъ: "погоди же ты,— сказалъ онъ,— черная ворона, доспѣю же я дочку твою, мою милую суженую!"

Неизвѣстно, слышала ли эту угрозу Катерина Степановна или сама догадалась, но съ того же вечера стала беречь Марью Петровну, какъ птенца отъ лихого ястреба. Завелся въ Мельтюковкѣ караулъ необыкновенный. По ночамъ двое дозорныхъ ходили подъ окнами, двое обходили деревню, двое объѣзжали на коняхъ околицу и всѣ стучали и колотили — кто во что гораздъ. Завели большущихъ собакъ, завели даже два ружья. И все-таки, несмотря на этотъ караулъ, доспѣлъ-таки Карбагаевъ Марью Петровну. Онъ увезъ ее на масляницѣ, и не ночью, а среди бѣлаго дня, подъ вечеръ, когда она, вмѣстѣ съ сѣнными дѣвушками, послѣ долгаго затворничества, вышла въ садъ съ ледяной горы покататься, и только-что выкатилась она на рѣзвыхъ санкахъ на широкій прудъ, какъ вдругъ, точно сѣрые волки изъ прибрежныхъ кустовъ, выскочили четыре усача, схватили ее въ охапку и бѣгомъ уволокли куда слѣдуетъ...

За лѣскомъ ждалъ ее самъ Левъ Никитичъ на тройкѣ бѣшеныхъ вороныхъ. Когда мчалъ онъ, окутавъ ее въ медвѣжью шубу, онъ былъ похожъ на мальчишку, который поймалъ какого-то рѣдкаго звѣря, котораго и боится, и радуется ему, и не налюбуется на него. А она и молила его, и стонала, и плакала, и обмирала; но видно сила любви велика даже въ дикомъ человѣкѣ,— своими рѣчами любовными, ласками и слезами успокоилъ онъ, наконецъ, свою добычу-суженую и уговорилъ обвѣнчаться съ нимъ.

Точно въ тяжеломъ снѣ, поминутно вздрагивая, обвѣнчалась Марья Петровна въ далекомъ селѣ, за триста верстъ отъ Мельтюковки, въ другой губерніи, куда умчалъ ее въ одни сутки Карбагаевъ, на загодя подготовленныхъ крѣпкихъ подставныхъ. Когда до Катерины Степановны долетѣла вѣсть объ увозѣ дочери, она едва не умерла отъ удара; цѣлыхъ четыре года она тосковала и мучилась въ одиночествѣ и умерла, пославъ благословеніе дочери и проклятье ея похитителю.

Послѣ замужства, на первыхъ порахъ, Левъ Никитичъ окружилъ свою краденую жену всѣмъ пыломъ своей бѣшеной любви, которой боялось и чутко не довѣряло ея робкое сердце.

И дѣйствительно, скоро прогорѣлъ этотъ пылъ. Потому ли, что измѣнилась, отлетѣла быстро краса Марьи Петровны, или уже такова была натура Карбагаева, что жаждала она неутомимо дикихъ восторговъ и тѣсно ей было при такомъ безотвѣтномъ, тихомъ существѣ, какъ жена его; но скоро эта натура выказалась и взяла свое.

И пошли прежніе кутежи и попойки. Сначала на сторонѣ, за глазами, а тамъ, исподволь, перенесъ Карбагаевъ оргіи въ свою резиденцію и превратилъ свой домъ въ разливанное море... Въ минуты просвѣтлѣнія онъ являлся къ женѣ — просилъ, молилъ, валялся въ ногахъ, а тамъ, черезъ нѣсколько дней, снова принимался за прежнее. Но разъ выдалась долгая пауза. На второй годъ замужства у Марьи Петровны родилась дочь...

Во время родовъ (а роды были трудные) Карбагаевъ совсѣмъ потерялъ голову. Онъ ушелъ въ кабинетъ и, зарыдавъ, повалился на коверъ, но въ ту самую минуту дверь кабинета растворилась и бабка вошла съ поздравленіемъ и радостною вѣстью, что Богъ даровалъ его милости дочку. Забывъ уже всякую осторожность, Левъ Никитичъ бросился къ родильницѣ, которая лежала въ забытьи, и своими безумными ласками чуть не отправилъ ее на тотъ свѣтъ. Потомъ онъ бросился къ дочери, схватилъ краснаго, еще не вымытаго ребенка на руки, цѣловалъ его крохотныя ручки, ножки, рыдая самъ, какъ ребенокъ, и приговаривая: "Моя родная дочурка, агунька, Львовна, Карбагаевка!"

Цѣлый мѣсяцъ Карбагаевъ ухаживалъ, съ свойственной горячностью и безалаберностью, и за женой, и за ребенкомъ, сбивая всѣхъ съ толку и поминутно волнуясь. Марья Петровна думала, что настала пора просвѣтлѣнія. Но кончился мѣсяцъ, дѣвочку окрестили и назвали Екатериной. За ней приставили кормилицу и няньку. Все вошло въ обычную колею, и Левъ Никитичъ вошелъ также въ обычную колею.

IV

Вся добрая жизнь, вся теплая, нѣжная любовь Марьи Петровны сосредоточилась на Катѣ. Если въ привязанности въ Льву Никитичу было у Марьи Петровны больше боязни, чѣмъ любви, то здѣсь, въ привязанности къ дочери, была любовь полная, открытая, ничѣмъ не связанная. И дѣвочка какъ будто инстинктивно понимала всю силу этой широкой, свободной симпатіи. Пылкая Катя стихала передъ матерью. Бывало по-отцовски вспыхнетъ она, если чѣмъ-нибудь раздражить ее упрямая, своенравная нянюшка Пафнутьевна, а Марья Петровна скажетъ ей прямо отъ сердца, съ любовью, два-три слова ласковыхъ — и вспышка уляжется, и подъ тихимъ взглядомъ кроткихъ глазъ доброй матери дѣвочка сама дѣлается ясной и кроткой и ластится къ доброй мамѣ-Машѣ, и цѣлуетъ глаза у ней.

Впрочемъ и Пафнутьевна, да и всѣ, кто только встрѣчался съ Катей, невольно чувствовали къ ней влеченіе, симпатію. Прежде всего ребенокъ былъ необыкновенной красоты: умное, оживленное личико, съ яркой бѣлизной и румянцемъ, съ черными, большими, смѣлыми и довѣрчивыми глазками, съ удивительно-пріятной, кроткой улыбкой на пухлыхъ, алыхъ губкахъ и съ черными вьющимися кудрями. И это личико постоянно мѣняло выраженіе. То сдвинутся черныя прямыя бровки и дадутъ глазамъ строгое, не дѣтски задумчивое, выраженіе; то расправятся онѣ, приподнимутся и глаза смотрятъ грустно, ласково; то вдругъ они засмѣются, и засмѣются вмѣстѣ съ ними алыя, пухлыя губки. Даже въ порывахъ гнѣва, когда тонкія ноздри Кати раздувались, какъ у Льва Никитича, и хмурились черныя бровки, и сверкали черные глазки,— даже въ это время въ лицѣ было что-то грустное и дрожащія губки силились улыбнуться, а на глазахъ выступали слезы.

— Ты моя Карбагаечка,— говорилъ Левъ Никитичъ,— въ меня уродилась, красавица!

Но въ этомъ-то и былъ вопросъ: уродилась ли она въ него? Если и были въ ней порывы неодолимыя, страстныя, то эти порывы даже въ ребенкѣ не разыгрывали той бурной, полуживотной гаммы, изъ которой какъ будто была сплочена вся натура Льва Никитича. Напротивъ, въ Катѣ замѣчалось не только что-то кроткое, доброе, какъ и къ ея вматери, но даже солидное, сосредоточенное и степенное, какъ въ бабкѣ ея Катеринѣ Степановнѣ. Впрочемъ, развѣ можно рѣшить, хотя приблизительно, откуда, изъ какихъ наслѣдственныхъ отдаленныхъ путей, подъ какими именно вліяніями складывается подвижной, впечатлительный характеръ ребенка, что принадлежитъ въ немъ природѣ, что самобытно, и гдѣ границы привитого, навѣяннаго всѣмъ его окружающимъ.

Одинъ разъ у Кати вышла съ Пафнутьевной крупная размолвка. Было ей уже лѣтъ восемь, но порывы чисто дѣтскихъ, безумныхъ шалостей не покинули ее. Вся исторіи вышла изъ-за перины, на которой спала Пафнутьевна. Катя выдернула изъ перины перо и пустила его по вѣтру сквозь растворенное окно. Потомъ выдернула еще и еще перо, нашла большую прорѣху и изъ нея вытащила цѣлую горсть. Въ концѣ игры перина была перетащена ближе къ окну и все ея содержимое цѣлымъ вихремъ закружилось вокругъ Кати. Это безконечное мельканіе перьевъ вокругъ, точно какихъ-то громадныхъ, безконечныхъ стай птицъ, до того понравилось ребенку, что онъ былъ внѣ себя, забылъ обо всемъ... Перья кружились, кружились, точно какой-то особый заколдованный міръ. И не слыхала Катя, какъ подошла Пафнутьевна и замерла на мѣстѣ при такомъ разбоѣ.

— Озорь, озорь!— разразилась она надъ Катей.— Настоящій озорь!— кричала она внѣ себя.— Точь-въ-точь озорникъ батюшка — безшабашный, разоритель, сударь Левъ Никитичъ!...

Это послѣднее сравненіе, хоть и было сказано вполголоса, вдругъ отрезвило Катю и обратило ее совсѣмъ въ другую сторону...

Бровки ея сдвинулись, глазки засверкали, щеки покраснѣли...

— Какъ ты смѣешь,— закричала она,— бранить папу!... Я это сдѣлала, а не папа,— какъ ты смѣешь бранить моего добраго папу?!...

Пафнутьевна оторопѣла. Она вдругъ сообразила, что хватила далеко, и хотя была твердо увѣрена, что Катя не выдастъ ея, что ребенокъ никогда ни на кого не жаловался, а расправлялся больше своимъ судомъ, какъ батюшка; но и такая реплика Кати озадачила ее и она раскрыла ротъ...

— За это,— сказала Катя сквозь слезы,— я съ тобой говорить не хочу, и не люблю тебя: ты — гадкая, злая...

И она съ такой гордостью, надувъ губки и закинувъ головку, твердою походкой прошла мимо Пафнутьевны, какъ будто ей было не восемь лѣтъ, а по крайней мѣрѣ тринадцать.

И цѣлый вечеръ этотъ восьми-лѣтній ребенокъ былъ въ самомъ тревожномъ состояніи. Никакія игры и заигрыванья съ ней Пафнутьевны не дѣйствовали, а напротивъ еще больше-раздражали.

— Мама!— наконецъ спросила Катя,— скажи мнѣ, Пафнутьевна добрая или гадкая, злая?

— Она добрая,— она любитъ тебя....

— Нѣтъ не любитъ... Она — гадкая, злая...— и, чтобъ не расплакаться, она быстро отвернулась и ушла въ садъ.

Спросили, что это такое, Пафнутьевну и Пафнутьевна объяснила, что "всю перину у ней раздергали".

— Да ты вѣрно что-нибудь ей сказала?— допытывалась Марья Петровна.

— А ничего не сказала,— что мнѣ говорить?... Только и сказала, что нехорошо молъ такъ шалить... Хоть съ мѣста не сойти, ничего больше не сказала...

Когда вечеромъ Пафнутьевна укладывала Катю, она молчала на всѣ вопросы. Катя ворочалась долго въ постелькѣ: "можетъ-быть она гадкая, можетъ-быть я гадкая?..." Пафнутьевна тоже кряхтѣла и ворочалась. Наконецъ она встала, подошла къ Катѣ и встала на колѣни передъ ея кроваткой, нагнувшись къ ней.

— Матушка, барышня, красавица,— зашептала она,— прости ты меня, вѣдь ты крѣпко сшалила...

...Но Пафнутьевна не договорила слова,— Катя быстро приподнялась и порывисто обняла ее. Она и всхлипывала, и рыдала, и цѣловала морщинистыя, сухія щеки Пафнутьевны.

— Что тамъ?— съ просонокъ спросила Марья Петровна.

Пафнутьевна пришипилась, притихла; но, прежде чѣмъ она успѣла шикнуть, Катя уже вскочила стремглавъ, босикомъ, бросилась въ спальню къ матери, обняла ее, поцѣловала...

— Милая мама!.. Пафнутьевна — добрая, добрая!...— прошептала она и снова чуть не въ два прыжка очутилась на своей постелькѣ.

Для Льва Никитича Катя была какой-то заповѣдной, дорогой игрушкой. Странное дѣло, онъ не только ее любилъ, онъ боялся ея, какъ будто собственная его совѣсть смотрѣла на него прямо, черными, большими, блестящими глазами Кати. Онъ прятался отъ нея, а за нее пряталась Марья Петровна. Никогда, во всѣ восемь лѣтъ своей жизни, Катя ничего не знала о безпутной жизни отца,— никогда она не видала его пьянымъ. Точно также и Марья Петровна избавилась отъ тяжелыхъ сценъ. Но разъ случай выдалъ все.

Разъ (ей было лѣтъ восемь) онъ пьяный увидалъ ее вечеромъ на лѣстницѣ, которая вела на антресоли, въ комнаты Марьи Петровны, подозвалъ къ себѣ, взялъ на руки и внесъ въ залу, въ веселую компанію.

А тамъ пиръ бушевалъ въ полномъ разгарѣ. Пьяный хоръ выкрикивалъ дикими голосами буйную пѣсню. Двое помѣщиковъ: Маликовъ, толстый, коротенькій и лысый, и Жереховъ, сѣдой, растрепанный старикъ, съ длинными бѣлыми усами, весь красный, въ красной канаусовой рубахѣ — отхватывали трепака. Одинъ изъ нихъ, подбоченясь и высоко поднявъ руку, повертывалъ ей и кричалъ: "Съ гусемъ, съ гусемъ, съ гусемъ!" Все было пьяно, вездѣ дымъ и чадъ и тусклое мерцаніе свѣчей. Какая-то полуобнаженная женщина валялась на заплесканномъ полу.

Карбагаевъ крѣпко обнялъ дочь и, тяжело дыша, покачиваясь, сѣлъ на свое мѣсто, въ, головѣ стола, поставивъ Катю передъ собой. Нѣсколько мгновеній, пока она испуганно, съ сдвинутыми бровями, вглядывалась въ эту дикую, непонятную для нея картину, онъ молча цѣловалъ ея ручки и всхлипывалъ.

— Папа,— сказала она шепотомъ, отстраняя его отъ себя,— отъ тебя пахнетъ... А это все вѣрно пьяные?... Прогони ихъ.

Онъ упалъ головой на столъ и, стукаясь лбомъ, громко заголосилъ:

— Пьяница я горькая! Погибшая душа моя грѣшная! Пожалѣй меня Карбагаечка, родная моя, невинная душа!

Многіе смутились. Пѣсня оборвалась.

— Что завылъ,— закричалъ Жереховъ,— ровно песъ по покойникѣ?!... Проспись, коли пьянъ.

Левъ Никитичъ быстро вскочилъ. По лицу его катились слезы, глаза горѣли, губы дрожали.

— Вонъ!— закричалъ онъ бѣшенымъ, громовымъ голосомъ.— Вонъ, пьяная сволочь, псы смердящіе!...— И онъ схватилъ стоявшую подлѣ него бутылку и бросилъ въ Жерехова. Бутылка ударилась въ стѣну и со звономъ разлетѣлась въ дребезги. Всѣ, испуганные этимъ припадкомъ бѣшенства, бросились вонъ во всѣ двери, толкая и давя другъ друга. Всѣхъ обхватила неодолимая паника. Карбагаевъ взялъ поблѣднѣвшую, дрожавшую Катю на руки и самъ, весь дрожа, понесъ ее на верхъ. На дорогѣ ему попалась подъ ноги валявшаяся женщина. Онъ чуть не упалъ и съ бѣшенствомъ оттолкнулъ ее ногой.

Послѣ этого кутежа онъ цѣлыхъ двѣ недѣли былъ и трезвъ, и ласковъ, и кротокъ, а тамъ отправился въ отъѣзжее поле и пропалъ на цѣлый мѣсяцъ...

Скучны были длинные осенніе вечера для Марьи Петровны. Сидитъ она молча, молча вяжетъ чулокъ Пафнутьевна, молча сидитъ подлѣ нея Катя и все объ чемъ-то думаетъ, приподнявъ одну бровку, и вдругъ спроситъ:

— А что, мама, если лѣтомъ вдругъ настанетъ зима, куда же птички дѣнутся?...

И рада бывала Марья Петровна, когда наѣдетъ къ ней гостить молодая вдова, пятидворная помѣщица Анна Гавриловна, высокая, полная, съ какимъ-то надутымъ, точно оттопыреннымъ лицомъ. Мѣстные остряки звали ее Анной Говориловной. Такая ужь у нея страсть была говорить безъ умолку, точно въ головѣ у ней мельница вертится и языкомъ мелетъ. Разсказываетъ, разсказываетъ Анна Говориловна, мелетъ, мелетъ и все около одного и того же вертится; разскажетъ что-нибудь разъ, поговоритъ о другомъ и опять примется разсказывать старое, и не сойдетъ съ этого стараго три часа, точно на хорошее мѣсто попала, разстаться съ нимъ жаль. А Марья Петровна все слушаетъ и только по временамъ головой покачиваетъ.

Разъ въ одинъ такой длинный, ненастный вечеръ, когда

15

погода на дворѣ гудомъ гудѣла, вдругъ сквозь этотъ гулъ Марьѣ. Петровнѣ послышалось, что кто-то подъѣхалъ. "Вѣрно онъ" — подумала она и перекрестилась..

Глухо заговорили на дворѣ, съ чѣмъ-то возились и, вотъ, громко кряхтя и тяжело, гулко переступая по ступенямъ, высокаго крыльца, что-то несутъ... Растворились двери, топочутъ въ передней и переговариваютъ: "въ двери-то осторожнѣй, головой не задѣнь!" — слышится голосъ Сеньки Ярыгана. Марья Петровна вскочила и бросилась, сама не зная почему, съ лѣстницы. За ней бросилась и Анна Гавриловна. Въ залу медленно вносили трупъ Карбагаева. Голова его была разсѣчена, въ крови, одинъ глазъ весь черный, глубоко запалъ въ глазницу...

Какъ приключилась смерть Льву Никитичу, никто не могъ сказать положительно. Всѣ усачи-лихачи въ одинъ голосъ разсказывали, и притомъ весьма обстоятельно, что "самъ-де баринъ за русакомъ погнался, да на скаку съ коня слетѣлъ и объ пень. съ сучкомъ головой изволилъ удариться, индо пень затрещалъ и сломился". Другіе, сторонніе, люди шептали, что была какая-то драка, ссора, и что "всѣхъ-де на томъ свѣтѣ праведный судъ Господень разсудитъ!"

V

Съ этого самаго случая стало Марью Петровну дергать: то лицо у нея перекосится, то лѣвая рука начнетъ ходить. Кое-какъ, съ помощью Анны Гавриловны, оправилась она послѣ похоронъ мужа и за дѣло принялась. И какъ ни непривычна была она къ дѣламъ, но сразу поняла, что всѣ именья покойника Льва Никитича (царство ему небесное!) въ раззоръ разорены. Двѣ деревни продала Марья Петровна съ молотка, остальныя за безцѣнокъ сбыла съ рукъ и перѣехала въ свою Мельтюковку. Благо никакихъ родныхъ не нашлось у Карбагаева, которые пожелали бы потягаться съ ней.

Въ Мельтюковкѣ растворились передъ ней двери стараго домика и точно могилой пахнуло изъ нихъ. Осмотрѣла она, крестясь и плача, всѣ комнаты, осмотрѣла и комнатку, гдѣ отецъ ея на лежанкѣ скончался.

— Возьми ты ее себѣ, Пафнутьевна,— сказала она,— да поминай въ молитвахъ покойника-батюшку.

Отпустила Марья Петровна почти всѣхъ старыхъ дворовыхъ на вольную и пенсіонъ положилъ имъ. И набрала она большую дѣвичью изъ разныхъ дѣвушекъ, сиротъ. Однѣ въ деревнѣ нашлись, другихъ она купила у сосѣдей-помѣщиковъ. И только одного во всей дворнѣ завела она мужчину, и то вдолгѣ послѣ, по рекомендаціи Пафнутьевны, отставного солдата, Егора Мухоярова, добрѣйшей души, но, угрюмаго съ виду.

— Какъ же я его возьму!— совѣтовалась она съ Пафнутьевной.— Вѣдь онъ точно усачъ!...

— И, матушка,— оправдывала его Пафнутьевна,— онъ ничего, смиренный... Это онъ ужь отъ простоты сердечной волосами-то обросъ.

И зажила тихо Марья Петровна день въ день. Анна Гавриловна почти безсмѣнно гостила у ней. Сосѣди къ ней рѣдко являлись, да и она, какъ покойникъ Петръ Лаврентьичъ, не любила покидать теплаго мельтюковскаго угла. Во всѣ восемь лѣтъ житья въ Мельтюковкѣ только разъ испытала она горе, когда свою Катю въ пансіонъ отправляла. А нельзя было не отправить. "Не безприданница она у меня,— думала Марья Петровна,— какъ же ей быть неученой, какъ дѣвкѣ простой..." При этомъ вспомнила Марья Петровна, что подруга ея юности, еще назадъ тому двадцать лѣтъ, и бѣдная была, а все-таки въ пансіонѣ воспитывалась.

То же самое совѣтовала и Анна Гавриловна.

— На что ужь нынѣ купецъ,— говорила она,— лабазнику, какъ есть мужикъ, сермяга вонючая — и тотъ наровить по ученому говорить... А вонъ Толоконниковъ, такъ, слышь, даже въ Москву свезъ старшую-то дочку, Маланью Терентьевну, тамъ ее даже на фортупьянѣ обучили... Какъ есть, стала барышня и не узнашь.

И вотъ порѣшили свезти мельтюковскую наслѣдницу за сто верстъ въ городъ, въ пансіонъ, но прежде еще этого рѣшенія Марья Петровна обратилась къ доброму сосѣду-помѣщику, Ивану Дормидонычу, съ покорнѣйшей просьбой съѣздить и разузнать, все обстоятельно, какъ и что за пансіонъ, чему учатъ и чѣмъ кормятъ... Иванъ Дормидоновичъ съѣздилъ и узналъ всю подноготную.

— Очень хорошій, матушка, пансіонъ!— докладывалъ онъ Марьѣ Петровнѣ.— Учатъ вразумительно и смотрятъ за воспитанницами старательно. Содержательница — такая почтенная дама, Софья Александровна Дитрихъ.

— Да не, строго ли тамъ, Иванъ Дормидонычъ? Не бьютъ ли ихъ, не сѣкутъ ли?

— Ахъ, нѣтъ, сударыня, все очень деликатно!... Ну,

впрочемъ, безъ строгости это и нельзя вѣдь, сами знаете... Вотъ, говорятъ, въ прошломъ году одну мамзель точно что выпороли... Такъ вѣдь это была особъ статья...— И Иванъ Дормидонычъ нагнулся къ уху Марьи Петровны.— Въ Бога, говоритъ, не вѣрю,— сказалъ онъ, приподнявъ брови, отрывистымъ шепотомъ. Марья Петровна всплеснула руками и перекрестилась.

Черезъ недѣлю послѣ этого разговора, въ одно ясное сентябрское утро, изъ воротъ Мельтюковской усадьбы выѣзжалъ тарантасикъ, нагруженный чемоданами, коробками, кульками, мѣшками и мѣшечками, перинами, подушками и подушечками, и ко всему этому, какъ бы въ дополненіе, возсѣдали тутъ же Марья Петровна, Анна Гавриловна и между ними Катя.

Марья Петровна крестилась и плакала. У Кати сердце было не на мѣстѣ,— ей тоже хотѣлось плакать,— но она сидѣла, удерживаясь, степенно и серьезно. Чуткимъ, маленькимъ сердцемъ понимала она, что горе ея разлуки — ничто передъ горемъ матери.

— Мама, а ты не плачь,— утѣшала она ее.— Вѣдь мы разстанемся только на зиму.— И она цѣловала ея руки, чувствуя, какъ у самой на сердце налегала ледяная гора и какая-то глыба подступала къ горлу.

Привезли, наконецъ, и сдали Катю въ пансіонъ.

— А вы, матушка, будьте съ ней ласковы,— упрашивала Марья Петровна содержательницу.— Вѣдь она одна теперь, безъ матери,, словно сиротиночка.

— Будьте покойны,— утѣшала содержательница.— Мы со всѣми ласковы. Нельзя же опять и потакать, если... Жизнь не балуетъ!...

И новый, невѣдомый для Кати, мірокъ обступилъ ее. Широко, испуганными глазами, смотрѣла она на цѣлый рядъ залъ, уставленныхъ столами, пюпитрами,— на дортуары, гдѣ кровати составляли цѣлую перспективу,— на длинные, широкіе корридоры, и все это подъ акомпаниментъ постоянной возни, бѣготни, шума, гама... Ее окружили, теребятъ, тормошатъ со всѣхъ сторонъ.

— Ты — моя душка, царенокъ, я тебя буду обожать!— кривитъ ей подъ ухо одна кудряшка и страстно обнимаетъ ее, и цѣлуетъ.

— Нѣтъ, я, я!— кричитъ пухленькая бѣлобрыска въ длинной перелинкѣ.

— Нѣтъ, я, я, я!— оттолкнувъ ее, кричитъ смуглая брюнетка

съ длинными косами.— У ней такія же косы, какъ у меня. Смотри!— и она безъ церемоніи теребитъ длинныя косы Кати.

А у Кати кружится голова. "Гдѣ она, гдѣ?... Во онѣ или на яву?... А гдѣ же мама, мама?!..."

И она снова бѣжитъ туда, къ содержательницѣ, въ гостиную, а пансіонерки не пускаютъ ее, бѣгутъ вмѣстѣ съ ней...

Мама тамъ сидитъ на диванѣ и подлѣ нея сидитъ содержательница, Софья Александровна, высокая дама съ строгимъ лицомъ.

— Мама... не плачь, я здѣсь...

И мама сквозь слезы смотритъ на нее.

— Катюночка, ручки-то у тебя какія холодныя, поблѣднѣла ты!...

— Нѣтъ, мама, мнѣ тепло... Мнѣ хорошо здѣсь.— И она наклоняется къ ея уху;— А можно мнѣ спросить ее, содержательницу, всему ли здѣсь учатъ?

— Можно... Только ты не надоѣдай сильно.

И Катя вдругъ, покраснѣвъ, подходитъ къ Софьѣ Александровнѣ.

— А скажите, я узнаю здѣсь, отчего бываетъ громъ и молнія и отчего лѣтомъ солнце грѣетъ, а зимой не грѣетъ?— говоритъ она, нахмурясь.и глядя рукой бархатную салфетку на столѣ. Софья Александровна улыбается, и мама сквозь слезы улыбается.

— Все узнаешь,— говоритъ содержательница.— Всему здѣсь научатъ,— и она цѣлуетъ ее и крѣпко держитъ за руку.

А между тѣмъ близокъ часъ разлуки. Марья Петровна поднялась съ дивана, остановилась. Лицо у нея дергаетъ, руки дрожатъ.

— Матушка!— говоритъ она, какъ во снѣ, содержательницѣ и быстро, отрывисто обертывается къ Катѣ.— Прощай Катечка!— говоритъ она чуть слышно.

Катя освободилась изъ рукъ содержательницы. Она бросилась къ мамѣ, и мама цѣлуетъ ее, прижимаетъ ее къ груди точно холодную, маленькую статую...

И не понимаетъ сама Катя, что съ ней дѣлается, отчего все одервенѣло внутри ея, отчего ей тяжело выговорить слово, и говоритъ она какъ кукла на пружинахъ, а въ груди словно все пусто и точно тяжелая гиря придавила ей сердце... Вышли на крыльцо.

— Мы съ тобой будемъ, мы тебя не покинемъ,— говоритъ Августа Карловна, пухленькая, сентиментальная нѣмочка, пепиньерка, которую пансіонерки звали Tange benie. Она цѣлуетъ со слезами блѣдное лицо Кати, ея холодныя ручки.

Сѣли мама и Анна Гавриловна въ тарантасикъ.

— Вы бы, матушка, кулечки вынули,— свободнѣе будетъ,— говоритъ Анна Гавриловна.

Тронулъ Егоръ Мухояровъ и лошадки побѣжали.

Мама высунулась изъ тарантасика, крестя воздухъ. Августа Карловна крѣпко обхватила Катю и повела ее; но едва вошли онѣ въ переднюю, какъ легкій стонъ вырвался изъ груди Кати и она вытянулась и замерла на рукахъ пепиньерки. Поднялся шумъ, суматоха. Бережно взяли и перенесли Катю въ больницу. Многія пансіонерки расплакались, съ другими сдѣлалась истерика. Софья Александровна разогнала всѣхъ и послала за докторомъ.

Докторъ посмотрѣлъ, послушалъ и покачалъ головой.

— Каталептическій припадокъ!— сказалъ онъ.— Не надо ее тревожить. Тишина, спокойствіе, а завтра я приду...

Но вечеромъ больная очнулась. Августа Карловна и двѣ старшихъ воспитанницы сидѣли подлѣ нея. Катя тупо посмотрѣла на всѣхъ, какъ послѣ долгаго сна. Августа Карловна обняла ее и тихо заплакала надъ ней.

— Катюночка!... ты будешь наша, родная.

Катя пристально посмотрѣла на нее. Краска тихо разливалась по ея лицу. Она судорожно прижалась къ ея груди.

— Мама, мама!— прошептала она и зарыдала.

Двѣ пансіонерки обернулись другъ на друга,— у обѣихъ катились слезы изъ глазъ.

VI

Пансіонская жизнь была тогда такая же затхлая, рутинная, какъ и теперь во многихъ, если, не во всѣхъ, пансіонахъ. Всѣхъ учителей, даже священника или "батюшку", пансіонерки раздѣляли на "обожаемыхъ" и "презрѣнныхъ", смотря по вкусу каждой. Нѣкоторыя обожали даже другихъ подругъ. Если "обожаемый" былъ учитель, то всѣ уроки ему долбились какъ "Отче нашъ". Но высшимъ доказательствомъ полнаго, обожанія считалось съѣсть, по крайней мѣрѣ, полкниги учебника.

— Ахъ, ma chere!— говорила иногда одна подруга другой,— дай мнѣ, пожалуйста, твою грамматику,— я своей "причастилась".

Если "обожаемая" была пансіонерка, то обожающая ее подруга должна была ходить за ней, смотрѣть ей въ глаза, отдавать ей всѣ лакомства, съѣдать старые лоскутки отъ ея платья и каждый вечеръ становиться передъ ней на колѣни и молиться на нее.

Этотъ пансіонный культъ существовалъ давно, со времени основанія пансіона, и онъ не могъ не существовать, потому что у всѣхъ пансіонерокъ, кромѣ развѣ самыхъ лимфатичныхъ, невольно развивалось то неодолимое, страстное чувство, которое рано или поздно появляется въ каждой женщинѣ. Здѣсь оно развивалось преждевременно, болѣзненно, потому что много накоплялось условій къ тому и самое главное — это задавленность мысли, вслѣдствіе постояннаго долбленія. "Гдѣ спитъ голова, тамъ работаетъ сердце!"

Но у Кати голова не спала, а сердце ея сжилось съ тѣмъ далекимъ мельтюковскимъ міромъ, который теперь являлся ей еще болѣе милымъ въ его отдаленіи,— являлся постоянно и въ мечтахъ, и во снѣ. Сидитъ она, бывало, въ своемъ темномъ пансіонскомъ платьицѣ, съ большой пелеринкой, застегнутой на маленькія пуговки. Темныя брови ея приподняты, глаза неподвижно стоятъ и ничего не видятъ, что передъ ней, за то видятъ они и большую мельтюковскую дѣвичью, гдѣ Пафнутьевна были и небылицы разсказываетъ, и садъ мельтюковскій съ. цвѣтами,— съ ея цвѣтами,— которые она такъ любитъ. "А будетъ ли ходить за ними Настя?— вдругъ спрашиваетъ она сама себя.— Вѣдь я ее такъ упрашивала... А теперь ужъ вѣрно отцвѣлъ пахучій піонъ?!..."

Но чаще всего ей представляется ея больная, дорогая мама-Маша. Объ ней она постоянно думала съ какой-то тупой болью въ сердцѣ. И разсчитывала она и дни, и часы, когда опять съ нею увидится, когда кончится эта тяжелая пансіонская жизнь, гдѣ все ей было чуждо и непріятно!... Всѣ подруги отшатнулись отъ нея и называли ее "Sauvage" или просто "дикой индѣйкой".

Порой эта отчужденность становилась тяжела для Кати. "Вѣрно я въ самомъ дѣлѣ дикая, нелюдимая, а онѣ всѣ добрыя,— думала она.— И эта Люба Лапоткина, что мнѣ третьяго дня пряникъ отдала... Я должна ихъ всѣхъ любить и угождать имъ".

И она старалась съ ними сблизиться. Но та же добрая Люба Лапоткина, которую она поцѣловала, съ недоумѣніемъ посмотрѣла на нее, а другія засмѣялись!... "Что это ты въ нѣжности пустилась?" — говорили онѣ. И она съ горькимъ, оскорбленнымъ чувствомъ убѣгала отъ нихъ.

"Можетъ-быть я оттого имъ кажусь чужая, что я — избранница"... И ей казалось, что она, дѣйствительно, что-то должна сдѣлать новое, великое, и мечты одна другой ширс, фантастичнѣе роились въ пылкомъ воображеніи. Она быстро ходила побольшому пансіонскому залу. А солнце такъ ободрительно свѣтило въ окна и сквозь нихъ блестѣлъ снѣжными искрами пансіонскій садъ съ голыми деревьями, по которымъ прыгали красногрудые снигири.

Порой, хотя и рѣдко, на нее налетали порывы безумнаго веселья. Въ особенности вдругъ обхватывалъ ее такой порывъ, когда выпускали всѣхъ пансіонерокъ зимой въ довольно большой пансіонскій садъ. Катя, сама не помня себя, съ хохотомъ и крикомъ бросалась бѣжать опрометью по большой расчищенной аллейкѣ.

— Смотрите, mesdames, смотрите,— кричали ей вслѣдъ удивленныя подруги,— дикая индѣйка съ ума сошла!

— Это она волю почуяла!— объяснили онѣ.

А Катя добѣгала до низенькаго забора и, остановись, смотрѣла въ даль. Тамъ, за этимъ заборомъ, открывалось большое поле въ снѣжныхъ сугробахъ, которые на горизонтѣ тонули въ сѣрыхъ облакахъ. И въ эту даль и на эту ширь неодолимо тянуло ее.

"Еслибы тройкой на санкахъ по этому полю,— думала она,— ухъ!..." И сердце ея замирало, глаза блестѣли, ноздри раздувались какъ у Льва Никитича.

Съ ея жаждой знаній случилось нѣчто странное. Потому ли, что въ классахъ, учителяхъ и учебныхъ книгахъ она не нашла отвѣтовъ на тѣ вопросы, которые будили и затрогивали ея дѣтское любопытство, но знанія отошли на второй планъ, а первый заняли воспоминанія, мечты и фантазіи. Когда находило на нее веселое настроеніе, то и эти фантазіи принимали веселый, комическій характеръ. "А что,— спрашивала она себя,— если толстый пансіонскій сторожъ Кіонъ женится на Нунехіи Ферапонтовнѣ, длинной, худой классной дамѣ, которую всѣ въ пансіонѣ "презирали" за ея придирчивость,— что изъ этого произойдетъ?..." И ея фантазія сочиняла цѣлый рядъ сценъ одна комичнѣе другой. Катя начинала смѣяться изподтишка и, наконецъ, разразившись неистовымъ хохотомъ, срывалась со стула и убѣгала. А подруги съ недоумѣніемъ переглядывались и спрашивали другъ друга.

— Что, она съ ума сошла, что ли?

Фантазія и въ ученьи ея играла видную роль.

Когда послѣ двухъ лѣтъ пансіонской жизни Катя начала учиться географіи, то глобусъ и ландкарты, какъ образные предметы, громко заговорили ея воображенію. Въ географіи Греча были притомъ короткія описанія "естественныхъ продуктовъ" разныхъ странъ,— описанія, иллюстрированныя маленькими политипажами. И эти рисунки были достаточны, какъ матеріалъ для фантазіи. Въ ней рисовались безконечные образы тропическихъ странъ, невиданныхъ, чудныхъ лѣсовъ и звѣрей, и вся земля, въ представленіи Кати, являлась въ видѣ женщины, увѣнчанной сѣвернымъ сіяніемъ, съ ожерельемъ изъ льдовъ и съ ногами, закованными въ льды. Посреди ея пестрой одежды вился чудный поясъ, на которомъ жаркое экваторіальное солнце вышило красивые узоры изъ разноцвѣтныхъ цвѣтовъ, блестящихъ бабочекъ и пестрыхъ птичекъ. И вмѣстѣ съ этими плодами воображенія выступалъ цѣлый рядъ вопросовъ... Она обращалась за отвѣтами къ учителю географіи. Она спрашивала его: "Почему на землѣ такъ мало земли, а много воды? Почему горы расположены такъ, а не иначе? Почему Италія похожа на чулокъ, а Скандинавія на лошадиную голову?..." Но на всѣ эти вопросы учитель, добродушный старичокъ, прибавлявшій почти къ каждому слову "таково" и "тово", усмѣхался и отвѣчалъ весьма категорически:

— Таково ужь оно, тово, Богомъ устроено!

А подруги смѣялись и надъ нимъ, и надъ ней.

Въ урокахъ исторіи воображеніе также явилось на помощь. Сначала эти уроки шли вяло,— не гдѣ было взять для нихъ образныхъ представленій. Но, къ счастію, въ пансіонской библіотекѣ нашлась "Картинная галлерея", нашелся "Ледрю-Ролленъ", "Плутархъ для юношества", въ плохомъ старинномъ переводѣ, и древній міръ римлянъ и грековъ всталъ передъ Катей какъ живой, съ его цѣльными, увлекательными характерами и полубогами.

Иногда въ классѣ, въ то время, когда учитель исторіи, забитый человѣчекъ, черный, сморщенный, съ красными, воспаленными глазками, читалъ ровнымъ, семинарскимъ голосомъ какой-нибудь эпизодъ изъ римскихъ войнъ, ей вдругъ, представлялись и шумъ битвы, и стоны, и кровь, и блестящіе глаза римскихъ героинь. Губы ея невольно шептали, она напѣвала маршъ и барабанила пальцами по классному столу.

— Что съ вами, m-lle Карбагаева?— вдругъ спроситъ удивленный учитель, и Катя вся сконфузится до слезъ. А подруги въ разныхъ углахъ фыркаютъ или хохочутъ безъ церемоніи.

VII

На четырнадцатомъ году, случайно, въ руки ея попалось Евангеліе, и притомъ съ русскимъ переводомъ. Тогда это было рѣдкостью даже въ домахъ, а тѣмъ болѣе въ пансіонахъ и всякихъ учебныхъ заведеніяхъ. Она вся отдалась этому простому изложенію событій простыхъ и великихъ; но чѣмъ понятнѣе для нея было это ученіе человѣчности, тѣмъ непонятнѣе было для нея то ученіе, которое слушала она тутъ, на этихъ школьныхъ скамьяхъ, изъ устъ того же "батюшки", на котораго она глядѣла съ трепетнымъ уваженіемъ.

Въ этомъ сѣденькомъ старичкѣ, съ краснымъ носомъ и красными глазками, все казалось ей особеннымъ, таинственнымъ, начиная отъ его длиннополой темнокоричневой рясы, отъ его большого мѣднаго креста — распятія, висѣвшаго на его шеѣ, на мѣдной гремучей цѣпи, до его особеннаго голоса — сухого, рѣзкаго, до его слова — славяно-церковнаго, фигурно изысканнаго, до его говора на о. И еще страннѣе и недоступнѣе казался онъ ей въ ризахъ, въ той небольшой церкви, куда ихъ водили ко всенощной и обѣднѣ,— въ церкви съ низенькими сводами, сырой, какъ подвалъ, и тусклой, съ маленькими окнами за желѣзными рѣшетками. Въ этой церкви ей все казалось святымъ, таинственнымъ, неприкосновеннымъ: даже истасканный, кожаный, высокій аналой и книги въ темныхъ переплетахъ, тяжелыя, большія, обкапанныя воскомъ,— даже тѣ голуби, которые порой, поздней осенью, залетали въ алтарь.

"Голубь — это Духъ Святой!— вспоминались ей при этомъ слова Пафнутьевны.— Кошку можно пускать въ церковь, а собаку нельзя: у кошки душа поганая, а шкура чистая; а у собаки хоть душа и чистая, да шкура поганая"... "Почему же шкуру считаютъ выше души?" — думала Катя.

Въ особенности загадочнымъ былъ для нея алтарь, гдѣ въ полумракѣ совершались таинства, гдѣ стояли какіе-то странные сосуды на высокомъ престолѣ. Тамъ, вѣроятно, былъ Онъ, въ этихъ синихъ облакахъ ладаннаго дыму.

Иногда, проникнутая трепетомъ священнаго ужаса, когда клиръ умолкалъ и среди наступившей таинственной тишины съ шумомъ отдергивалась завѣса и дьяконъ выносилъ чашу съ Его тѣломъ и кровью и хриплымъ басомъ, переносясь и нахмурясь, произносилъ надъ этою чашей: "Со страхомъ Божіимъ и вѣрою приступите!" — она повергалась тогда на землю и въ умиленіи, въ слезахъ и ужасѣ, лежала ницъ, думая: "вотъ-вотъ

24

предстанетъ Онъ надъ этой чашей!..." А классная дама теребила ее сзади за платье:

— M-lle Karbagaeff! M-lle Karbagaeff! Vous vous oubliez; il faut du contenance!

И она просыпалась отъ этого волненія и слышала, какъ фыркали кругомъ ея подруги, закрываясь платками.

Еще страшнѣе казалась ей та минута, когда шепчущія подруги проталкивали ее въ темный придѣлъ алтаря, гдѣ ожидалъ ее тотъ же самый батюшка въ исповѣди. Какимъ-то могильнымъ ужасомъ вѣяло отъ этого придѣла.

А батюшка, весь проникнутый удушливымъ запахомъ ладана, строгимъ голосомъ говорилъ ей:

— А ты не возносись, не возгордись,— смирись духомъ, духомъ смирись! Блажени нищіе духомъ, яко тѣхъ есть царство небесное!

И она ужасалась своей небывалой гордыни. Слезы полнаго раскаянія, какъ капли весенняго дождя, текли изъ ея глазъ, когда она вся расплаканная выходила изъ придѣла.

— Mesdames, mesdames,— шептались подруги,— индѣйка расчувствовалась! Ей батюшка вѣрно перцу задалъ!

Передъ наступленіемъ весны, когда теплый, нѣжащій воздухъ раздражалъ всѣхъ отъ младенца до старика и наносилъ міазмы и простуды, ее сильнѣе и сильнѣе охватывала мечта о Мельтюковкѣ. Она съ нетерпѣніемъ смотрѣла на побурѣвшую отъ навоза дорогу, на снѣжныя полянки: "Ахъ, скоро ли онѣ зазеленѣютъ, — думала она,— и пріѣдетъ за мной тарантасикъ, и Пафнутьевна, и Анна Гавриловна, и сѣрый Волчокъ съ ними прибѣжитъ, дорогая мама письмо пришлетъ!"

Случилось какъ-то, что за ней долго не пріѣзжали. Ужь май мѣсяцъ, на этотъ разъ теплый, почти лѣтній, подходилъ къ концу. Катя уже нѣсколько дней бродила точно отупѣлая. Что-то постоянно давило ей и голову, и грудь. Она ко всему прислушивалась или по цѣлымъ часамъ простаивала у окна. Наконецъ въ одинъ жаркій и душный день, когда тучи находили со всѣхъ сторонъ, когда она сидѣла въ классѣ исторіи, въ ся любимомъ классѣ, и разсѣянно слушала, какъ учитель читалъ о смерти Агрипины, вдругъ за дверями раздался чей-то голосъ: "точно мама", почудилось.Катѣ,— и въ одно мгновеніе Агрипина и мама слились для нея въ одинъ призракъ, что-то сильно сжало, стиснуло ей сердце и... больше она ничего не помнила.

Цѣлые сутки она лежала въ полузабытьи, какъ мертвая, и очнулась въ небольшой комнатѣ, въ пансіонской больницѣ.

Катѣ разсказали, что она все время была въ обморокѣ, а она разсказала, что слышала все, что съ ней дѣлали.

На другой день за ней пріѣхали изъ Мельтюковки и она съ какой-то пріятной усталостью отправилась въ свой сельскій пріютъ, гдѣ ждала ее съ часу на часъ Марья Петровна, только-что оправившаяся отъ нервной горячки.

Затѣмъ прошелъ еще годъ, предпослѣдній годъ пансіонской жизни.

Всѣ пансіонерки измѣнились къ Катѣ. Нашли, что она вовсе не "Sauvage", а такъ себѣ, странная, и все-таки une bonne et belle, и часто обращались къ ней за поправками французскихъ или нѣмецкихъ сочиненій.

Наконецъ Катя выучилась... чему?— она сама того не знала, да и никто хорошенько не зналъ. Важно было только одно: она познакомилась съ книгами, втянулась въ чтеніе. Мало этого, она получила, хотя и совершенно случайно, возможность даже въ Мельтюковкѣ добывать книги. Братъ одной изъ ея пансіонскихъ подругъ далъ ей три адреса московскихъ и петербургскихъ книгопродавцевъ и она берегла эти адресы, какъ бережетъ иной театралъ билетъ на первое представленіе балета.

— Ты теперь уже какъ есть невѣста,— говорила ей Пафнутьевна,— къ чему тебѣ ученье?

И дѣйствительно, изъ нескладной дѣвочки сложилась теперь стройная дѣвушка. Въ ея большихъ черныхъ глазахъ была то тихая дума, то вдругъ они одушевлялись и всѣ, черты лица ея совершенно измѣнялись и свѣтились восторгомъ.

— А вѣдь лобъ-то у нея большой,— говорила Пафнутьевна, сидя разъ вечеромъ въ Мельтюковкѣ подлѣ Кати и Марьи Петровны.— Лбомъ она въ бабку уродилась, а глаза какъ будто ваши, только темнѣе будутъ, и такіе же добрѣющіе... А вотъ это мѣсто,— и она быстро нѣсколько разъ схватила себя за нижнюю часть лица,— въ покойника Льва Никитича, царство ему небесное!— и она крестилась.— И губки такія же пухленькія, и носикъ пряменькій!

Марья Петровна смотрѣла задумчиво, улыбаясь, на Катю и любовалась на нее.

— А знаете, барыня, если этакъ закрыть,— и Пафнутьевна закрыла рукой всю нижнюю часть лица до самыхъ глазъ,— то каждый человѣкъ на какого-нибудь звѣря похожъ? Ну, вотъ, скажите, на кого я похожа, а?!...— И, не дожидаясь отвѣта, сама разъяснила: — на корову!...

Марья Петровна, взглянувши на нее, слегка улыбнулась, а

Катя не вытерпѣла и расхохоталась, показавъ всѣ свои бѣлые, ровные зубки.

— Нѣтъ, это истинно такъ!— подтвердила Пафнутьевна.

И Катя задумалась. "Что же,— думала она,— можетъ-быть и дѣйствительно въ каждомъ человѣкѣ есть что-нибудь отъ какого-нибудь звѣря".

И вотъ, наконецъ, наступило въ пансіонѣ для многихъ давно желанное время вылета.

Катя все заботливо вдумывалась, не забыла ли она чего, какую-нибудь книгу, тетрадку, но именно эти книги и въ особенности тетрадки пансіонскія ей не нравились. Она только цѣнила ихъ, какъ свой трудъ. Впрочемъ, изъ книгъ она уложила тщательно, съ любовью, краткое путешествіе Дюмонъ-Дюрвиля, Робинзона Крузе, Paul et Virginie и какую-то естественную исторію, которую ей подарили на экзаменѣ "за успѣхи и благонравіе". Наконецъ пріѣхала за ней сама Марья Петровна съ Пафнутьевной. Катя расцѣловала всѣхъ въ пансіонѣ, со слезами сожалѣнія, какъ будто она ѣхала въ свѣтлый міръ, а онѣ оставались здѣсь, въ этомъ тёмномъ, душномъ пансіонѣ.

И дорогой, сидя въ тарантасикѣ, ей такъ было весело. Сытыя лошадки бѣжали не торопясь. Свѣжій весенній воздухъ привѣтливо вѣялъ ей въ лицо. Ширь полей съ сѣро-зелеными озимями развёртывались передъ ней и птички съ длинными хвостиками, плиски, грѣлись на солнышкѣ...

"Тамъ ждетъ меня настоящая жизнь и я буду дѣло дѣлать" — думала она.

"Не возносись, не возгордись!" — вдругъ вспомнились ей строгія слова, и она тихо перекрестилась, оглянулась и горячо поцѣловала руку у своей дремлющей мамы-Маши.

VIII

Широко распахнулъ передъ нею маленькій мельтюковскій мірокъ всѣ свои двери и принялъ какъ родную, по для него-то она и была чужая!...

На третій или четвертый день послѣ ея пріѣзда, утромъ, пришелъ мужичокъ изъ ближней деревни и привелъ съ собой двухъ дѣвочекъ, какъ собачекъ, для дѣвичьей Марьи Петровны. Одну изъ нихъ онъ продавалъ. Мужичокъ былъ веселый балагуръ. Онъ на всѣхъ смотрѣлъ открыто, добродушно, смѣющимися сѣрыми глазками.

— Какъ же это ты привелъ продавать ее?— ужаснулась Катя, смотря на худое, желтое личико дѣвочки, которая стояла насупившись, прямо и неподвижно, какъ деревянный солдатикъ, и крѣпко прижимала сложенныя одна на другую худыя ручонки къ тощему животу.

— А дляче не продать-то?— оправдывался мужичокъ.— Она сиротка, а твоя мамонька этимъ займуется... Ничего, купите, она смышлена така, хороша дѣвчоночка!...— И онъ провелъ своей шаршавой, жилистою рукой по ея головкѣ, покрытой обдерганнымъ полинялымъ платкомъ.— Сироточка она, слышь, у нашего Степана Кузьмина жила, да мать-то у него больно взъѣдлива. У-у, бѣда, какая лютая, змѣя!... Все ее треплетъ, кажиный день дѣвочку-то треплетъ, совсѣмъ забила... Ну, барыня-то наша, какъ свѣдала про то, и говоритъ: возьми, говоритъ, Парменъ, сведи ее въ Мельтюковку къ Карбагаихѣ, авосъ купитъ, а я-бать, всего десять цѣлковыхъ за нее положу,— такъ, молъ, задаромъ отдамъ!— и мужичокъ махнулъ рукой...

— А энта,— продолжалъ онъ, указывая на другую дѣвочку, которая пряталась въ складкахъ его смураго кафтана, крѣпко ухватясь за нихъ одною рукой, а другую силясь затолкать въ ротъ,— энта изъ большой семьи... У насъ есть баба, Лебедиха прозывается, мужъ у ней лонесь померъ. У ней ихъ, дѣвокъ-то, семеро осталось, да трое парнишекъ, тожъ махоньки. Въ избѣ-то, знашь, имъ и тѣсно... Ровно щенята они тамъ пищатъ, да ползаютъ, мать-то совсѣмъ замаяли... Энту вотъ она сама, мать-то, просила отдать въ люди. Примите Христа-ради!— и онъ низко поклонился.— Она славна дѣвчонка, весела така, да шустра!— И онъ погладилъ и эту дѣвочку по длиннымъ и бѣлымъ, какъ ленъ, полосамъ, а она еще больше отодвинулась назадъ и сильнѣе засосала свою ручонку, кося́сь на всѣхъ веселыми глазками и улыбаясь.

Марья Петровна уже года три какъ не покупала и не принимала къ себѣ никакихъ дѣвушекъ. Но въ послѣднее время помѣщицы, заслышавъ, что скоро всѣмъ "этимъ" вольная выйдетъ, по старой памяти снова начали обращаться къ ней, стараясь сбыть свой товаръ, а Пафнутьевна спроваживала этотъ товаръ не торгуясь.

— И такъ полна дѣвичья этой дряни, прости Господи!— ворчала она.— Только жрутъ какъ собаки, да съ жиру бѣсятся!...

И на этотъ разъ она хотѣла пугнуть порядкомъ мужичка, приведшаго дѣвочекъ, но Катя вмѣшалась.

— Это онъ на мое счастье, няня, привелъ!— объяснила она.

Анна Гавриловна также подтвердила и Пафнутьевна махнула рукой. Дѣвочекъ взяли.

Одну, сироточку, звали Варей, а другую — Лизой. Катя ихъ обѣихъ обласкала и прiютила у себя въ комнатѣ. Могла ли она замѣнить имъ мать, семью, или нѣтъ, объ этомъ она не думала. "Воспитать, выучить ихъ, вотъ мое дѣло!" — думала она.

А другое "ея дѣло" было тамъ, въ этихъ сѣренькихъ, покривившихся избушкахъ и грязныхъ дворикахъ, Тамъ всѣ встрѣчали ее привѣтливо, хотя и не всегда искренно.

— Жалость ты наша!— говорили ей бабы и дарили ее всякою дрянью, которая казалась имъ дорогой, потому что была имъ необходима.

А она лѣчила ихъ и ребятъ ихъ, чѣмъ и какъ могла, вкривь и вкось, по старому, еще отъ Катерины Степановны оставшемуся, лѣчебнику.. И видѣла она, что нерѣдко одно и то же лѣкарство принимали они отъ разныхъ болѣзней и выздоравливали. Видѣла она также, что и простая сахарная вода вылѣчивала, а иногда и наговоры знахарки изъ ближней деревни помогали.

Но тяжело было ей, когда всѣ наговоры, ея уходъ и лѣкарства оказывались безсильными, когда болѣзнь сламывала наконецъ чахоточнаго или золотушнаго ребенка и онъ, захлебываясь, умиралъ на рукахъ плачущей и тихо голосившей надъ нимъ матери. Слезы тогда душили Катю и вдругъ прорывались истерическимъ плачемъ. Падала она на колѣни передъ горюющей матерью и, припавъ лицомъ къ ея грязному, вонючему сарафану, долго рыдала.

— А ты не плачь, жалостливая!— утѣшала ее сама мать.— Такъ ужъ значитъ должно ему помереть-то, Васюткѣ-то моему!

— Да, видно, во всемъ Его воля неисповѣдимая!— успокоивалась Катя и грустная, заплаканная возвращалась домой, а дома приставала въ ней Пафнутьевна.

— Что это ты все, матушка, по избамъ-то шляешься!... Твое ли это дѣло? Опаршивѣешь ты съ ними, обовшивѣешь!... Вѣдь мужики они!

И тотчасъ же, чтобы смягчить попрекъ, задабривала ее:

— На-ко, съѣшь лучше сдобнушечку,— сама пекла: сласть хороша!...

Но Катя упорно отказывалась.

— И-и, Господь съ тобой,— махала рукой Пафнутьевна,— Христова рогулька, несъѣдущая!

И всего тяжелѣе были для Кати тѣ минуты, когда она ясно сознавала, что она чужая этому мiру,— что всѣ эти люди не только одѣвались, говорили, жили, но и думали и чувствовали совершенно иначе, чѣмъ она, по-своему.

И чѣмъ больше старалась она сблизиться съ этимъ міромъ, вглядѣться въ него, тѣмъ болѣе онъ казался ей непонятнымъ. Повидимому, простой, грубый, онъ поражалъ сложностью своихъ отношеній, множествомъ мелочей, которыя переплетались между собою, какъ петли какой-то крѣпкой, суровой сѣти. Бывало, подаритъ ена какой-нибудь убогой бабѣ платокъ или серьги — и баба носъ подниметъ, и всѣ другія взъѣдятся на нее. "Вотъ я и посѣяла во всѣхъ зависть" — думаетъ Катя.

Выпроситъ она у Марьи Петровны какому-нибудь мужичку, Дормидону Безродному, лѣсу на избенку и Марья Петровна велитъ дать лѣсу, къ крайнему неудовольствію бурмистра, который клянется передъ ней, распинается, что Дормидонъ — мужикъ нестоющій. И вотъ въ первое же воскресенье этотъ Дормидонъ нестоющій дѣйствительно лѣсъ пропьетъ и, встрѣтясь съ Катей, пошатываясь и покачиваясь, низко ей кланяется и что-то лепечетъ пьянымъ языкомъ, такъ что и разобрать нельзя. А всѣ на сходкѣ накинутся на этого Дормидона нестоющаго и учинятъ ему какую-нибудь пакость.

Приводилось Катѣ и на этихъ мірскихъ сходкахъ бывать. Но на нихъ она ровно ничего не поняла. О чемъ-то шумятъ, кричатъ, чуть не дерутся. И только вдолгѣ потомъ растолковали ей, что такое значитъ міроѣдъ для цѣлой деревни. И поняла она, что одни изъ всѣхъ силъ стараются разбогатѣть, а другіе бьются изъ послѣднихъ силъ и не могутъ осилить своей безталанной жизни. "У имущаго отнимается и отдается неимущему" — припомнилось ей. "И вездѣ эта борьба бѣднаго съ богатымъ, слабаго съ сильнымъ. Куда ведетъ эта борьба?..." Но до этого она не могла додуматься.

Иногда входила она въ задорную, крикливую семью, въ которой цѣлый день деньской бабы звенѣли на всѣ голоса, такъ что хоть всѣхъ святыхъ вонъ понеси. Съ міромъ въ сердцѣ и съ желаніемъ мира входила она въ эту семью, заранѣе радуясь и тихо, внутренно повторяя: "Блажени миротворцы..." Но съ первыхъ же словъ ея подымался и крикъ, и вопль, и дымъ коромысломъ, и бабы, сцѣпившись, съ воемъ бѣжали къ бурмистру Михѣичу за разборомъ, и Михѣичъ разбиралъ ихъ и умиротворилъ живо и просто — крѣпкимъ словомъ, да подожкомъ калиновымъ.

Принималась она было учить грамотѣ юную мельтюковщину и даже завела что-то вродѣ школы, но вышла изъ этой школы какая-то сумятица непроходимая. Мальчишки на учительницѣ чуть верхомъ не ѣздили, такъ что она отъ нихъ бѣгала, а дѣвчонки сами отъ нея бѣгали. Иногда ей приводилось слышать, какъ мать гоняла своихъ дѣтей въ школу: "ступай, паскудникъ, или паскудница! Что нейдешь? Ишь барышня добрая... побаловаться съ тобой хочетъ... Не съѣстъ, не побьетъ, азамъ тебя выучитъ".

Впрочемъ, разсказы ея они слушали съ охотой, только мало понимали. Нерѣдко она останавливалась среди разсказа: "Зачѣмъ это я имъ толкую?" — думала она.

Случилось разъ ей разсуждать съ грамотнымъ, сѣдымъ старикомъ о грамотности.

— На что намъ она, эта грамота?— говорилъ онъ.— Не учонъ — не грѣшонъ, это я по себѣ знаю. Церковны книги попъ должонъ вѣдать, приказны крючки — писарь, затѣмъ онъ и писарь прозывается, а тамъ все, выходитъ, прочее — одно баловство и грѣшное дѣло!

И Катя напрасно старалась убѣждать его, что ученье — свѣтъ, а неученье — тьма. Старикъ только усмѣхался снисходительно на ея доводы, а другіе мужички одобряли его. "Знамо дѣло,— говорили они,— все это ученье бары завели!"

Разъ ей вдругъ пришло въ голову отпустить ихъ всѣхъ на волю, такъ что Пафнутьевна ахнула и перекрестилась, а Марья Петровна при этомъ желаніи ухмыльнулася.

— Погоди немного,— сказала она,— вонъ, говорятъ, въ будущемъ году и такъ имъ всѣмъ воля выйдетъ. Мнѣ только бы дожить свой вѣкъ какъ-нибудь,— добавила она, какъ будто про себя,— а у тебя деньги есть! Да вѣдь, чай, не все же отнимутъ у насъ? По міру не пустятъ!

Когда же Катя заговорила о вольной съ мужичками, то всѣ они рты разинули и чуть не въ одинъ голосъ заголосили:

— А къ какому лѣшему намъ воля-то?... Притиснутъ насъ съ вольной-то, это ужъ знамо дѣло!... Мы и такъ довольны Марьей Петровной,— не обижаетъ она насъ, и Митріемъ Михѣичемъ довольны,— онъ у насъ выборный!

И дѣйствительно они были довольны. Бойкій, дѣловой умъ Катерины Степановны укрѣпилъ хозяйство не только свое, но и крестьянское, такъ что не могли разорить его бурмистры ставленные, а тѣмъ болѣе выборные, при доброй барынѣ Марьѣ Петровнѣ, которая почти не вмѣшивалась въ хозяйство. Управлялось оно какъ-то само собой, да Анной Гавриловной съ Пафнутьевной, вѣдавшей все досконально, что дѣлалось на деревнѣ и что дѣлалъ бурмистръ Михѣичъ. Правда, при такихъ порядкахъ ничто не шло впередъ и Марья Петровна получала очень мало, но она не горевала и никому на то не жаловалась.

И стоялъ этотъ мірокъ въ своемъ глубокомъ мракѣ, никуда не стремясь и не порываясь. И неизмѣнно тяготѣли надъ нимъ міровые законы. Нарождались и умирали въ немъ люди въ какой-то постоянной, точно заколдованной, пропорціи. И женились, и разорялись, и богатѣли эти люди, какъ и вездѣ, повинуясь все тому же неизвѣстному, но роковому, математическому закону.

"Стало-быть они счастливы?— думала Катя.— Они довольны своимъ малымъ. Они счастливы этою коснѣющею, полуживотною жизнью. Къ чему же имъ и грамота, и этотъ свѣтъ?!... И почему я не могу остановиться на такой же жизни?"

И видѣла она, что всѣ они заняты, всѣ дѣло дѣлаютъ, а лѣнивые хоть и безъ дѣла, да живутъ не скучая и даже припѣваючи. "Отчего же меня все тянетъ къ какому-то дѣлу?... И гдѣ оно, это мое дѣло?"

"Воспитать, выучить ихъ,— вспомнилось ей о Варѣ и Лизѣ. Она пожала плечами.— Къ чему?... Не учонъ — не грѣшонъ!... Вѣдь и "эти" всѣ счастливы!— подумала она о дѣвичьей.— Да и они были также неученые — эти бѣдные, великіе рыбари галилейскіе!" — и она, опустивъ голову на руки, глубоко задумалась.

"Забыть все, разъучиться — вотъ что надо сдѣлать,— рѣшила она,— а главное — ни о чемъ не думать и всѣхъ любить!" Но не могла она совладать съ ея постоянно куда-то влекущею думой, какъ не можетъ цвѣтокъ, завязавшись въ почку, не разцвѣсть или остановиться самъ въ своемъ цвѣтеньи до тѣхъ поръ, пока не созрѣютъ сѣмена въ его завязяхъ.

И каждая вещь, каждый предметъ будили и увлекали ея мысль. Войдетъ ли она въ іюльскій знойный день въ боръ, что былъ передъ деревней, и каждая травка, каждый цвѣтокъ, дерево растутъ передъ нею таинственно, какъ будто зная свое дѣло и не сказывая о немъ никому. И невольно задумается она надъ этимъ невѣдомымъ дѣломъ.

Разъ она получила высланныя ей изъ Москвы книги, и какой праздникъ былъ для нея, когда Егоръ Мухояровъ привезъ изъ города тючокъ съ этими книгами!

Всѣ, вся дѣвичья и Пафнутьевна дивились, чему она такъ радуется.

— Что въ учености?— сказала при этомъ Марья Петровна.— Я вѣкъ безъ ученья прожила. Какъ ни мудра, а выше Бога не будешь, и все — суета!...

Но Катя вся отдалась чтенію этихъ новинокъ и въ первый разъ книги освѣтили окружавшія ее потемки, хотя и немного тусклымъ, блѣднымъ свѣтомъ. Въ первый разъ она почувствовала ту сладость свободы, которую ведетъ за собой знаніе. И еще больше потянуло ее. къ неизсякаемому источнику свѣта.

Часто задумывалась она, стоя надъ прудомъ, въ тихій, жаркій полдень: "Что дѣлается тамъ?" Что-то странное гнѣздилось въ этой влажной, прозрачной глубинѣ, на этомъ днѣ глубокомъ и темномъ. Отъ зеленыхъ травъ поднимались постоянно кверху серебристые пузырьки; между ними мелькали какія-то темныя, маленькія созданьица; водяной паукъ поднимался на поверхность; піявки извивались между лѣсомъ травъ. Порой стая рыбокъ приплывала къ берегу, мѣрно помахивая плавничками и быстро жуя маленькими ртами. Всѣ онѣ смотрѣли во всѣ большіе, открытые глаза, какъ будто спрашивая: "нѣтъ ли чего поѣсть?" Катю тянуло въ это прозрачное рыбье царство, отъ котораго такъ пахло хорошо, какъ будто сырымъ бѣльемъ, и она шла къ тому мѣсту, гдѣ прямо и далеко надъ прудомъ нависъ толстый стволъ ивы. Она быстро сбрасывала съ себя все на этотъ стволъ, стыдливо оглядываясь кругомъ, и весело бросалась въ свѣжую, нѣжащую, едва нагрѣтую, воду. Долго она собирала и разсматривала и травы, и всякихъ водяныхъ червячковъ и улитокъ, пока холодъ не пронималъ ее. Разъ она отправилась купаться съ двумя дѣвушками, которыя достали на деревнѣ что-то вродѣ намётки, да захватили съ собой большую банку. Съ визгомъ и хохотомъ набрали онѣ въ банку всякой "водяной гадины". Жуки, червячки, улитки и травы жили у Кати въ этой банкѣ нѣсколько дней. Но многихъ червячковъ и улитокъ поѣли жуки.

"И на землѣ, и подъ водой все одно и то же,— думала Катя:— вездѣ борьба, вездѣ сильные и слабые. Видно, самая жизнь есть борьба, часто невидимая, неслышная, а все-таки борьба!... Отчего же нѣтъ этой борьбы въ моей жизни? Да развѣ я не воюю съ няней?— усмѣхнулась она.— Да и зачѣмъ мнѣ эта борьба? Точно я какой-нибудь Донъ-Кихотъ Ламанчскій!..."

Она не сознавала постоянной внутренней борьбы съ самой собою. Она привыкла къ ней.

"Развѣ уйти туда,— думала она,— вонъ изъ этого тревожнаго, борющагося міра, въ мирный пріютъ, въ уютную келью и все время жить тихой, сладкою молитвой?" И она молилась чуть ли не по цѣлымъ ночамъ и ходила тихо, съ спокойною улыбкой и грустною, восторженною думой.

А Пафнутьевна съ Анной Гавриловной въ-запуски гадали на картахъ и все прочили ей трефоваго короля.

IX

Настали новые порядки. Тѣ же самые мужички, которые прежде кричали: "а къ какому лѣшему намъ воля?" — теперь уцѣпились за эту волю и грызлись за каждый клочокъ земли; но, благодаря Пафнутьевнѣ и Михѣичу, Марья Петровна все устроила на новомъ положеніи довольно легко и даже удобно. И все пошло по-старому, какъ будто никакой перемѣны вовсе не произошло. Поволновалась только, да и то немного, одна Анна Гавриловна и за свои, и за чужія дѣла. Она всѣмъ разсказывала, что гдѣ-то появилось знаменіе — звѣзда съ кольцомъ.

И Катя жила прежнею жизнью. Порой пріѣзжали къ ней въ гости двѣ барышни, которыя постоянно хихикали, всему удивлялись и болтали очень мило всякій вздоръ. Катя бывала очень рада, когда онѣ уѣзжали. Пріѣзжалъ также въ Мельтюковку молодой помѣщикъ, лѣтъ двадцати восьми, по фамиліи Талыгинъ, и Катя была всегда рада его пріѣзду. Въ ея представленіи онъ былъ синонимъ книги, потому ли, что онъ всегда привозилъ ей книги, или потому, что часто прямо и просто она обращалась къ нему, какъ къ живой книгѣ, съ какимъ-нибудь вопросомъ, который волновалъ ее. И Талыгинъ отвѣчалъ ей просто и умно, какъ можетъ отвѣчать не всякая книга. Но нерѣдко онъ уклонялся отъ отвѣта. "Пусть сама дойдетъ своей умной головкой и выходитъ на новую дорогу",— думалъ онъ. Ему интересно было наблюдать, какъ складывался въ этой головкѣ совершенно своеобразно бойкій и оригинальный взглядъ. До основныхъ ея убѣжденій онъ не касался. "Ихъ нельзя ломать,— думалъ онъ,— ихъ надо перерости".

Заѣхавъ разъ случайно въ Мельтюковку но поводу порученія его матери, онъ потомъ въ продолженіе цѣлаго года заѣзжалъ туда каждый разъ, когда случалось ему проѣзжать мимо въ городъ. И все болѣе нравилась ему эта, какъ ему казалось, необыкновенная дѣвушка. "У ней каждое слово,— думалъ онъ,— идетъ прямо отъ сердца и смотритъ она такъ просто, довѣрчиво въ. твои глаза съ постоянною думой или тихимъ восторгомъ". И онъ не разъ мечталъ, какъ хорошо бы было идти съ ней рука объ руку въ жизни. Нѣсколько разъ онъ готовъ былъ просить у ней эту руку, руку участія,— того согрѣвающаго участія, которое невольно ищетъ человѣкъ, даже самый сухой и холодный, въ извѣстную пору жизни. "Мнѣ нуженъ не столько умъ ея,— думалъ онъ,— какъ это постоянное стремленіе, эта страстность, скрытная и могучая, которая вызываетъ всегда новую мысль, а за ней и новое дѣло".

И онъ готовъ былъ открыть передъ ней свое сердце и высказать ей о томъ, что давно, тихо, но сильно горѣло въ этомъ сердцѣ. Да какъ-то случая не подвертывалось. Дѣла и дѣла, работа постоянная и безостановочная, которой онъ отдавалъ всѣ свои силы и время, не давали ему отдыха. "Кончу только съ этимъ,— думалъ онъ,— и буду свободенъ". Но кончалъ онъ съ этимъ, являлось другое и, вздохнувъ, онъ откладывалъ рѣшительную минуту, которой хотѣлъ отдаться весь, безраздѣльно и безотчетно. "Но можетъ-быть она не любитъ и никогда не полюбитъ меня?— спрашивалъ онъ.— Любовь женщины — странное, капризное чувство!" И сердце его сжималось при этомъ вопросѣ. "Нѣтъ, не можетъ быть,— утѣшалъ онъ себя,— не можетъ это любящее, довѣрчивое сердце не откликнуться на призывъ другого, которое готово любить такъ сильно, глубоко... Чувство дремлетъ у ней, потому что голова работаетъ, но оно проснется, и тогда..."

А она, дѣйствительно, не думала о немъ, да и ни о комъ не думала. Притомъ и на трефоваго короля онъ вовсе не походилъ. Это былъ блондинъ, довольно высокаго роста, хорошо, крѣпко сложенный, съ лицомъ слегка загорѣлымъ и мало подвижнымъ, высокимъ и крутымъ лбомъ, на который свѣшивались его довольно длинные и немного волнистые волосы, съ большими, задумчивыми свѣтло-голубыми глазами, надъ которыми выступали рѣзко очерченными выпуклостями надбровныя дуги, съ полными, слегка выдающимися губами и немного впавшими, но румяными щеками, изъ которыхъ на правой была небольшая, густо покрытая волосами, родинка. Несмотря на его постоянную живость, а можетъ-быть вслѣдствіе этой именно постоянной живости, онъ почти никогда не пылилъ, а въ тѣхъ рѣдкихъ случаяхъ, когда былъ сильно взволнованъ или огорченъ, онъ только приподнималъ брови, становился грустнымъ, какъ будто уходилъ въ себя, и когда при этомъ все дрожало внутри его, сильное соображеніе его еще болѣе прояснялось и смѣлая дума работала еще быстрѣе, какъ будто все волненіе уходило въ нее.

Разъ онъ пріѣхалъ въ Мельтюковку грустный и пробылъ тамъ не болѣе четверти часа. Передалъ вѣсть о смерти его отца, котораго нѣсколько разъ видѣла Марья Петровна еще въ дѣвушкахъ у своей матери, погладилъ какъ-то разсѣянно по головкѣ Лизу, которая при этомъ засмѣялась, а потомъ уѣхалъ и пропалъ. Прошелъ мѣсяцъ, другой, третій,— Талыгинъ не являлся. Катя, не знала, что придумать, и скучала. Она давно прочла и перечитала книги, которыя онъ привезъ. Отъ скуки она принималась за музыку. Марья Петровна черезъ одного знакомаго выписала для нея изъ Москвы довольно хорошій деми-рояль Мейбома. Но звуки, вмѣсто того, чтобъ отвлечь ее отъ думъ, напротивъ, будили ихъ, какъ будто трогая въ мозгу ея какія-то невидимыя клавиши. "Опять эти вопросы,— думала она, проводя рукой по лбу.— Не знаю, куда дѣваться отъ нихъ... А онъ все не ѣдетъ!"

Она подходила къ окну. Широкій дворъ, занесенный снѣгомъ, и за нимъ поле съ укатанною дорожкой манили ее, тянули въ даль. "Поѣхать, развѣ, прокатиться,— придумывала она,— головѣ будетъ легче!" И черезъ полчаса она уже выѣзжала со двора съ двумя дѣвушками въ широкихъ саняхъ.

— Скорѣе, скорѣе, Егоръ!— погоняла она.

И Егоръ Мухояровъ, хотя и трусилъ, но погонялъ. Санки летѣли и ныряли въ ухабахъ. Дѣвушки взвизгивали и хохотали. Но послѣ этого катанья Катѣ становилось еще болѣе тяжело и за что-то досадно на себя.

— Катя, что ты ходишь какая хмурая?— допрашивала ее Марья Петровна.— Не хочешь ли ты въ городъ съѣздить? Теперь, слышь, балы начались, я тебя къ Лектеевымъ свезу.

Но она упорно качала головкой. Она во всю жизнь была только всего на одномъ балу. Скучно, дико и безалаберно показалось ей все на этомъ балу. Зала, сверкавшая огнями, какой-то раздражающій, наводящій истому ароматъ и волнующая, куда-то влекущая музыка,— голыя руки, обнаженныя плечи, бурно колыхавшіяся груди и блестящіе, пьяные глаза,— эти мущины, которые смотрятъ какъ-то странно и такъ крѣпко обхватываютъ тебя и говорятъ все какой-то вздоръ... Все это обаяніе замаскированнаго сладострастія оттолкнуло ее. И какъ-то странно вдругъ вспомнился ей тотъ буйный пиръ, на который разъ привелъ ее маленькую пьяный Левъ Никитичъ. "Точно они всѣ пьяные на этомъ балу" — подумала она и упросила, чтобъ увезли ее домой. А балъ только-что началъ разгараться, всѣ барышни развернулись, глаза ихъ томно блестѣли, всѣмъ было весело...

X

Пришелъ и прошелъ день рожденія Кати. Минуло ей девятнадцать лѣтъ. Къ этому дню всѣ дѣвушки на-перерывъ торопились и въ одинъ день смастерили ей бѣлое кисейное платье съ прошивками. Въ этомъ платьѣ ей показалось еще скучнѣе. Слёзы навертывались у ней на глаза.

— А ты не ходи этакой печальной,— предостерегала ее Пафнутьевна.— Цѣлый годъ будешь горевать!

"Онѣ всѣ и всѣмъ довольны,— думаетъ она,— мнѣ надо надѣть ихъ платье... Ахъ, еслибы можно было помѣняться съ ними и головой, и сердцемъ!..."

Пришли святки. Насталъ вечеръ крещенскаго сочельника.— Всѣхъ одолѣвало неудержимое веселье.

"Надо попасть въ этотъ тонъ,— думала Катя,— настроить себя, какъ фортепіано. Неужели же, въ самомъ дѣлѣ, нѣтъ у человѣка настолько силъ, чтобы вести за собою свои чувства, а не идти туда, куда они ведутъ его?..."

И она съ принужденной, деревянной улыбкой вошла въ дѣвичью, откуда раздавались веселый говоръ, и смѣхъ, и пѣсни.

Эта дѣвичья была самая большая комната во всемъ домѣ. Ее устроила Катерина Степановна и при ней въ этой комнатѣ былъ цѣлый заводъ или фабрика. Тутъ стояли станы, ткались полотна и даже цвѣтныя салфетки; тутъ болѣе дюжины взрослыхъ дѣвушекъ и подросточковъ шили и вышивали на всѣ манеры: гладью, шелками, бисеромъ, синелью и золотомъ, по картѣ и глазету, для церкви Божіей.

Теперь дѣвичья опустѣла. Вмѣсто становъ, тамъ стояли сундуки, сундучки и коробки, по величинѣ которыхъ можно было судить о количествѣ способностей захватыванія ихъ владѣтельницъ.

Въ ту минуту, когда Катя вошла въ дѣвичью, изъ этихъ владѣтельницъ на-лицо было четыре,— остальныя двѣ бѣгали гдѣ-то по деревнѣ. Тутъ была высокая, со строгимъ лицомъ, уже пожилая брюнетка Таня, которая считалась старшей въ дѣвичьей. Была блѣдная, толстогубая, бѣловолосая, вся покрытая веснушками, Ѳеня — вялое, глупое, но доброе существо; была красавица Параня, съ большими свѣтлоголубыми, блестящими глазами, круглымъ лицомъ, съ тонкими неподвижными чертами. Глядя на это нѣжное лицо, можно было повѣрить разсказамъ Анны Гавриловны, что Параня не чистой холопской крови. Наконецъ, здѣсь же, облокотясь на столъ, стояла юркая, востроносая юла, Даша. Во всемъ этомъ собраніи предсѣдательствовала Пафнутьевна на высокомъ плетеномъ стулѣ, повязанная, по обыкновенію, темнымъ платкомъ съ длинными, выпущенными напереди, концами, которые торчали, какъ рога. Она вязала неизмѣнный шерстяной чулокъ толстыми спицами, которыя блестѣли въ ея костлявыхъ рукахъ, какъ стальные шпицрутены. Смолоду она была красавица и даже была героиней романа, но теперь отъ прежней красоты остались у ней только черныя густыя брови дугами. Зорко и гордо озирала она всѣхъ изъ-подъ этихъ бровей небольшими карими глазами и постоянно ужимала тонкія губы, какъ будто что-то жевала беззубымъ ртомъ. На колѣняхъ у ней дремалъ коварный другъ ея — толстый, сѣрый Васька и мурлыкалъ сквозь сонъ въ знакъ полнаго довольства и собой, и судьбой.

Въ то время, когда вошла Катя, Пафнутьевна, положивъ чулокъ на Ваську, ставила обѣими руками на столъ, покрытую платкомъ, деревянную чашку. Въ чашкѣ лежали кольца.

— Барышня, матушка,— начала просить гнусливымъ голосомъ Ѳеня,— положите и ваше колечко!

— Развѣ барышня носитъ кольца?— останавливаетъ ее строго Пафнутьевна.— Окрестись, Ѳефёла!

Катя, дѣйствительно, не носила ни колецъ, ни серегъ. Она сняла ихъ еще въ пансіонѣ, "чтобы не походить, какъ она объясняла, на дикую индѣйку". Задумавшись, тихо подошла она къ окну, сквозь которое, вся проникнутая сіяніемъ мѣсяца, блестѣла ясная, морозная ночь. Таинственнымъ, фосфорическимъ свѣтомъ свѣтились снѣжныя поляны и манили на ихъ широкій просторъ.

— Даша,— сказала Катя,— пойдемъ погуляемъ въ поле!

— Пойдемте, барышня!— обрадовалась Даша,— Послушаемте, авось что-нибудь услышимъ...

И тотчасъ же она бѣгомъ принесла и накинула на Катю лисью шубку, а на голову платокъ. И сама покрылась платкомъ, а въ рукава на ходу натянула замасленный полушубокъ.

И онѣ вышли на чистый, сухой, морозный воздухъ, который жегъ и сдавливалъ грудь. Быстро по скрипучему снѣгу прошли онѣ черезъ калитку въ открытое поле, и весь просторъ торжественно сіяющей ночи обхватилъ ихъ со всѣхъ сторонъ. Мѣсяцъ свѣтилъ ясно, открыто, съ недосягаемой вышины. Отъ блеска снѣгу и всѣхъ, освѣщенныхъ тысячами отсвѣтовъ, предметовъ края неба какъ будто ушли въ даль и потонули въ темно-синихъ потемкахъ. Ни шороха, ни звука. Все какъ будто застыло и спитъ мертвымъ сномъ среди этой замерзшей ночи, освѣщенной не живымъ, далекимъ, не грѣющимъ свѣтомъ.

— Пойдемте, барышня, туда, къ амбарамъ,— шепчетъ Даша.— Тамъ лучше слушать.

Но барышня ничего не слышитъ. Ея грудь тихо и высоко

поднимается подъ тяжелой, неразрѣшимой думой. Теплый паръ, какъ серебристое облачко, вьется отъ горячаго дыханія надъ ея головкой. И чудится ей, что есть какая-то тайна и какая-то разгадка. въ этой спокойной, необъятной и непостижимой ночи, что въ ней другой міръ, совсѣмъ не тотъ, что въ этомъ маленькомъ людскомъ мірѣ, гдѣ она была сейчасъ, въ этомъ глупомъ гиканьѣ и смѣхѣ.

Но гдѣ же этотъ міръ и что ей нужно въ немъ?

"Превратиться въ эту блестящую снѣжинку,— думаетъ она,— что блеститъ какъ брилліантъ въ сіяніи мѣсяца, и тогда все узнаешь, потому что не будешь чужая этому міру. А можетъ-быть ты и есть эта снѣжинка, никому ненужная въ этомъ громадномъ мірѣ. Говорятъ: "люби и терпи"; но зачѣмъ, кого?... Ахъ, я чувствую, что могу любить всѣ эти брилліанты, разбросанные миріадами по снѣгу, и этотъ темный, задумчивый лѣсъ, и этотъ далекій, блестящій мѣсяцъ, и это небо и звѣзды на немъ. Но все это — чужое, все недоступное намъ".

И у ней еще тѣснѣе становится дыханіе въ груди, правая бровь угрюмѣе сдвигается съ лѣвой, на горячихъ, блестящихъ глазахъ выступаютъ слезинки, а мѣсяцъ играетъ въ нихъ своимъ блѣднымъ, серебрянымъ свѣтомъ.

— Барышня, пойдемте,— шепчетъ промерзлая Даша, перебираясь съ ноги на ногу.— Чай, ужь у насъ всѣ полегли спать и барыня давно ждутъ васъ.

Но вдали показывается черная точка и, рѣзко выдѣляясь на сверкающихъ бѣлыхъ полянахъ, медленно приближается къ нимъ. Больше, яснѣе раздвигается этотъ предметъ. Кто-то ѣдетъ до глянцевито-блестящей дорогѣ. Вотъ уже можно различить и заиндевѣвшую лошадку, бѣгущую мелкими шажками, и паръ, клубящійся около ея косматой морды, и маленькую, откинутую назадъ, дугу надъ ея опущенной внизъ и вытянутой шеей.

— Спросимте, барышня, какъ зовутъ!— подсказываетъ Даша.

И вотъ приближаются санки-розвальни. На передкѣ, выставивъ прямо торчкомъ большія въ лаптяхъ ноги, сидитъ-дремлетъ въ бѣломъ, обдерганномъ полушубкѣ, весь закуржевѣлый отъ морозу, мужичокъ и большая его шапка-малахай свѣсилась вмѣстѣ съ головой на грудь.

— Спросите, барышня!— торопитъ нетерпѣливая Даша.

Санки ровняются съ ними и, визжа полозьями, проѣзжаютъ мимо.

Ясно разглядѣли и барышня, и Даша: стоитъ на санкахъ длинный, темный гробъ и сидитъ-дремлетъ мужичокъ на этомъ гробу.

Даша, раскрывъ ротъ, точно застыла и примерзла къ землѣ.

— Вѣрно въ Вознесенское везетъ хоронить завтра!— прошептала, она дрожащими губами, перекрестясь большимъ крестомъ.— "Ишь угораздило! Не могъ раньше проѣхать!" — сообразила она.

А Катя молча оглянулась на нее и, тоже перекрестясь, улыбнулась сквозь слезинки. "Тамъ,— подумала она,— разгадка всему. Тамъ — въ другой жизни!..." Она посмотрѣла на темное небо, на сіяющій мѣсяцъ, оглянулась еще разъ на всю роскошь нѣмой и таинственной картины и, опустивъ голову, тихо пошла домой, къ полному удовольствію Даши. Въ домѣ, дѣйствительно, почти всѣ уже спали. Передъ маленькимъ образомъ въ теплой комнаткѣ Кати тихо теплилась лампадка, зажженная Пафнутьевной.

XI

На другой день солнце еще низко стояло надъ Мельтюковкой, краснѣя сквозь густой дымъ, который валилъ изъ трубъ почти всѣхъ избъ, а многіе мужики уже отправились на Іордань. Черезъ часъ и Марья Петровна, укутанная такъ, что только однѣ ея глаза были видны, съ Катей и Анной Гавриловной также отправились въ широкихъ, крытыхъ большимъ ковромъ, саняхъ въ ближнюю церковь, въ ту самую, гдѣ слишкомъ двадцать лѣтъ тому назадъ она въ первый разъ увидала Льва Никитича. Позади саней ѣхали пошевни съ Пафнутьевной, Таней и Дашей.

Глубокое, восторженное смиреніе, свѣтлое и радостное, вполнѣ гармонировавшее съ свѣтлымъ, яснымъ утромъ, царило въ сердцѣ Кати. "Что-жь,— думала она,— все это такъ и должно быть: великое и здѣсь недоступное откроется тамъ, въ этомъ невѣдомомъ мірѣ, къ которому идетъ мостъ черезъ широкое человѣчное чувство, возвѣщенное людямъ Бого-человѣкомъ". И она всѣмъ трепетнымъ сердцемъ молилась въ убогой, темной и холодной церкви, прося, "да обновится, возродится каждый человѣкъ новымъ крещеніемъ и да отлетитъ отъ него все темное, гнетущее его!"

Вернулись отъ обѣдни и въ маленькомъ мельтюковскомъ домѣ водворилась праздничная, томительная тишина.

Дѣвушки присмирѣли. Пафнутьевна ходила, крадучись, въ новомъ шумящемъ ситцевомъ платьѣ, на всѣхъ смотрѣла угрюмо, что-то шептала и слизывала бѣлымъ языкомъ со сморщенной ладони крошки просфоры. Варя съ Лизой, тоже въ новыхъ платьицахъ, ходили степенно, точно большія, и говорили шепотомъ. Даже Анна Гавриловна примолкла. Только въ столовой, въ облакахъ пара, шумѣлъ большой, свѣтло-вычищенный, точно праздничный, самоваръ, вокругъ котораго сидѣли Марья Петровна, Катя, Анна Гавриловна и пили чай. Вдругъ среди общей тишины, гдѣ-то въ морозной дали, чуть слышно звякнулъ колокольчикъ, еще и еще разъ, рѣзче и громче, и вотъ зазвенѣлъ онъ въ деревнѣ (всѣ насторожили слухъ), ближе и ближе, раздался наконецъ и на господскомъ дворѣ — и съ шумомъ подкатили сани на тройкѣ подъ маленькое крылечко мельтюковскаго домика, устланное чистыми половиками. Не успѣли еще остановиться сани, какъ изъ дѣвичьей стремглавъ летѣли въ прихожую, фыркая и толкаясь, почти всѣ дѣвушки.

— Дмитрій Павлычъ пріѣхалъ!— прокричала на бѣгу Даша.

— Зачѣмъ же всѣ?— замѣтила Марья Петровна. Но всѣ уже были въ передней, куда быстро, порывисто вошелъ Талыгинъ. Онъ ловко сбросилъ олёній ергакъ, снялъ шапку изъ крымскихъ смушекъ и, развязывая шарфъ, остановился на порогѣ столовой.

— Пустятъ погрѣться или нѣтъ?— спросилъ онъ звучнымъ, веселымъ голосомъ.— Нѣтъ, не пустятъ, проѣзжайте дальше!— проговорила, вся просіявшая и покраснѣвшая, Катя.

— Ну, такъ я и безъ позволенья войду!— И онъ сбросилъ шарфъ, мѣховые сапоги и, обтирая короткіе свѣтлые усы и окладистую бородку бѣлымъ, какъ снѣгъ, платкомъ, потягиваясь и обдергивая свой толстый, сѣрый, клѣтчатый пиджакъ, вошелъ въ столовую.

— Здравствуйте! Какъ поживаете?— проговорилъ онъ.

Марья Петровна видимо оживилась и Анна Гавриловна тоже, даже Пафнутьевна расправила брови и, поклонясь Галыгину, улыбнулась какой-то кислой улыбкой. А Варя съ Лизой тотчасъ же подбѣжали къ нему и весело взяли его за руки.

— Что юла?!— обратился онъ къ Лизѣ и схватилъ ее обѣими руками за головку,— хорошо ли прыгаешь?!

Лиза хихикала.

— А какое это на тебѣ платье!... Какъ шумитъ оно!...

— Это ново...

— Изъ чего же сдѣлано оно... изъ рогожки?

— Это ситцево,— объяснила Варя,— И на мнѣ тако же!— Она съ важностью осмотрѣлась.

— А изъ чего же ситецъ дѣлается?

Дѣвочка задумалась.

— Гдѣ это вы пропали? Не случилось ли чего съ вами?— озабоченно спросила Марья Петровна.

— Дѣла, дѣла, дѣла!— продекламировалъ онъ, садясь на подставленный Таней стулъ и придвигаясь къ столу.

— Какъ сажа бѣла!— съострила Анна Гавриловна, поставивъ чайникъ на самоваръ, и сама засмѣялась своему лубку, такъ что задрожали ея толстыя губы, полныя щеки и двойной подбородокъ, а большіе глаза совсѣмъ закрылись.

— Вѣрно опять новый заводъ какой-нибудь завели?— спросила Марья Петровна.

— Нѣтъ, съ старыми едва могу справиться... Мошенничество, воровство, глупость, лѣнь, пьянство — чего хочешь, того просишь!

— Охота вамъ...

— Охота пуще неволи!

Катя подала ему большой стаканъ чаю. Анна Гавриловна пододвинула хлѣбницу, полную сухариковъ и крендельковъ.

— Ну, а вы какъ поживаете?— обратился онъ къ Катѣ, быстро мѣшая чай ложечкой.

— Все хандритъ она,— пожаловалась Марья Петровна,— незнаю, что и дѣлать...

— Думаю, мама, а не хандрю!— оправдывалась Катя.

— Передъ новымъ годомъ вдругъ что выдумала!... Нарядилась въ сарафанъ и голову платкомъ повязала... "Мама,— говоритъ,— пусти меня туда, въ деревню, у меня будетъ тамъ дѣло. Мнѣ весело будетъ..." И, вѣдь, знаете ли, не шутя пристала, плачетъ!...

Талыгинъ посмотрѣлъ на нее вопросительно, а она, не смотря ни на кого и слегка покраснѣвъ, молча наливала себѣ чай.

— А я вамъ привезъ, что вы просили,— сказалъ Талыгинъ вставая,— и еще, что вы не просили... Извините, что запоздалъ,— И онъ быстро, въ нѣсколько шаговъ, очутился въ передней, взялъ тамъ довольно большой свертокъ въ бумагѣ и, развязывая его на ходу, вошелъ опять въ столовую.

— Да вы развѣ изъ города?— удивилась Марья Петровна.

— Изъ города... Вотъ вамъ соната Вебера, что вы просили, и соната Шумана, которую вы не просили...

— Какъ же это, мимо ѣхали и не заѣхала!— попрекала его Марья Петровна.

— Торопился, черезъ Тальги проѣхалъ... Вотъ вамъ книги.

— Ухъ!— ужаснулась Марья Петровна, взглянувъ на три большихъ тома.— И то она совсѣмъ зачиталась... Испортите вы ее у меня, Дмитрій Павлычъ!

— Или исправлю... Это можетъ узнать нынче: кто изъ насъ порченый, кто правленый? ("И то правда,— подумала Марья Петровна,— вотъ и ты смотришь такимъ добрымъ, а навѣрно тоже порченый") Да и вы вѣдь отдавали же ее въ пансіонъ?— продолжалъ Талыгинъ.— Зачѣмъ?...

— Ну, да тамъ учили ее только необходимому... А вѣдь это все ученость...

— Нѣтъ, и это необходимое... А вотъ вамъ то, что вы не просили,— обратился онъ снова къ Катѣ, которая уже съ жадностью перелистывала книги... И онъ подалъ ей Gereaii: "Essai sur la morale et là réligion", а затѣмъ снова сѣлъ на стулъ и принялся за чай, быстро обмакивая въ него сухарики и отправляя ихъ въ свой большой ротъ.

— Въ наше время,— заговорила Марья Петровна,— не знали этой учености.

— А когда же это было ваше время?— перебилъ Талыгинъ.— Вѣдь вамъ, я думаю, и сорока еще нѣтъ?

— Нѣтъ еще,— призналась стыдливо Марья Петровна и, слегка покраснѣвъ, быстро замигала большими вѣками, полузакрывавшими ея добрые глаза.

— Ну, а какъ въ ваше время будетъ?— рѣзко обратился Талыгинъ къ Варѣ, которая вмѣстѣ съ Лизой стояла около Кати и обѣ заглядывали къ ней въ книгу. (Варя потупилась, а Лиза захихикала.) Тогда все будетъ одна ученость, не такъ ли?

— Антихристъ народится!— рѣшила Анна Гавриловна и махнула рукой.

— Да онъ ужъ народился!— сообщилъ Талыгинъ такимъ рѣшительнымъ и серьезнымъ тономъ, что Анна Гавриловна ротъ разинула, а Марья Петровна съ недоумѣніемъ и ужасомъ посмотрѣла на всѣхъ.

— Въ землѣ полуденной, въ градѣ хананейскомъ Хаздраилѣ, еже есть древній Вавилонъ,— продолжалъ Талыгинъ тѣмъ же тономъ, допивая стаканъ. Анна Гавриловна, не закрывая рта, слушала его, какъ пророческую книгу. Марья Петровна посмотрѣла на нее, на него и слегка улыбнулась.

Л Катя не слушала его. Въ головѣ ея, подъ наплывомъ радостнаго чувства и книгъ, которыя она перелистывала, волновались какіе-то клочки безсвязныхъ представленій и думъ.

"...Онъ пріѣхалъ,— какъ я рада!... Чему?... А, "Третій крестовый походъ",—- не надо учености!... Какъ ярко свѣтитъ солнце, такъ весело... "Тамъ" все узнаешь... Темный гробъ... Въ новомъ крещеніи..." И она боролась съ этимъ чувствомъ, которое тянуло ее къ книгамъ,— "вѣдь это грѣхъ?... Не учонъ — негрѣшонъ!..."

— Катя, налей еще чаю Дмитрію Павлычу!— вызвала ее изъ думъ Марья Петровна.

— Мнѣ полстакана... Я пойду въ залу и покурю. (Марья Петровна не могла выносить табачнаго дыму.)

И, взявъ налитой стаканъ, онъ ушелъ въ залу. Тамъ, закуривъ папиросу, началъ онъ тихо ходить большими шагами, приподнимая кверху руки или быстро махая ими, какъ будто желая; согрѣться этой гимнастикой. Подлѣ него съ обѣихъ сторонъ ходили Варя и Лиза. Первая дѣлала шаги съ припрыжкой, стараясь попасть съ нимъ въ ногу, другая передразнивала его, размахивая руками. Обѣ смѣялись.

"Сегодня кризисъ, рѣшительная минута...— думалъ Талыгинъ.— Кажется, я свободенъ на недѣлю по крайней мѣрѣ. Выскажу ей все и жизнь осложнится еще больше, но будетъ за то полна... Какъ она хороша въ этомъ бѣломъ платьѣ!..." Что-то промелькнуло въ его сердцѣ и мысль задернулась туманомъ... Онъ сильно взмахнулъ руками и потянулся.

— Катя, поди ты къ нему!— посылала ее Марья Петровна.— Катя!...

— Что, мама?— И она очнулась отъ думъ и оторвалась отъ книгъ, встала и, перелистывая на ходу Жеро, вошла въ залу.

— Тетя Катя, мы съ Митръ Павлычемъ ходимъ!— доложила ей Лиза.

Катя окончательно оторвалась отъ книги. Талыгинъ остановился.

— Что это вы такъ давно не были, такъ мало привезли?— упрекнула она его.— Опять пропадете на нѣсколько мѣсяцевъ и я останусь безъ книгъ... Когда вы къ намъ опять будете?

— Это отъ васъ зависитъ,— вдругъ захотѣлось сказать Талыгину и тутъ же высказать ей все... Но она не дала отвѣчать ему и снова продолжала:

— Впрочемъ, я даже боюсь и эти книги читать... Я теперь вообще боюсь книгъ... Къ чему быть книжникомъ? Вѣдь это грѣшно!...

Талыгинъ пожалъ плечами. Онъ вообще не любилъ, когда она въ разговорѣ ставила еію на эту почву.

"Опять она примется все раздѣлять на "одесную" и "ошую",— подумалъ онъ.— Когда же выростетъ она изъ этихъ пеленокъ?"

— Почему же грѣшно?— спросилъ онъ.— Гдѣ вы нашли, въ какой святой книгѣ, запрещеніе знанія? Развѣ вы не помните, что и въ Евангеліи сказано: "И уразумѣете истину, и истина освободитъ вы". Что же можетъ быть выше этого свѣта истины? Къ нему стремится каждый человѣкъ, который думаетъ, а не спитъ ("и не молится!" — хотѣлъ онъ досказать, но остановился).

Отъ этихъ словъ Катѣ вдругъ стало легко, свободно. Съ нея свалилось сомнѣніе и широко распахнулись передъ ней ворота въ это необозримое, влекущее поле знанія. Сердце забилось сильнѣе... "Какъ же это я не помню этого мѣста въ Евангеліи?— подумала она.— Но онъ не можетъ ошибиться..." Она такъ сильно, почти слѣпо вѣрила ему, какъ своему учителю.

— Неужели же въ этомъ одномъ знаніи и вся задача жизни?— подумала она вслухъ.— Неужели же нѣтъ другого дѣла?

— Какъ нѣтъ дѣла?— спросилъ онъ, и снова его завѣтная, сердечная мысль готова была сорваться съ языка. Сердце слегка затрепетало:

"Неужели я трушу?" — подумалъ онъ.

— Послушайте,— началъ онъ и голосъ его едва замѣтно дрогнулъ.— Дѣло есть, и серьезное, сложное дѣло, которому можно и должно отдать всю жизнь... Не грѣшно!— прибавилъ онъ и окончательно ободрился.

Въ это время они подошли къ окну, сквозь которое ярко свѣтило солнце и на одномъ изъ голыхъ сучковъ черемухъ, росшихъ въ полисадникѣ, прыгали и ярко краснѣли своими грудками на солнцѣ два снигиря... И вдругъ этотъ солнечный день и въ особенности эти снигири живо напомнили Катѣ папсіонскій садъ зимой и залу, освѣщенную солнцемъ, и какъ она ходила по немъ, мечтая, что она — "избранница" и что она должна сдѣлать...

— Нѣтъ!— быстро перебила она Талыгина, слегка схвативъ его за рукавъ. Глаза ея засіяли.— Я чувствую въ себѣ силы, я знаю мое дѣло... Постойте!— она тихо отошла отъ него въ другой уголъ залы и быстро начала поправлять свои волосы за уши.

Какъ у большей части нервныхъ, восторженныхъ натуръ, новая мысль, еще не прояснившаяся, въ какомъ-то таинственномъ туманѣ, но еще болѣе привлекательная въ силу

45

этой таинственности, заволновалась въ ея головкѣ и, становясь все яснѣе и яснѣе, какъ будто засвѣтилась въ ея глазахъ. Грудь ея заколыхалась.

— Послушайте,— сказала она, машинально перевернувъ легкій плетеный стулъ, который стоялъ возлѣ ломбернаго столика, и облокотясь на спинку этого стула. Она безсознательно чувствовала, что такъ ей легче будетъ говорить.— Послушайте!— сказала она, смотря, съ едва замѣтной улыбкой, прямо, блестящими глазами на Талыгина.— Я поняла... Я понимаю теперь (поправилась она), почему меня постоянно куда-то влекло, на какой-то просторъ... Мнѣ тѣсно здѣсь, душно!... (Ея тонкія ноздри раздулись. Она опять стала похожа на Льва Никитича, точно онъ въ ней говорилъ: "скучно, душно, душѣ покататься хочется".) Мнѣ здѣсь все чужое. Правда, я люблю этихъ мужичковъ, бабъ и няню... Я никогда не брошу дорогую маму (Машу подсказало ей сердце), какъ она, больная, такъ много перенесшая горя въ жизни, не броситъ своей Мельтюковки.— На всемъ подвижномъ лицѣ ея вдругъ промелькнуло глубокое, теплое чувство.— Но когда-нибудь я выйду же на широкую, новую дорогу. У меня есть силы, я чувствую ихъ здѣсь — въ головѣ, сердцѣ... Все, что я знаю, чему научусь здѣсь, я принесу на пользу, на что-нибудь доброе ("великое" — хотѣла она выговорить, но не посмѣла). Скажите, неужели у женщины только и есть одна дорога: мужъ, семья?...— Она тише произнесла эти слова и потупилась. Талыгинъ сдѣлалъ какое-то неопредѣленное движеніе.— Неужели женщина не можетъ всѣхъ любить, всѣхъ, и дѣлать добро словомъ, дѣломъ?...

— Можетъ, можетъ!— отвѣтила она сама въ какомъ-то вдругъ нахлынувшемъ экстазѣ.— Какія бы ни были препятствія, я поборю ихъ, сломлю всё, всё!...

Она протянула руку и гордо откинула голову. Въ ея сдвинутыхъ бровяхъ была сила, тонкія ноздри снова раздулись, сжатыя губы приняли упорное, строгое выраженіе, а глаза — страстные, блестящіе — куда-то устремились въ даль, какъ будто вызывая оттуда не человѣческій подвигъ. Она опять стала похожа на своего отца.

И Талыгинъ не могъ вынести этого нестерпимаго блеска глазъ. Онъ невольно отвернулся. "Еслибы ты знала, какъ хороша ты,— подумалъ онъ,— восторженная, экзальтированная головка!" И въ то же самое время какое-то смутное, тяжелое чувство сжало его сердце. "А если дѣйствительно въ ней есть эта сила призванія, таланта? Можетъ-быть теперь, именно теперь проснулось въ ней сознаніе этого таланта". И вдругъ ему показалось какимъ-то тормозомъ та обстановка мирной, замкнутой семьи, съ ея сложнымъ дѣломъ, которую онъ готовилъ для нея. "Не я свяжу,— подумалъ онъ,— эти молодыя силы. Пусть идетъ впередъ, въ другую сторону, къ иной цѣли, не менѣе великой. Развѣ я не могу любоваться на нее издали?"... "И только любоваться" — подсказало горькое чувство.

— Что же вы молчите?— спросила она.

Онъ поднялъ глаза.

— Что же мнѣ отвѣчать вамъ: идите, ищите, можетъ-быть и найдете! Только не ошибитесь и строго,— онъ посмотрѣлъ ей прямо въ глаза,— относитесь къ дѣлу, безъ увлеченій самолюбія. ("Не возносись, не возгордись!" — припомнилось ей какъ будто изъ какого-то далекаго прошлаго.) Кто изъ насъ въ молодости не считалъ себя какимъ-то всемірнымъ геніемъ и сколько потратилось, пропало даромъ силъ самыхъ честныхъ на ложныхъ тропинкахъ. Не довѣряйтесь слишкомъ себѣ. Повѣрьте, что часто въ то время, когда мы ищемъ себѣ дѣла нашимъ умомъ гдѣ-то вдали, оно лежитъ тутъ, возлѣ, и не въ умѣ, а въ сердцѣ, въ этомъ широкомъ чувствѣ...

— Катя!— раздался голосъ Марьи Петровны.

Талыгинъ остановился.

— Что же?— спросила она.

— Катя!...

— Сейчасъ, мама!

— Ничего!... Работайте, а потомъ, потомъ... сами увидите.

— Я буду трудиться добросовѣстно.— И глаза ея, слегка потухшіе, снова загорѣлись!— А вы мнѣ будете совѣтовать, руководить мной, да?...

— Насколько могу.

Она протянула ему руку и, прямо, съ улыбкой смотря блестящими глазами въ его глаза, крѣпко стиснула этой своей маленькой, нервной ручкой его большую, здоровую руку. Потомъ обернулась и быстро пошла въ столовую. Талыгинъ тихо пошелъ въ слѣдъ за ней.

— Ты что же не спросишь Дмитрія Павлыча,— обратилась къ ней Марья Петровна,— не хочетъ ли онъ закусить чего? Вѣдь дорога не ближняя, съ чаю сытъ не будешь, а до обѣда еще далеко. Я сейчасъ велю подать.

— Нѣтъ, не хлопочите. Я сейчасъ отправлюсь!— и онъ взялъ шапку и теплыя замшевыя перчатки.

— Какъ отправитесь?... Безъ обѣда?!

— Да, безъ обѣда. Дома ждать будутъ... Я обѣщался вернуться въ четыре часа, а теперь и къ восьми не поспѣешь.— Онъ посмотрѣлъ на часы.— Еще придется кормить въ Ташловкѣ.

— Такъ вы на дорогу-то закусите. Катя, что-жь ты стоишь!

Катя повернулась, но Талыгинъ отказался на-отрѣзъ и отъ закуски на дорогу. Ему хотѣлось скорѣй на просторъ. Видъ Кати какъ-то раздражалъ его. Онъ чувствовалъ, что не можетъ спокойно думать при ней. Сердце его колыхалось. Онъ протянулъ руку Марьѣ Петровнѣ и сказалъ: "прощайте", потомъ молча протянулъ руку Катѣ и она снова крѣпко пожала его сильную, красную руку. Ей опять стало легко,— впереди засіяла широкая надежда.

— Кланяйтесь Агніи Петровнѣ,— наказывала Марья Петровна въ дверяхъ, на порогѣ лакейской, въ то время, когда Талыгинъ быстро надѣвалъ сапоги и шубу, какъ-то вырывая ее изъ рукъ ухмылявшейся Даши.

— Я васъ попрошу выслать моего Семена!— сказалъ онъ.

Марья Петровна не успѣла повернуться, какъ Даша уже бѣгомъ бѣжала въ кухню.

Варя и Лиза какъ-то протиснулись, пролѣзли впередъ изъ столовой, мимо столпившихся въ дверяхъ ея Марьи Петровны, Кати, Пафнутьевны, Анны Гавриловны, и стали передъ Талыгинымъ.

— Прощайте-съ!— сказала Лиза.

Онъ молча взялъ ее за головку, поцѣловалъ въ лобъ и улыбнулся.

— А меня-то?— обидѣлась Варя. Онъ и ее поцѣловалъ.

Сани подъѣхали къ крыльцу.

— Прощайте!— сказалъ онъ, поклонившись слегка, отрывисто надѣлъ шапку и вышелъ на морозный воздухъ. Тамъ онъ глубоко вздохнулъ, выпустивъ цѣлый потокъ пара.

Кучеръ, молодой парень, сидѣлъ, улыбаясь, въ большой шапкѣ на бекрень и въ крытой сермягой волчьей шубѣ, съ поднятымъ воротникомъ, подвязаннымъ краснымъ платочкомъ. Лошади, застоявшись на морозѣ, фыркали и выбивали копытами снѣгъ. Талыгинъ быстро вскочилъ въ сани и они полетѣли. Колокольчикъ зазвенѣлъ.

— Ишь, какой прыткій!— замѣтила Марья Петровна, смотря изъ окна столовой, а Катя ничего не сказала,— она была вся внутри себя; тамъ передъ ней шире и яснѣе развертывался новый міръ, обѣтованная обитель.

— Чѣмъ бы тебѣ не женихъ?— спросила Марья Петровна.

— И то правда, барыня!— подтвердила Пафнутьевна.

Катя съ тихой улыбкой, какъ будто не понимая, о чемъ онѣ говорятъ, посмотрѣла на нихъ, покачала головкой и, медленно выйдя въ залу, стала ходить по ней взадъ и впередъ, то хмурясь, то улыбаясь и по временамъ тихо крестясь. Варя и Лиза ходили рядомъ съ ней.

— Онъ меня первую поцѣловалъ!— похвасталась Лиза.

Катя вдругъ нагнулась и крѣпко, порывисто обняла ихъ обѣихъ.

— Вы мои снигирики!— сказала она весело.

— Послушай, тетя-Катя,— прошептала ей прямо подъ ухо, обхвативъ ея шейку, Лиза.— Я снигирикъ,— и она показала на себя, а потомъ уставила пальчикъ на Варю,— а она?... Она — чижикъ!— и она громко засмѣялась.

XII

Талыгинъ ѣхалъ гладкою дорогой, обставленной засохшими, красными елками, которая вилась по полотну замерзшей большой рѣки, изгибаясь около ея, береговъ. Солнце задернулось тучами, легкія рѣдкія снѣжинки какъ-то лѣниво кружились въ воздухѣ и точно нехотя опускались на волчью шубу Семена. Колокольчикъ путался въ своемъ звонѣ, захлебывался и вдругъ смолкалъ. Лошади, фыркая, бѣжали мелкою рысью.

Но ничего этого не видалъ и не слыхалъ Талыгинъ. Ему представлялась она съ своимъ восторженнымъ взглядомъ. "Не могу я разобрать ее и мои отношенія къ ней совершенно объективно,— думалъ онъ.— Видно, не одно самолюбіе, а всякое сильное, страстное чувство мѣшаетъ объективности.— И все-таки невольно разбиралъ онъ и ее, и эти отношенія.— Никакихъ особенныхъ силъ у ней нѣтъ,— думалъ онъ: — недюжинный умъ, да пылкое сердце и больше ничего. И даже для семьи она не годится,— слишкомъ неровна, восторженна...— Но тутъ же припомнилось ему ея часто задумчивое, честное, самоотверженное лицо, то упорство, съ которымъ она слѣдила за собой, ломала себя и одолѣвала всякій трудъ.— Да, она можетъ быть хорошей матерью-воспитательницею,— думалъ онъ. И какъ-то невольно манила и ласкала его эта дума, обвивая его сердце томительно-сладкимъ чувствомъ. То вдругъ гналъ онъ отъ себя, нахмуривъ брови, это, какъ ему казалось, мелкое чувство.— Вѣдь это самый узкій, скаредный эгоизмъ,— думалъ онъ,— Пусть идетъ впередъ, и чѣмъ дальше, чѣмъ шире захватитъ кругъ, тѣмъ лучше, тѣмъ больше пользы. Новый путь, новыя силы...— думалъ онъ.— Можетъ-быть, дѣйствительно, онѣ и хранятся, незримыя, невѣдомыя, въ ея пылкой головкѣ. Останется она въ дѣвушкахъ, можетъ-быть надолго, и вся сила страстнаго, половаго чувства будетъ волновать постоянно ея умъ до тѣхъ поръ, пока это чувство не одолѣетъ и не возьметъ свое". И снова опомнившись, какъ бы въ просонкахъ, онъ оглядывался кругомъ на бѣлое, матовое небо, на холмистые обрывы, заваленные снѣгомъ и покрытые голыми кустарниками, на легкій паръ, подымавшійся отъ широкой полыньи, журчавшей въ сторонѣ, на ворону, молча скакавшую по дорогѣ и улетавшую въ кустарникъ.

Иногда представлялась ему его деревня — Липки. Тамъ ждала его мать, добрая, веселая старушка, тамъ ждалъ его кипучій міръ постоянной обыденной дѣятельности, и вдругъ вспоминалось ему: "а шестерню въ Ломовѣ надо перелить".

— Погоняй, другъ Семенъ!— говорилъ онъ. И другъ Семенъ погонялъ, пробуждаясь отъ одолѣвшей его дремы и покрикивая: "Ей вы, лебедки-молодки!..."

Только позднимъ вечеромъ добрался Талыгинъ до родной кровли. Мѣсяцъ уже давно взошелъ, но, задернутый облаками, свѣтилъ тусклымъ, ровнымъ, мягкимъ свѣтомъ. И все небо казалось какой-то матовой опрокинутой чашей.

Колокольчикъ громче зазвенѣлъ. Въѣхали въ густой лѣсъ, расположенный по ущелью, которое называлось "Танькинъ врагъ". Путаясь прихотливыми перегибами, переплетались и тянулись безконечно голыя вѣтви кустовъ и деревьевъ, скупо пропуская томный, дремлющій свѣтъ. Вдругъ въ самомъ темномѣ мѣстѣ блеснули ярко два фосфорическіе огонька, точно далекія звѣздочки-близнецы. Лошади шарахнулись, прижали уши и зафыркали.

— Митрій Павлычъ, во-олкъ!— проговорилъ торопливо, шепотомъ, Семенъ и обернулся къ Талыгину.

— Гдѣ, гдѣ?— встрепенулся Талыгинъ и быстро доставалъ уже изъ саней, лежащій рядомъ съ нимъ въ кожаномъ чехлѣ, короткій штуцеръ.

— Во, во... эво въ ложочкѣ-то!— Семенъ придержалъ лошадей.

Прямо на встрѣчу мигавшимъ огонькамъ Талыгинъ пустилъ выстрѣлъ. Громко брякнулъ онъ въ тишинѣ ночи. Эхо защелкало по лѣсу, дымомъ обдало лошадей и онѣ бросились со всѣхъ ногъ.

— Тпру, тпру, окаянныя!— кричалъ Семенъ, завалившись совсѣмъ въ сани и натягивая возжи, а сани прыгали по пенькамъ и кочкамъ. Наконецъ, тройка остановилась, храпя и озираясь.

— Вернуться, что-ль?— спросилъ лѣниво Семенъ.

— Зачѣмъ?... Гдѣ теперь его найдешь... Ѣдемъ!— и, продувъ штуцеръ, Талыгинъ бережно опять уложилъ его въ чехолъ.

Семенъ пустилъ лошадей вскачь, до деревни оставалось всего двѣ версты и лошади летѣли, далеко разметывая рыхлый, запорошившій дорогу, снѣгъ. Колокольчикъ заливался и, вотъ, мимо промелькнулъ берегъ рѣки, большое, длинное, съ высокими трубами каменное зданіе паровой мельницы, широкій прудъ, и сквозь заиндевѣвшіе, голые сучья деревьевъ глянулъ господскій домъ. Въ немъ уже мелькали огни. Несмотря на свѣтлую ночь, кто-то съ фонаремъ бѣгомъ летѣлъ къ воротамъ. Мелькнулъ и этотъ фонарь мимо, вмѣстѣ съ высоко державшимъ его, надъ непокрытою головой, и улыбавшимся мальчикомъ. И мимо побѣлѣвшихъ, заиндевѣвшихъ деревьевъ сада, тянувшагося за высокой деревянною рѣшеткой по обѣимъ сторонамъ дороги, сани влетѣли на дворъ и подкатили подъ широкое крыльцо-террасу. На ступеняхъ его стояли, улыбаясь, двѣ дѣвушки со свѣчами, а посреди ихъ маленькая старушка, еще весьма моложавая, очень похожая лицомъ на Талыгина, съ такой же родинкой на щекѣ, въ собольей кацавейкѣ и покрытая большимъ тяжелымъ сѣрымъ платкомъ.

— Ахъ, супостатъ! Ахъ, супостатъ!— кричала она, качая головой и махая руками.— Полуношникъ безстыжій! Гдѣ пропадалъ? Ждутъ его, ждутъ не дождутся!...

А Талыгинъ уже бѣжалъ на крыльцо, громко топая по ступенямъ тяжелыми сапогами, звонко чмокнулъ старушку и, обнявъ ее, вмѣстѣ съ ней вошелъ въ большую переднюю.

— Ужь навѣрно въ Мельтюковкѣ сидѣлъ,— продолжала ворчать, улыбаясь, старушка.

— На полчаса заѣхалъ, родная, только на полчаса!— оправдывался Талыгинъ, быстро сбрасывая и шубу, и сапоги, и шарфъ, и, цѣлуя руки у матери, онъ вошелъ съ ней въ большой кабинетъ, а за нимъ почти вслѣдъ внесли нѣсколько свертковъ и какіе-то тяжелые тюки, обшитые рогожей, сквозь которую торчали желѣзные прутья съ гайками.

— Вотъ это тебѣ, родная, гостинца,— говорилъ онъ, развертывая одинъ изъ свертковъ.

— Ничего мнѣ не надо... Иди скорѣй ѣшь, да грѣйся,— проголодался чай съ дороги, озябъ,— и она выдернула у него свертокъ изъ рукъ и бросила на столъ.

— Ни-ни, ничего не хочу! Я въ Ташловкѣ закусилъ и... вовсе не озябъ.

— Ѣшь, говорятъ тебѣ, каторжный! Вѣдь я тебѣ пельменей наварила и гуся подъ шпекомъ съ яблоками зажарила!— И она потащила его безъ церемоніи за рукавъ въ столовую. Талыгинъ отговаривался и упирался, однако усѣлся: гусь подъ шпекомъ такъ хорошо пахъ. "Съѣмъ немного, чтобъ не огорчить ее" — подумалъ онъ. Но только-что принялся онъ за ѣду и за разсказы, какъ изъ задней комнаты выглянулъ приземистый, довольно полный человѣчекъ съ русою бородкой клиномъ и съ длиннымъ плутовскимъ лицомъ. Это былъ уставщикъ и главный распорядитель на паровой мельницѣ. Агнія Петровна нахмурилась и замахала на него руками.

— Ступай, ступай! Послѣ придешь. Дай барину кусокъ-то проглотить...

Но баринъ уже увидалъ человѣка и закричалъ:

— Что надо, Петръ Анисимычъ?

Человѣчекъ низко поклонился.

— Да. маленько,— началъ онъ вкрадчивымъ голосомъ,— неполадки случились, такъ желалъ донести вашей милости.

— Что такое?

— Да въ маломъ приводѣ ось-то, значитъ, хрупнула.

Талыгинъ бросилъ не доѣденный кусокъ и привсталъ.

— Ну?...

— Да вотъ мы, то-есть, принялись ее чинить, все значитъ, желали до вашей милости обладить, да варимъ, варимъ и не сваримъ.

Талыгинъ совсѣмъ всталъ.

— Какъ же она такъ?—спросилъ онъ.

— Это ее знать, какъ она у нихъ скопытилась. Я отлучился за маломъ дѣломъ на полчаса, а привезли тутъ съ Барыкова три куля крупицы. Ѳедоръ и говоритъ: засыпь, говоритъ, все въ крайнюю-то; ничего, говоритъ, умнетъ и пошабашимъ седни. Засыпали, а она, значитъ, какъ есть въ полномъ ходу, мелетъ да мелетъ, инда вся закрома ходуномъ ходитъ, да вдругъ какъ загудётъ, загудётъ...

Но Талыгинъ уже не слушалъ. Онъ бросился въ переднюю, быстро натащилъ сапоги на ноги, захватилъ шубу, на ходу всунулъ одну руку въ рукавъ, повалилъ два стула и бросился вонъ.

— Ишь воженый!— прошептала Агнія Петровна и принялась, сама за гуся подъ шпекомъ. За обѣдомъ она, въ ожиданіи сына, почти ничего не ѣла.

А Талыгинъ чуть не бѣгомъ бѣжалъ черезъ прудъ въ кузницу-слесарню, откуда черезъ широко растворенныя ворота ярко и далеко разливался свѣтъ, а изъ длинной трубы цѣлымъ снопомъ высоко кверху летѣли крупныя искры. Но не слышно было въ кузницѣ никакого стуку. Четверо рабочихъ съ усталыми, вспотѣвшими и блѣдными лицами стояли около остывавшей длинной полосы стали.

— Ну, что,— вскрикнулъ Талыгинъ,— носы повѣсили?

— Никакъ не совладамъ, Митрій Павлычъ,— сказалъ коренастый, рыжій, весь выпачканный въ сажѣ, Прохоръ.— Песъ её знатъ! Умаяла она насъ до смерти.

— Ничего, авось совладамъ... Тащи живѣй, сыпь дубоваго угля, валяй во всѣ мѣха!— И работа закипѣла.— Петръ Анисимычъ, вы бы плавильнаго порошку, поживѣй,— тамъ онъ въ кладовой въ кадушкѣ.

— Знаю, знаю!— отвѣчалъ на бѣгу Петръ Анисимычъ.

Черезъ полчаса пламя закипѣло нестерпимымъ блескомъ и жаромъ, стальная, почти на серединѣ переломленная, ось побѣлѣла и упорная, крѣпкая сталь размякла и начала по краямъ какъ воскъ топиться. Ее вынули на наковальню и въ четыре молота принялись сколачивать изломанные куски. Но усталыя руки плохо служили,— дѣло не спорилось, сталь начала остывать.

Талыгинъ сбросилъ шубу, пиджакъ, засучилъ рукава и, схвативъ стоявшій въ углу молотъ, принялся крѣпкими и свѣжими руками изо всѣхъ силъ бить по стальной полосѣ.

— Сильнѣй, дружнѣй, ребята!— кричалъ онъ, и бѣлыя искры запрыгали, полетѣли во всѣ стороны. Ребята налегли,— откуда вдругъ силы взялись. "Ухъ — бацъ! Ухъ — бацъ!" — раздавалось далеко по пруду, и черезъ двадцать минутъ ось была исправлена. Талыгинъ отеръ потъ, надѣлъ пиджакъ, шубу.

— Ну, до завтра,— сказалъ онъ.— Завтра обточимъ и я самъ установлю ее.— И живой, веселой поступью отправился онъ домой. "Завтрашній день,— думалъ онъ,— не пропалъ, а съ нимъ и выручка. Мельница, хотя съ полденъ, все-таки будетъ работать".

Придя домой, онъ съ аппетитомъ доѣлъ гуся.

Мѣсяцъ снова выглянулъ изъ-за облаковъ и морозная

ясная ночь напомнила ему въ какой-то дали далекую Мельтюковку и дѣвушку съ ясными, блестящими глазами. Сонъ уже клонилъ его, а на столѣ, въ кабинетѣ, лежала довольно толстая конторская тетрадь, вся излинованная и исписанная цифрами недѣльныхъ отчетовъ. Агнія Петровна уже спала; но, еще не лождсь спать, она по обыкновенію заботливо осмотрѣла, хорошо ли приготовлена постель Митѣ, постланы ли чистыя простыни, потомъ помолилась за себя и за него, за всѣхъ живущихъ и за усопшихъ и, крестясь и мысленно благословляя все его, Митю, и прося ему помощи, тихо раздѣлась и улеглась въ большую кровать. А онъ поправилъ лампу и принялся провѣрять длинные ряды цифръ. Итоги за итогами выкладывалъ онъ на счетахъ. Лампа ровно горѣла и тихо летѣло время среди безмолвной тиши ясной, морозной ночи. Наконецъ, вся тетрадь была кончена. Талыгинъ сдѣлалъ нѣсколько отмѣтокъ карандашомъ, потянулся, зажегъ свѣчу, потушилъ лампу и отправился спать.

Въ головѣ у него шумѣлъ какой-то смутный шумъ; но когда онъ легъ въ холодную и жесткую постель, этотъ шумъ унялся и сквозь зажмуренныя вѣки ему чудилась качка дороги, визгъ полозьевъ, выстрѣлъ въ лѣсу, блескъ кузницы, шумъ горнаго огня и безконечный рядъ цифръ все пестрѣе и пестрѣе. Онъ уже началъ забываться, и вдругъ выше и ярче всѣхъ этихъ, обрывками мелькавшихъ, образовъ предсталъ все тотъ же образъ этой восторженной, но безконечно милой головки. Онъ открылъ глаза и тотчасъ, весь потянувшись, снова ихъ зажмурилъ. "Да будетъ на пути твоемъ все, что есть лучшаго въ мірѣ,— пожелалъ онъ изъ глубины сердца,— и ты сама да будешь однимъ изъ лучшихъ, свѣтлыхъ образовъ въ этомъ мірѣ", и тихо и крѣпко заснулъ онъ въ какомъ-то дѣтскомъ умиленіи.

XIII

А на другой день рано утромъ, окативпись холодною водой и стряхнувъ съ себя всю нѣжащую истому, онъ опять завертѣлся въ колесѣ той бойкой дѣятельности, которой отдался весь отчасти по принципу, отчасти потому, что "охота пуще неволи". Пустилъ въ ходъ паровую мельницу, осмотрѣлъ и поправилъ работы на гумнѣ съ молотилкой и вѣялкой и отправился за десять верстъ на стеклянный заводъ, а оттуда проѣхалъ на поташный и винокуренный.

Вотъ уже шесть лѣтъ, какъ онъ запрягъ себя въ этотъ постоянный, безконечный приводъ всякихъ шестерней и рычаговъ, кубовъ и печей, окунулся въ глубокій омутъ всякой суетни и хлопотни, возни съ рабочими, не умѣющими или просто не дѣлающими. Многое у него не спорилось, часто являлись прорухи,— "Прытокъ, да молодъ,— упрыгается!" — говорили про него мужики и рабочіе. Но за то многое ужь шло полнымъ, надежнымъ ходомъ, росло и крѣпло.

Главная задача была — не зашибать деньгу, а поднять то, что лежало скрытое и даромъ пропадающее въ богатыхъ силахъ земли, въ промышленномъ, бойкомъ духѣ народа.

Онъ заводилъ ремесленныя школы, пропагандировалъ и постоянно боролся съ разными дѣдовскими рутинными пріемами, не ломая, но измѣняя ихъ, насколько можно ихъ измѣнить и улучшить.

Но и эта огромная и трудная задача была только средствомъ къ еще болѣе широкой и трудной дѣли...

"Я лицомъ къ лицу встану къ народу,— думалъ Талыгинъ,— я поглубже посмотрю, насколько съумѣю, въ этотъ, почти не тронутый, родникъ. Съ нея, съ этой массы должно начать изученіе тѣхъ элементовъ, изъ которыхъ строится общество. Въ ней всѣ они проще, нагляднѣе. Въ ней мало, почти нѣтъ ничего ломаннаго, искуственнаго. Въ ней воспитаніе просто и грубо, а потому всѣ типы и характеры цѣльнѣе".

И онъ тщательно, съ любовью, изучалъ этотъ рабочій людъ въ различныхъ проявленіяхъ его разнообразныхъ характеровъ съ точки зрѣнія разныхъ психологическихъ теорій.

Но именно эти теоріи сильно путали и смущали его. Прежде онъ увлекался, какъ математикъ, формулами теоріи Гербарта, потомъ онъ переросъ ее, отвернулся также отъ нѣмецкихъ метафизиковъ, отъ этой туманной "чепухологіи", какъ онъ называлъ ихъ, и остановился, хоть и не надолго, на англійскихъ сенсуалистахъ. "И у нихъ все дѣланное, придуманное",— рѣшилъ онъ и собиралъ и записывалъ всѣ случаи и факты, противорѣчащіе или расширяющіе эту реальную психологію. Многое онъ провѣрялъ на себѣ, постоянно анализируя свои чувства и самый процессъ мышленія. Но этотъ анализъ еще болѣе сбивалъ его и часто выводилъ на ложную дорогу. "Нѣтъ во мнѣ объективности,— догадывался онъ,— этого спокойнаго, широкаго индифферентизма. Да и натура моя ужь ломанная, осложненная,— въ ней нѣтъ непосредственной простоты и глубины. Я имъ чужой. Во мнѣ нѣтъ простого склада ума; я ужс отошелъ отъ этихъ элементарныхъ и своеобразныхъ комбинацій, изъ которыхъ какъ бы само собой рождается и новое мѣткое слово, и новый смѣлый шагъ, и широкая практическая мысль, которую зовутъ русскимъ толкомъ".

И нерѣдко при своихъ наблюденіяхъ онъ, дѣйствительно, чувствовалъ, что онъ имъ чужой. Какъ ни старался онъ быть проще съ мужикомъ, какъ ни замаскировывалъ и одежду, и языкъ, и пріемы, но мужикъ, какъ бы чутьемъ, слышалъ въ немъ человѣка другой породы, дичился его и становился къ нему тоже замаскированной, а не своей обыденной, естественною стороной.

Часто онъ останавливался, въ недоумѣніи, на перепутьи и чувствовалъ, что у него нѣтъ никакого критеріума. Замѣчалъ онъ, напримѣръ, что рабочіе охотно брали урочную работу и сами на нее напрашивались.

— Да зачѣмъ же я вамъ уроки буду задавать?— допрашивалъ онъ.

— Да оно какъ-то слободнѣй, охоче работать-то!— поясняли они и ничего не могли больше придумать.

"Можетъ-быть этому народу нравится,— думалъ онъ,— что-нибудь опредѣленное, законченное. Ему вообще необходима эта ясность, даже образность, въ самыхъ отвлеченныхъ предметахъ. Или жаждетъ этихъ уроковъ наша родная лѣнивая натура, которая выгадываетъ, время для ничегонедѣланія: "отмахалъ, молъ, да и съ колокольни долой!" Или нашъ рабочій не вѣритъ въ собственный судъ и думаетъ: сколько бы онъ ни сработалъ, все ему покажется мало,— лучше ужъ пусть другіе рѣшаютъ... Или, забитый и задавленный работой, онъ радъ хоть на нѣсколько часовъ видѣть ей конецъ и стремится скорѣе, изъ всѣхъ силъ, къ этому концу? Или русской удали хочется отличиться: погляди, дескать, какъ я живо отвалялъ свой-то урокъ, да еще и тебѣ помогу!... Или все это вмѣстѣ существуетъ здѣсь, распредѣляясь по характерамъ?..."

Даже въ болѣе важныхъ, основныхъ вопросахъ на него нападало это раздумье. Онъ видѣлъ, что типы "кочевого" и "осѣдлаго" можно прослѣдить болѣе или менѣе ясно почти въ каждомъ характерѣ. Но именно черты этихъ типовъ настолько измѣнились и перепутались, что онъ даже не зналъ, куда отнести тотъ или другой попадавшійся ему фактъ. Онъ видѣлъ, какъ многихъ подмывало уйти въ разгулъ, перекочевывать по фабрикамъ, бродить по заработкамъ, слоняться бурлакомъ по берегамъ Волги, таскаться въ извозъ или просто бродяжничать. Но гдѣ останавливались эти черты? Не шли ли онѣ дальше, не выказывались ли онѣ въ пьяномъ удальствѣ, не переходили ли въ лѣнь, безпечность?... И насколько участвуетъ здѣсь эта, въ извѣстную пору жизни всегда осѣдлая и неповоротливая, женская натура, привязанная къ своей печкѣ и горшку? Какъ борются здѣсь двѣ стороны — осѣдлая и кочевая?... Что передается въ наслѣдственность?...

Однимъ словомъ, онъ путался. Передъ нимъ было чистое, почти не тронутое поле, на которомъ, какъ снѣжинки въ метель, кружились вихремъ, неслись и сталкивались однѣ голыя мысли и предположенія... Тяжелы были для него эти минуты сомнѣнія и неопредѣленности, но еще тяжелѣе были для него тѣ минуты, когда онъ видѣлъ гнетущую, безвыходную бѣдность и разореніе, когда передъ нимъ раскрывались во всей наготѣ глубокія, вѣками наболѣвшія, кровавыя раны народа и слышалъ онъ его глухой, подавленный стонъ...

"Нѣтъ, не гожусь я для этой работы объективнаго изслѣдователя,— признавался онъ.— Вѣрно усталъ я, слишкомъ изломалъ себя постояннымъ анализомъ... Нѣтъ во мнѣ уже ни одного дѣльнаго мѣста, нѣтъ силы хладнокровно наблюдать надъ этими вивесекціями. На ломку, внутреннюю ломку, потратились эти силы!..."

Не хотѣлъ онъ или не умѣлъ признаться, что эта ломка здѣсь вовсе не виновата, что уже по самой натурѣ его было въ немъ много мягкаго и что почти непрерывное напряженіе отъ усиленной работы, которая была въ пору для трехъ, четырехъ такихъ мышечно крѣпкихъ натуръ, какъ его, постоянно утомляло его нервы.

— Да ты брось свою возню, отдохни... Неугомонный!— уговаривала его мать.— Вѣдь ты похудѣлъ, шатаешься!

— Ничего, родная!— успокоивалъ онъ ее.— Это только нервы расшатались. Я вотъ сейчасъ кончу это и лягу, сосну часа три, а потомъ выкупаюсь, нажрусь до отвала и — машина поправится и буду опять готовъ.

— Не сговоришь съ тобой!— упрекала его Агнія Петровна.

А онъ, дѣйствительно, кончивъ работу, заваливался спать, только вмѣсто трехъ часовъ просыпалъ шесть, двѣнадцать, и вставалъ свѣжій, бодрый, и снова принимался за свое дѣло.

"Хотя немного, одну каплю меду добуду,— думалъ онъ, перелистывая цѣлую пачку своихъ маленькихъ записныхъ карманныхъ книжекъ, которыя всѣ были исписаны, исчерканы.— Вотъ это и это годится,— перебиралъ онъ въ своихъ замѣткахъ,— и это пойдетъ въ ходъ... Да, соціальную теорію должно найти, а не выдумать!" — повторялъ онъ слова

Прудона, и шелъ за этими словами бодро, какъ за своимъ вдохновляющимъ и укрѣпляющимъ знаменемъ.

А товарищи по университету звали его на другую арену, бранили пропріетеромъ-технологомъ, философомъ-психологомъ. Одинъ разъ онъ получилъ восторженное., зовущее письмо. Въ это время, какъ нарочно, во всѣхъ его предпріятіяхъ вдругъ разомъ случились разныя неудачи и его сильно потянуло на этотъ зовъ. Онъ уже совсѣмъ былъ готовъ бросить все, даже слѣпого, умирающаго старика-отца, мать, всѣ свои широкіе планы, и скакать туда, въ самый центръ кипучаго движенія. Но, какъ часто случается, мысль, вдругъ, невѣдомо какъ, сложившаяся въ его головѣ, остановила его на мѣстѣ.

"Что-жь?— подумалъ онъ.— Вѣдь ихъ тамъ много. Неужели же я одинъ сдѣлаю какую-нибудь разницу, что-нибудь прибавлю или убавлю? Вѣдь не гожусь же я въ агитаторы" — "Тебѣ лѣнь или ты боишься!" — упрекнулъ его внутренній голосъ. Но посмотрѣлъ онъ на свою жизнь, полную упорнаго труда, на свою завязанную руку съ глубокими ранами отъ осколковъ лопнувшаго котла, которыми чуть не убило его на дняхъ, и... остался. "Здѣсь также битва,— подумалъ онъ,— и также шансы удачи и неудачи", а спустя нѣсколько дней онъ даже подивился, какъ могъ онъ увлечься своимъ порывомъ и, бросивъ положительное дѣло, спѣшить на трудъ для этихъ, какъ онъ думалъ, сочиненныхъ утопій.

И снова, какъ будто обновленный, онъ принялся за прежнюю двойную работу, не думая, что "за двумя зайцами погонишься, ни одного не поймаешь", и вовсе не замѣчая, что его практическое дѣло брало перевѣсъ надъ тѣмъ, что онъ считалъ главною задачей; мало этого, оно сдѣлалось для него какой-то жизненною потребностью, органическою привычкой. Дѣйствовалъ онъ въ этомъ дѣлѣ съ глубокимъ разсчетомъ, заводя понемногу все, что дружно помогало одно другому, какъ зубчатыя колеса въ какомъ-нибудь механизмѣ. Подобно осторожному шахматному игроку, онъ выдвигалъ сначала пѣшки и, укрѣпивъ ими позицію, смѣло и увѣренно билъ фигурами. Сосѣди-помѣщики дивились этой игрѣ, пугались его затѣй, смотрѣли на него съ завистью, ловили каждый его промахъ и кричали о немъ по цѣлому околодку.

Впрочемъ, до сосѣдей-помѣщиковъ ему было мало дѣла. Онъ рѣдко видалъ ихъ, не принималъ у себя и къ нимъ не ѣздилъ. Только иногда посѣщалъ его школьный товарищъ — Канючковъ. За-то водился и братался онъ съ разными практическими людьми. Изъ этихъ людей старался онъ подыскать себѣ помощниковъ. Но практическій человѣкъ оказывался "себѣ на умѣ", берегъ только свой карманъ и подчасъ очень ловко надувалъ Талыгина.

"Все это проклятая шишка собственности, захвата, дѣйствуетъ,— думалъ онъ,— и ничѣмъ, никакими педагогическими мѣрами не искоренишь ее... Гдѣ, въ какомъ отдѣлѣ мозга или нервныхъ узловъ сидитъ она?... А сидитъ, вѣрно, крѣпко, основательно, если такъ сильно распоряжалась она въ древней исторіи, развила даже цѣлое римское право. Да и нынче работаетъ она весьма исправно". И дѣйствительно, видѣлъ онъ, что люди весьма развитые и цивилизованные, со всякими высшими гуманными взглядами, молодые его сосѣди были въ сущности тѣ же кулаки и посредствомъ машинъ и разныхъ благоустройствъ набивали свой карманъ весьма обстоятельно и вовсе не гуманно.

Пробовалъ онъ заводить и общественныя мастерскія съ общимъ равнымъ раздѣломъ заработной платы. "Здѣсь,— думалъ онъ,— поневолѣ уравняются стремленія и самъ собою сдѣлается невозможнымъ этотъ захватъ, а съ нимъ и поползновеніе къ нему". Но, къ крайнему удивленію, видѣлъ онъ, что при этихъ порядкахъ одни рабочіе, вялые и неподвижные, окончательно бросали дѣло, а другіе, энергичные, пускались въ пьянство, какъ будто почуявъ для себя постоянную гарантію и вмѣстѣ съ тѣмъ что-то связывающее широкій просторъ ихъ недюжинныхъ силъ, и выходила изъ этихъ мастерскихъ, съ одной стороны, наикомичнѣйшая чепуха, а съ другой — имъ ходу не давали...

Досадно было Талыгину чувствовать эти путы на рукахъ и ногахъ. А тутъ, какъ нарочно, прикатилъ къ нему братъ его и еще темнѣе выставилъ эту темную сторону. Былъ онъ подполковникъ С... полка и управлялъ какимъ-то отдѣленіемъ въ Сибири. Проѣздомъ въ Петербургъ, онъ заѣхалъ на нѣсколько часовъ къ Талыгину. Желчный, раздражительный и при этомъ глубоко честный, онъ какимъ-то счастьемъ, случаемъ да удачей держался на службѣ и даже шелъ впередъ довольно бойко. Правда, умѣлъ онъ иногда многое снести и на многое повліять своимъ сильнымъ и смѣлымъ умомъ. Твердой, мѣрной, не торопливою походкой, позвякивая шпорами и опустивъ голову, ходилъ онъ взадъ и впередъ по большому кабинету брата. Слегка потертый, черный форменный сюртукъ съ золотыми погонами и зелеными выпушками сидѣлъ свободно, мѣшкомъ, на его небольшой, худощавой, но стройной фигуркѣ. На желтомъ, смугломъ лицѣ съ короткими черными усами и запущенной, щетинистою бородой съ курчавыми волосами надъ большимъ лбомъ было утомленіе и дума. Черные, небольшіе, блестящіе глаза изъ-подъ тонкихъ и сдвинутыхъ бровей смотрѣли не мигая, прямо, гордо и строго. Онъ по временамъ передергивалъ плечами и нервно улыбался на одну сторону, причемъ на его впалой лѣвой щекѣ выступала рѣзкая складка. Иногда онъ подергивалъ одинъ усъ и при этомъ вынималъ изо рта пѣнковую трубку, которая слабо курилась. Талыгинъ разсказывалъ ему о своихъ планахъ, развивалъ ихъ и оправдывалъ.

— Мы теперь сами не знаемъ, куда идемъ,— разсуждалъ онъ,— потому что рѣшаемъ обо всемъ, не вглядываясь глубоко въ мелочи всѣхъ отношеній... Рубимъ съ плеча, какъ намъ лучше кажется, и потомъ еще жалуемся, что все не устраивается, что вездѣ скверно, даже въ Америкѣ. Мы все мечтаемъ — только бы все перевернуть, пустить въ ходъ извѣстную систему, и все пойдетъ хорошо...

Братъ его вдругъ остановился, какъ будто что-то хотѣлъ возразить, и тотчасъ же махнулъ рукой.

— Ничего, продолжай!— сказалъ онъ и снова началъ мѣрить комнату своимъ форменнымъ шагомъ.

— Дѣло вовсе не въ системѣ,— продолжалъ Талыгинъ,— а въ тѣхъ особенностяхъ человѣческой природы — сложныхъ, запутанныхъ и вовсе неизвѣстныхъ, которыя невольно противятся самой разумной апріористической системѣ.. Узнай ихъ, изучи, какъ онѣ примѣняются ко всякому строю, и тогда дѣйствуй... Да это когда-то еще будетъ! Мало труженниковъ здѣсь, на этомъ полѣ. Да и гдѣ найдешь ихъ?!— Онъ слегка вздохнулъ и замолкъ.

Братъ остановился передъ нимъ, нѣсколько разъ покачнулся и, запустивъ одну руку въ карманъ, началъ говорить съ усмѣшкой, ровнымъ голосомъ, отрывистыми словами, то вдругъ вскидывая, то сдвигая черныя брови. Едко и мѣтко, анекдотически, набросалъ онъ картину всякаго хлама, всей плѣсени, которая накопилась преданіями и рутиной. Онъ указалъ также, какъ далеко и глубоко раскинуты черныя сѣти, все опутывающія, такъ что изъ нихъ всѣ психологическія движенія становятся уродливыми, болѣзненными, и ничего нельзя разобрать въ этой путаницѣ.

— Изъ стараго новаго не выкроишь,— закончилъ онъ.— Теперь, при этихъ порядкахъ...— Онъ не договорилъ, стиснулъ зубы и, подойдя къ камину, стукнулъ объ него пѣнковую трубку. Онъ, вѣроятно, хотѣлъ выколотить изъ нея золу, но трубка разлетѣлась въ дребезги.

Рѣзкій ли тонъ его словъ, или самые доводы подѣйствовали на Талыгина, но только онъ почувствовалъ, какъ многое зашаталось при этихъ словамъ въ его сложной и трудной работѣ. Самая почва начала покачиваться подъ ней...

"Неужели,— подумалъ онъ, слегка поблѣднѣвъ,— я строю домъ на пескѣ и толку воду въ ступѣ?..."

XIV

Проводивъ брата, Талыгинъ тотчасъ же, въ грустномъ раздумьѣ, отправился въ свою лѣсную дачу, на пильную мельницу и толчею дубоваго корья. День былъ сѣрый, туманный и холодный,— вѣроятно, гдѣ-нибудь выпалъ градъ.

На дачѣ встрѣтилъ его надсмотрщикъ и главный лѣсникъ, прежній крѣпостной его, изъ крестьянъ, Маркъ Еремінъ Тугинъ, старикъ уже лѣтъ шестидесяти, но здоровый и коренастый. Про его молодость ходили темные слухи. Говорятъ, онъ былъ волжскимъ разбойникомъ и грабилъ бѣляны. Вѣрно то, что былъ онъ долго въ бѣгахъ и самъ въ одно утро, къ удивленію всѣхъ, вернулся и упалъ въ ноги къ отцу Талыгина.

— Хочешь казни, хочешь милуй,— сказалъ онъ не вставая съ колѣнъ,— твой судъ, а вину свою признаю и заслужу ее. Тошно мнѣ стало мыкаться какъ волку хищному!

Отецъ Талыгина пристально, задумчиво посмотрѣлъ на его испитое, темное, измятое страстями лицо, на дикіе, блуждавшіе глаза и длинные всклокоченные волосы.

— Богъ тебѣ судья, а не я,— сказалъ онъ.— Очнись и будь человѣкомъ.

Онъ далъ ему прежнюю его землю, а спустя нѣкоторое время даже сдѣлалъ его лѣсничимъ, и Маркъ Еремінъ поселился въ лѣсу съ внучкой своей сиротой, какъ бобыль. По временамъ онъ вдругъ пропадалъ куда-то на день, на два и возвращался еще болѣе сумрачный и задумчивый.

Талыгинъ-сынъ сдѣлалъ его главнымъ надсмотрщикомъ всей лѣсной приволжской дачи. Разъ онъ обратился къ нему съ такимъ порученіемъ:

— Маркъ Еремінъ,— сказалъ онъ,— я посылаю тебя въ городъ. Вотъ тебѣ тысяча рублей: уплати ты изъ нихъ Малкину восемьсотъ, а на остальныя купи вотъ все это, по запискѣ,— и онъ прочелъ ему длинный резстръ закупокъ.— Я тебѣ вѣрю!... Ты отъ меня не корыствуешься,— сказалъ онъ.

Тугинъ взялъ деньги и поглядѣлъ на Талыгина изъ-подлобья, помялся, потомъ оглянулся назадъ, подошелъ къ нему и сказалъ съ усмѣшкой, шепотомъ:

— Было у меня разъ три тысячи рублевъ — все крестовиками серебряными. На лодкѣ мы ѣхали съ бабами и всѣ эти рубли я въ матушку Волгу глубокую покидалъ... Небось, Митръ Павлычъ,— прибавилъ онъ, слегка дотронувшись до его плеча,— твои деньги не пропадутъ у меня. Не денегъ я ищу... и онъ махнулъ рукой и, нахмуривъ брови, отошелъ отъ, него.

Пріѣхавъ на Дачу, Талыгинъ вмѣстѣ съ Тугинымъ остановились на мельничномъ прудѣ. Всѣ предметы тускло смотрѣли сквозь дымку сѣраго тумана. Но этотъ самый туманъ придавалъ мѣстности какую-то суровую величавость. Широкій прудъ, лежалъ въ обрывистыхъ склонахъ, на которыхъ росъ старый лѣсъ. Столѣтніе дубы вмѣстѣ съ осокорями, то совершенно прямые, то искривленные, коренастые, дуплявые, нѣкоторые уже посохшіе, обрамляли прудъ слѣва. Длинное — изъ новаго, здороваго лѣсу — зданіе мельницы тянулось за плотиной. Выше, на полъ-горѣ, лѣпились еще постройки. Изъ длинныхъ трубъ валилъ дымъ и смѣшивался съ туманомъ, который заволакивалъ верхи горъ. Глухой шумъ и отъ воды, и отъ мельницы разносился по лѣсу. Какъ вездѣ въ нагорныхъ мѣстностяхъ, чувствовалось здѣсь что-то широкое, суровое и величавое. Талыгинъ стоялъ съ Тугинымъ на правомъ берегу передъ тремя старыми дубами. Они, какъ исполинскіе грибы, выросли изъ одного корня и покривились въ разныя стороны. Широко разросшіяся, узловатыя, покрытыя ягелями, вѣтви ихъ переплелись, перепутались и раскинулись огромнымъ шатромъ.

— Надо будетъ срубить ихъ!— сказалъ Талыгинъ.— Вотъ здѣсь пройдетъ просѣка, дорога,— и онъ указалъ рукой на гору,— а прямо мы положимъ новую запруду и сдѣлаемъ новый вешнякъ.

Тугинъ посмотрѣлъ на него угрюмо и, поморщившись, покачалъ головой.

— Негодится рубить эти дерева,— тихо сказалъ онъ:— это древнія дерева!

Талыгинъ посмотрѣлъ на него съ недоумѣніемъ.

— Да вѣдь они мѣшаютъ!... Что, развѣ тебѣ жаль ихъ?— сказалъ онъ съ усмѣшкой,— Развѣ мало у насъ новой поросли? Вѣдь мы лучшаго мѣста для запруды не найдемъ.

Тугинъ выслушалъ молча и, вскинувъ глазами на дубы, опять повторилъ.

— А рубить ихъ все-таки нехорошо, Митрій Павлычъ!... Хоть твоя воля, а все-таки не моги ихъ рубить. Это дерева древнія!...

Талыгинъ раскрылъ широко глаза.

Тугинъ, поднявъ голову, взглянулъ на него и опять на деревья.

— Эти дерева,— началъ онъ все тѣмъ же ровнымъ голосомъ, глядя куда-то въ сторону,— еще дѣдъ твой, Даунъ Васильичъ, облюбилъ допрежь того, когда еще была здѣсь глушь и Божья благодать, и пустыня эта стройно и нерушимо стояла въ красѣ нерукотворенной. Когда здѣсь ручьи вольные съ горъ гремѣли и ходилъ и возился звѣрь лѣсной, тогда еще эти дерева были уже мощныя и онъ, слышь, дѣдъ твой, наѣзжалъ сюда и разъ даже молебенъ подъ ними служилъ. "Здѣсь, молъ, говоритъ, Божье виталище!"

Талыгинъ еще болѣе раскрылъ глаза. Онъ никогда не думалъ, не подозрѣвалъ, чтобы Маркъ Ереминъ Тугинъ — человѣкъ практическій, дѣловой, дошлый, не богомольный и въ церковь не ходившій — могъ такъ думать и притомъ выражаться такъ фигурно.

"Не даромъ онъ былъ для меня всегда загадкой",— подумалъ онъ. А Тугинъ помолчалъ, покосился изъ-подлобья кругомъ и, переступивъ съ ноги на ногу, началъ опять, понизивъ голосъ:

— Мужички сказывали, что въ Касимовской дубровѣ, запрошлымъ лѣтомъ, на экомъ древнемъ деревѣ икона Смоленской Владычицы объявилась, да скрылась опять...— Онъ какъ будто еще хотѣлъ что-то сказать, но остановился, потупился и замолчалъ.

Передъ Талыгинымь вдругъ мелькнули цѣлые вѣка, тысячелѣтія, ушедшія куда-то въ глубь таинственной, туманной древности, "какъ эти горы",— подумалъ онъ, смотря на курившіеся верхи. Передъ нимъ мелькнули и лѣса Друидовъ, и темныя дубровы Чудской Керемети, и священные дубы Славянъ.

"Нескоро сломишь то,— подумалъ онъ,— что укрѣплялось такъ долго и вросло могучимъ корнемъ въ весь организмъ этой живой массы. — И онъ посмотрѣлъ съ грустью на прямой путь, который онъ хотѣлъ проложить.— Силы что ли у меня нѣтъ,— подумалъ онъ,— ломать все безъ оглядки и съ твердою вѣрой, что сломаннаго не воротишь?...— Онъ еще разъ посмотрѣлъ на дубы: ему живо представилось, какъ падутъ они подъ пилой и топоромъ, и онъ взглянулъ на Тугина. Тотъ стоялъ, нѣсколько сгорбивъ свою высокую, коренастую фигуру, и угрюмо смотрѣлъ, не мигая, въ упоръ, на Талыгина своимъ глубокимъ и дикимъ взглядомъ, какъ будто прямо изъ сердца.— Въ этомъ сердцѣ, подумалъ Талыгинъ,— стоятъ дубы, которыхъ не возьмутъ никакіе пилы и топоры". И онъ, опустивъ голову, быстро пошелъ назадъ, по плотинѣ, на пильную мельницу.

Но не успѣлъ онъ дойти съ Тугинымъ до половины плотины, какъ съ горы, крича отчаянно и махая руками, скакалъ на неосѣдланной лошади прямо на нихъ мужикъ безъ шапки.

— А-а! Э-а! У-у-у... Маркъ Еремеичъ!— ревелъ онъ, задыхаясь.— Лѣсъ горитъ!... Дановскій участокъ.

Талыгинъ съ Тугинымъ остановились. Мужикъ подскакалъ къ нимъ и, не слѣзая съ лошади, весь мокрый, хрипло заговорилъ, едва переводя духъ:

— Съ полдёнъ горитъ... Такъ и палитъ, такъ и палитъ... А вчера, слышь, поле яровое, съ пшеницей-то, все градомъ положило... въ ло-о-оскъ!...

Талыгинъ приподнялъ брови. Сердце его слегка сжалось и въ то же время онъ весь ушелъ въ себя. Быстро зашагалъ онъ къ зданію мельницы.

— Ты дашь мнѣ свою лошадь!— сказалъ онъ спокойно, на ходу, Тугину.

И черезъ нѣсколько минутъ онъ уже скакалъ на сухопарой, не большой, но горячей вороной башкиркѣ. "Бѣлотурка семьсотъ минусъ,— соображалъ онъ на скаку.— Поросль если вся... на шестнадцать лѣтъ, по 20%..."

Когда вмѣстѣ съ мужикомъ доскакали они до горящаго лѣса, пожаръ ужъ потухалъ. Поросль почти вся выгорѣла. Густой, удушливый, синій дымъ далеко разстилался, смѣшиваясь съ туманомъ. Кое-гдѣ догорая, щелкали и курились деревца, да по сучьямъ на землѣ перебѣгали запоздавшіе огоньки.

Талыгинъ объѣхалъ погорѣвшее пространство и остановился передъ выбитымъ градомъ полемъ. Дымъ ѣлъ ему глаза. Вся выписная бѣлотурка, уже начинавшая колоситься, лежала спутанная, вбитая въ черную, сырую землю, точно сотни конскихъ табуновъ проскакали по ней.

"Вотъ она настоящая ломка!— подумалъ Талыгинъ.— Все съ землей сравняло... Теперь далеко видно,— и онъ оглянулъ все поле и пожарище.— Нѣтъ, еще не дошли всѣ эти ломатели до этой шири, индифферентизма ни о чемъ не думающихъ силъ. Ихъ влечетъ разрушеніе... Оно раздражаетъ и удовлетворяетъ ихъ. И чѣмъ же засѣютъ они эту пустыню? Гдѣ возьмутъ новыхъ, не выписанныхъ сѣмянъ?... Бросить это поле на произволъ природныхъ силъ — и пойдетъ по немъ дичь, и снова выростетъ на немъ то же, что росло когда-то, или новое, только въ томъ же родѣ... Природу не сломишь!"

Между тѣмъ около него собралось человѣка четыре мужиковъ съ топорами и баграми. У нѣкоторыхъ изъ нихъ волосы были опалены, рубахи взмокли. Они вернулись съ пожара.

— Эка чуда случилась!— заговорилъ одинъ рыжій и курносый, весь въ веснушкахъ.— Какъ его запалило, да какъ запалило и низомъ и верхомъ, такъ и деретъ, такъ и чешетъ. Эка чуда!... Вѣдь и вѣтру не было, и сиверко...

— Отчего загорѣлось?— допросилъ Талыгинъ.

— Кто ё знаетъ?— заговорили вдругъ трое и всѣ вдругъ разомъ остановились.

— Хворость я счищалъ, Митръ Павлычъ,— заговорилъ опять рыжій,— вдругъ, мотрю, скачетъ дядя Памфилъ: "Горимъ!— кричитъ.— дубрава горитъ!" — Видно, кто ни-на-есть сшалилъ,— говорю.

— А это когда выбило?— допросилъ опять Талыгинъ, не слушая его и показавъ на поле.

— Да вечоръ выбило,— отвѣчалъ одинъ приземистый, толстенькій, весь запачканый въ грязи, точно гномъ.— Така буря поднялась... Господи!...

— У верхнегорскихъ, слышь, двадцать десятинъ выбило,— перебилъ одинъ худощавый, смуглый, сгорбленный, съ прилипшими къ щекамъ мокрыми волосами.

Другой высокій, весь растрепанный, старикъ строго посмотрѣлъ на него:

— Всё подъ Богомъ ходимъ! На всемъ власть Господня!— сказалъ онъ внушительно, и всё замолкли. Нѣкоторые опустили головы.

Талыгинъ обернулся и посмотрѣлъ на всю эту группу.

"Это тоже стихійная сила,— подумалъ онъ.— Она также вдругъ поднимется ураганомъ, закипитъ и встанетъ во весь ростъ, какъ громадная волна, и снова упадетъ, упадетъ подъ какое-нибудь ярмо...

Нужны и вѣка, и кровь, и борьба... Нужна та же равная ей стихійная сила, чтобы сломить или передѣлать ее... Нужны какія-нибудь атомистическія передвиженія, дѣйствующія медленно, но неотразимо... Да гдѣ же и когда наберешь этихъ капель, пробивающихъ камень?... Строй общественный, ширь знанія и сила мысли — все здѣсь безсильно... Изъ всего, самаго лучшаго, выходитъ какая-то белиберда, двоемысліе, противорѣчія, разладъ слова съ дѣломъ... И гдѣ-то въ чувствѣ, въ страстныхъ движеніяхъ прячется эта невидимая сила!" Онъ началъ припоминать свои замѣтки, наблюденія. Нѣсколько разъ ему казалось, что вотъ-вотъ разгадка дается ему въ руки: "органическая привычка, общій строй нервовъ, не скоро мѣняющійся" — думалъ онъ, но затѣмъ мнимая разгадка опять путалась и терялась въ противорѣчіяхъ...

Лошадь его начала бить копытомъ землю, фыркать и мотать головой, вытягивая поводья. Онъ повернулъ ее и тихо поѣхалъ назадъ.

Прояснило. Только на горизонтѣ кругомъ собрались тяжелыя облака, точно поздней осенью, вѣтеръ гналъ ихъ тяжелыя волны и онѣ быстро катились, надвигаясь другъ на друга.

"Какія-нибудь темныя волны,— думалъ Талыгинъ,— зальютъ и мое дѣло... При жизни моей или послѣ смерти,— все равно, фактъ останется фактомъ, хотя можетъ-быть и отрицательный... Я долженъ работать! Пойду ли я ложною дорогой (errare humanum est),— все равно, я долженъ искать эту разгадку... Не я — другой найдетъ, но ее надо, надо найти... И всякое самолюбіе тутъ, да, пожалуй, и вездѣ, не у мѣста...— Онъ поднялъ голову и посмотрѣлъ впередъ, въ темную чащу лѣса. Быстро въ представленіи его мелькнула фигурка его брата.— Нѣтъ, онъ не вглядывался никогда,— подумалъ онъ,— во всю эту непроходимую чащу сомнѣній..."

Вечеромъ уже, когда онъ подъѣзжалъ къ мельницѣ, на встрѣчу ему издали, въ тишинѣ яснаго вечера, несся шумъ и гулъ, какъ отъ большого водопада, да вправо, гдѣ-то вблизи, рѣзко стучали топоры, кипѣла запоздалая работа. И его вдругъ потянуло туда. "Надо и на нихъ заглянуть мимоходомъ" — подумалъ онъ...

Не сознавалъ онъ, что постоянно въ одну сторону тянуло его все то, что съ самаго дѣтства незамѣтно, исподволь, вросло въ его умъ и сердце и полновластно овладѣло ими...

XV

Отецъ Дмитрія Павловича Талыгина, Павелъ Наумовичъ, былъ типомъ тѣхъ русскихъ толковыхъ людей, съ свѣтлымъ, здоровымъ умомъ, которые часто выбиваются сами изъ самыхъ тяжелыхъ колодокъ жизни. Мошетъ-быть онъ рано, не по времени, родился; но кто знаетъ, нужны ли цѣльные характеры въ наше время? Самъ себя воспиталъ онъ, самъ себя образовалъ, самъ устроилъ свои именья, доставщіяся ему отъ отца и отъ жены разоренными. Не было ему и двадцати лѣтъ, какъ отецъ его — желчный, взбалмошный деспотъ и знаменитый псовый охотникъ — женилъ его на богатой невѣстѣ. Съ женой Павелъ Наумовичъ ни въ чемъ не сходился; была она не просто пустая бабенка, а бабенка съ придурью и съ норовомъ. Умерла она и — развязала руки Павлу Наумовичу. Можетъ-быть, обрадовавшись этой волѣ, онъ пустился во всѣ тяжкія; но вскорѣ овладѣлъ собой и по закону инерціи ударился въ другую крайность: чуть не пошелъ въ монастырь и сдѣлался масономъ.

У отца онъ выпросилъ себѣ одно имѣніе, остававшееся въ забросѣ, потому что оно отъ всѣхъ рукъ отбилось. Имѣніе стояло на Волгѣ, въ одномъ изъ центровъ пугачовщины, и мужички въ немъ жили преданіями, когда еще ихъ батюшка царь Петръ Ѳедоровичъ жаловалъ. Трудно было сладить съ этими преданіями, а Павелъ Наумовичъ все-таки сладилъ. Гдѣ лаской, гдѣ грозой, а главное — упорнымъ, чуть не двадцатилѣтнимъ, трудомъ онъ выработалъ изъ этого, какъ называли его, разбойничьяго гнѣзда, Елташовки, честныхъ, дѣятельныхъ и смышленыхъ работниковъ. Правда, на первыхъ порахъ, чуть не убили его, но за то потомъ всѣ уважали и любили.

Только все-таки не поселился въ этомъ гнѣздѣ Павелъ Наумовичъ. Мѣсто было бойкое, да непріютное. Выстроилъ онъ особнякомъ, на красивой рѣчкѣ Ешкѣ, въ липовомъ лѣсу, крѣпкій домъ съ большимъ мезониномъ и назвалъ этотъ выселокъ "Липками". Комнатъ въ дому было не много, но были онѣ большія. Любилъ просторъ Павелъ Наумовичъ и любимымъ мѣстомъ его былъ верхній балконъ, съ котораго широко открывалась мѣстность, поросшая лѣсомъ, и даже блсстѣла вдали матушка Волга широкая.

Разошелся Павелъ Наумовичъ со всѣми сосѣдями-помѣщиками и ближними и дальними, и родными и свойственниками, и даже круто разошелся, такъ что всѣ его невзлюбили и прозвали "чудотворомъ Наумычемъ".

Только и знался онъ, что съ наѣзжими дѣловыми людьми — мастерами, прикащиками, подрядчиками, да купцами лѣсными и хлѣбными. Да былъ у него не то другъ, не то пріятель, а такъ себѣ — задушевный человѣкъ, однодворецъ,

Петръ Семеновичъ Культяпчиковъ. Когда бы ни проѣзжалъ въ городъ Павелъ Наумовичъ, непремѣнно сворачивалъ съ дороги и заѣзжалъ къ пріятелю на хуторокъ, даже иногда и ночевалъ у него.

Культяпчиковъ былъ человѣкъ бывалый. Долго ходилъ онъ въ Сибири, на золотыхъ промыслахъ, штейгеромъ былъ,— былъ и звѣроловомъ, и въ Перми великой былъ: брусковый камень отыскивалъ и руду серебряную. Въ Пыскорьскомъ монастырѣ почти два года выжилъ. Но недобычливъ и незадачливъ былъ человѣкъ Петръ Семеновичъ. Вернулся онъ подъ старость на родину съ женой сибирячкой, не красивой, но тихой и порядливой, съ маленькою дочкой и плохимъ капитальцемъ, а его товарищи по странствіямъ шутя сотни тысячъ понаживали. Вернувшись, купилъ онъ клочокъ земли въ хорошемъ мѣстѣ, на пригоркѣ, обросшемъ дикою вишенью и бобовникомъ, надъ быстрою рѣчкой Бисертью. Выстроилъ онъ на этомъ пригоркѣ хуторокъ и вокругъ его развелъ фруктовый яблонный садикъ. И хорошъ былъ этотъ хуторокъ весной, въ цвѣтущемъ саду, точно свѣжая дѣвушка, въ бѣлорозовомъ уборѣ.

Пріютно и покойно жилось Петру Семеновичу въ этомъ хуторкѣ послѣ всякихъ невзгодъ и приключеній. Сидитъ онъ, бывало, вечеромъ въ своемъ обыденномъ желтомъ верблюжьемъ чекменѣ, подтянутомъ черкесскимъ ремнемъ, сидитъ онъ на низенькомъ крылечкѣ со столбиками, съ котораго виднѣется далеко вьющаяся въ логу дорожка, и круглое, красное, все въ морщинкахъ лицо его и хмурится, и улыбается. Голубо-сѣрые глаза изъ-подъ нависшихъ ежомъ сѣденькихъ бровей зорко вглядываются въ даль. И вотъ издалека запримѣтитъ онъ тарантасъ Павла Наумовича и, улыбаясь, не торопливо, степенно, выходитъ черезъ калитку на тропинку встрѣчать дорогого гостя-пріятеля.

Хорошо было и Павлу Наумовичу въ чистыхъ горенкахъ тихаго хуторка. Пахло въ нихъ душицей, да новымъ сосновымъ лѣсомъ. Все смотрѣло въ нихъ порядливо и привѣтливо. Бѣлые половики и занавѣсочки точно сейчасъ вымыты. Походная винтовка-турка Петра Семеновича блеститъ на стѣнкѣ, какъ новенькая. Даже бѣлая сибирская кошка, съ длинной шелковистою шерстью, постоянно умывается, облизывается и ходитъ по половикамъ такъ мягко, осторожно, точно боится ихъ запачкать. И въ особенности хорошо было тамъ Павлу Наумовичу по вечерамъ. Сальная свѣча горитъ ярко, потому что заботливо слѣдитъ за ней хозяйка и постоянно снимаетъ нагаръ щипцами (по-сибирски — съемцами). Лампадка передъ иконой тихо теплится, и тихо ведетъ свои разсказы Петръ Семеновичъ о томъ, какъ онъ цѣлый мѣсяцъ въ снѣгу выжилъ, какъ онъ съ тюленями дружбу водилъ, какъ своимъ кафтаномъ нельму ловилъ и даже какъ онъ рыбу кита видѣлъ. "Цѣлыя станицы ихъ ходятъ тамъ, ровно корабли плывутъ",— сказалъ онъ и тихо повелъ рукою.

Подросла дочка Петра Семеновича, пошелъ ей семнадцатый годъ и стали къ ней женихи навѣдываться. Навернулся одинъ, который всѣмъ взялъ: и красивъ собой, и смышленъ, и съ мошной (самъ гуртами торговалъ). Посмотрѣла она на него и сказала матери:

— Не неволь, мамонька,— не пойду!

— Какъ не пойдешь, Аня?... Какого еще тебѣ жениха,— за кого ты пойдешь?

— За Павла Наумыча.

Разсмѣялась мать, а Петръ Семеновичъ, который слышалъ это, улыбнулся и, махнувъ рукой, вышелъ въ садикъ. На другой день вечеромъ заѣхалъ на хуторокъ Павелъ Наумовичъ и ему смѣхомъ разсказали, что ихъ дочка, Агнія Петровна, за него, слышь, замужъ собралась. Павелъ Наумовичъ тоже разсмѣялся и вспомнилъ при этомъ, какъ она, маленькая, играя и смѣючись, засыпала у него на рукахъ.

Не смѣялось и не шутило одно сердце Ани. А между тѣмъ она была веселая дѣвушка. Цѣлый Божій день, бывало, она все надъ чѣмъ-нибудь шутитъ и смѣется. Ходитъ по саду, думаетъ о чемъ-то и все усмѣхается. И росла она въ своихъ думахъ и съ своимъ тихимъ, открытымъ смѣхомъ, одна-одинёшенька, безъ подругъ и знакомыхъ. За то и мать, и отецъ были ей какъ истые друзья, съ которыми сердце ея и сжилось, и сроднилось.

Затосковала, загрустила Аня, когда уѣхалъ Павелъ Наумовичъ, и даже вся разнемоглась. Когда же онъ снова, черезъ недѣлю, мимоходомъ, заѣхалъ, да подошелъ къ ея постели, на которой она лежала больная, въ жару, то посмотрѣла она на него своими голубыми, смѣющимися глазками и вдругъ, ничего не говоря, схватила его за обѣ руки, тихо заплакала и начала цѣловать эти руки.

Смутился Павелъ Наумовичъ (а отецъ и мать давно были смущены), Вернулся онъ къ себѣ въ Липки и крѣпко задумался.

"Неужели мнѣ заѣдать чужой вѣкъ?" — подумалъ онъ и посмотрѣлъ на себя въ зеркало. Смолоду онъ когда-то красавцемъ слылъ, а теперь волосы его уже сильно посѣдѣли и не столько отъ лѣтъ (не было ему и пятидесяти), сколько отъ постоянныхъ думъ, хлопотъ, заботъ и ломанья ссбя самого.

Борода большая, тоже почти сѣдая; высокій, крутой лобъ весь морщинами изрытъ; только глаза ясные, голубые, да щеки румяныя, да на полныхъ губахъ улыбка спокойная.

И вдругъ вспомнилъ Павелъ Наумовичъ одинъ масонскій стихъ:

> Юность твоя въ тихомъ снѣ пройдетъ,
> На старости тебя голубица ждетъ...

Задумался онъ надъ этимъ стихомъ и въ безсмысліи его искалъ смысла къ себѣ примѣнить. А тутъ же вспомнился ему и Авраамъ съ отроковицами...

"Все равно,— подумалъ онъ,— не долго поживу я, лѣтъ десять, не больше, по крайней мѣрѣ останется она, молодая вдова, дворянкой столбовой и не бѣдной; года ея не уйдутъ и мужа она себѣ молодого найдетъ, по сердцу". И женился онъ на Агніи Петровнѣ, къ крайнему скандалу и задору всѣхъ сосѣдей, изъ которыхъ нѣкоторые были женаты на собственныхъ крѣпостныхъ дѣвкахъ, и всѣ съ злорадствомъ кричали:

— Слышите, слышите! Наумычъ-то на Культяпкѣ, однодворкѣ, женился!

Прожилъ Павелъ Наумовичъ съ Агніей Петровной не десять лѣтъ, а почти тридцать, прожилъ душа въ душу, въ любви и совѣтѣ, какъ въ древнихъ сказаніяхъ жили какіе-нибудь добродѣтельные царь съ царицей. Правда, были они оба тихіе, да ровные. Онъ ее ни въ чемъ не упрекалъ, только любя совѣтовалъ; она ему ни въ чемъ не перечила и смотрѣла на него какъ на оракула. Когда она была недовольна чѣмъ или сердилась, то вся какъ будто уходила въ себя, приподнимала высоко русыя бровки и говорила грустно, не-торопясь. Если же дѣло доходило до слезъ, то плакала она втихомолку, гдѣ-нибудь въ уголкѣ.

И прижили они двухъ сыновей — Дмитрія, да Сергѣя. Было, правда, у нихъ и двѣ дочки-двойнички, да обѣ онѣ, по третьему году, въ одинъ день и чуть ли не въ одинъ часъ умерли.

Какъ ни старалась Агнія Петровна любить обоихъ сыновей поровну, по слову Апостола: "аще дщери и сынове имѣете, да равно возлюбите", но все какъ-то больше любила младшаго Сергѣя, и не почему другому, какъ потому, что былъ онъ строптивъ, да своеволенъ, и отца не слушалъ и ею помыкалъ, и уродился ни въ мать, ни въ отца, а какъ говорили — въ дѣда покойника. А Дмитрій росъ мирно и тихо, какъ будто его вовсе не было. Посмотритъ на него Павелъ Наумовичъ, спроситъ что-нибудь, тотъ отвѣтитъ невпопадъ, неуклюже, и отецъ съ грустью, рукой махнетъ: "дуракъ будетъ!" — подумаетъ онъ. Но, девяти лѣтъ, этотъ дуракъ самъ смастерилъ, перочиннымъ ножомъ, изъ лучинокъ мельницу, которая и молола, и толкла,— и смастерилъ такъ чисто и затѣйливо, что всѣ подивились.

Павелъ Наумовичъ воспитывалъ обоихъ сыновей не въ страхѣ Божіемъ, а такъ какъ-то просто. Видѣлъ онъ на своемъ вѣку, что воспитывали дѣтей и въ строгости, и всякимъ наукамъ обучали, да выходили изъ нихъ или матушкины сынки, или батюшкины зорители. Правда, училъ онъ ихъ, да какъ-то все шутя. Ѣдетъ онъ полемъ — разсказываетъ имъ, какъ каждый хлѣбъ растетъ. Ѣдетъ лѣсомъ — толкуетъ, какое дерево лучше на дрова, какое на стройку. И въ каждомъ дѣлѣ, даже въ самомъ серьезномъ, совѣтовался онъ съ ними. И нѣсколько разъ (правда, не очень много) когда онъ дѣлалъ по ихъ совѣту, выходило удивительно хорошо и складно. А сдѣлаетъ вопреки ихъ совѣту — и вотъ, кажется, вѣрно разсчиталъ, а проруха случится: червь хлѣбъ подточитъ, или цѣна на него вдругъ спадетъ. Точно гадалъ онъ но нимъ, какъ по книгѣ царя Соломона.

Когда пошелъ одиннадцатый и двѣнадцатый годъ мальчикамъ, Павелъ Наумовичъ отдалъ ихъ въ гимназію пансіонерами къ одному учителю. Не безъ сожалѣнія и тяжелаго раздумья подчинился онъ этой рутинѣ, которую не могъ обойти, даже съ его толковымъ умомъ. И вотъ начали они проходить всю педагогическую гимнастику. Проходили они такую исторію, въ которой никакой исторіи не было, а было описаніе разныхъ битвъ, мудрыхъ или злыхъ мужей и ихъ дѣяній. Проходили географію, въ которой были формулярные списки разныхъ земель, городовъ и тому подобная чепуха. Учили они и законъ Божій, въ которомъ, кромѣ закона, почти ничсго не было. Распѣвали они также, цѣлымъ классомъ, хоромъ, латинскую грамматику.

"Много есть именъ на is Masculini gencris:
Panis, piscis, crinis, finis,
Ignis, lapis, pulvis, cinîs..."

А учитель въ это время, превратясь въ капельмейстера, билъ линейкой тактъ и ехидно прислушивался, не фальшивить ли кто-нибудь. Пѣли они также хоромъ при окончаніи класса, и притомъ уже во второмъ классѣ, "памятку":

"Двѣ тетрадки въ три листа,
Три тетрадки въ два листа,
Чернильницу, карандашъ,
Перо, книгу, тряпку,
Аспидную доску,
Да еще указку,
А не то такъ — таску".

И какъ разъ была таска тому, кто забывалъ въ слѣдующій классъ принести что-либо изъ "памятки". Дмитрій слѣдилъ за братомъ, который былъ разсѣянъ, и подкладывалъ ему то тетрадку, то указку, за что Сергѣй сильно сердился.

— Что тебѣ, — говорилъ онъ, — за дѣло до меня?!...

Вынесли братья и заушенья, и оплеванья, и даже распинанья, или стоянья на окошкахъ съ распростертыми дланями, изъ которыхъ въ одной была тяжелая грамматика Цумифта, а въ другой — не менѣе увѣсистый лексиконъ Кроненберга. Когда они разсказывали отцу о гимназическихъ порядкахъ, онъ хмурился, вспоминалъ свое воспитаніе или ломку и какъ бы въ раздумьи говорилъ: "терпи, казакъ, — атаманъ будешь!" Дмитрій бралъ больше прилежаніемъ и сообразительностью, Сергѣй же учился шутя, схватывая, въ минуты нервно-желчнаго раздраженія, и мгновенно запоминая то, надъ чѣмъ многіе мучительно изнывали по цѣлымъ часамъ.

Въ гимназіи оба брата держались дружно; но когда на вакацію возвращались они въ свою семью, когда, среди теплаго, ласкающаго лѣта, покоемъ, нѣгой и свободой обхватывала ихъ родная среда, они расходились, какъ чужіе. Сергѣй большею частью бродилъ по сосновому бору, или лежалъ и читалъ Марлинскаго или Лермонтова. Дмитрій то возился съ какою-нибудь замысловатою механической игрушкой, то слушалъ внимательно, не подѣтски, дѣловой разговоръ отца съ заѣзжимъ купцомъ и вдругъ въ разговоръ вставлялъ свое слово, да такое дѣльное, что даже купецъ дивился. Посмотритъ онъ на него и скажетъ съ улыбкой:

— Разумникъ онъ у тебя, Павелъ Наумычъ! Видно, изъ молодыхъ, да ранній...

И мальчикъ весь вспыхнетъ и тотчасъ же опять сбѣжитъ краска у него съ лица. Приподниметъ онъ брови и вдругъ, забывъ, о чемъ они говорили, пристально уставится на купца и начнетъ разбирать его самого. "А онъ должно-быть добрый, а дѣти у него глупыя, и потому я кажусь ему разумникомъ... А когда онъ ѣстъ, то борода у него жуетъ, какъ у папа... А дома у него толстая жена, тоже добрая, и цѣлые длинные амбары, все съ сушеной рыбой... Почему мнѣ стало стыдно, когда онъ меня похвалилъ?... А что такое стыдъ?..."

Раннимъ утромъ, когда только-что начинали заруманиваться верхушки деревьевъ и подымался, чуть видный, бѣловатый паръ отъ темнаго, гладкаго пруда, Дмитрій спускался къ нему. Наскоро нѣсколько разъ окунувшись въ холодной водѣ и весь продрогнувъ, онъ торопливо, на ходу, надѣвалъ верхнее платье, темную холстинковую блузу и почти бѣгомъ отправлялся на деревню, жадно поѣдая на дорогѣ, захваченный изъ дому, большой и круто посоленный кусокъ чернаго хлѣба. На деревнѣ былъ у него пріятель, парнишка Мотя. Пріятель въ это время запрягалъ лошадь въ борону, собираясь ѣхать въ поле.

— Что?— говорилъ онъ, искоса оглядывая Дмитрія,— снялъ свою говядину?

— Снялъ. Такъ свободнѣе...

— То-то, слободнѣй...

Говядиной называлъ онъ форменный сюртучокъ Дмитрія съ краснымъ воротникомъ.

И пріятели, вмѣстѣ сидя на одной лошадкѣ, отправлялись въ поле и вмѣстѣ, по перемѣнкамъ, боронили, а потомъ вмѣстѣ полдничали квасомъ съ лукомъ и опять съ чернымъ хлѣбомъ.,

— Не барска это ѣда!— объяснялъ Мотя.— Чай тебя дома-то все сдобнымъ кормятъ, да папушникомъ?— И онъ облизнулся.

— Я и это люблю. Промнешься,— все хорошо!

Мотя ѣлъ молча. А Дмитрій думалъ: "отчего одно вкусно, а другое — нѣтъ, и отчего разные вкусы бываютъ? Отчего иногда хочется работать, и тогда все хорошо, а въ другой разъ нѣтъ?... А отчего Мотя спросилъ меня объ ѣдѣ? Онъ должно-быть завистливъ",— и онъ пристально посмотрѣлъ на него, какъ будто на лицѣ его былъ отвѣтъ.

Разъ какъ-то онъ вступился за Мотю и подрался изъ-за него съ другимъ мальчишкой. Онъ разбилъ мальчишкѣ носъ до крови, а тотъ сбилъ его съ ногъ въ грязь и разорвалъ на немъ рубашку. Дмитрій умылся, снялъ и замылъ панталоны, но разорванную рубашку нельзя было скрыть.

"Къ чему скрывать?— подумалъ онъ.— Вѣдь это не въ гимназіи".— Пошелъ и разсказалъ все, какъ было, матери.

— Ахъ, ты, драчунъ, драчунъ, забіяка!— сказала она, качая головой.— Это все оттого, что ты съ ними водишься, съ деревенскими мальчишками... Самолюбія у тебя нѣтъ... Сережа ни за что бы не связался,— онъ гордый!

"А что такое самолюбіе?— задумался Дмитрій.— Самолюбіе значитъ — должно любить самого себя.. Но тогда я долженъ защищать себя и драться, если меня обижаютъ, а за другихъ не заступаться... А что такое гордость?..."

Любилъ онъ разъѣзжать съ отцомъ по хозяйству: по полямъ и лугамъ, на пчельникъ, на толчею, на крупчатку или въ лѣсныя дачи, гдѣ гонятъ смолу, сидятъ деготь и выжигаютъ золу на поташъ. Разъ Павелъ Наумовичъ взялъ его съ собой, за сто верстъ, на кирпичный и желѣзодѣлательный заводъ, гдѣ у него были заказы. Точно новый міръ раскрылся передъ Дмитріемъ на этомъ заводѣ. Тамъ пылало и кипѣло цѣлое огненное озеро въ огромной печи, домнѣ; тамъ, сквозь темные валы, прокатывались огненные листы и съ громомъ падали одинъ на другой; тамъ стоялъ чугунный колоссъ, медвѣдь-ножницы, и разрѣзывалъ эти листы; тамъ гремѣли толстыя цѣпи и съ страшнымъ стукомъ гигантскіе молоты били по цѣлымъ глыбамъ раскаленнаго чугуна и множество огненныхъ струй потокомъ бѣжало по землѣ, а огненныя брызги летѣли во всѣ стороны. И вездѣ огонь, крикъ, стукъ и черныя, закоптѣлыя фигуры рабочихъ снуютъ, мечутся въ этомъ аду... Ошеломленный первымъ впечатлѣніемъ среди оглушительнаго стука, Дмитрій не вдругъ понялъ, о чемъ ему толковали, кричали подъ ухо, но мало-помалу онъ огляделся и началъ разбирать, догадываться: гдѣ лежитъ руда, куда ее засыпаютъ, что такое крица, какъ выдѣлывается самое желѣзо, и даже запомнились ему разные термины. Когда же онъ уходилъ или, правильнѣе, его уводили, то онъ еще разъ, съ сожалѣніемъ, оглянулся на длинный рядъ темныхъ, черныхъ залъ-сараевъ, гдѣ мелькали уже въ отдаленіи огни. Ему жаль было разстаться съ этой кипучей, огненною дѣятельностью. Она тянула, разжигала его.

Двѣ ночи сряду онъ вскакивалъ съ постели и бормоталъ сквозь сонъ: "отворяй шилейзофенную!... Изложницы!... Тяни крицу!... Ей, ключевщикъ, печейняй!"

Черезъ нѣсколько дней ему попались, довольно плохія, дѣтскія жизнеописанія Жаккарта и Уайта. И онъ воображалъ себя то тѣмъ, то другимъ, придумывалъ, чертилъ или устраивалъ модели разныхъ машинъ съ рычагами и шестернями.

"Механикъ будетъ!" — думалъ Павелъ Наумовичъ и самодовольно улыбался.

А Сергѣй нигдѣ не находилъ себѣ мѣста и покоя. Порой, когда онъ стоялъ на обрывѣ, надъ быстрою Бисертью, и его окружала успокоивающая, безстрастная тишина, передъ нимъ вдругъ вставало что-то свѣтлое, что-то манило его. Но это что-то не облекалось въ формы и снова уходило и пряталось за повседневною, прозаическою жизнью, въ которой все для него было мелко, вяло и тускло. "Всѣ эти Амалатъ-беки и Демоны — какая-то восторженная чепуха,— думалъ онъ,— а на самомъ дѣлѣ всѣ только и думаютъ о томъ, какъ бы ѣсть и спать. Изъ-за этого бьются и грызутъ другъ друга!"

Иногда, въ минуты неодолимой тяжести въ сердцѣ, на него находилъ припадокъ истерическаго плача и, послѣ этихъ слезъ, онъ приходилъ къ матери, грустный, и клалъ свою голову къ ней на колѣни. Она ласкала его, не вѣря себѣ, что это онъ подошелъ къ ней приласкаться, а онъ вдругъ вскакивалъ, обрывалъ ее какою-нибудь остротой, мѣткой и грубой, и съ желчнымъ смѣхомъ опять уходилъ къ себѣ.

— Ахъ, ты, дикій волчокъ, зубастый!— говорила она, ошеломленная этою выходкой.

Въ гимназіи онъ зачастую бросалъ уроки и съ злобною, отчаянною покорностью переносилъ всѣ наказанія. Разъ, будучи уже въ пятомъ классѣ, онъ, раздраженный какою-то придиркой чопорнаго, методическаго и самодовольнаго нѣмца учителя, запустилъ въ него чернилицей, какъ Лютеръ въ чорта. Его посадили въ карцеръ. Директоръ созвалъ педагогическій совѣтъ для рѣшенія, что сдѣлать съ нимъ. А онъ, въ это время, воткнулъ себѣ въ лѣвый бокъ все большое лезвіе перочиннаго ножа и чуть не истекъ кровью. Рану залѣчили и цѣлый мѣсяцъ онъ прожилъ въ деревнѣ. Желчь и нервы его немного отдохнули, но въ теченіе этого мѣсяца въ немъ установилось одно упорное, непреодолимое желаніе. Онъ пришелъ разъ къ отцу и, смотря спокойно, твердо, своими большими черными глазами въ его глаза, объявилъ, что онъ пойдетъ въ военную службу. Павелъ Наумовичъ посмотрѣлъ на его исхудалое, какъ лимонъ пожелтѣвшее, лицо и угрюмо сдвинутыя брови и сказалъ, какъ бы въ раздумьи:

— Ступай... Но ты не выдержишь!

Черезъ мѣсяцъ онъ отправилъ его въ З... полкъ къ двоюродному дядѣ подъ команду.

А Дмитрій прошелъ весь курсъ. Въ высшихъ классахъ онъ былъ постоянно на золотой доскѣ, училъ товарищей математикѣ (вмѣсто учителя, который ничего не могъ растолковать порядкомъ) и поступилъ въ Е... университетъ по математическому факультету. Когда пріѣзжалъ онъ къ отцу на вакацію, онъ былъ дѣятельнымъ помощникомъ ему, и совѣтовалъ, и чуть не училъ, но въ то же время и самъ учился въ разговорахъ съ толковыми практиками. И тутъ въ первый разъ понемногу, неизвѣстно изъ какихъ мелочей, началъ зарождаться и развертываться тотъ планъ, та цѣль, которую онъ теперь такъ упорно преслѣдовалъ.

Курса онъ не кончилъ, считая это дѣломъ совершенно излишнимъ, въ чемъ успѣлъ убѣдить и отца, а отправился за границу и пробылъ тамъ болѣе двухъ лѣтъ. Въ Парижѣ онъ прослушалъ курсъ въ Политехнической школѣ, изучилъ довольно основательно аналитическую химію и проѣхалъ въ Англію. Тамъ въ первый разъ его глубоко поразила эта двойственная жизнь. Съ одной стороны чистокровное, чопорное, изящное, окруженное ореоломъ пышнаго блеска, барство и тяжелая, могучая монополія капитала, а съ другой — задавленный ими трудъ разъединенныхъ рабочихъ силъ. Въ особенности досадно и тяжело ему стало разъ, когда его, несмотря на рекомендательное письмо, не пустили на одну фабрику въ Бирмингамѣ.

"Кулаки-карманщики!" — подумалъ онъ.

Когда возвратился онъ въ родныя Липки и началъ еще при жизни отца вводить разныя реформы, то Павелъ Наумовичъ сначала косо и недовѣрчиво посмотрѣлъ на эти улучшенія; но когда четырехпольная система, введенная на немногихъ участкахъ, большой скотный дворъ и при немъ сыроварня, травосѣяніе и дренажъ дали доходъ весьма порядочный, то онъ махнулъ рукой и сознался, что "молодое впередъ идетъ, а старое старится".

И, дѣйствительно, онъ старился не по днямъ, а по часамъ, и въ послѣдніе три года совсѣмъ опустился. Правда, шелъ ужь ему семьдесятъ восьмой годъ. Ясные глаза его потускли, заросли бѣльмами. Онъ совершенно ослѣпъ и тихо догоралъ, сидя по цѣлымъ днямъ на своемъ любимомъ верхнемъ балконѣ.

"Жизнь пережить — не поле перейти", скажетъ онъ, вдругъ поднявъ голову, и затѣмъ снова опуститъ ее и погрузится въ какую-то глубокую, дремотную, точно загробную, думу.

Онъ умеръ въ ясный лѣтній вечеръ совершенно покойно, точно уснулъ, такъ что Агнія Петровна, которая все время не отходила отъ него и теперь сидѣла возлѣ, не замѣтила его смерти. Позвала она его идти въ комнаты,— становилось сыро,— и тутъ только разглядѣла, что передъ нею сидѣлъ уже не живой человѣкъ. Сердце у ней замерло, она оглянулась на ясное, румяное небо, по которому двѣ стрѣлки гнались одна за другой, торопливо крестясь, опустилась на колѣни передъ этимъ дорогимъ для нея трупомъ и, съ тихими слезами, припала къ его холоднымъ, высохшимъ рукамъ. Она вспомнила, какъ цѣловала эти руки, когда еще дѣвушкой лежала больная, въ жару, и этимъ цѣлованьемъ, въ первый разъ, высказала ему всю свою глубокую любовь.

Вошелъ сынъ, посмотрѣлъ на эту картину и догадался, что совершилось то, чего онъ ждалъ горькимъ ожиданьемъ съ часу на часъ. Лицо его слегка поблѣднѣло, онъ наклонился и тихо поднялъ мать съ колѣнъ.

— Родная моя! — сказалъ онъ дрожащимъ голосомъ, — вѣдь я у тебя остался. Я не покину тебя никогда!

И она обняла его, припала головой къ нему на грудь и еще сильнѣе заплакала.

XVI

Болѣе мѣсяца уже прошло съ тѣхъ поръ, какъ Талыгинъ въ послѣдній разъ, въ Крещенье, былъ въ Мельтюковкѣ. Работы одна за другой выплывали передъ нимъ и онъ едва успѣвалъ справляться съ ними. Наконецъ, на масляницѣ, онъ улучилъ свободную минуту и поскакалъ за разрѣшеніемъ все того же не разрѣшеннаго имъ вопроса.

А Катя все время тоже работала почти безъ отдыха. Она съ жаромъ принялась проводить свою мысль въ дѣло или "экзаменовать свои силы", какъ она выражалась. Только на другой день масляницы она все еще въ раздумьи, довольная и недовольная результатомъ своей работы, послушалась просьбъ дѣвушекъ и отправилась съ ними въ садъ, на салазкахъ по пруду кататься. Звонъ колокольчика вызвалъ ее въ комнаты и она встрѣтила Талыгина съ смущеніемъ, какъ своего судью.

— Не знаю, что и дѣлать съ ней, — жаловалась ему Марья Петровна. — По ночамъ не спитъ, пишетъ. А то еще моду завела — малевать принялась. Пристала ко мнѣ: поѣдемъ да поѣдемъ въ Вознесенское, тамъ есть дьячокъ; онъ, говорятъ, иконы пишетъ. Я у него научусь. Нечего дѣлать — съѣздили, достали ей это-всего — и красокъ, и кистей, и даже дьячку дала три рубля за выучку.

Катя слушала, улыбаясь, и съ тою же улыбкой молча вышла и принесла, поставила передъ Талыгинымъ небольшой мольбертъ съ полотномъ, на которомъ была тщательно выдѣлана головка Stabat Mater Dolorosa. Головку Катя взяла съ гравюры, а для колорита ей послужила натурщицей Параня. Головка вышла весьма недурно, тѣмъ болѣе, что Катя догадалась бросить на нее свѣтъ сверху. Правда, техника сильно хромала, но вѣдь не у кого было и выучиться ей.

Талыгинъ похвалилъ несмѣло; онъ призналъ, что не знатокъ въ этомъ дѣлѣ. И дѣйствительно, какъ практикъ, онъ занимался только черченіемъ машинъ и построекъ.

— Но,— прибавилъ онъ, я убѣжденъ, что безъ таланта, такъ, прямо, начинать нельзя. Вѣдь вы прежде никогда не рисовали?

Катя отрицательно покачала головой.

Потомъ она принесла папку, развернула ее и показала съ десятокъ рисунковъ карандашомъ. Это были этюды съ натуры, наброски деревьевъ съ голыми сучьями или увеличенныя копіи съ разныхъ политипажей и литографій изъ книжекъ. Она принесла и самыя книжки для сравненія. Талыгинъ сравнилъ и одобрилъ.

— Теперь вы будете судьей моихъ литературныхъ подвиговъ,— сказала она и почти бѣгомъ принесла довольно толстую пачку исписанныхъ листовъ. "Быть или не быть" — подумала она съ замираніемъ сердца.

— Только я вамъ не все еще прочту,— все еще не отдѣлано,— а одинъ отрывокъ, эпизодъ изъ жизни рыцаря Эбердина.

И она прочла — сперва взволнованнымъ, потомъ окрѣпшимъ голосомъ — что-то среднее между романомъ и исторіей. Въ этомъ отрывкѣ то и другое такъ тѣсно переплеталось, что нельзя было отличить, гдѣ кончалась дѣйствительность и начинался вымыселъ. Здѣсь средневѣковая жизнь со всѣмъ ея безуміемъ, романтизмомъ, болѣзненною восторженностью выходила какъ будто изъ-подъ пера очевидца. Точно перенесла въ этомъ эпизодѣ Катя свою собственную восторженность.

Когда она кончила, Талыгинъ вдругъ невольно всталъ; глаза его слегка блестѣли.

— У васъ,— сказалъ онъ съ какимъ-то тихимъ увлеченіемъ,— несомнѣнный талантъ!— И онъ посмотрѣлъ на всѣхъ. Но эти всѣ, т.-е. Марья Петровна, Анна Гавриловна и Пафнутьевна, рѣшительно не понимали, о чемъ шла рѣчь, и что она читала, и что онъ говорилъ. Марья Петровна поняла только, что онъ хвалилъ Катю, ея Катю, и съ гордостью посмотрѣла на нее.

— Она, вѣдь, у меня умница!— сказала она.

— Постойте, это еще не все,— сказала Катя,— еще сюрпризъ. Была драма, теперь будетъ водевиль или комедія на закуску!— И она быстро развернула листы.

— А ты бы, Катя, отдохнула, да и Дмитрій Павлычъ, я думаю, усталъ тебя слушать. Да и обѣдать пора,— чай, ужь блины поспѣли.

— Я сейчасъ, мама, голубка моя, сейчасъ,— упрашивала она,— только нѣсколько страничекъ.— А Марья Петровна все-таки встала и пошла посмотрѣть, не подгорѣли ли монгольскіе блины.

Катя снова принялась читать. Голосъ ея, слегка взволнованной, былъ теперь веселъ и громокъ. Все лицо сіяло довольствомъ удачи. Она прочла нѣсколько сценъ, самыхъ простыхъ, изъ того простого мельтюковскаго мірка, который окружалъ ее и такъ хорошо былъ ей знакомъ. Это были фотографіи съ натуры. Подъ бойкими, мастерскими набросками мельтюковскіе мужички и въ особенности бабы выходили вѣрными, характерными портретами. Всѣ ихъ мелочные и вмѣстѣ съ тѣмъ глубокіе интересы, потому что они вытекали прямо изъ глубины самой простой и необходимой жизни, рисовались передъ глазами слушателя съ тѣмъ комизмомъ, сквозь который невольно слышатся готовыя вырваться на каждомъ словѣ слезы. Въ особенности хороша вышла послѣдняя сцена съ полоумной бабушкой Ѳедорихой, которую въ семьѣ принимали за юродивую. Она долго разсуждала съ куриными яйцами, которыя были накоплены ея снохой, какъ съ живыми людьми, и, наконецъ, всѣ ихъ выбросила на дворъ, приговаривая: "курочка манахеинька къ Христову дню яичко снесла!" И всѣ рѣшили, что она это сдѣлала къ добру.

Катя не подражала различнымъ голосамъ, но и въ простомъ чтеніи сцены выходили удивительно живы и комичны. Даже Пафнутьевна улыбалась. Варя съ Лизой постоянно хихикали, смотря на улыбающіяся лица другихъ, а Анна Гавриловна докладывала:

— Страсть, какъ хорошо написано!

Талыгинъ опять всталъ, подошелъ къ Катѣ и вдругъ взялъ ее за обѣ холодныя руки, лежавшія на столѣ.

— Пишите, пожалуйста, пишите!— сказалъ онъ тономъ серьезной мольбы.— У васъ тонкая наблюдательность и необыкновенная сила передачи.

"Откуда у ней взялось это чутье жизненной правды и простоты?" — подумалъ онъ.

Катя встала, закрыла тетрадь. Грудь ея сильно волновалась. Она хотѣла что-то сказать и не могла, взглянула на Марью Петровну и вдругъ упала передъ ней на колѣни и, наклонившись къ ея рукамъ, начала быстро и горячо цѣловать ихъ.

— Катя, что съ тобой?...Катя!... Дмитрій Павлычъ, что съ ней?... Она плачетъ.— Но Катя такъ же быстро вскочила и убѣжала въ свою комнату. Тамъ она овладѣла слезами радости, но не волненіемъ. Стиснувъ холодныя руки, она обратилась къ маленькому образку, который висѣлъ надъ ея кроватью, и какимъ-то неслышнымъ шепотомъ, всѣмъ сердцемъ, всею мыслію прошептала:

— Ты далъ мнѣ талантъ и Тебѣ возвращу его, не какъ, рабъ лѣнивый и лукавый! Пусть пройдетъ этотъ талантъ сквозь сердца людей, которымъ суждено мнѣ будетъ сказать слово обновленья, укрѣпленья и возвратиться къ Тебѣ, Господи, съ богатой жатвой!

Все время обѣда она улыбалась, нѣсколько разъ поцѣловала Варю и Лизу совсѣмъ не кстати, отвѣчала совсѣмъ невпопадъ и смѣялась сама надъ собой вмѣстѣ съ другими. Ей казалось, что сегодня какой-то праздникъ, большой праздникъ. Войдя въ дѣвичью, она неожиданно поцѣловала Пафнутьевну и даже Ваську, спавшаго на сундукѣ на мягкой подстилкѣ.

— Вѣдь ты меня любишь, Васька? Ты хорошій!— и она погладила его, а Васька мурлыкнулъ самымъ нѣжнымъ образомъ и вдругъ перевернулся всѣми четырьмя лапами кверху.

А Талыгинъ говорилъ съ ней о нѣкоторыхъ сценахъ. Онъ толковалъ ей, что это непосредственное, наблюденіе надъ простыми типами весьма важно, и почему важно. Она слушала его разсѣянно и все-таки понимала. Въ такія минуты каждая мысль схватывается на лету и всегда кажется, что всѣ говорятъ какъ-то вяло, точно жуютъ.

Дорогой Талыгинъ все думалъ и доискивался, какимъ образомъ могъ возникнуть въ ней, сложиться этотъ талантъ писательницы, и какъ вообще складывается талантъ, и что онъ можетъ сдѣлать для человѣчества. "Одни слишкомъ идутъ впередъ,— думалъ онъ,— вонъ изъ среды, изъ вѣка, и тогда только становятся понятны, когда ихъ работа уже дѣлается ненужной (онъ подумалъ о Шекспирѣ). Другіе двигаютъ толпой и ведутъ ее... куда?— сами не знаютъ. И все-таки дѣйствуютъ на чувства, а потомъ уже черезъ него на умъ, на убѣжденіе, и все-таки, не вся масса двинется за ними. Эта масса, инертная, неповоротливая, не пойдетъ за убѣжденіемъ,— для нея нужно чудо, какой-то грубый мистицизмъ...

"Что же,— подумалъ онъ,— если эта восторженная дѣвушка

и поведетъ за собой только извѣстный слой, все равно и это — дѣло!"

И опять передъ нимъ встала, какъ живая, эта умная, пылкая головка, которая теперь, именно теперь, была для него дороже, чѣмъ когда-либо...

"И я хотѣлъ связать эти пѣвучія силы!" — подумалъ онъ.

XVII

Настала весна, ранняя и дружная. Почти вездѣ снѣгъ согнало съ полей, но на нихъ еще торчали засохшіе стебли, какъ будто поминки по прошломъ лѣтѣ. И деревья стояли еще съ набухшими почками, готовыми по первому призыву теплаго луча лопнуть и развернуться мелкими, яркими, пахучими листиками.

По настоянію Кати, въ столовой было уже выставлено одно окно, а сама она сидѣла въ залѣ и, пользуясь послѣдними лучами еще рано заходящаго весенняго солнца, вся была погружена въ работу. Передъ ней стоялъ мольбертъ и небольшое полотно, на которомъ была головка Мадонны. Катѣ захотѣлось дать этой головкѣ другое выраженіе. Долго пробившись съ масляными красками, она отложила ихъ въ сторону и, не снимая фартука, принялась выдѣлывать карандашомъ на бумагѣ то, что ей неудавалось на полотнѣ. Вся проникнутая волненіемъ, она быстро чертила, добиваясь жадно той минуты, когда это волненіе покажетъ ей рельефно, какъ стекла стереоскопа, именно то лицо, которое въ ея представленіи убѣгало постоянно въ какой-то туманъ.

И не слыхала Катя, какъ въ передней отворилась дверь и тихо вошелъ гость, въ Мельтюковкѣ еще не виданный, стройный молодой человѣкъ, лѣтъ двадцати трехъ, въ легкой собольей шубкѣ, пестромъ кашемировомъ кашне и круглой, черной войлочной шляпѣ. Онъ подошелъ къ раствореннымъ дверямъ столовой и, приподнявъ шляпу, тихимъ, мягкимъ голосомъ спросилъ у изумленной, быстроглазой Даши:

— Дома Марья Петровна? Могутъ онѣ принять меня.

— Дома-съ!— отвѣчала нерѣшительно Даша.

— Вотъ потрудитесь передать имъ мою карточку.— И гость протянулъ къ ней визитную матовую карточку, на которой тонкимъ шрифтомъ было напечатано: "Михаилъ Ивановичъ Ратищевъ".

— Это имъ, что ли, отдать?— недоумѣвала Даша.

— Да, передайте Марьѣ Петровнѣ и скажите, что я ихъ желаю видѣть.

Даша отнесла карточку и почти тотчасъ же на задней половинѣ поднялась суетня. Всѣ дѣвушки, одна за другой, непеременно выскакивали въ столовую. Заглянула въ нее и Пафнутьевна. Толстая Настя пронеслась съ какимъ-то платьемъ. Послышался шепотъ: "проси въ гостиную!"

А гость какъ-то конфузливо, снявъ шляпу, стоялъ посреди передней.

— Пожалуйте, васъ просятъ туда, въ гостиную!— проговорила жеманно Даша, указывая на дверь. И Ратищевъ быстро сбросилъ шубку, кашне, калоши и остался въ черномъ рэйдъ-фракѣ, который неуклюже сидѣлъ на немъ.

Это былъ брюнетъ, средняго роста, съ лицомъ довольно правильнымъ и красивымъ, но всѣ черты котораго были слегка изогнуты. Разрѣзы небольшихъ карихъ глазъ спускались немного наружными углами внизъ, а брови, едва замѣтно переломленныя, были слегка сдвинуты. Не большой, но совершенно прямой лобъ выдавался надъ глазами и надъ нимъ слегка свѣшивались довольно коротко обстриженные, прямые и не гладко лежащіе волосы. Прямой носъ былъ нѣсколько нагнутъ къ верхней губѣ, которая была плотно прижата къ нижней, ярко-красной и презрительно выдававшейся впередъ. Едва замѣтные усы и бородка окаймляли правильный овалъ его матоваго, съ желтоватыми тонами и легкимъ румянцемъ, лица.

Ратищевъ дошелъ до половины залы и, остановясь, быстро надѣлъ pince-nez въ золотой оправѣ, которое висѣло у него на черномъ тонкомъ шнуркѣ. Онъ былъ близорукъ и теперь только разглядѣлъ, что передъ нимъ стоитъ дѣвушка около мольберта и должно-быть эта дѣвушка рисуетъ.

"Въ Мельтюковкѣ барышня рисуетъ,— подумалъ онъ,— и при этомъ масляными красками!... Значитъ, здѣсь еще не совсѣмъ глушь."

Поклонившись довольно развязно Катѣ, онъ мягкой, неслышною поступью прямо подошелъ къ ней. А Катя вся переконфузилась, не зная, остаться ей или бѣжать? Ее засталъ въ расплохъ незнакомый человѣкъ за дѣломъ, которое она до времени никому не хотѣла бы показывать.

— Вѣроятно, я имѣю честь видѣть дочь Марьи Петровны?— спросилъ Ратищевъ и, не дожидаясь отвѣта, продолжалъ.— Позвольте представиться: я — Ратищевъ... Если не ошибаюсь мы разъ съ вами встрѣтились, хоть и давно, еще дѣтьми, у моего покойнаго батюшки.

Какъ ни безпорядочно вертѣлись отрывочныя мысли и представленія въ головкѣ Кати, но она, дѣйствительно, вспомнила, что лѣтъ семь тому назадъ мать ея была за какимъ-то дѣломъ у губернскаго предводителя Ратищева и возила ее съ собой, и тамъ она видѣла какого-то юношу, который держалъ голову кверху и поминутно оглядывалъ ее съ головы до ногъ, что ее страшно смущало. Теперь этотъ юноша, самъ слегка смущенный, стоялъ передъ ней и она, протянувъ ему руку, крѣпко пожала его небольшую и жесткую руку, проговоривъ:

— Очень рада! Вы, вѣрно, къ моей мамашѣ?

— Да. А вы рисуете?— спрашивалъ Ратищевъ, приглядываясь къ ея работѣ.

— Учусь только. Начинаю и не знаю даже, какъ начать. Не клеится.

— Отчего же? Для начала очень недурно... Только вамъ бы необходимо больше смѣлости, сочности,— говорилъ онъ, смотря на полотно.— У васъ слаба подмалевка, а потому приходится много работать мазкомъ. Этотъ тонъ мнѣ кажется неестественнымъ, онъ, знаете... какъ-то,— и онъ повертѣлъ пальцемъ,— il est par trop terreux.

И Катѣ вдругъ тонъ, дѣйствительно, показался неестественнымъ, хотя на самомъ дѣлѣ былъ весьма естественъ и вовсе не былъ terreux.

— А потомъ глаза, если позволите замѣтить,— продолжалъ Ратищевъ,— не совсѣмъ прямо поставлены. Если вы намѣтите une ligne normale de deux tiers, то она такъ пойдетъ,— и онъ показалъ мизинцемъ въ сѣрой перчаткѣ,— и пройдетъ мимо зрачка лѣваго глаза. Не правда ли? А относительно волосъ... Извините, что. я вмѣшиваюсь?...

— Ахъ, нѣтъ, пожалуйста, я очень рада!— подхватила Катя, совершенно оправившись и радуясь этимъ замѣчаніямъ знатока, какъ она думала. И Ратищевъ указалъ, что и волосы совершенно плоски, въ нихъ нѣтъ рельефа.

— Конечно, они еще не выработаны,— смягчилъ онъ свой приговоръ,— но въ нихъ нѣтъ натуры, они просто накрашены.

Потомъ онъ указалъ на недостатки въ тѣняхъ, въ контурѣ лица, такъ что, наконецъ, отъ картины ничего не осталось не тронутымъ и всю ее приводилось начинать съ начала. У Кати опустилось сердце. Она вспомнила и ту картину, которую похвалилъ нерѣшительно Талыгинъ, но и въ той были тѣ же, или почти тѣ же, недостатки.

Въ это время тихо вошла переодѣтая и пріодѣтая Марья Петровна. Ратищевъ раскланялся.

— Я рада, очень рада видѣть васъ,— проговорила Марья Петровна нервно-усталымъ голосомъ, подавая ему неловко руку и по чертамъ лица его вспоминая черты его матери, когда-то любимой и почти забытой подруги ея молодости.

Они вошли въ гостиную. Марья Петровна усадила гостя на кресло.

— Я пріѣхалъ передать вамъ одну вещь... Извините, что поздно. Я недавно нашелъ ее въ бумагахъ отца.— И онъ развернулъ небольшой свертокъ и передалъ что-то въ родѣ книжечки, тщательно завернутой въ бумагу и завязанной на-крестъ черной ленточкой, изъ-за которой виднѣлась надпись уже пожелтѣвшими чернилами: "милому другу моему Машѣ Мельтюковой на память отъ несчастной Саши Ратищевой".

Марья Петровна быстро, нервно сдернула ленточку и развернула бумагу. Глаза ея замигали, лѣвая половина лица начала сильно подергиваться. Въ бумагѣ былъ маленькій, очень хороша знакомый Марьѣ Петровнѣ, альбомъ въ красномъ сафьянномъ переплетѣ, пансіонскій альбомъ матери Ратищева, въ которомъ было вписано рукой Марьи Петровны криво и безграмотно: "Я люблю милую Сашу всѣмъ сердцемъ и душой, никогда ее не забуду и желаю ей много счастья и хорошей доли". Лицо Марьи Петровны потемнѣло при этомъ листкѣ изъ какого-то далекаго, беззаботнаго времени. Передъ ней быстро промелькнула ея жизнь и жизнь ея подруги и она еще сильнѣе замигала, вынула платокъ, торопливо отерла побѣжавшія слезинки и высморкалась.

— Благодарю васъ,— сказала она измѣнившимся голосомъ.— Мнѣ очень жаль вашу матушку! Мы были такъ хороши съ ней (дружны, хотѣла она сказать).

Ратищевъ помоічалъ нѣсколько минутъ ради приличія и потомъ началъ болѣе мягкимъ и слегка смущеннымъ голосомъ:

— У меня есть еще до васъ небольшая просьба или, правильнѣе, предложеніе., я желалъ бы съ вами помѣняться участками. Вамъ, вѣроятно, извѣстно, что ваши владѣнія входятъ въ мои черезполосицей. Лѣсъ по Межихѣ клиномъ вошелъ въ мои поля.— Онъ помолчалъ, какъ будто ожидая подтвержденія, и, не, дождавшись, опять продолжалъ.— Еслибы вы согласились уступить этотъ клинъ мнѣ, я предложилъ бы вамъ участокъ, что за нимъ лежитъ. Правда, въ этомъ участкѣ лѣсу нѣтъ, но земля, кажется, хорошая... (онъ навѣрно зналъ, что на полѣ были мочежины).— А въ замѣнъ лѣсу я отрѣзалъ бы вамъ отъ Лепихинской дачи поросли двѣ десятины, такъ что земли набралось бы больше: за ваши десять десятинъ я передалъ бы вамъ около двѣнадцати... Мнѣ только, вы понимаете, не хочется имѣть черезполосицы.

Марья Петровна уже забыла свое волненіе. Она усиливалась припомнить, сообразить, какой участокъ у ней просятъ и что ей предлагаютъ, и не могла вспомнить и понять. Только мигала глазами.

— Вы бы, Михаилъ Иванычъ,— начала она робко и ласково,— къ бурмистру Михеичу обратились бы, онъ лучше знаетъ, а я согласна. Вы ужъ навѣрно меня, подругу вашей покойной матушки, не обидите.— Она кротко улыбнулась.

Михаила Ивановича слегка покоробило при этой надеждѣ.— "Чего-жь ей въ самомъ дѣлѣ надо?— подумалъ онъ.— Кажется, я ей предлагаю хорошій обмѣнъ".

— Такъ я обращусь,— сказалъ онъ нерѣшительно,— къ. вашему управляющему. Позвольте считать это дѣло поконченнымъ?

— Да, да, поконченнымъ.

— Акты вы подпишите?

— Съ удовольствіемъ подпишу.

Разговоръ прервался. Ратищевъ искоса оглянулся кругомъ. На столѣ передъ нимъ лежалъ развернутый томъ Gereau: "Essai sur la religion et la morale". Онъ приподнялъ брови и, какъ будто не довѣряя глазамъ, взялъ книгу.

— Это, вѣроятно, ваша дочь читаетъ?— спросилъ онъ.

— Да, она у меня все читаетъ. Нынче все какъ-то по ученому пошло. Я, право, ужъ и не знаю...— Она еще что-то хотѣла прибавить, но посмотрѣла на него пристально и остановилась.— Катя!— закричала она, какъ будто вдругъ что-то вспомнивъ.

А Катя была у себя въ комнатѣ передъ своими рисунками. Она разложила ихъ въ глубокомъ раздумьи и разсматривала.— "Неужели я ошибаюсь въ себѣ?! Да и онъ тоже (она подумала о Талыгинѣ)... Никто самъ себѣ не судья. Развѣ пойти показать, ему? Онъ, очевидно, знатокъ". И чувство довѣрія къ авторитету, успокоительное, но часто обманчивое чувство, потянуло ее. Она сложила рисунки въ картонку.— Неужели онъ все забракуетъ?— спрашивала она.— Что-же изъ этого? Не надо лжи и ошибокъ... нигдѣ". И, захвативъ картонку, она вошла въ гостиную.

Ратищевъ сидѣлъ развалясь, нѣсколько сгорбившись, и перелистывалъ книгу.

— Катя!— обратилась къ ней Марья Петровна и, вдругъ остановись, почти съ ужасомъ посмотрѣла на нее. Катя была все въ томъ же темномъ холстинковомъ, клѣтчатомъ платьѣ и даже фартукъ позабыла снять, даже не поправила своихъ густыхъ черныхъ волосъ, такъ что тяжелая, толстая коса ея немного свалилась на сторону.—"Что онъ объ ней подумаетъ?!— соображала Марья Петровна.— Вонъ онъ даже въ. перчаткѣ сидитъ" — и она покосилась на Ратищева.

— А я къ вамъ съ просьбой,— обратилась къ нему Катя, слегка покраснѣвъ.— Посмотрите, пожалуйста, эти рисунки и скажите также объ нихъ ваше мнѣніе.

И она торопливо развернула картонку и показала ему то, что она уже показывала Талыгину, и еще нѣсколько новыхъ рисунковъ. Въ этихъ этюдахъ всего замѣчательнѣе было разнообразіе въ манерѣ рисовки. По нимъ знатокъ могъ бы ясно ни дѣть, какъ, шагъ за шагомъ, съ умнымъ, толковымъ разборомъ и терпѣньемъ Катя доходила до штриховъ самыхъ смѣлыхъ и обдуманныхъ. Но ничего этого не видалъ Ратищевъ. Онъ недовѣрчиво, съ худо скрытой небрежностью, молча пересмотрѣлъ эти рисунки. Катя пристально слѣдила за его лицомъ, стараясь прочесть на немъ свой приговоръ; но на этомъ лицѣ ничего не было, кромѣ неподвижной, какой-то неопредѣленной мины.

— Это все очень мило и недурно,— сказалъ онъ наконецъ...— для начинающаго. Можетъ-быть у васъ разовьется талантъ... Такихъ рисунковъ я видалъ много въ рисовальныхъ школахъ... Напримѣръ, въ Дюссельдорфѣ... Но знаете ли, можетъ-быть я и ошибаюсь, но мнѣ кажется, талантъ, un vrai talent...— онъ остановился, пріискивая какое-нибудь сильное сравненіе, и не нашелъ его.— Талантъ не стѣсняется никакой школой, рутиной. Онъ самобытенъ. Вы его замѣтите въ каждомъ штрихѣ... Par exemple, возьмите Густава Дорэ: это — талантъ несомнѣнный. Я видѣлъ его рисунки, которые онъ дѣлалъ еще десятилѣтнимъ мальчишкой,— просто перомъ, чернилами набросаны. Что это за-сила въ каждомъ штрихѣ!... Впрочемъ,— прибавилъ онъ съ кисло-сладкой улыбкой, вглядываясь въ одинъ изъ рисунковъ,— я съ удовольствіемъ помѣстилъ бы вашу работу въ мой альбомъ... un croquis... У насъ какъ-то вообще женщины мало занимаются рисовкой.

Этотъ грубый комплиментъ окончательно отрезвилъ Катю.— "Значитъ, нѣтъ надежды,— подумала она,— если онъ хочетъ позолотить пилюлю". И она тихо, какъ бы нехотя, собрала рисунки и положила ихъ опять въ картонъ. Ей вдругъ сильно захотѣлось куда-нибудь швырнуть этотъ картонъ и заплакать.

— Катя,— сказала Марья Петровна нерѣшительно,— что-жь чай?

— Чай готовъ,— отвѣтила она недовольнымъ тономъ.— Милости просимъ!— и она быстро подошла и порывисто распахнула обѣ половинки двери въ залу.

— Какъ же такъ?!— ужаснулась Марья Петровна.— Сюда надо!

— Сдѣлайте милость,— сказалъ вставая Ратищевъ,— пожалуйста не стѣсняйтесь мной. Я пойду, куда позовете или прикажете. Притомъ мнѣ ужь и пора.— Онъ быстро вынулъ толстые золотые часы съ эмалью и взглянулъ на нихъ.— Хотѣлось бы мнѣ засвѣтло добраться до Рагузина, къ одному знакомому.

— Да вы успѣете,— начала упрашивать Марья Петровна,— накушайтесь чаю... Тутъ всего верстъ пятнадцать будетъ, а дорога теперь, говорятъ, хорошая, песокъ размокъ, не вязнетъ.

Ратищевъ молча поклонился и всѣ отправились въ столовую, гдѣ около самовара хлопотала уже ad interim Анна Гавриловна. Катя начала задумчиво доливать чайникъ. Ей все казалось, что онъ, этотъ незнакомый, человѣкъ, затворилъ передъ ней одну половинку ставень въ ея свѣтломъ окошкѣ. "Что-жь? Мнѣ остается другая половина" — утѣшала она себя.— "Полно, остается ли?" — спрашивалъ ее изнутри строгій, смущающій голосъ.

— Какъ вамъ нравится эта книга Gereau?— спрашивалъ ее Ратищевъ, усѣвшись подлѣ нея на стулъ.

— Право, не знаю, какъ вамъ сказать,— отвѣчала она съ едва замѣтной, грустной улыбкой.— Я не судья,— я только учусь. Мнѣ кажется, онъ во многомъ правъ. Я только не знаю, почему часто авторы такихъ... какъ это сказать... разсужденій все пускаются въ какія-то отвлеченности. Мнѣ кажется, тутъ и разсуждать вовсе не слѣдуетъ (грѣшно — хотѣла она сказать)... Надо только стараться примѣнить все это къ жизни, ко всѣмъ ея сторонамъ,— согласить, чтобы жизнь была лучше.

Онъ съ удивленіемъ посмотрѣлъ на нее. "Она неглупа и даже очень неглупа, — подумалъ онъ,— и такая хорошенькая". Онъ ее не попялъ.

— Вы правы,— оказалъ онъ.— Всякій культъ тогда только и держится прочно, когда онъ многостороненъ, широкъ, когда онъ удовлетворяетъ разные слои общества и вмѣстѣ съ тѣмъ не мѣшаетъ жизни. Но именно въ этомъ-то и задача.

Теперь она на него посмотрѣла съ недоумѣніемъ.

— Какъ это Вы говорите — слои, и чтобы не мѣшало жизни?— сказала она.

— Да, чтобы не связывалъ ee et du tout il faut la liberté de la conscience... comme vous savez. Культъ можетъ въ грубомъ, простомъ его видѣ держаться крѣпко chez un peuple, если онъ не стѣсняетъ обычаевъ, потому что они, какъ вамъ, вѣроятно, извѣстно, держатся крѣпче всякаго культа... Et puis... можно встрѣтить въ низшихъ слояхъ какую-то амальгаму изъ стараго и новаго... Возьмите, напримѣръ, le Carnaval, ce boeuf gras... или нашъ семикъ...

Онъ говорилъ какъ-то вяло, какъ бы выдавливая каждое слово, но твердо, дидактически, тономъ не допускавшимъ возраженій. Иногда онъ не вдругъ подбиралъ слово и при этомъ сосредоточенно хмурился, бѣгалъ глазками, дѣлалъ жестъ рукой, а въ крайнихъ случаяхъ даже притопывалъ небольшой ножкой, обутой въ лакированный ботинокъ.

— Притомъ вы согласитесь,— говорилъ онъ,— что культъ въ его первоначальномъ, не тронутомъ видѣ можетъ быть только въ грубомъ обществѣ, а то... vous concevez, il y a des differents couches... одинъ надъ другимъ... Они требуютъ разныхъ оттѣнковъ культа, il y a des degrés du développement... развитія...

"Кто ихъ пойметъ!— думала Марья Петровна, усиленно хлопая глазами.— Какое-то развитіе..." У ней являлось представленіе о развивающемся клубкѣ.

— Однихъ удовлетворяетъ,— продолжалъ Ратищевъ,— только грубая внѣшность, обрядъ, суевѣріе. Другіе ищутъ символовъ и даже чего-то въ родѣ философіи, напримѣръ, эти духоборцы... А тамъ еще выше является уже культъ pour ainsi dire, dépouillé et distillé... Возьмите, напримѣръ, этихъ унитаріевъ или (глазки его сильно забѣгали) этого Ренана... Онъ уже ведетъ къ деизму, пантеизму, а тамъ, дальше, начинается широкое поле всякихъ вѣрованій... ad libitum, которыя заканчиваются...

— Катя, вѣдь, чай-то простынетъ, что же ты?!— напомнила Марья Петровна.

И Катя вдругъ спустилась съ облаковъ. Она всѣми силами старалась вдуматься, понять Ратищева и... не понимала. Ей казалось только, что передъ ней открывается что-то совершенно новое.

— Я не читала Ренана,— призналась она.

— Не читали?!... Да, онъ недавно вышелъ... Онъ мнѣ кажется лучше Штрауса... il y a de la poesie... C'est un talent.

— Катя!— опять остановила ее Марья Петровна.— Ты точно спишь!...

Она окончательно проснулась, увидала, что наполнила

свою чашку чуть не до-верху сахаромъ, улыбнулась, взглянула на Татищева и принялась наливать ему стаканъ.

— Пожалуйста, не крѣпко,— попросилъ онъ,— а сахару я попросилъ бы больше.

— Онъ, вѣрно, нервный,— подумала она,— и любитъ сладкое.

— Знаете ли,— началъ опять Ратищевъ, принимая съ легкимъ поклономъ стаканъ и видимо довольный тѣмъ, что произвелъ сенсацію.— Вы совершенно правы,— здѣсь не надо разсужденій.

Lass die frommen Hypothesen,
Lass die heiligen Parabolen,

и не ищи никакихъ "verdammten Fragen!" и будешь счастливъ... A la fin... люди всегда ищутъ лучшаго... За неимѣніемъ чѣмъ удовлетвориться вблизи, они... идутъ за предѣлы видимаго... Всякій культъ только тѣмъ и хорошъ, что онъ можетъ дать довольство, примирить съ окружающимъ, или дать надежду въ будущемъ. Вспомните римскихъ рабовъ...

Катѣ вдругъ показалось что-то темное, отталкивающее въ этихъ словахъ.

— Я не знаю,— сказала она,— мнѣ кажется, вы ошибаетесь... Не религія даетъ довольство, а наши къ ней отношенія... И что-то еще... Вотъ у насъ есть мужикъ Степанъ, бобыль. Онъ очень доволенъ жизнію и счастливъ. И ѣстъ каждый день картофель съ масломъ, который онъ очень любитъ. А священника бранитъ, никогда не молится и въ церковь не ходитъ,— говоритъ, тамъ ладаномъ пахнетъ.

— Это точно,— подтвердила Марья Петровна, обрадовавшись, что, наконецъ, разговоръ попалъ на что-то понятное.— Но только, вѣдь, это и мужикъ какой-то полоумный, прости Господи! А счастіе, я вамъ скажу, это — кому Богъ пошлетъ. Иной и милліоны имѣстъ, а все несчастливъ, все какъ будто чего-то ему недостаетъ; а другой и бѣденъ, да благодаритъ Господа.

Татищевъ молча слушалъ, выпивая маленькими глотками чай.. Катя подмѣтила у него при этомъ тонкую усмѣшку и не столько на губахъ, какъ въ прыгавшихъ, слегка прищуренныхъ глазкахъ.

На дворѣ зазвенѣлъ колокольчикъ и къ крыльцу подъѣхалъ легкій тарантасикъ, въ видѣ коляски. Приземистый, неуклюжій, смуглый лакей, въ теплой ливрейной шинели, соскочилъ съ козелъ и вошелъ въ переднюю.

— А гдѣ же были ваши лошади? — освѣдомилась Марья Петровна.

— Онѣ были на деревнѣ... Сломалось тутъ что-то, валекъ что ли, такъ его чинили.— И онъ допилъ стаканъ, медленно всталъ и началъ раскланиваться.

— Что-жь вы еще чаю?!— удивленно заговорила Марья Петровна.— Такъ торопитесь!...

— Мнѣ, право, пора,— сказалъ онъ какъ-то нерѣшительно и протянулъ руку Катѣ.— Очень радъ, что имѣлъ случай познакомиться съ вами,— сказалъ онъ, бѣгая глазами, и, слегка пожавъ ей руку, обратился къ Марьѣ Петровнѣ.

— Да вы не закусите ли чего-нибудь на дорогу?— поподчивала она,— легонькаго... грибочковъ?

— Нѣтъ, покорно благодарю, я никогда не закусываю.

— Милости просимъ въ другой разъ когда-нибудь къ намъ. Мы съ вашей матушкой очень, очень были хороши, когда она въ дѣвушкахъ была.

Ратищевъ уже надѣвалъ въ передней съ помощью лакея шубу, кашне и калоши.

— Добраго вечера!— сказалъ онъ, расшаркиваясь, и вышелъ на крыльцо.

"Синій чулокъ или просто une tete serieuse?— подумалъ онъ, садясь въ тарантасъ.— А, право, прехорошенькая!"

И почти всю дорогу онъ думалъ о ней, вспоминая ея слова и движенія. "Съ умомъ и съ тактомъ, très destinguée" — и онъ вспоминалъ ея оживленное, умное лицо и свѣжій ротикъ, и бѣлыя ручки съ длинными пальцами,— еще ächte psychische Hand Каруса,— подумалъ онъ.— И этотъ стройный бюстъ, съ сдержанно волнующейся грудью. Ces formes sveltes et gracieuses!... На кого она похожа?— думалъ Ратищевъ и не могъ придумать...— Elle est tout à fait originale,— и онъ пожалъ плечами,— une naturele de Meltukoffka!..."

А лошадки несли тарантасикъ легкою рысцой и черезъ два часа подкатили его къ маленькому флигелю, большого каменнаго дома, гдѣ жилъ товарищъ Ратищева по университету, богатый помѣщикъ, Пенязевъ. Онъ встрѣтилъ Ратищева шумно, какъ субъекта, съ которымъ можно болтать, оставилъ его ночевать и болталъ безъ умолку, вспоминая разные случаи, разныхъ Clemence и Hortense и разбирая до тонкости, гдѣ и въ чемъ собственно у нихъ, у каждой, ess-bouquet сидитъ, а Ратищевъ слушалъ его разсѣянно и какъ-то недовольно.

— Да ты что?!— спросилъ его вдругъ Пенязевъ, наливая ему

за ужиномъ замороженное шампанское въ плоскій бакалъ изъ тонкаго стекла,— влюбленъ, что ли?

— А что?— торопливо отвѣтилъ Ратищевъ и выпилъ вдругъ залпомъ весь бакалъ.

А Катя по отъѣздѣ его взяла свою картонку и въ глубокомъ раздумьѣ снова пересмотрѣла всѣ рисунки.

— За двумя зайцами погонишься, ни одного не поймаешь!... Ну, а если и тамъ-ничего?...— И сердце у ней замерло. Опять какая-то темная пустыня открывалась передъ ней.

— Да кто же онъ?— вдругъ спросила она. И, отбросивъ всѣ рисунки и картонку, она отправилась къ Марьѣ Петровнѣ.

— Мама,— сказала она,— кто это такой?... Что такое онъ тебѣ привезъ?... Ты была дружна съ его матерью?

— Ахъ, какой деликатный!— начала удивляться Анна Гавриловна.— Какой деликатный!... Вѣдь ему, матушка, говорятъ, послѣ Ивана Тимоѳеича осталось четыре тысячи душъ!

— Нынче, Анна Гавриловна, не считаютъ на души!— остановила ее съ нетерпѣніемъ Катя. А Марья Петровна посмотрѣла на нее, на Анну Гавриловну, на чулокъ, который она вязала, и принялась разсказывать, иногда прерывая свои слова слезами, о томъ, что давно случилось и поросло уже забвеніемъ, какъ травой могильной.

XVIII

Родъ Татищевыхъ записанъ въ герольдіи въ Четвертой книгѣ.

Иванъ Тимоѳеевичъ Ратищевъ изъ всѣхъ силъ пытался доказать свое происхожденіе отъ князей Варяжскихъ, но, истративъ на это болѣе тридцати тысячъ и не видя конца дѣлу, съ крайнимъ огорченіемъ бросилъ его. Впрочемъ, въ видѣ утѣшенія, онъ повѣсилъ въ одной изъ парадныхъ залъ своихъ, въ золотой богатой рамкѣ, огромную карту родословнаго древа древняго рода Татищевыхъ съ кружкомъ у корня, въ которомъ было вписано: "Радунъ, князь Варяжскій". Съ тридцатаго года онъ безсмѣнно, по закону инерціи, каждое трехлѣтіе былъ избираемъ дворянскимъ губернскимъ предводителемъ.

Вся колоссальная фигура Ивана Тимоѳеевича поражала грандіозной, монументальною неподвижностью. На его одноцвѣтномъ сѣро-желтомъ лицѣ, съ гладко выбритымъ, выдавшимся подбородкомъ, съ большимъ, убѣгавшимъ назадъ, лбомъ, съ тусклыми сѣрыми глазами, съ толстой нижней губой и съ неизмѣнной, какой-то благосклонной, точно окристаллизованной улыбкой, ничего нельзя было прочесть, кромѣ спокойствія и безграничнаго величія. Онъ постоянно носилъ бѣлый жилетъ и галстукъ, умѣлъ кланяться, не сгибая головы, и если поворачивался, то всегда всѣмъ корпусомъ, какъ будто шея у него была вовсе неподвижна, умѣлъ говорить, почти не оборачиваясь къ слушателю, какимъ-то изысканно-учтивымъ, но твердымъ, безапелляціоннымъ голосомъ. Въ дворянскомъ собраніи онъ завелъ что-то въ родѣ тронной залы, гдѣ предсѣдательствовалъ на высокомъ, обитомъ бархатомъ, креслѣ съ золотыми кистями. Губернскіе остряки звали его втихомолку "высокостульнымъ высочествомъ", но явно, точно также какъ и всѣ, преклонялись передъ нимъ, передъ его богатствомъ и связями. Даже самый законъ нѣмѣлъ передъ нимъ, хотя онъ и былъ строгимъ законникомъ... тамъ, гдѣ дѣло не касалось лично его. Онъ женился рано, на старой, безцвѣтной дѣвѣ, также изъ древняго рода князей Опокчиныхъ. Овдовѣвъ послѣ пятилѣтней женатой жизни, онъ завелъ какую-то интрижку, которую тщательно пряталъ въ одномъ изъ своихъ отдаленныхъ помѣстій. Никто не зналъ о ней или не смѣлъ говорить. Сорока восьми лѣтъ, онъ, въ чинѣ дѣйствительнаго статскаго совѣтника и въ новомъ каммергерскомъ мундирѣ, съ огромнымъ ключомъ, собирался ѣхать ко Двору — представляться. Къ этому представленію онъ приготовлялся какъ къ какому-то таинству и вдругъ на одномъ дворянскомъ балу былъ пораженъ замѣчательною красотой. Правда, на нее, на эту молоденькую, семнадцати-лѣтнюю, дѣвушку засматривались почти всѣ и многіе увивались около нея. Стройная, высокая, она преклоняла предъ собою всѣхъ этой царственною стройностью, роскошью бѣло-матоваго бюста, правильными, почти античными чертами свѣжаго личика... Иванъ Тимоѳеевичъ просіялъ и потемнѣлъ въ одно время, увидавъ эту Венеру. Ему вдругъ представилось, какой бы блестящій эффектъ она произвела при Дворѣ. Ему даже живо представилось, какъ всѣ замѣчательныя дипломатическія лица обернутся на нее и, не отрывая глазъ, начнутъ допытываться, кто это, кто это?!— "C'est m-me de Ratischteff" — слышался ему одобрительный, восторженный шепотъ, и благосклонная улыбка его губъ при этомъ дѣлалась еще благосклоннѣе.

Не далѣе, какъ черезъ недѣлю онъ подкатилъ четверней съ двумя лакеями къ сѣренькому скромному дому той бѣдной.семьи, къ которой принадлежала будущая m-me de Ratischteff. Отецъ, владѣтель восьмидесяти пяти перезаложенныхъ душъ, оторопѣвъ и растерявшись, самъ не зная почему, напялилъ въ-попыхахъ потертый дворянскій мундирчикъ и выскочилъ въ залу принять высокую особу, сказочнаго принца. Низко кланяясь и не осмѣливаясь даже пожать милостиво протянутыхъ трехъ пальцевъ, онъ усадилъ Ратищева на диванъ. А тотъ, развалясь, заговорилъ о какомъ-то дѣлѣ, давно завалявшемся въ его канцеляріи, о какихъ-то пяти черезполосныхъ десятинахъ, которыя оспаривалъ будущій его тесть у такого же, какъ онъ, мелкопомѣстнаго сосѣда. Ратищевъ обѣщалъ содѣйствіе, покровительство, и будущій тесть постоянно кланялся. Онъ вызвалъ и жену, точно также надѣвшую какой-то праздничный парадный мундиръ. И она тоже кланялась и благодарила, сама не зная за что. Вывели, наконецъ, и дочь, одѣтую точно на-показъ, по-купечески, декольте. Она конфузилась и краснѣла, не менѣе отца и матери, но тѣмъ болѣе было поводовъ любоваться ею, ея стыдливымъ яркимъ румянцемъ, который разливался по всему роскошному, трепетно колыхавшемуся, бюсту. Сдержанно, пѣвучимъ голосомъ отвѣчала она на милостивые, слегка заигрывающіе, вопросы покровителя и будущаго супруга. А онъ все съ тою же благосклонной улыбкой довѣрчиво посматривалъ на отца и мать, какъ будто говоря: видите, какой еще она добрый, невинный ребенокъ.

Черезъ пять дней онъ прислалъ письмо съ формальнымъ предложеніемъ. Не согласиться на него было бы, конечно, безуміемъ, уголовнымъ преступленіемъ. Отецъ, прочитавъ его, и захохоталъ, и зарыдалъ, и тотчасъ же бросился служить молебенъ какой-то чудотворной иконѣ. Мать, вся ликующая, разцѣловала у дочери и лобъ, и глаза, и руки въ экстазѣ художника, довольнаго и гордаго своимъ произведеніемъ. Даже маленькій братъ гимназистъ съ уваженіемъ посмотрѣлъ на сестру и съ важностью обдернулъ свой мундирчикъ персдъ зеркаломъ. А она не понимала хорошенько, что съ ней дѣлалось и что хотятъ съ ней дѣлать. Она чувствовала только испугъ; рыдала долго, сосредоточенно, сама не зная отчего. Мать поила ее съ уголька... Няня опрыскивала настоемъ изъ плакунъ-травы и прочитала надъ ней наговоръ отъ переполоха. Слезы, наконецъ, унялись. Женихъ прислалъ ей богатое collier и пять кусковъ шелковыхъ матерій на платья. Все это какъ-то немного успокоило, утѣшило ее, какъ игрушка, новинка, ребенка. Вѣдь еще такъ недавно, прошлымъ лѣтомъ, бѣгала она въ деревнѣ, совершенно по-дѣтски, въ перегонки съ дворовыми дѣвушками. Эта деревня, блаженные "Задворчики", съ свѣтлымъ, уютнымъ домикомъ, съ садомъ изъ яблонь и густыхъ старыхъ липъ, съ тихой тинистой рѣчкой и съ тихой, доброй подругой Машей Мельтюковой, представлялась ей теперь какимъ-то мирнымъ, надежнымъ пріютомъ, куда она могла спастись, убѣжать — отъ чего?— она сама не знала. Женихъ ей казался чѣмъ-то вродѣ статуи командора въ домъ-Жуанѣ и каждый разъ она крестилась прежде, чѣмъ выходила къ нему въ гостиную. А онъ обращался съ ней съ такой обязательной снисходительностью, иногда полушутливо давалъ ей совѣты въ духѣ религіозно-нравственномъ, или дѣлалъ ей что-то вродѣ экзамена изъ французскаго языка, причемъ, она должна была, краснѣя и заикаясь, выкладывать передъ нимъ весь свой весьма скудный запасъ свѣдѣній въ этомъ діалектѣ, пріобрѣтенный ею въ теченіе двухлѣтняго пребыванія въ пансіонѣ. "Плохо!— думалъ Иванъ Тимоѳеевичъ.— Надо будетъ нанять ей учителя!" И дѣйствительно, впослѣдствіи онъ ей нанялъ учителя изъ поляковъ, пана Бржесневскаго.

Черезъ три недѣли ее, блѣдную и трепещущую, обвѣнчали, и стала она — изъ простой Саши Меркуновой — Александрой Павловной Ратищевой.

Иванъ Тимоѳеевичъ свозилъ ее какъ куклу на показъ ко всей своей многочисленной роднѣ. Всѣ приняли ее съ изысканнымъ, приторнымъ радушіемъ и даже подобострастіемъ; одна только княгиня Алалова сказала Ивану Тимоѳеевичу: "Что это, батюшка, ты на старости лѣтъ бѣса въ ребро пустилъ, связался съ младенцемъ! Откуда соблазнилъ этакого ребенка? Вѣдь она тебѣ во внучки годится!" Представилъ онъ ее и ко Двору, но при Дворѣ на Александру Павловну почти никакого вниманія не обратили.

Чуть ли не съ перваго медоваго мѣсяца она почувствовала безотчетный ужасъ безпощадной, пожизненной тюрьмы въ великолѣпныхъ, раззолоченныхъ, бѣло-мраморныхъ залахъ среди атласа, бархата и роскошныхъ пальмъ, которые гордо развертывали свои вѣерные листы. Иванъ Тимоѳеевичъ медленно, какъ удавъ, сдавливалъ ее постоянно замѣчаніями и наставленіями. Она боялась и безотчетно ненавидѣла его тусклые глаза, и благосклонную улыбку, и любезно-твердый говоръ. Все кругомъ ея было монотонно, этикетно, величественно, все такъ чуждо всему, къ чему привыкло съ дѣтства ея сердце. Нерѣдко ей представлялся въ мечтахъ или во снѣ ея тихій деревенскій уголокъ (на яву Иванъ Тимоѳеевичъ не пускалъ ее туда), представлялась ей простая жизнь, ласковыя лица, добрый, тихій говоръ, звонкій, искренній смѣхъ и глубокая искренняя любовь, которая качала ее съ колыбели въ своихъ теплыхъ, сердечныхъ объятіяхъ. И вдругъ просыпалась она посреди ея громадной спальни, подъ великолѣпнымъ балдахиномъ, подлѣ ея величаваго мужа-господина, окруженная всѣмъ холодомъ роскоши, и думала, думала, что съ ней сталось, и, наконецъ, рѣшила, поняла, что надъ молодой ея жизнью крышка захлопнулась.

XIX

Черезъ годъ у ней родился сынъ. Медики, осмотрѣвъ ее, рѣшили, что другихъ родовъ она не перенесетъ,— что она poitrinaire. Иванъ Тимоѳеевичъ поморщился и отвелъ ей особую половину.

Когда она пришла въ себя и ей поднесли ея ребенка, ея сына, ей показалось, что передъ ней раскрылись двери темницы. Тихое, такъ давно не ласкавшее ее чувство любви обхватило ея сердце. Все, чѣмъ было полно оно до-замужства, всѣ тихіе восторги семейной жизни и весь пылъ, трепетъ женской страсти снова воскресли передъ ней въ ея сынѣ. "Ты — моя радость, счастье, все!" — шептала она, восторженно цѣлуя его. Теперь весь пустынный дворецъ Ивана Тимоѳеевича вдругъ наполнился для нея чѣмъ-то неопредѣленнымъ, но милымъ, жизненнымъ. Теперь, когда порой она просыпалась среди ночи, подъ тѣмъ же еще привычнымъ тяжелымъ чувствомъ пустоты, вдругъ мгновенно это чувство исчезало. "А сынъ?" — вспоминалось ей и она, приподнявшись, смотрѣла, какъ спалъ подлѣ нея этотъ сынъ.— "Ты моя друга, жизнь!" — шептала она и крестила его.

Иванъ Тимоѳеевичъ далъ ему имя Михаилъ, въ честь заочнаго крестнаго отца его, генерала отъ инфантеріи, графа С... Онъ. выписалъ ребенку изъ деревни здоровую, породистую кормилицу, находя, вопреки совѣтамъ медиковъ, что его женѣ, Ратищевой, неприлично кормить самой своего сына. Не прошло и года, какъ, бѣдная мать съ ужасомъ убѣдилась, что власть Ивана Тимоѳеевича надъ ея сыномъ такъ же сильна, какъ и надъ ней самой.

Порой, когда она ходила по одной изъ бѣломраморныхъ залъ, укачивая своего сына, ей казалось, что она несла сокровище цѣлаго міра на своихъ рукахъ, что жизнь ея и всѣхъ была вся тутъ въ немъ, въ этомъ одномъ хорошенькомъ мальчикѣ, херувимѣ. "Никто, никакія силы не отнимутъ его у меня,— думала она.— Никакія муки не одолѣютъ меня" (ей представлялись пытки, раскаленные клещи). "Все перенесу!" — думала она, и глаза ея сверкали и все лицо дышало непреклонной силой мучениковъ... И вдругъ въ сосѣдней залѣ раздавались знакомые ей, не громкіе, но твердые, тяжелые шаги. Отворялась дверь и являлся онъ, во всемъ колоссальномъ величіи... Восторженныя струны ея вдругъ опускались, точно съ плохо навернутыхъ колковъ. На лицѣ быстро появлялись утомленіе и испугъ.

— Зачѣмъ вы вынесли его сюда? Здѣсь сыро,— замѣчалъ Иванъ Тимоѳеевичъ, пристально смотря на нее своими тусклыми, не мигающими глазами, точно магнитизируя ее.— И зачѣмъ вы сами укачиваете ребенка? На это есть нянька. Все это безпорядокъ!

Ей хотѣлось что-нибудь возразить, отвѣтить, но слова невязались, а мысли шли въ ту сторону, куда онъ повернулъ ихъ. "Что же, онъ правъ,— думала она.— Тамъ теплѣе, и это не порядокъ, и во всемъ онъ правъ". И оскорбленное самолюбіе еще болѣе раздражало въ ней ненависть къ нему.

Мальчикъ подросталъ. Иванъ Тимоѳеевичъ требовалъ отъ нея, чтобъ она постоянно говорила съ сыномъ по-французски. "Не будете пріучать его,— объяснялъ онъ,— съ этихъ поръ, то на всю жизнь онъ останется такъ же косноязычнымъ, какъ и вы сами".

Разъ Мишѣ нездоровилось. Иванъ Тимоѳеевичъ тоже былъ не въ духѣ. Онъ требовалъ, чтобы ребенокъ подошелъ къ нему к по обыкновенію пролепеталъ: bonjour cher papa! Но ребенокъ изподлобья поглядывалъ на отца, не хотѣлъ подходить къ нему, несмотря на уговоры и увѣщанія матери, и крѣпко держался за. ея платье.

— Я вижу очень хорошо, je vois très bien,— началъ Иванъ Тимоѳеевичъ по-французски своимъ любезнымъ и на этотъ разъ какимъ-то шипящимъ голосомъ,— что ребенка вооружаютъ противъ его законнаго отца... Я долженъ вамъ замѣтить, что если это продолжится, то я, къ сожалѣнію, найдусь вынужденнымъ отдать его на воспитаніе другой женщинѣ, которая лучше, чѣмъ его родная мать, съумѣетъ внушить ему, чѣмъ онъ мнѣ обязанъ.

Александра Павловна поблѣднѣла при этой угрозѣ; она схватила сына и поднесла его къ отцу, но мальчикъ неистово закричалъ и началъ рваться изъ всѣхъ силъ.

— Assez, madame, épargniez moi cette drame,— сказалъ Иванъ Тимоѳеевичъ,— Пощадите сердце отца и унесите мальчишку въ дѣтскую. Я вижу,— прибавилъ онъ,— что я долженъ принять свои мѣры...

Вся перепуганная неопредѣленностью этой угрозы, Александра Павловна ушла съ сыномъ на свою половину. Тамъ, въ своемъ будуарѣ, она нѣсколько мгновеній стояла не двигаясь, почти не дыша. Она смотрѣла машинально на пестрый узоръ бархатнаго ковра, на блескъ позолоченныхъ обоевъ и голова кружилась у ней. "Свои мѣры, свои мѣры, свои мѣры!" — раздавалось у ней гдѣ-то въ ушахъ или въ сердцѣ, среди царственной, мертвой тишины молчаливыхъ залъ огромнаго дома. А Миша уже забылъ обо всей сценѣ. Онъ занялся раскладываніемъ на кушеткѣ носоваго платка, который взялъ со столика.

Черезъ полчаса Иванъ Тимоѳеевичъ вспомнилъ, что теперь долженъ быть урокъ Миши у Бржесневскаго. "Пожалуй, она вздумаетъ отказать, по прихоти мальчишки!" — подумалъ онъ и отправился на ея половину. Войдя въ будуаръ, онъ подозрительно, поворачиваясь всѣмъ корпусомъ, оглянулъ комнату. На кушеткѣ, на бархатной подушкѣ, лежалъ полуразостланный платокъ и на углу его крупными буквами было вышито: "Jean Brzesnewsky". Иванъ Тимоѳеевичъ подался на шагъ впередъ, какъ будто не вѣря своимъ глазамъ, и пошатнулся. "Она,— представилось ему вдругъ въ какомъ-то кровавомъ туманѣ,— его жена, Ратищева, съ какимъ-то проходимцемъ, полячишкой, Бржесневскимъ... А!" Все лицо его вдругъ измѣнилось, осунулось, какъ у мертваго, всѣ мелкія вены его налились. Не измѣнявшая ему до сихъ поръ улыбка вдругъ улетѣла, углы рта опустились, нижняя толстая губа задрожала, въ тусклыхъ глазахъ засверкали зеленоватые огоньки. "Не можетъ быть!" — успокоивалъ онъ себя. И, стараясь призвать на помощь все свое величавое спокойствіе, онъ подошелъ къ кушеткѣ, съ чувствомъ отвращенія, гадливости взялъ платокъ и сунулъ его въ боковой карманъ. Потомъ, тяжело дыша, неслышными шагами, по ковру, онъ подошелъ къ дверямъ дѣтской и тихо приподнялъ портьеру. Ему представилась слѣдующая сцена. Миша на его высокомъ стульчикѣ спалъ, положивъ голову на книгу. Жена съ Бржесневскимъ сидѣли сзади его. Онъ держалъ ея руку въ своей рукѣ и прямо смотрѣлъ въ ея заплаканные глаза. Все лицо его преобразилось. Это былъ не обыкновенный, будничный Бржесневскій, который постоянно и смиренно прятался отъ всѣхъ, въ своей внутренней кельѣ. Теперь въ каждой чертѣ его, обыкновенно соннаго, задумчиваго, лица, въ его блестящихъ глазахъ была жизнь, сила, отвага. Онъ говорилъ съ жаромъ, но тихо, мягкимъ, задушевнымъ голосомъ, и рѣчь его, восторженная, поэтическая, лилась, несмотря на то, что онъ говорилъ по-французски съ легкимъ польскимъ акцентомъ: "Il faut de résignation,— говорилъ онъ,— мужайтесь и терпите. Они теперь сильны, эти люди мрака, грубой, черной силы. Но всѣ, которые глухо и тихо стонутъ подъ ихъ гнетомъ, наконецъ будутъ первыми изъ послѣднихъ. Онъ придетъ: Dies ira, dies ilia,— желанный день воскресенія! Чистое, человѣчное, святое явится во всемъ его блескѣ мученической, лучистой правды..."

Иванъ Тимоѳеевичъ тихо отдѣлился отъ портьеры и всталъ прямо противъ него. Бржесневскій и Александра Павловна вскочили, какъ дѣти, захваченныя врасплохъ строгимъ учителемъ на невинной, но запрещенной игрѣ. Ратищевъ силился что-то сказать и не могъ. "Вонъ!— закричалъ онъ наконецъ неистовымъ, прерывающимся голосомъ.— Вонъ, оборвышъ, гадина, ляхъ!" — и съ монументальнымъ величіемъ онъ показалъ ему на дверь. Лицо Бржесневскаго вспыхнуло, жилы у него на шеѣ и на лбу налились кровью, усы ощетинились, глаза засверкали. Онъ схватилъ лежавшую на столѣ аспидную доску и изъ всѣхъ силъ пустилъ ее въ Ивана Тимоѳеевича. Доска со свистомъ пролетѣла мимо и, запутавшись въ складкахъ тяжелой портьеры, неслышно спустилась на мягкій коверъ. Бржесневскій бросился къ Ивану Тимоѳеевичу, но какъ разъ на дорогѣ стояла, ухватившись за стулъ обѣими руками, Александра Павловна. Онъ взглянулъ на ея блѣдное, помертвѣлое лицо и вдругъ потухъ, опустилъ глаза, сгорбился и, что-то бормоча, быстро повернулся и вышелъ вонъ.

— Сударыня,— сказалъ Иванъ Тимоѳеевичъ,— обратясь къ женѣ и стараясь найти свою прежнюю, благосклонную улыбку,— позвольте вручить вамъ вещь, которая, вѣроятно, вамъ дорога, а мнѣ внушаетъ омерзеніе и къ вамъ, развратной женщинѣ, и къ этому негодяю, вашему любовнику,— и онъ дрожащею рукой подалъ ей платокъ Бржесневскаго.

Александра Павловна взяла этотъ платокъ, не понимая, что ей даютъ и для чего она беретъ- въ глазахъ у ней вертѣлись зеленыя кольца, полъ качался подъ ея ногами. Она что-то хотѣла сказать мужу, который величественно повернулся и вышелъ изъ комнаты; она силилась произнести хоть одно слово и не могла. Глухой стонъ вырвался изъ ея сдавленной груди и она безъ чувствъ рухнулась на бархатный коверъ... Миша проснулся и съ пронзительнымъ крикомъ бросился къ ней...

XX

Горничная и экономка Татьяна Ѳедоровна привели въ себя Александру Павловну. Черезъ нѣсколько часовъ она сидѣла на кушеткѣ и съ тихою дрожью въ сердцѣ цѣловала горячими, губами Мишу, который въ жару спалъ у нея на колѣняхъ. Портьера приподнялась и Лука Ѳедосѣичъ, камердинеръ ея мужа, человѣкъ толстый и весьма солидный, въ черномъ фракѣ, въ бѣломъ галстукѣ и бѣлыхъ перчаткахъ, съ почтительнымъ поклономъ подалъ ей, на серебряномъ, подносикѣ, письмо его превосходительства Ивана Тимоѳеевича. Въ этомъ письмѣ, написанномъ по-русски, твердымъ канцелярскимъ почеркомъ, было изображено слѣдующее:

"Милостивая Государыня!

"Послѣ того, какъ вы, поправъ всѣ священныя обязанности законной супруги и матери, унизили ваши чувствованія и запятнали честь моего стариннаго дворянскаго дома, я не нахожу болѣе для себя достойнымъ жить съ вами въ одномъ домѣ, а равно и вліяніе ваше на моего сына, единственнаго потомка и наслѣдника древняго дома Ратищевыхъ, считаю крайне вреднымъ, а посему покорнѣйше прошу васъ, по полученіи сего письма, немедленно изготовиться къ отъѣзду въ именье къ моей двоюродной сестрѣ, Аннѣ Петровнѣ Корнепольской. Я уповаю, что совѣты ея и наставленія, вмѣстѣ съ добродѣтельною жизнью, направятъ васъ на путь нравственности и личнаго достоинства, на который тщетно я указывалъ вамъ, какъ любящій и законный, нынѣ скорбящій супругъ вашъ.

"Имѣю честь именоваться покорнѣйшимъ слугою вашимъ

"Иванъ Ратищевъ".

Передавъ это письмо, Лука Ѳедосѣичъ опять съ почтительнымъ поклономъ удалился. Александра Павловна распечатала дрожащими руками конвертъ, прочла письмо и тихо положила его на кушетку. Она не поняла, она не хотѣла его понять. Мысль о разлукѣ съ сыномъ была до того страшна, безобразна, что при этой одной мысли ея руки холодѣли, она чувствовала, какъ останавливалось ея сердце, какъ снова начинала кружиться ея голова и передъ глазами опять вертѣлись зеленыя кольца. Она старалась ни о-чемъ не думать и, чтобы заглушить всякую мысль, усиленно, сосредоточенно повторяла вслѣдъ за ударами маятника въ сосѣдней залѣ: разъ — два, разъ — два! Порой, когда какой-нибудь шорохъ, тихій, отрывистый говоръ въ далекой комнатѣ будили ее, ей представлялось, что вотъ кто-нибудь придетъ, что все это вдругъ кончится, улетитъ, какъ тяжелый сонъ, и все пойдетъ опять по-прежнему. Но время шло, маятникъ мѣрно стучалъ и тяжелый сонъ тянулся и давилъ ее невыносимо. Наконецъ, она тихо поднялась съ кушетки и переложила на нее Мишу. "Не можетъ быть,— шептала она.— Это не можетъ быть,— вѣдь я ни въ чемъ не виновата... Онъ не можетъ разлучить меня съ сыномъ,— этого нельзя... Я буду просить, умолять". И она съ твердою рѣшимостью пошла на половину Ивана Тимоѳеевича. Человѣкъ, сидѣвшій у дверей парадной залы, всталъ и доложилъ Александрѣ Павловнѣ, что ихъ превосходительства нѣтъ у себя, что они уже съ часъ тому назадъ какъ уѣхавши въ Воскресенское (это была одна изъ дальнихъ деревень его), а когда вернутся — неизвѣстно. "Что же, я напишу къ нему",— подумала она. Но что и какъ она могла написать? Вѣдь во всю свою жизнь она писала съ трудомъ безсвязныя записки къ роднымъ и подругамъ. И все-таки она написала, и притомъ длинное письмо, полное глубокой, задушевной и наивной мольбы. Она клялась Ивану Тимоѳеевичу всѣмъ святымъ для нея въ жизни, что платокъ, который онъ нашелъ въ ея будуарѣ, попалъ туда случайно, по ошибкѣ горничной, поднявшей его съ полу въ дѣтской. Она увѣряла, что никогда не измѣняла своимъ обязанностямъ къ Ивану Тимоѳеевичу, что она считали и считаетъ это ужаснымъ грѣхомъ. Она умоляла мужа позволить жить ей здѣсь, въ городѣ, чтобы хоть одинъ разъ въ день или даже въ недѣлю видѣться съ Мишей, а безъ этого, писала она, "я просто жить не могу!"

Одну изъ горничныхъ она просила послать кого-нибудь нарочнымъ съ этимъ письмомъ къ Ивану Тимоѳеевичу.— Черезъ полчаса это самое письмо и на томъ же серебряномъ подносикѣ подалъ ей Лука Ѳедосѣичъ все съ тѣмъ же почтительнымъ поклономъ и объявилъ ей при этомъ, что "его превосходительство строжайше изволили приказать: никакихъ распоряженій ея превосходительства относительно посылки куда-нибудь, съ какимъ бы то ни было письмомъ или запиской не исполнять, и повторили этотъ приказъ трижды, со всею строгостью. А относительно отъезда ея превосходительства изволили приказать распорядиться, чтобы былъ готовъ большой возокъ съ шестеркой лошадей къ завтрашнему утру и что ея превосходительство, въ этомъ случае, будутъ сопровождать Григорій Безпаловъ и горничная Дашка въ Глухово, къ Аннѣ Петровнѣ Корнепольской. Другихъ же приказаній онъ, Лука Ѳедосѣичъ, не получалъ". Затѣмъ, еще разъ поклонясь почтительно, онъ вышелъ.

Что-то похожее на порывъ отчаяннаго протеста вспыхнуло при этомъ насиліи у Александры Павловны. Кровь бросилась ей въ лицо. "Убить себя и его, роднаго моего Мишу!" — подумала она. Но эта вспышка такъ же быстро погасла, какъ и вспыхнула. "Къ кому обратиться, у кого искать защиты и помощи?" — думала она, сдавливая обѣими руками голову. Отца и матери уже не было въ живыхъ, а всѣ ея родные и знакомые были такъ свѣтски любезны, такъ недоступно холодны и такъ преклонялись передъ ея мужемъ, что даже утопающій не могъ ухватиться за нихъ. О Бржесневскомъ она боялась, не смѣла думать. Одна мысль о немъ ей казалась уже преступленіемъ. Она не знала, что Бржесневскій самъ былъ въ затрудненіи и хлопотахъ. Онъ получилъ предписаніе оставить въ двадцать четыре часа С... и выѣхать на жительство въ В...

Она тихо подошла къ мальчику. Миша спалъ крѣпко, разметавшись, весь въ поту. Она смотрѣла на его покраснѣвшее личико, раскрытый ротикъ, черные, длинные волосы, слегка спустившіеся на лобъ. "Сиротинка моя родная!" — подсказалъ ей какой-то голосъ въ сердцѣ и вдругъ слезы подступили къ горлу. Она бросилась въ подушку и зарыдала истерически.

Когда стихъ этотъ пароксизмъ плача, она опять обернулась къ мальчику.— "Надо насмотрѣться на него надолго, можетъ-быть навсегда!" — подумала она. И она смотрѣла на него, то поправляя, разглаживая его шелковистые волосы, то припадая къ его ручкамъ и цѣлуя ихъ тихо, беззвучно, съ такимъ же свинцовымъ, безвыходнымъ чувствомъ, съ какимъ прощаются съ мертвыми... А время шло незамѣтно, часы уплывали и тонкая синева поздняго утра уже разливалась холоднымъ свѣтомъ по большой комнатѣ сквозь затянутыя ледяными узорами зеркальныя стекла большихъ оконъ.

Въ десять часовъ горничная, которая должна была ее сопровождать, степенная Даша, съ высокимъ, выпуклымъ лбомъ и угрюмымъ взглядомъ, вошла и спросила: "что угодно барынѣ приказать къ отъѣзду и что взять съ собою?" Она спросила два и три раза. Барыня сидѣла неподвижно, не открывая большихъ, остолбенѣлыхъ глазъ отъ сына. Она спала на яву. Даша позвала Татьяну Ѳедоровну и онѣ вмѣстѣ разбудили ее и растолковали, что надо ѣхать, что возокъ уже давно ждетъ и что надо укладываться. Но всѣ ихъ усилія добиться отъ нея какихъ-нибудь приказаній остались напрасными. Она только махала рукой и говорила несвязно, какъ во снѣ: "все хорошо!" Она чувствовала нестерпимую боль въ головѣ, тяжелый камень въ груди и все-таки смутно понимала, что ее увозятъ, или ведутъ куда-то,— "на казнь" — думала она. Ее одѣли и всѣ остановились. Миша крѣпко спалъ, улыбаясь сквозь сонъ. "Проститесь съ Мишей-то,—подсказала ей шепотомъ Татьяна Ѳедоровна,— авось скоро увидитесь. А ждать некогда, лошади на морозѣ застоялись, пожалуй еще бить начнутъ. Упаси Господи!" Александра Павловна молча обернулась. Она чувствовала, какъ полъ снова закачался подъ ея ногами; быстро подошла она къ сыну, приложилась къ его ручкѣ и рванулась вонъ изъ комнаты. "Скорѣе!" — пролепетала она. Въ парадной залѣ она пошатнулась и ее почтительно поддержали Даша и Татьяна Ѳедоровна и подъ руки свели съ лѣстницы, уставленной цѣлымъ садомъ роскошныхъ растеній. Въ передней она вдругъ остановилась, провела рукой по лбу и упала на колѣни передъ Татьяной Ѳедоровной.— "Матушка, барыня, что съ вами!" — бормотала съ испугомъ Татьяна Ѳедоровна, силясь поднять ее.— "Татьяна Ѳедоровна,— молила она надорваннымъ шепотомъ,— не оставьте его, онъ сирота теперь, а я буду молиться за васъ, какъ за мою благодѣтельницу!" — "Будьте покойны, матушка! Будьте покойны, все сдѣлаю, все, какъ передъ Богомъ!" И Татьяна Ѳедоровна всхлипывала и крестилась. Потомъ Александру Павловну подняли, вывели на крыльцо, уложили въ возокъ. Даша сѣла подлѣ. Григорій Безпалый въ высокой папахѣ и въ новой дубленкѣ вскочилъ на козлы и оправилъ ремень съ кремневымъ пистолетомъ въ чушкѣ и кожаную сумку на груди съ барскими деньгами. Кучеръ Панкратій крикнулъ на лошадей, возокъ тронулся и полозья завизжали по снѣгу.

———

Деревня, въ которую сослалъ жену свою Иванъ Тимоѳеевичъ, была глухой уголъ, принадлежавшій одной древней дѣвѣ, поселившейся безвыѣздно въ этомъ углу уже лѣтъ тридцать. Одни разсказывали, что она схоронилась туда отъ какого-то грѣха юности, другіе шептали, что она была католичка и что даже у ней въ Глуховѣ тайно жилъ какой-то переодѣтый патеръ или ксендзъ. Вся насквозь пропитанная черствой pruderie и ладаномъ, высокая, постоянно вся въ черномъ, съ желто-коричневымъ, сморщеннымъ лицомъ, точно покрытымъ какимъ-то непроницаемымъ лакомъ, она походила на мумію, которую позабыли схоронить.

— Въ тихомъ уединеніи могутъ улечься всѣ страсти бурнаго житейскаго моря, моя милая,— сказала она глухимъ шепотомъ Александрѣ Павловнѣ.— La penitence c'est l'echelle dans le ciel!— прибавила она въ видѣ утѣшенія и подняла палецъ къ потолку.

Александра Павловна дичилась и боялась ея. Нѣсколько разъ она пыталась просить и молить ее, на колѣняхъ, быть посредницей между ею и мужемъ и возвратить ей сына. Но на всѣ разсказы и доводы ея Анна Петровна говорила, что все это — испытаніе Господа и что Онъ знаетъ, когда положить мѣру.

И наконецъ эта мѣра исполнилась. У Александры Павловны развилось что-то вродѣ меланхоліи. Никто бы не узналъ теперь въ сгорбленной женщинѣ, съ осунувшимся пожелтѣлымъ лицомъ, съ дикими задумчивыми глазами, обведенными темной синевой, прежней веселой красавицы. Одинъ только разъ, въ теченіе своего заключенія, она встрепенулась. Иванъ Тимоѳеевичъ на Пасху прислалъ ей дагеротипный портретъ Миши. Когда она вглядѣлась въ этотъ портретъ и смутно поняла, что это такое, съ ней сдѣлался нервный, истерическій припадокъ. И съ этихъ поръ она уже не разставалась съ портретомъ и угасала тихо, незамѣтно даже для самой себя. Къ концу второго года ея пребыванія въ глуховской тюрьмѣ у ней быстро развернулась скоротечная чахотка. Когда не было уже никакой надежды на спасеніе, Анна Петровна сочла за христіанскій долгъ обманывать ее и увѣрять, что Иванъ Тимоѳеевичъ рѣшился отпустить къ ней Мишу на свиданіе, только бы она не тревожилась. По цѣлымъ днямъ бѣдная мать сидѣла у окна и смотрѣла, и ждала, подавляя судорожный кашель въ груди, чтобы не проглядѣть и завидѣть издали того, кто сталъ для нея давно уже единственною приманкой къ жизни. Разъ вдали зазвенѣлъ колокольчикъ, ближе и ближе. "Ѣдетъ! Онъ ѣдетъ!" — хотѣла закричать она и не могла. Какая-то артерія порвалась у ней въ груди и, захлебнувшись собственной кровью, она упала мертвая на полъ.

Иванъ Тимооеевичъ, узнавъ объ ея смерти, выхлопоталъ разрѣшеніе перевезти ея тѣло въ Воскресенское и положилъ его съ полной торжественностью въ фамильномъ склепѣ. На похоронахъ онъ усердно молился "за упокой души и объ отпущеніи грѣховъ рабы Божіей, болярыни Александры!"

"Грѣха тяжкаго!" — невольно подумалъ онъ при этомъ.

ЧАСТЬ ВТОРАЯ

XXI

Смотрѣть за Мишей и воспитывать его было приставлено разомъ трое: гувернеръ французъ, m-r Порро, гувернеръ англичанинъ, мистеръ Смиссъ, и старая швейцарка, изъ кантона Ури, frau Фицъ. Первыхъ двухъ Иванъ Тимоѳеевичъ выписалъ изъ Петербурга, швейцарка же нашлась подъ бокомъ. Она была уже не молода, подслѣповата, шамшила и вообще весьма походила на стараго альпійскаго сурка въ чепчикѣ; но имѣла свидѣтельство о воспитаніи нѣсколькихъ юношей и дѣвицъ,— разумѣется, россійскаго дворянства. Французъ былъ тоже не молодъ, съ черными баками и усами и длиннымъ краснымъ носомъ; онъ выдавалъ себя за фабриканта мармеладу, но собственно былъ прикащикомъ въ одномъ изъ марсельскихъ бакалейныхъ магазиновъ. Кто былъ англичанинъ — неизвѣстно. Онъ обыкновенно молчалъ, вставалъ въ величественныя позы и говорилъ съ удивительной флегматичною важностью. Ивану Тимоѳеевичу онъ очень нравился.

— Вы, надѣюсь,— сказалъ онъ,— укрѣпите въ сынѣ моемъ чувства долга и чести, соотвѣтственно его происхожденію?

— О, Yes, sir! — отвѣчалъ глубокомысленно мистеръ Смиссъ.

И они всѣ трое тащили мальчика въ три разныхъ стороны.

Англичанинъ наводилъ на него сплинъ постоянною флегмой. M-r Порро кричалъ на него и обращался съ нимъ comme avec na gamin. Постоянно пустая, порхающая натура француза не стѣсняясь отпускала какія-нибудь сальныя шуточки, но этихъ шуточекъ, грубыхъ и двусмысленныхъ, не понималъ мальчикъ и еще болѣе дичился и смотрѣлъ букой на своего наставника. Швейцарка была добра и даже слезно-чувствительна, но у ней сложились убѣжденія, что для дѣтей должна быть строгая выправка, въ особенности высокорожденныхъ — hochgeburte. Вслѣдствіе этого она постоянно водила Мишу на уздечкѣ и поминутно дергала эту уздечку. Порой, когда она шепелявымъ голосомъ читала ему какую-нибудь нравоучительную повѣсть и у ней невольно навертывались на глазахъ слезинки, все подмѣчавшій и наблюдавшій мальчикъ подмѣчалъ и эти слезинки и ему становилось грустно.

— Meine liebe, Августа Францевна,— хотѣлъ сказать онъ,— varum veinen Sie ich liebe Ihnen.

Но Августа Францевна при этомъ тотчасъ же овладѣвала собой, дѣлала строгую, даже злобную мину и, дергая мальчика за рукавъ, кричала ни къ селу, ни къ городу:

— Höhren Sie mal, seyen Sie artig, seyen Sie artig!

И мальчикъ опять уходилъ въ себя, подавивъ волненіе и сдвинувъ уныло брови.

Иногда онъ прокрадывался въ переднюю или даже въ людскую. Тамъ былъ веселый народъ, съ которымъ можно было сказать слово по душѣ. Но если на такомъ ужасномъ преступленіи его накрывалъ кто-нибудь изъ педагоговъ, то доставалось жестоко и ему, и людямъ. Въ особенности англичанинъ въ этомъ случаѣ возмущался и съ обычною флегмой, но рѣзкимъ, отрывистымъ басомъ, сквозь зубы, читалъ ему длинное наставленіе: on the selfhumiliation and tendency to wild passions.

Такъ онъ росъ безъ ласки, безъ нѣги, безъ любви, скучно, однообразно, подъ постояннымъ неусыпнымъ надзоромъ трехъ аргусовъ.

Самолюбивый и раздражительный по натурѣ, онъ краснѣлъ и блѣднѣлъ при каждой оскорбительной замѣткѣ его менторовъ, и въ то же время трусливый и запуганный, какъ его мать, онъ постоянно уходилъ въ себя, прятался и прижимался. За все отвѣчали игрушки, которыя онъ ломалъ безъ милосердія. Страдали также и тѣ бѣдныя существа, которыя были ему подъ силу. Онъ съ наслажденіемъ обрывалъ крылья у мухъ или прикалывалъ ихъ къ подоконникамъ и внутренно хохоталъ, когда несчастная муха силилась улетѣть и жалобно жужжала. Иногда дѣтское любопытство просыпалось въ немъ. Его интересовало заглянуть, что у мухъ внутри, чѣмъ онѣ движутся, и онъ разрывалъ ихъ на части. Одинъ разъ какимъ-то случаемъ онъ нашелъ въ саду мертвую кошку. Онъ тихонько утащилъ ее въ дальній, глухой уголъ сада и тамъ, весь дрожа, поминутно оглядываясь и прислушиваясь, всю ее разрѣзалъ перочиннымъ ножикомъ. Его въ особенности поразилъ видъ черной крови, тихо вытекавшей изъ персрѣзанныхъ жилъ.

Когда ему минуло восемь лѣтъ, то Иванъ Тимоѳеевичъ нанялъ ему еще педагога, длинноволосаго семинариста, который задавалъ Мишѣ ариѳметическія задачи и проходилъ съ нимъ грамматику, по Гречу, исторію, по Смарагдову, и географію, по Арсеньеву. Кромѣ того Иванъ Тимоѳеевичъ счелъ долгомъ пригласить къ нему соборнаго протоіерея, отца Іакова, для внушенія, какъ онъ говорилъ, "внутренняго божественнаго закона правды и милости". И отецъ Іаковъ, высокій, плотный, съ большой черной бородой съ просѣдью, усердно внушалъ мальчику этотъ законъ. Иванъ Тимоѳеевичъ нарочно, всегда при Мишѣ, съ почтеніемъ подходилъ подъ благословеніе отца Іакова.

Прошло еще пять лѣтъ и изъ всѣхъ трехъ педагоговъ остался одинъ, все тотъ же англичанинъ. Французъ попался въ весьма скандальной уголовной исторіи, a frau Фицъ совершенно оглохла и ослѣпла. Мистеръ Смиссъ не могъ достаточно нахвалиться Мишей и гордился имъ. Мальчикъ отлично учился, держалъ себя гордо, степенно, настоящимъ англичаниномъ. Иванъ Тимоѳеевичъ пригласилъ къ нему лучшихъ учителей изъ губернской гимназіи, находя, что его сыну неприлично сидѣть на одной скамьѣ съ разночинцами и заражаться отъ нихъ всякими дурными наклонностями.

Въ это самое время въ первый разъ Миша увидѣлъ Катю. Мать ее привезла къ Ивану Тимоѳеевичу съ просьбой о какомъ-то дѣлѣ. Миша также былъ при этомъ въ кабинетѣ отца и гордо осматривалъ эту дѣвочку, которая конфузилась передъ нимъ.

У Ивана Тимоѳеевича была очень большая библіотека, изъ которой впрочемъ онъ читалъ немного. Онъ завёлъ ее собственно для того, чтобъ имѣть библіотеку, а при ней библіотекаря, и сказать при случаѣ, что у него есть такое-то и такое-то, очень дорогія, изданія. Мишѣ позволялось читать все, за исключеніемъ одного шкафа, ключъ отъ котораго Иванъ Тимоѳеевичъ держалъ у себя. Мало-по-малу думающій мальчикъ въѣлся въ чтеніе. Все, что внушали ему такъ упорно съ дѣтства, начало шататься подъ вліяніемъ энциклопедистовъ, хотя онъ имѣлъ ихъ не всѣхъ,— часть была спрятана Иваномъ Тимоѳеевичемъ въ секретный шкафъ. Въ его сердцѣ шла упорная борьба двухъ діаметрально противуположныхъ сторонъ, но для этой борьбы уже не было въ этомъ сердцѣ того чистаго родника, который хотя разъ, въ свѣтлой юности, журчить у самаго черстваго человѣка. Какая-то черная плѣсень чопорнаго педантства, мелочнаго эгоизма и всякой гнили мало-по-малу нарастала на этомъ сердцѣ толстою корой.

Только-что минуло ему шестнадцать лѣтъ, какъ онъ поступилъ въ университетъ по историко-филологическому факультету, какъ хотѣлъ его отецъ. Но тутъ случилось странное обстоятельство. Молодой Ратищевъ вдругъ получилъ какую-то пассію къ медицинѣ и преимущественно анатоміи. Вскрытіе труповъ, потемнѣвшихъ и полусгнившихъ, видъ холодной, почти черной крови, вытекающей изъ перерѣзанныхъ жилъ, какъ-то раздражали и притягивали его. Онъ изучалъ строеніе тѣла человѣка съ какой-то внутреннею страстью и наслажденіемъ и просилъ у отца позволенія перейти на медицинскій факультетъ. Но Иванъ Тимоѳеевичъ написалъ ему строгое письмо, въ которомъ объявлялъ о глубокомъ своемъ огорченіи: "Я никогда не думалъ,— писалъ онъ,— чтобы сынъ мой, Ратищевъ, будетъ питать привязанность къ какому-нибудь ремеслу, хотя бы самому полезному. Во всякомъ случаѣ,— прибавилъ онъ,— тебѣ надо сперва получить образованіе, быть гуманистомъ, а потомъ можешь копаться въ какой хочешь дряни".

Ратищевъ жилъ студентомъ совершенно отдалясь отъ всѣхъ товарищей,— жилъ онъ грязно, въ скромной квартиркѣ, и довольно большую сумму, которую посылалъ ему отецъ, тратилъ на книги. Въ театръ онъ ходилъ рѣдко. На какіе-нибудь круговые студенческіе сборы подписывался скупо и нехотя. Товарищи терпѣть его не могли и звали "чорствой коркой".

Онъ пробылъ только два года въ университетѣ, когда получилъ телеграмму, что отецъ зоветъ его, что онъ лежитъ при смерти. Полипъ, вросшій въ лобныя пазухи, задушилъ его. Ратищевъ прискакалъ въ то время, когда Иванъ Тимоѳеевичъ лежалъ уже на столѣ. Онъ посмотрѣлъ съ какимъ-то трепетомъ на его похудѣвшее, восковое лицо, съ высоко приподнятыми бровями, и въ сердцѣ его шевельнулась все та же страсть: "хорошо было бы вскрыть его", подумалъ онъ и тутъ же у сумрачнаго и тоже похудѣвшаго Ѳедосѣича спросилъ: "опечатаны ли всѣ дѣла и бумаги и это назначенъ душеприкащикомъ?"

Похоронивъ отца подлѣ матери, Ратищевъ снова отправился въ университетскій городъ "доучиваться", какъ думалъ онъ, и перешелъ на медицинскій факультетъ. Но собственно доучиваться ему не было никакой надобности. Къ наукѣ онъ относился съ той же внутреннею холодностью, какъ и во всему въ мірѣ. Онъ смотрѣлъ на нее педантически и вмѣстѣ какъ диллетантъ. Удовлетворившись весьма скоро своими знаніями, онъ, движимый ненасытнымъ самолюбіемъ, пожелалъ быть выше всѣхъ своихъ товарищей и на третьемъ курсѣ достигъ того, что зналъ нѣкоторыя науки далеко лучше профессоровъ. Но тутъ натолкнулся онъ на одного изъ нихъ, у котораго педантское самолюбіе было еще сильнѣе. На экзаменѣ онъ придрался въ какой-то мелочи, срѣзалъ Ратищева и поставилъ ему двойку: "высоко летать хочешь,— не больно еще топчи насъ въ грязь", подумалъ онъ. Ратищевъ, озлобленный, бросилъ книги и вышелъ изъ университета. Наскоро привелъ онъ въ порядокъ дѣла по именью и уѣхалъ въ Петербургъ.

Тамъ онъ встрѣтился съ Пенязевымъ, товарищемъ по университету. Пенязевъ былъ совершенно безалаберный, хотя и не глупый малый. Онъ сходился со всѣми, сорилъ деньгами. Въ Петербургѣ онъ встрѣтилъ Ратищева съ распростертыми объятіями и завертѣлъ его въ омутѣ холостой, клубничной жизни. Ратищевъ какъ-то невольно отдался этому верченію. Его замкнутое сердце почувствовало какую-то нѣгу и ширь среди женскихъ ласкъ, хотя и покупныхъ, этого демимонда, среди балетной и хоровой клубники. Онъ даже влюбился въ одну актрису, Берту Рамье, и совершенно незналъ, какъ посадилъ въ нее десять тысячъ.

Къ счастію или несчастію, актриса, француженка, не выдержала и убѣжала за границу съ кавалергардомъ. Это былъ послѣдній coup de grace его характеру. Нѣсколько дней онъ ходилъ злобный, желтый, и воспоминаніе о Бертѣ осталось на всю жизнь. Онъ вернулся въ именье. Дѣлать ему было нечего. Перебралъ онъ всѣ книги отца и перечиталъ снова секретный шкафъ. Тоска душила его.

Нѣсколько мѣсяцевъ онъ жилъ затворникомъ и былъ на дорогѣ къ полной мизантропіи. Въ это время, въ тишинѣ зимнихъ, долгихъ вечеровъ, въ немъ сломились тѣ убѣжденія, тѣ взгляды, которые не могла поколебать вся послѣдующая жизнь. "Между людьми есть градаціи,— думалъ онъ.— Сэнъ-Симонъ правъ. Высшій типъ — это люди съ развитыми нервами, съ тонко работающимъ мозгомъ, съ понятіемъ объ искусствахъ, это и есть высшая передовая раса. Между нами (т. е. дворянами) есть, разумѣется, и дураки (въ семьѣ не безъ урода), есть одичалые — это заблудившіеся. А тамъ, внизу, масса — ce bon peuple, изъ котораго все можно лѣпить... Мы дѣлаемъ исторію, мы ведемъ человѣчество впередъ. Nous sommes la noblesse de la civilisation. Мы стоимъ на-сторбжѣ государственныхъ интересовъ, и горе тому государству, въ которомъ стремленія грубыхъ массъ выдвинулись впередъ и овладѣли всѣмъ. Въ немъ все грубо, ибо въ немъ властвуютъ тѣ, для которыхъ необходимы только...

> ... изъ роды въ роды
> Ярмо съ гремушкою и бичъ!"
. . . .

Прошло нѣсколько лѣтъ. Ратищевъ давно уже оставилъ свою берлогу. Пространствовавъ два года за границей и вернувшись, онъ принялся за хозяйство, какъ вдругъ получилъ письмо отъ Пенязева, который писалъ ему, что "... la question est décidée! Nous sommes à la veille de l'abolition et du carnage... Реформа уже готова, пишутъ только манифестъ..."

Это извѣстіе перевернуло Ратищева.

"Все это православное человѣчество,— думалъ онъ,— примется теперь за топоры и колья и начнетъ насъ скальпировать. И къ чему имъ понадобилось выпустить на свободу эти демократическія волны? Это значитъ отдать насъ всѣхъ, передовыхъ людей, cette fine fleur de la civilisation, въ жертву этимъ животнымъ. Qu'est ce que c'est que la démocratie, даже въ Америкѣ; c'est une синагога, балаганъ страстей! Только мы, стоящіе на высотѣ, видимъ всѣ стороны жизни... Ну, разумѣется Ломоносовъ или — cet encore, какъ его, Кулибинъ, но все это окончательно развилось же подъ вліяніемъ Запада, его цивилизаціи. Конечно il y a des nationalités, но вѣдь развѣ можно о нихъ что-нибудь сказать? Это какая-то конкуренція расъ, c'est le moyen mais non pas le but!..."

Позднѣе, когда все успокоилось и вошло въ обычную колею, онъ поступилъ въ губернскій комитетъ... pour défendre la cause de la civilisation,— какъ онъ выражался...

Разъ вечеромъ, перебирая бумаги отца, онъ нашелъ миніатюрный портретъ своей матери. "Хороша была!" — подумалъ онъ, отодвигая портретъ и любуясь имъ. Стекло на портретѣ было разбито, какъ будто кто-то ударилъ съ силой его о что-то жесткое. "Можетъ-быть она того и стоила,— подумалъ онъ, вспоминая свою любовницу актрису.— Да и всѣ онѣ стоятъ того же,— подумалъ онъ съ желчью,— и дуракъ тотъ, кто думаетъ, что женщина можетъ стоять на уровнѣ мужчины. Женщина — это просто un animal, qui s'habille, babille et же deshabille..."

Разбирая межевые планы, онъ увидѣлъ, что клочокъ лѣсу, принадлежавшій къ его лѣсной дачѣ, входилъ въ Мельтюковскую дачу. Его управляющій нѣмецъ, Кардъ Ѳедоровичъ Клаге, доказывалъ ему, какъ важно прирѣзать этотъ клочокъ къ его дачѣ, "а не то,— говорилъ онъ,— mit diese dummen Kerle der Meltükoffka ist nichts zu thun. Alle sind die Diebe!"

Ратищевъ подумалъ, не съѣздить ли въ Медтюковку и предложить мнѣ этой барынѣ обмѣнъ, а тутъ кстати попался ему альбомъ. Онъ отправился осмотрѣть свою лѣсную дачу и нашелъ, что нѣмецъ правъ. Но когда сталъ подъѣзжать къ Мельтюковкѣ, то взяло его раздумье. "Что за барыня?! Il y aura, пожалуй, du scandal, вѣдь навѣрно это изъ одичалыхъ", и сильная нерѣшимость напала на него.

"Если лошади хорошо спустятъ съ горки и ничего не задержитъ, лучше проѣду мимо",— подумалъ онъ.

Но лошади понесли. Кучеръ едва сдержалъ и на поворотѣ какъ разъ пристяжная оборвалась въ канаву, а валекъ треснулъ и переломился.

Ратищевъ вышелъ изъ коляски, какъ-то кисло выбранилъ кучера и, распорядившись, чтобы какъ можно скорѣе было все поправлено, пѣшкомъ, одинъ, отправился въ Мельтюковку.

"Пожалуй, еще собаки оборвутъ!" — подумалъ онъ. Но собакъ въ Мельтюковкѣ не было.

XXII

Съ осмотра лѣсной дачи, какъ называлъ свою поѣздку Ратищевъ, или, правильнѣе говоря, изъ Мельтюковки — онъ вернулся совсѣмъ не въ своей тарелкѣ. Во-первыхъ, здѣсь дѣло шло объ одномъ изъ его убѣжденій, а всѣ свои убѣжденія, весь кодексъ ихъ, онъ считалъ непогрѣшимымъ, чуть не святымъ. Во-вторыхъ... Но, во-вторыхъ, онъ самъ не могъ понять, что съ нимъ дѣлаюсь. Какая-то легкая истома, или лихорадочное состояніе не давали ему ничѣмъ заняться.

"Вѣрно нервы" — подумалъ онъ и даже принялъ сперва лавровишневыхъ капель, а потомъ фосфорной кислоты; но ни капли, ни кислота не помогли.

"Все это творитъ деревенская скука! Развѣ не отправиться ли къ Фелицатѣ Францевнѣ?..." И онъ посмотрѣлъ на часы. Фелицата Францевна была сосѣдка, вдовушка, уже не первой молодости, но еще хорошо сохранившаяся и весьма бойкая, моложавая, курносая бабенка.

И Ратищевъ отправился въ ней и пробылъ тамъ до поздней ночи... Но и это фармацевтическое средство не помогло.

"Чортъ знаетъ, какая чепуха!" — думалъ онъ съ досадой и усиленно читалъ. Но всякое слово, какой-нибудь намекъ даже самой серьезной книги вдругъ вызывали передъ нимъ все тотъ же загадочный для него образъ.

Прочтетъ онъ "волнистые" и вдругъ ему представятся волнистые волоски на шеѣ подъ черной, какъ смоль, и тяжелой косой. "Славные волосы, до пятокъ достанутъ!" — подумаетъ онъ. Прочтетъ онъ "упорный" и вдругъ подумаетъ: "А должно-быть она упряма и горда! За то вѣрно и стойка,— не подастся. А впрочемъ... если попытаться..."

И вдругъ онъ бросилъ книгу на персидскій коверъ и началъ ходить какъ-то быстро, неровно шагая и перекачиваясь.

"Вѣдь мнѣ въ городъ надо!— рѣшилъ онъ наконецъ, остановившись (Мельтюковка была на дорогѣ).— Отвезу я ей Ренана.— И онъ принялся рыться на столѣ, гдѣ была навалена груда всякихъ книгъ.— А если попадешься?— вдругъ остановился онъ.— Ну, нѣтъ, не выдастъ!... А то вѣдь и отпереться можно; да и времена не тѣ..."

Это было на Ѳоминой недѣлѣ. Погода стояла праздничная, отсюду дышало тепломъ, нѣгой, смолистыми почками, свѣжей зеленою травой. Раннимъ утромъ выѣхалъ Ратищевъ, какъ-то улыбаясь и хмурясь въ одно время. "Какое славное утро!" — думалъ онъ, смотря по сторонамъ на озими, серебрившіяся подъ утренней росой, на рощицы, только-что начавшія распускать нѣжные, благоухающіе листики.

Черезъ нѣсколько часовъ онъ былъ въ мельтюковкѣ. Его встрѣтили какъ стараго знакомаго, потому что въ деревнѣ гость, являющійся во второй разъ, считается уже старымъ знакомымъ. Въ особенности обрадовалась ему Катя.

Все это время она была сама не своя: возьмется за кисть, порисуетъ — и кисть выпадетъ изъ рукъ; съ карандашомъ — та же исторія.

"И что такое культъ?— думаетъ она.— Неужели онъ правъ?... Нѣтъ, это что-то не наше, не отъ насъ зависитъ: это — гдѣ-то тамъ, въ этихъ сіяющихъ облакахъ, въ этихъ торжественныхъ, ликующихъ пѣсняхъ всей природы, что-то широкое, необъятное, непостижимое! "

Ей хотѣлось поспорить съ нимъ и поучиться у него. "Онъ, вѣроятно, много читалъ и много знаетъ" — думала она. И онъ явился.

Она какъ-то восторженно, крѣпко пожала ему руку и сіяющими глазами посмотрѣла прямо въ его глаза. Онъ смутился и съ легкою дрожью въ голосѣ освѣдомился о здоровьѣ Марьи Петровны.

Но Марья Петровна сама вышла на встрѣчу,— вышла просто, по-домашнему, въ простой лѣтней блузѣ.

— А я сегодня во снѣ видѣла, что вы у насъ будете,— сказала она весело, подавая ему руку.— Право!...

И его безъ церемоніи ввели въ столовую и такъ радушно предложили чаю, что Ратищевъ съ удовольствіемъ принялъ предложеніе. Онъ усѣлся и сбросилъ перчатки въ маленькую войлочную шляпу. Онъ привезъ небольшую книжку въ желтой оберткѣ. Это былъ Ренанъ: "La vie de Jésu".

— Это я вамъ привезъ,— сказалъ онъ, подавая Катѣ книжку съ легкимъ поклономъ.— Вы, кажется, желали прочесть.

— Ахъ, mersi!— вскричала Катя, слегка покраснѣвъ, и начала перелистывать книгу.

"Ну, и этотъ началъ возить книги,— подумала Марья Петровна.— Зачитаютъ они у меня Катю!"

— Знаете ли, я много думала, о чемъ мы говорили,— начала Катя; — но мы лучше послѣ поговоримъ о томъ,— послѣ, когда я прочту это,— и она указала на Ренана.— А теперь... Видите ли, я должна вамъ сказать, что мнѣ скучно жить безъ дѣла.

Она посмотрѣла на него съ дѣтской, откровенной улыбкой, думая, что и онъ улыбнется этому признанью, но Ратищевъ серьезно слушалъ ее.

— Вѣдь у всѣхъ есть какое-нибудь дѣло, занятіе, обязанности... Только мы, несчастные, осуждены шить праздно,— не жить, а мучиться среди деревенской скуки.

— Вотъ выйдешь замужъ — и будетъ для тебя дѣло, не будешь скучать...— вмѣшалась Марья Петровна, но тутъ же замолкла и покраснѣла. "А что, если онъ приметъ это за намекъ?" — испугалась она и быстро замигала глазами.

— Ахъ, мама!— нетерпѣливо перебила ее Катя,— да я вовсе не о томъ...

Внесли шумѣвшій самоваръ и поставили передъ ней. Она принялась доливать чайникъ.

— Что же,— спросилъ Ратищевъ,— развѣ въ деревнѣ нельзя найти занятіе?... Чтеніе, изученіе и затѣмъ столько развлеченій, въ особенности лѣтомъ.

— Ахъ, нѣтъ, вы меня не понимаете!— заволновалась Катя.— Я... я не хочу пустой жизни. Я не хочу также знать... для того только, чтобы знать... Я хочу дѣла, настоящаго дѣла!... Хочу участвовать въ общей умственной жизни...

Она налила и подала Ратищеву стаканъ.

— Я хочу что-нибудь "творить"!— прибавила она съ улыбкой.

Онъ молча мѣшалъ чай въ стаканѣ и вопросительно смотрѣлъ на нее.

— Видите ли, я показывала вамъ, въ прошлый разъ, мои рисунки. Я, глупая, думала, что у меня есть талантъ къ рисовкѣ, къ живописи... Вы меня въ этомъ разочаровали. Вы закрыли одну половину въ моемъ свѣтломъ окошечкѣ... Вѣдь я такъ сильно мечтала, надѣялась...

Ратищевъ сдѣлалъ неопредѣленное движеніе. Катя остановилась, но онъ ничего не возразилъ, не поправилъ, и она снова продолжала:

— Но я должна признаться, что у меня есть еще другая половина въ томъ завѣтномъ окошечкѣ... И вотъ мнѣ хочется теперь показать вамъ эту половинку... Вы не откажетесь быть судьей, не правда ли?

— Съ удовольствіемъ!— поспѣшилъ отвѣтить Ратищевъ.— Не знаю только, могу ли.

— Я прочту вамъ,— продолжала Катя,— сценки деревенской жизни, и вы мнѣ скажете правду... Только одну правду, не правда ли?... Я прошу васъ!...— серьезно добавила она и даже сложила и приподняла руки съ колѣнъ, какъ бы умоляя его.

— Повторяю: съ удовольствіемъ, съ большимъ удовольствіемъ!— сказалъ Ратищевъ.— Только мнѣ кажется...

Но Катя уже не слушала его. Она вскочила и быстро, почти бѣгомъ, бросилась къ себѣ въ комнату и тамъ, такъ же быстро, собрала свои тетради. На ходу она припоминала набросанныя сцены. Онѣ мелькали въ ея воображеніи. "Кажется, не дурно и это,— думала она.— Неужели и тутъ полная неудача?"

Принеся тетради и усѣвшись передъ Ратищевымъ, она начала читать. Но прежней самоувѣренности въ ней уже не было. Легкія, игривыя сцены казались теперь ей самой тяжелыми и пошлыми. Глубокая правда, подмѣченная въ натурѣ и перенесенная во всей ея простотѣ, не имѣла теперь силы. Каждый разъ, послѣ каждой сцены, когда она обращалась къ Ратищеву, то встрѣчала его равнодушные глазки, какую-то худо скрытую улыбку, и еще больше конфузилась.

"Ну, теперь еще эту послѣднюю сцену,— подумала она.— Или панъ, или пропалъ!" — и она начала ее съ упавшимъ сердцемъ.

Кончила, и настало молчанье. Руки у ней дрожали, губы слегка поблѣднѣли.

— Она у меня писательница,— похвалилась Марья Петровна, и Катя подмѣтила, какъ при этихъ словахъ слегка дрогнули губы Ратищева.

— Сцены написаны очень бойко,— началъ онъ тихимъ голосомъ.— У васъ есть талантъ, наблюдательность... Но... собственно если вы желаете знать мое мнѣніе относительно вашихъ авторскихъ способностей, то я право не знаю... Мнѣ кажется, вы выбрали сюжетъ весьма легкій и пустой. Вѣдь что могутъ представить автору, даже талантливому (тогда еще не было ни Успенскаго, ни Рѣшетникова, ни Слѣпцова) эти грубые, такъ сказать элементарные типы, tous ces bonnes gens съ ихъ мелкими односторонними страстями, потребностями?... Все это можетъ-быть и интересно для натуралиста, если онъ задумаетъ изучать la vie privée de ces animaux съ какой-нибудь точки зрѣнія... Но для развитого, мыслящаго наблюдателя, съ точки моралиста, это — пустая трата времени на описаніе какой-то безразличной, неопредѣленной массы... Посмотрите, напримѣръ, на комки глины, которые разбросаны гдѣ-нибудь на дорогѣ. Между ними вы найдете множество очень странной формы, даже смѣшной; но вѣдь эта глина тогда только хороша, когда изъ нея выработано, quelque chose d'artistique, какая-нибудь ваза или статуэтка, когда матеріалъ грубый спрятанъ подъ эту изящную форму, эту поэтическую мысль художника...

Катя попробовала отстаивать свою работу съ точки зрѣнія Талыгина.

— Но если мы хотимъ сдѣлать что-нибудь изъ глины,— сказала она,— то вѣдь надо сперва изучить свойство ея,— свойство матеріала, изъ котораго хочешь работать. Если мы хотимъ устраивать общество, то надо изучить его психическія свойства, а въ простомъ народѣ они гораздо проще... Вы сами говорили, что это — элементарные типы...

— Да!... Но позвольте вамъ замѣтить, что можно во всемъ искать всего, что намъ нравится, и находить, хотя въ дѣйствительности оно и не существуетъ. Неужели вы думаете, что литература можетъ устроить какое бы то ни было общество, а въ особенности такое грубое, ces hordes des kosaks et des Tartares,— прибавилъ онъ тихо,— какъ наше православное общество?... Вѣдь это самообманъ литераторовъ...

— Какъ, вы отвергаете воспитательное вліяніе литературы на общество?— удивилась Катя.— А Гоголь, а Островскій?!...

— Tous èa ce ne sont que des pures illusions!— рѣшилъ онъ дидактически.— Неужели вы думаете, что взяточничество par exemple или грубость нравовъ могутъ быть исправлены изящной литературой? Общество читаетъ романы, какъ романы, смотритъ комедіи, драмы et tout èa.... смѣется, негодуетъ, восхищается, а привычки, les moeurs, les instincts, остаются все тѣ же. Онѣ измѣняются временемъ и воспитаніемъ, а не литературой... Укажите мнѣ, гдѣ, въ какой странѣ литература исправила общество?...

— Да у насъ!— сказала Катя.— Возьмите Бѣлинскаго. Развѣ его вліяніе не отразилось на обществѣ? .

Ратищевъ опять пожалъ плечами.

— Помилуйте,— сказалъ онъ,— кто же читалъ и кто понималъ Бѣлинскаго?... Литераторы, ученые, люди интеллигенціи, тѣ, которые въ немъ не нуждались, для которыхъ онъ составлялъ высшее интеллигентное наслажденіе... А общество, массы его не понимали и на нихъ онъ дѣйствовалъ весьма мало...

— Все равно, его понимало молодое учащееся поколѣніе. А это-то и главное,— возразила Катя съ одушевленіемъ.

— Въ этомъ позвольте вамъ не повѣрить,— сказалъ Ратищевъ, допивая стаканъ.— Молодое поколѣніе понимало то, что толковали ему тѣ, которые поучались прямо изъ источника. При этомъ и эти учителя, ces pauvres diables des maîtres d'école, вы думаете, что они могли всесторонне понимать les questions sociales и толковать объ нихъ въ школахъ?... Повѣрьте, что истинное пониманіе этихъ вопросовъ принадлежитъ людямъ, которые воспитались цѣлымъ рядомъ поколѣній и унаслѣдовали, такъ-сказать, въ своей крови... многостороннie общественные взгляды, эту, дѣйствительно можно сказать, race élevée...— Ратищевъ даже покраснѣлъ отъ удовольствія при одной мысли объ этой race élevée.— Притомъ, à propos, всѣ лучшіе наши литераторы были изъ этой race élevée. Возьмите... Пушкинъ, Лермонтовъ, фонъ-Визинъ, Грибоѣдовъ, князь Одоевскій, Достоевскій. Ceux — la appartiennent à la vrai noblesse de la société... C'est l'aristocratie de l'intelligence!...

— Катя!— сказала вдругъ Марья Петровна,— ты показала бы Михайлу Иванычу нашъ садъ... У насъ садъ небольшой,— прибавила она, обращаясь уже къ Ратищеву,— но теперь въ немъ точно рай...

"Пусть погуляютъ,— подумала она;— а у меня отъ ихъ учености даже вчужѣ голова заболѣла".

"Онъ очевидно аристократъ!" — подумала Катя, быстро, машинально собирая свои тетради, и сложила ихъ на столъ.

— Что же,— спросила она прямо смотря на Ратищева,— пойдемте?...

— Съ удовольствіемъ,— сказалъ вставая Ратищевъ.— Теперь дѣйствительно лучше на воздухѣ, нежели въ комнатѣ.

"Неужели это правда, что онъ говоритъ?... "А сцены очень бойко написаны", вспомнились ей слова Ратищева.— Что-жь, вѣдь и это талантъ",— подумала она съ радостью.

И они вошли въ залу. Но въ залѣ Ратищевъ неожиданно остановился передъ роялемъ.

— Вы играете?— спросилъ онъ Катю.

— Да... Только плохо,— призналась нерѣшительно Катя.— Съ трудными allegro я вовсе не могу сладить.

— Все-таки, какъ умѣете. Прошу васъ!— сказалъ Ратищевъ и выдвинулъ изъ-подъ рояля табуретку.

Онъ не любилъ музыки. Она съ самаго дѣтства была чужда ему. Но теперь, именно теперь, ему захотѣлось какихъ-нибудь нѣжущихъ звуковъ, въ присутствіи этой хорошенькой дѣвушки, съ яснымъ сердцемъ, подъ впечатлѣніемъ окружавшей его тихой, простой жизни, въ этомъ скромномъ, сельскомъ домикѣ, окна котораго были открыты. Притомъ въ эти окна врывался праздничный пиръ весны, въ воздухѣ звучали пѣсни птицъ, а въ окна протягивались вѣтки черемухи и акацій съ едва распустившимися листочками. И вездѣ на ломберныхъ столахъ залы стояли, въ большихъ бѣлыхъ кувшинахъ, пышные букеты ароматныхъ ландышей.

— Что же вамъ сыграть?— спросила Катя, усаживаясь и взглянувъ на развернутыя ноты.— Ахъ, вотъ что я вамъ сыграю: анданте изъ сонаты B-dur Бетховена.

— Пожалуйста!— попросилъ Ратищевъ.

— Это мое любимое andante,— продолжала Батя, прямо смотря на него.— Нѣкоторые находятъ его темнымъ, дикимъ... Но мнѣ кажется въ немъ именно та глубина чувства; которая можетъ свести съ ума.

Ратищевъ ничего не отвѣчалъ. Онъ только улыбнулся неопредѣленно, прищуривъ глаза, и ждалъ, облокотясь на рояль.

Катя принялась за игру съ тою страстностью, съ которой она отдавалась каждому дѣлу.

Она взяла первые, глубокіе, глухіе, какъ будто подземные, аккорды, которые дѣлали такой рѣзкій диссонансъ среди окружающаго весенняго праздника, и рояль запѣлъ дикую, могучую мелодію. Звуки, одни страннѣе другихъ, какъ будто боролись, и спорили, и молили о чемъ-то великомъ, неземномъ. Она жадно прислушивалась къ нимъ. Для нея самой они казались теперь новыми и повелительными. Какъ будто кто-то другой игралъ за нее и говорилъ ей о суетѣ и мимолетности этой весенней ликующей жизни, о чемъ-то величавомъ и вѣчномъ.

Она кончила и взглянула на Ратищева.

— Не правда ли, это хорошо?— хотѣла она спросить его и остановилась.

Его лицо перемѣнилось. Оно было грустно, задумчиво. Какая-то печаль, можетъ-быть печаль дѣтства, погибшаго въ

116

страшной, уродливой ломкѣ, таинственно легла на него. Какъ будто эти таинственные, загадочные аккорды вызвали въ немъ гармоническій, отвѣтный строй.

— Сыграйте, пожалуйста, еще что-нибудь!— попросилъ онъ такъ искренно и просто, и въ голосѣ его звучала дѣйствительная просьба.

Катя быстро перелистывала переплетенную тетрадь и развернула анданте изъ другой сонаты F-moll. Струны опять зазвенѣли,— зазвенѣли страстной, надрывающей мелодіей, какъ будто въ самомъ сердцѣ Ратищева.

Онъ снялъ руки съ фортепіано и быстро отвернулся.

"Съ музыкой нельзя шутить,— подумалъ онъ.— Она сильно бьетъ по нервамъ".

Онъ не понималъ, что эта музыка была въ самыхъ его нервахъ.

Катя кончила.

— Не правда ли, это хорошо?— спросила она Ратищева.

Ратищевъ овладѣлъ собой.

— Да!... То-есть въ этой музыкѣ есть что-то сильное, но...

Онъ хотѣлъ что-то возразить и ничего не могъ. Онъ только въ смущеніи улыбнулся, нахмурился и посмотрѣлъ на свои тонкіе, длинные пальцы.

— Что же?— спросила Катя...

— Нѣтъ, такъ... Что же, мы пойдемъ въ садъ? Если вы желаете...

Катя ничего не отвѣтила и быстро двинулась впередъ. Они прошли гостиную и вышли на низенькій балконъ, небольшой, въ родѣ террасы, огороженной перильцами, съ которой былъ сходъ въ садъ. Торжествующая весенняя природа, во всемъ ея блескѣ, обхватила ихъ со всѣхъ сторонъ и прежде всего къ нимъ бросилась стайка воробьевъ. Они сѣли на перильца, трепетали крылышками и вопросительно чирикали, повертывая головками.

— Это мои друзья!— пояснила Катя.— Они просятъ хлѣба. А вотъ впереди ихъ "смѣлый", посмотрите... Онъ сейчасъ прыгнетъ мнѣ на руку,— и она быстро поднесла къ нему руку. Но воробьи, испуганные этимъ быстрымъ движеньемъ, бросились въ разсыпную и улетѣли...

"Точно Сандрильона!" — подумалъ Ратищевъ и зорко оглянулся кругомъ, жадно вдыхая теплый, влажный, благоухающій воздухъ, который несся изъ цвѣтника.

Они спустились въ садъ. Тѣнистыя липы, которыя садилъ еще отецъ Павла Лаврентьевича, полукругомъ тѣснились около балкона, а сквозь нихъ, на зеленомъ фонѣ, ярко блестѣли на солнцѣ бѣлорозовыя шапки только-что разцвѣтавшихъ яблоней.

— Не правда ли,— спросила Катя,— въ природѣ есть что-то широкое, успокоивающее, родное?

Ратищевъ не вдругъ отвѣчалъ. Въ немъ еще не улеглась музыка нервовъ. Притомъ вся обстановка раздражала его. Онъ даже съ ужасомъ почувствовалъ приливъ того волненія, которое когда-то обхватило его при первомъ сближеніи его съ Бертой.

— Это такъ, только кажется,— проговорилъ онъ, нахмурясь, и тутъ же пустился анализировать, какъ и почему природа дѣйствуетъ на человѣка. Подъ этимъ анализомъ все приняло какіе-то грубые, слишкомъ прозаическіе, реальные оттѣнки.

— Все, какъ видите, это обманъ, опьяненье чувствъ,— закончилъ онъ.

— Но неужели же вы не признаете обаянья красоты, изящнаго? Вѣдь это что-то неразъясненное... Положимъ, все, что вы говорили, совершенно вѣрно. Я охотно допускаю и дѣйствіе озона, и эфирныхъ маслъ, и сочетаніе пигментовъ... Но форма? И зачѣмъ это все вмѣстѣ какъ будто нарочно соединяется и такъ сильно дѣйствуетъ на насъ?...

Онъ хотѣлъ отвѣчать, но взглянулъ на нее и замолкъ.

Она была такъ хороша на этомъ фонѣ изъ блѣдной серебристой зелени. Легкій теплый вѣтерокъ тихо развивалъ маленькія пряди волосъ, выбившіяся изъ ея косы. Ея оживленный, вопрошающій взглядъ и эти сіяющіе, дѣтскіе, любопытные глаза, которые, казалось, были дверью, ведущею прямо въ сердце...

— Да, можетъ-быть что-нибудь и есть,— пробормоталъ онъ, нахмурясь, чтобы сказать что-нибудь.

"Я, кажется, положительно влюбляюсь,— подумалъ онъ.— Надо бѣжать отъ всей этой опьяняющей чепухи..."

XXIII

— Катя!— позвала Марья Петровна съ балкона.

— Пойдемте, насъ зовутъ!— сказала Катя и быстро пошла впередъ.

— Михаилъ Иванычъ!— заговорила Марья Петровна, когда они подошли къ балкону.— Мы рано обѣдаемъ... Милости просимъ, чѣмъ Богъ послалъ!

Ратищевъ посмотрѣлъ на часы. Былъ второй часъ.

"Я не привыкъ такъ рано обѣдать" — хотѣлъ онъ сказать, но ничего не сказалъ и медленно поднялся на балконъ.

Катя прошла въ комнаты.

— У насъ теперь хорошо въ саду,— проговорила томно Марья Петровна,— да и вездѣ хорошо. Красота Божья!...

— Да,— согласился Ратищевъ, нервно вертя ключикомъ отъ часовъ.— "Божья идиллія!" — подумалъ онъ со злобой.

Но эта идиллія незамѣтно и полновластно утягивала его въ свой простой, ласкающій міръ, который былъ до сихъ поръ совершенно ему чуждъ. Тѣ струны, которыя звучали въ его сердцѣ въ далекомъ, самомъ раннемъ дѣтствѣ, еще при жизни матери и подъ ея горячею любовью,— эти струны вдругъ проснулись теперь, запыленныя, разстроенныя, и снова зазвучали какъ-то робко и отрывисто.

"Накормятъ меня какой-нибудь гадостью!" — подумалъ онъ, идя въ столовую, вслѣдъ за Марьей Петровной, и подозрительно осматривая простую, но чистую сервировку стола.

Его усадили между Марьей Петровной и Катей, которая разливала крапивныя щи. Нѣсколько дѣвушекъ въ новенькихъ платьяхъ, съ праздничными, улыбающимися лицами, немного суетясь и толкаясь, наперерывъ старались услужить ему. Марья Петровна то потчивала его, то разсказывала ему эпизоды изъ своей прежней жизни. Между прочимъ она завела разговоръ и объ исторіи его матери.

"Какъ это безтактно!" — подумалъ онъ и уткнулъ въ тарелку носъ, какъ будто не слушая.

— Конечно,— сказала Марья Петровна,— Богъ всѣхъ разсудить... Иванъ Тимоѳеичъ — царство ему небесное!— принялъ грѣхъ на душу... Но вѣдь и то сказать: гдѣ же ему было знать все, что было. Вѣдь онъ никого не распрашивалъ.— И она разсказала все, что всѣ знали, кромѣ Ивана Тимоѳеевича и его сына.

Передъ Ратищевымъ отецъ вдругъ предсталъ совсѣмъ въ иномъ свѣтѣ. "Да еслибъ и была виновата она, мать моя,— подумалъ онъ,— то развѣ отецъ былъ святой?"

И въ первый разъ среди этой мирной, простой обстановки чуждой ему семьи въ немъ проснулось это дѣтское, нѣжущее чувство сознанія семейнаго кружка. Онъ искоса взглянулъ на Катю. Ему показалось, что въ ней есть что-то сходное съ его матерью.

Послѣ обѣда онъ тотчасъ же простился и уѣхалъ, отказавшись наотрѣзъ отъ кофе, который такъ радушно предлагала ему Марья Петровна. Въ головѣ и сердцѣ его поднялся такой сумбуръ, что ему хотѣлось непремѣнно быть совершенно одному.

А Катя, проводивъ его, съ жадностью набросилась на Ренана. Она читала съ лихорадочною страстностью, перебрасывала страницы и съ ужасомъ, съ замираніемъ сердца останавливалась на тѣхъ изъ нихъ, въ которыхъ сила эрудиціи подавляла легендарную силу преданія. Часто она оставляла книгу отъ волненія и быстро ходила по комнатѣ, стиснувъ ладонями виски, какъ будто желая остановить въ нихъ стучавшую кровь.

Нѣсколько разъ Пафнутьевна или Марья Петровна входили въ ней съ вопросами.

— Ахъ, оставьте меня пожалуйста, оставьте!— кричала она чуть не со слезами.— Дайте покой!...

Наконецъ, она дошла до послѣдней главы и прочла ее. Она поняла книгу. Мало того, она съ ужасомъ чувствовала, какъ она переходила въ ея убѣжденія. Что-то тяжелое надавило ей грудь: какъ будто она осталась одна, совершенно одна среди громаднаго, чужого міра.

Она бросила книгу и выбѣжала въ садъ.

Тихій теплый вечеръ спускался на деревья. Нѣсколько разъ она прошлась по аллейкѣ, съ ужасомъ, порывисто останавливаясь.

"Неужели?... Неужели?" — шептала она, нервно перебирая пальцы холодныхъ рукъ и глядя прямо въ глубину потемнѣвшаго неба. Тамъ, въ самой темной вершинѣ безоблачнаго купола, ярко сверкала блестящими искорками стайка кружившихся голубей. Она поднималась выше, выше и, наконецъ, исчезла, потонула въ темной синевѣ неба...

XXIV

Всю дорогу вплоть до города Ратищевъ не могъ оторвать думы все отъ одного и того же вопроса, который всталъ ему поперекъ сердца. "Не нужно было ѣздить, вотъ что!— догадался онъ.— Ne touchez pas à la hache?... Да развѣ она топоръ?— усмѣхнулся онъ.— Просто хорошенькая, умненькая дѣвчонка и больше ничего, и просто можно съ ней сблизиться..."

Но именно при этой мысли онъ чувствовалъ, какъ какая-то перегородка вставала между нимъ и Катей, которую онъ не могъ опрокинуть, и злился.

Поздно вечеромъ подъѣхалъ онъ къ своему большому дому-дворцу. Въ этомъ домѣ было все пусто, заперто. Никто не ждалъ его. Какъ огромныя могилы, угрюмо и величаво, приняли его громадныя, роскошныя залы. Онъ велѣлъ приготовить себѣ постель въ кабинетѣ. Тамъ, на столѣ, лежала новая посылка съ книгами.

"Буду читать,— подумалъ онъ.— Завтра порѣшу дѣла... Проѣду въ деревню, а туда — ни ногой... Надо дѣло дѣлать, а то пожалуй какъ разъ обабишься".

И онъ сгоряча принялся съ жадностью рыться въ новыхъ книгахъ. Нѣкоторыя дѣйствительно его заняли, но не надолго. Опять каждое совершенно чуждое слово начало будить и вызывать въ немъ воспоминанія и наталкивать все на тѣ же мысли и мечты.

"Лучше спать!" — рѣшилъ онъ и, притворно зѣвнувъ, сбросилъ халатъ и потушилъ лампу.

Но среди ночной тишины вдругъ зазвучала музыка. Это заиграла гдѣ-то запоздавшая шарманка. И мысль снова встрепенулась, и чувство, еще болѣе томительное, среди теплой весенней ночи, потянуло его все въ ту же сторону.

Онъ усиленно закрылъ глаза и стиснулъ зубы. Но и сквозь закрытые глаза передъ нимъ вставалъ тотъ же образъ, во всей чистой, нетронутой красѣ. Ему чудилось теплое дыханье и какія-то дѣтскія, простыя и вмѣстѣ нѣжныя ласки, какихъ онъ никогда не знавалъ. Онъ со злобой сбросилъ одѣяло, порывисто вскочилъ съ постели и началъ ходить около стола. Большой, длинногорлый, глиняный кувшинъ, какой-то археологическій и цѣнный, поставленный здѣсь еще Иваномъ Тимоѳеевичемъ, попался ему подъ ноги. Отъ сильнаго толчка онъ съ глухимъ гуломъ закачался на своемъ пьедесталѣ. Ратищевъ схватилъ его и со всего размаха ударилъ объ полъ. Громкій гулъ пошелъ далеко, по всѣмъ пустымъ громаднымъ заламъ. Ратищевъ началъ ходить снова взадъ и впередъ по комнатѣ, отбрасывая осколки, попадавшіеся ему подъ ноги.

"Ухъ!— вырвалось у него, наконецъ, изъ груди.— Правду говорятъ поэты, что весна — пора любви".

Въ большой залѣ, что была подлѣ кабинета, раздался какой-то неопредѣленный звукъ. Точно тихій, протяжный вздохъ пронесся и замеръ. У Ратищева морозъ пробѣжалъ по кожѣ... Онъ тихо подошелъ къ дверямъ залы и съ замираніемъ сердца растворилъ ихъ. Сквозь большія окна, цѣлые потоки луннаго свѣта лились на потемнѣвшій паркетъ и что-то въ родѣ тумана, какъ показалось Ратищеву, пронеслось по этимъ

121

полосамъ. Съ дрожью въ сердцѣ и на зубахъ онъ захлопнулъ дверь.

"Чортъ знаетъ, что такое!— прошепталъ онъ.— Еще галлюцинаціи начнутся..." — и онъ быстро подошелъ къ окну, какъ-то судорожно отдернулъ задвижки, распахнулъ его съ шумомъ и вдохнулъ всею грудью ночной воздухъ. Но воздухъ былъ тепелъ, въ немъ была нѣга, ароматы весеннихъ почекъ. Полный мѣсяцъ стоялъ высоко надъ крышами. Гдѣ-то медленно и отчетливо-звонко часы пробили два раза. Большой мотылекъ быстро влетѣлъ и съ тихимъ, сухимъ журчаньемъ началъ биться о потолокъ.

Ратищевъ снова легъ, но не покрылся одѣяломъ. И опять какія-то любовныя, ласковыя рѣчи, точно рѣчи его матери, ясно послышались ему. Онъ чувствовалъ, какъ подъ ихъ теплымъ привѣтомъ что-то таяло въ его сердцѣ. Невольно вставалъ вопросъ за вопросомъ безъ системы, какъ будто темные призраки являлись на судъ и улетали какъ призраки. Какъ-то легко, свободно становилось въ этой кривой и связанной натурѣ. Онъ опять поднялся, вздохнулъ глубоко и опустилъ голову. И въ первый разъ, послѣ многихъ лѣтъ черствой, заскорузлой жизни, какое-то трепетное, робкое умиленіе спустилось въ его сухое сердце.

Тихій разсвѣтъ засинѣлъ въ окнахъ, когда онъ снова легъ, утомленный и тотчасъ же крѣпко заснулъ.

А на другой день онъ всталъ съ какимъ-то томленіемъ въ сердцѣ, и въ первый разъ въ жизни онъ былъ не озлобленъ, а тихъ и грустенъ.

Онъ отправился въ губернскій комитетъ, гдѣ засѣданіе уже началось. Предводитель, толстенькій человѣкъ, сѣдой, съ небольшой лысиной и звѣздой на фракѣ, всталъ и пошелъ къ нему на встрѣчу.

— Nous vous attendons!— сказалъ онъ многозначительно, пожимая ему руку и слегка обнявъ его за талію.— C'est le jour décisive il y aura des débats уже окончательные.

Ратищевъ посмотрѣлъ на него какъ-то неопредѣленно. А когда начались пренія, онъ предложилъ усиленный надѣлъ, и въ первый разъ въ этомъ собраніи голосъ его звучалъ какъ-то нерѣшительно, какъ будто онъ шелъ въ потьмахъ, не зная куда ступить.

Всѣ изумились и посмотрѣли на него.

"D'où viens ce renégat!— подумалъ предводитель, приподнявъ брови.— Онъ всегда мнѣ казался подозрительнымъ и темнымъ. Il nous vand à presant, улучивъ удобную минуту".

Голоса раздѣлились почти пополамъ. Голосъ Ратищева перевѣсилъ.

До слѣдующаго утра Ратищевъ оставался въ городѣ. Цѣлый вечеръ онъ провелъ, противъ обыкновенія, дома и долго ходилъ взадъ и впередъ по большимъ, роскошнымъ заламъ.

"Она вѣроятно не видала такой роскоши,— вдругъ подумалъ онъ.— И я окружу ее этимъ блескомъ; среди него она будетъ хороша. Она увидитъ и пойметъ, что значитъ искусство".— И онъ прищурилъ глаза, поднялъ голову и обернулся въ полъоборота. Подбородокъ его съ нижнею губой выдвинулся впередъ и лицо его вдругъ напомнило лицо Ивана Тимоѳеевича въ тѣ минуты, когда тотъ мечталъ о представленіи ко двору своей жены, m-me de Ratischteff.

Но эта мысль или мечта овладѣла Ратищевымъ только на одну минуту. Онъ сдвинулъ брови, махнулъ рукой и снова началъ ходить по комнатѣ. "Все это пустяки и глупости!" — подумалъ онъ.

На другой день утромъ, часу въ двѣнадцатомъ, онъ проѣзжалъ опять мимо Мельтюковки. Томленіе снова охватило его. Онъ сдвинулъ брови. "Надо бѣжать и работать!" — подумалъ онъ. Кучеръ остановилъ на поворотѣ лошадей и соскочилъ съ козелъ.

— Что же ты сталъ?— закричалъ на него съ нерѣшительной злобой Ратищевъ.

— А что, въ Мельтюковку не заѣдите?

— Пошелъ, дуракъ, пошелъ!— закричалъ уже, выйдя изъ себя, Ратищевъ. И кучеръ вскочилъ быстро на козлы и погналъ лошадей. Ратищевъ глубоко вздохнулъ и улыбнулся.

"Все-таки побѣда!" — подумалъ онъ.

Но въ деревнѣ его опять охватила все та же внутренняя борьба. Онъ нашелъ опять портретъ матери и посмотрѣлъ на него съ какимъ-то особеннымъ чувствомъ.

"Надо заказать на него новую рамку, а стекло перемѣнить,— подумалъ онъ,— и сдѣлать большую фотографію. Это было бы не дурно.— И онъ, отодвинувъ портретъ, щурился и любовался на него. Но вдругъ, нахмурясь, положилъ его на столъ и злобно усмѣхнулся.— Я, кажется, пускаюсь сентиментальничать даже съ мертвецами" — подумалъ онъ.

Большой садъ, старый, тѣнистый и немного запущенный, стоялъ весь убранный благоухающею зеленью. Въ концѣ сада былъ небольшой сосновый боръ. Ратищевъ каждое утро, послѣ завтрака, гулялъ въ этомъ саду и бору. Теперь ему казалось, что все это полно какой-то общей дружною жизнью и только онъ, одинъ онъ, стоялъ внѣ этого міра совершенно чужимъ. Въ бору пара зябликовъ, играя и щебеча, выпорхнула изъ кустовъ. Самецъ гонялся за самкой.

"И мнѣ тоже надо самку!" — съ желчной усмѣшкой подумалъ онъ, но тутъ же эта мысль упала. Тутъ же передъ нимъ живо всталъ все тотъ же образъ — дѣтскій, чистый, задумчивый, съ ясною мыслью въ добрыхъ глазахъ, и посмотрѣлъ на него со строгимъ укоромъ.

Ратищевъ провелъ рукой по лицу, опустилъ голову и быстро пошелъ домой.

Чувство одиночества, бездомности и тяжелой, безцѣльной жизни давило его со всѣхъ сторонъ.

XXV

Въ это время въ умѣ и сердцѣ Кати тоже бушевала буря.

Маленькая книжечка раскрыла передъ ней безконечный рядъ вопросовъ. Легендарный міръ, дѣтскія упованія, беззавѣтная вѣра въ силу и правду преданія — все, казалось, становилось обманчивымъ туманомъ и тихо расплывалось неосязаемое, неуловимое...

"Что же такое истина?... Что добро?... Для чего же жить?" — спрашивала она, съ отчаяньемъ ломая холодныя руки и быстро пробѣгая по аллейкамъ ликующаго сада.

— Катя!— говорила Марья Петровна,— да брось ты, голубка, думать-то... Посмотри: похудѣла, поблѣднѣла... Ничего не ѣшь!...

— Ахъ, оставьте меня! Ради Бога, оставьте меня!—умоляла она и забивалась въ самую глушь сада, въ маленькую бесѣдку изъ акацій, въ которой было темно и сыро.

Но самыя мучительныя минуты были тѣ, когда она поздно вечеромъ, передъ сномъ, по старой привычкѣ, останавливалась передъ кроватью, надъ которой висѣлъ образовъ Спасителя.

Она падала на колѣни передъ кроватью и, стиснувъ зубы и закрывъ глаза, неподвижно, по цѣлымъ часамъ лежала на подушкѣ.

— Тамъ — пусто, глухо!... Тамъ тьма!... О, хоть бы одна искорка утѣшенія, примиренія... откуда-нибудь!

И она кусала горячія, сохнувшія губы.

Одинъ разъ, среди солнечнаго дня, она сидѣла на скамейкѣ передъ прудомъ. Кругомъ нея все было полно бойкой, неугомонной жизни. Весь садъ одѣлся густой листвой. Лужайки запестрѣли цвѣтами, загудѣли пчелами.

"Гдѣ же мой медъ? Неужели я безсильнѣе пчелы?— думала она.— Онѣ работаютъ, потому что любятъ трудъ... Что же мнѣ любить?..."

"Все и всѣхъ!— подсказало сердце.— Люби природу, людей... Люби добрыхъ, угнетенныхъ, страдающихъ... Люби ради любви и не думай ни о чемъ, кромѣ того, что велитъ тебѣ дѣлать твое любящее сердце".

И эта мысль, простая, широкая, вдругъ навѣяла миръ, тишину на ея угнетенное, испуганное сердце. Легкая краска залила ей лицо, грудь заволновалась. На глазахъ выступили слезы. Она быстро, порывисто поднялась со скамейки и обернулась.

Передъ ней стоялъ Ратищевъ.

Онъ былъ блѣденъ, желтъ, какъ будто похудѣлъ немного. За то волосы его были удивительно гладко причесаны. Весь лѣтній, свѣтло-сѣрый, костюмъ сидѣлъ такъ элегантно. Отложные воротнички и сѣрая батистовая фуражка придавали свѣжесть и дѣтскость его лицу, серьезному и немного грустному.

Катя слегка, удивленно, вскрикнула и радостно протянула ему руку.

— Какъ вы подкрались... незамѣтно!

— Я ужъ минутъ пять смотрю на васъ ("и любуюсь" — хотѣлъ онъ сказать, но не сказалъ)... Вы такъ задумались... Марья Петровна сказала, что вы въ саду, и... немножко жаловалась на васъ.

— Что я хандрю и ничего не ѣмъ?— спросила Катя и улыбнулась.

— Да!— признался Ратищевъ и задумчиво посмотрѣлъ кругомъ.

Они двинулись по аллейкѣ.

— Я много думала,— призналась Катя,— надъ Ренаномъ. Мнѣ кажется, что человѣкъ, такъ иного изучавшій, такъ долго писавшій эту книгу, не можетъ ошибаться,— не правда ли?

Ратищевъ медленно кивнулъ головой.

— Но вѣдь эта книга,— продолжала Батя,— ведетъ невольно дальше... Она заставляетъ усомниться во многомъ, во всемъ... Неужели?...

— Что?— быстро спросилъ онъ и забѣгалъ глазами.

— Ахъ, неужели все это правда?... И ничего нѣтъ, кромѣ этой природы?... Для чего же жить?!

— Какъ для чего жить?... Оглянитесь кругомъ... Для чего живетъ все это — деревья, птицы, цвѣты... parce que la vie ordonne vivre. Cela se comprend par soi-même. Въ этой жизни все обаяніе, tout le prestige de vivre. Спросите, par exemple, старика, который еле движется, для котораго жизнь — бремя, и онъ скажетъ вамъ, что не хочетъ смерти... Вспомните cette fâble du bonhomme La Fontaine, le paysan et la mort...

— Вотъ жизнь!— сказала вдругъ Катя.— Посмотрите!— и она остановилась передъ двумя липами близнецами, между которыми большой паукъ выткалъ громадную сѣть-паутину и на этой паутинѣ весьма ловко расправлялся съ несчастной мухой, которая отчаянно билась и жужжала во всю голову.— Вотъ, видите, она всегда такъ,— всегда въ ней борьба, всегда одинъ долженъ жертвовать для другого... "Да развѣ жертвовать собой непріятно?" — прибавила она про себя.

Они снова подошли къ берегу пруда, въ скамейкѣ, на которой Катя сидѣла прежде.

— Сядемте здѣсь,— сказала она.— Здѣсь такъ хорошо, въ тѣни, подлѣ воды!

И дѣйствительно тамъ было хорошо. Свѣжая зелень деревьевъ серебрилась на солнцѣ. Множество маленькихъ птичекъ свистѣло и перелетало съ мѣста на мѣсто. Отъ широкаго блестящаго пруда вѣяло освѣжительною прохладой.

Ратищевъ присѣлъ на кончикѣ скамейки и закурилъ папироску.

— Посмотрите,— говорила Катя,— какъ хорошо тамъ, на томъ берегу, въ тѣни этихъ развѣсистыхъ изъ: маленькія, свѣтлыя, ярко-зеленыя мѣстечки... И какой нѣжный, пріятный оттѣнокъ кругомъ на всѣхъ этихъ деревьяхъ!

Ратищевъ посмотрѣлъ и согласился, что это дѣйствительно хорошо.

"И я буду все это любить,— подумала Катя,— любить какъ прекрасное, какъ добро... Буду, жить и... пусть что будетъ, то будетъ! Можетъ-быть буду жертвой... Можетъ-быть онъ будетъ паукъ, а я — муха..." И она вдругъ невольно покраснѣла отъ этой неожиданной мысли.

— Катерина Львовна!— началъ Ратищевъ какимъ-то глухимъ, нерѣшительнымъ голосомъ, который тотчасъ же оборвался. Онъ съ досадой улыбнулся и слегка притопнулъ свѣтло-сѣрой ботинкой.

Катя быстро обернулась къ нему.

— Вы, вѣроятно, потому не цѣните жизни,— снова началъ онъ,— что вамъ не приводилось, какъ мнѣ, быть въ ея темницѣ.— Онъ затянулся, но папироса вдругъ съ трескомъ вспыхнула, онъ съ испугомъ отдернулъ руку и далеко отбросилъ папиросу.— Я не помню,— продолжалъ онъ,— своей матери, я на зналъ никогда ничьихъ ласкъ... Toute mon éducation était perverts. Меня воспитали чужіе люди, гуверенеры...

Катя съ изумленіемъ смотрѣла на него. Онъ говорилъ совсѣмъ не такъ, какъ обыкновенно. И лицо его было какое-то особенное — грустное, задумчивое. Онъ не смотрѣлъ на нее и усиленно вертѣлъ большой часовой ключикъ съ головкой левретки.

— Мой отецъ,— продолжалъ Ратищевъ,— былъ для меня un portrait de famille... въ старинныхъ золотыхъ рамахъ и смотрѣлъ на меня, чтобъ я велъ себя... прилично и былъ величавъ, какъ онъ... Ни друзей, ни товарищей... Я росъ одинокимъ и постоянно прятался, вросталъ внутрь...

Онъ вдругъ замолкъ, вытянулъ ноги и какъ-то судорожна повелъ плечами. Его дрожащія руки покрылись холоднымъ потомъ. Въ первый разъ въ жизни онъ высказывался другому человѣку, а не себѣ, тогда какъ до сихъ поръ онъ прятался отъ всѣхъ и даже отъ себя самого. Онъ покосился: не улыбается ли она?... Но она такъ серьезно, съ недоумѣніемъ и глубокимъ участіемъ смотрѣла на него. Ея прямое сердце вдругъ почувствовало себя легко, свободно, подлѣ другого сердца, которое хотя и скупо, но довѣрчиво открывалось передъ нимъ.

— Катерина Львовна!— снова началъ онъ тихо.— Въ мою темницу, dans ma prison intérieure, упалъ на дняхъ какой-то свѣтлый лучъ, и я увидалъ другую, лучшую, сторону жизни, отъ которой отворачивался до сихъ поръ... Въ жизни есть много чего-то хорошаго, чего мы еще не можемъ объяснить.... il y a une harmonie.... когда чувствуешь полноту, довольство жизнью — отъ сознанія, что у тебя есть отвѣтъ въ другомъ я, которое полно къ тебѣ глубокимъ.... глубокимъ участіемъ.

Онъ говорилъ все тише и тише, отрывистѣе, и вдругъ замолкъ па нѣсколько секундъ. Затѣмъ быстро всталъ и принужденно зѣвнулъ.

— А знаете,— сказалъ онъ, стараясь придать своему дрожащему голосу равнодушный тонъ,— у васъ здѣсь дѣйствительно хорошо! Недостаетъ только лодки.— И онъ посмотрѣлъ на часы.

Катя также приподнялась со скамейки и съ недоумѣніемъ смотрѣла на него. Она не могла еще придти въ себя отъ удивленія: какъ можно было такъ рѣзко и такъ неуклюже-грубо повернуть въ сторону. Въ ея сердцѣ еще дрожали тѣ струны, до которыхъ онъ коснулся, не вѣдая, какая могучая сила скрыта въ нихъ.

— Adieu!— сказалъ онъ, протягивая Катѣ руку и приподнимая другой легкую сѣрую фуражку à la jokey.

— Какъ же?... Что же?...— удивленно и машинально спросила она, протягивая ему руку.— Вы что-то не досказали...

— Въ другой разъ, когда-нибудь... Я немного растроенъ... Хандра...

И онъ быстро обернулся и пошелъ по аллейкѣ.

— Какъ, вы ужъ уѣзжаете?— встрепенулась Марья Петровна.— А у насъ сегодня будутъ раки... Вы, вѣрно, любите... И спаржа.

— Нѣтъ, не люблю!— сказалъ Ратищевъ.— Вѣдь они — красные, а я терпѣть не могу красныхъ...— И онъ улыбнулся.

Марья Петровна посмотрѣла на него съ недоумѣніемъ.

"Развѣ велѣть не доварить ихъ?— подумала она.— Вѣдь, чай, жестки будутъ. Или это по-модному... хорошо?..."

— Прощайте-съ!— сказалъ онъ Катѣ и опять протянулъ ей холодную, дрожавшую руку и какъ-то пристально и грустно посмотрѣлъ на нее.

"Онъ должно-быть очень несчастливъ!" — подумала Катя.

И эта искра сожалѣнія мало-по-малу начала разгораться въ ея сердцѣ. Ей живо представлялась его несчастная мать и онъ — постоянно одинокій, то съ грустнымъ, то съ насмѣшливымъ взглядомъ, постоянно всѣмъ недовольный.

Она, какъ-то машинально чертя карандашомъ, набросала его лицо. На портретѣ выраженіе вышло еще грустнѣе и симпатичнѣе. Она спрятала портретъ.

"Ему тяжело жить,— думала она.— Жизнь его безцѣльна и пуста такъ же, какъ моя. Онъ не можетъ работать, потому что для всякаго дѣла прежде всего необходимъ внутренній покой, довольство самимъ собой,— а этого ему недостаетъ. Вотъ Талыгинъ: у него миръ на душѣ, и онъ спокоенъ, и ясенъ, и работаетъ постоянно за троихъ".

И вдругъ нежданно-негаданно у нея явилась мысль: "А что, если я буду для него тѣмъ, чего недостаетъ ему въ жизни?— она смутилась и покраснѣла.— Это самообольщеніе,— подумала она.— Онъ изъ другой среды. Между нами бездна. Захочетъ ли онъ перейти ее, достанетъ ли у него для того силъ? Вѣдь это все-таки жертва, пустячная, но не для него. Онъ, вѣроятно, сжился съ этими предразсудками. Они вросли въ него съ дѣтства... Развѣ мнѣ, мнѣ самой быть жертвой?..." Но въ чемъ собственно была бы эта жертва, она не могла себѣ объясните, только она не боялась, она желала ея и вмѣстѣ отталкивала прочь, какъ несбыточную мечту. Но эта мечта сама собой навертывалась и обвивала ее теплыми, нѣжущими объятьями. Она и любила ее, и вѣрила ей, и надѣялась. Страсть проснулась, наконецъ, въ ея сердцѣ, и чѣмъ дольше она спала, чѣмъ долѣе сковывалъ ее умъ, тѣмъ бѣшенѣе, неприступнѣе вырвалась она теперь на свободу.

"Господи! неужели я ни о чемъ не могу больше думать?" — шептала она, протягивая, какъ прежде, руки къ образу, что висѣлъ надъ ея кроватью, и тутъ же вспомнила, что теперь нѣтъ у нея этой могучей поддержки, что тамъ все глухо. Все или почти все,— ничтожный дѣтскій обманъ!

Она принималась за музыку, но музыка еще сильнѣе раздражала ее, раздражала до слезъ.

"Хоть бы убѣжать куда-нибудь!" — думала она въ отчаяніи и машинально шла въ садъ. Но цвѣтущій и поющій садъ еще болѣе наводилъ истому. И снова милая, свѣтлая мечта, незамѣтно для нея, закипала въ ея горячей головѣ.

"Забудьте все,— говоритъ она ему въ этой мечтѣ.— Забудьте прошлое... Выходи вонъ изъ душной темницы. Трудись, работай на счастье и благо всѣхъ. Я подержу тебя въ трудахъ. Я отдамъ за тебя все: послѣдній вздохъ, послѣдній трепетъ сердца".

И онъ счастливъ, доволенъ. Онъ дѣлается яснымъ, искреннимъ, любящимъ и умъ его становится сильнымъ, геніальнымъ.

"О, дорогой мой!— шепчетъ она.— Вѣрь, что существуетъ и красота, и добро, и свѣтъ истины! И все это отражается въ нашей глубокой любви и въ нашемъ полномъ счастьѣ!..."

— Барышня!— кричитъ красавица Параша съ балкона,— кушать подано... Пожалуйте кушать, барышня!

Она оглядывается кругомъ. Вся зелень уже потемнѣла. На ясномъ небѣ уже проглядываютъ звѣздочки.

Глубокій вздохъ вырывается изъ ея стѣсненной груди. И жаль, и стыдно ей мечты своей.

"Точно во снѣ я живу!" — шепчетъ она и проводитъ холодною рукой по горячему лбу.

И сонъ этотъ тянется и не даетъ ей покоя. Плывутъ ясные, теплые дни и мучительныя, душныя ночи. Среди нихъ еще сильнѣе, повелительнѣе обхватываетъ волненіе. И тоскуетъ сердце, и горитъ голова. Онѣ злы, онѣ куда-то влекутъ, что-то обѣщаютъ эти таинственныя безсонныя ночи, полныя раздражающаго аромата душистыхъ левкоевъ и розановъ. И сонъ бѣжитъ, и слезы не уносятъ раздраженія.

"Ахъ, что это за безуміе!— шепчетъ она, ломая руки.—

Неужели это и есть любовь и нѣтъ выхода?... Вѣдь я не знаю его, совсѣмъ не знаю. И все это — мечта и бредъ воображенія, глупость".

Но въ томъ-то именно, что она не знаетъ его, и была притягательная сила. Въ этой неопредѣленности и былъ идеалъ.

XXVI

А у Талыгина было глубокое горе. Его мать, его "родная", лежала при смерти. И онъ дни и ночи просиживалъ у ея постели.

"Что это: эгоизмъ или нѣтъ?— думалъ онъ.— Зачѣмъ мнѣ нужна эта догорающая, усталая жизнь? Вѣдь она спѣла свою пѣсню. У нея были и бурныя, и тихія радости. Пусть задремлетъ и разрушится; пусть погаснетъ усталая лампадка".

Но при одной этой мысли у него сжимало горло и онъ не могъ съ ней помириться.

Иногда въ безсонную ночь, когда онъ смотрѣлъ на это спящее, сморщенно-блѣдное, но кроткое и какъ-то весело улыбающееся, лицо, ему вдругъ представлялся вопросъ:

"А что, еслибы пришлось помѣнять эту жизнь на ту молодую, бьющую свѣжимъ, многообѣщающимъ ключомъ,— на которую изъ двухъ привязанностей сильнѣе откликнулось бы сердце?... Да, пусть живетъ,— думалъ онъ,— если въ ней дѣйствительно есть сила на общее благо. Но тогда я не прикоснусь къ ней никакою мыслью. Я не долженъ ее знать. Всякая мысль, здѣсь была бы преступленіемъ".

Но тутъ же онъ встряхивалъ волосами и грустно улыбался.

"Какія глупыя мысли,— думалъ онъ,— приходятъ въ разстроенную безсонницей голову!"

На Пасху, ѣздивъ къ заутрени, Агнія Петровна простудилась. Тихая грусть, которая не оставляла ее со смерти Павла Наумовича, осложнила болѣзнь. Исходъ былъ весьма сомнительный. Просыпаясь среди ночи, она видѣла, какъ ея Митя сидѣлъ возлѣ нея блѣдный, съ красными, воспаленными глазами.

— Ты что не ляжешь?— говорила она.— Полунощникъ!... Мнѣ легче... Ничего не будетъ. И доктору ты не вѣрь... Хилое дерево долго скрипитъ, и я еще долго проскриплю.

И, какъ будто для оправданія этой поговорки, она оправилась. Можетъ-быть постоянный, неусыпный уходъ сына спасъ ее.

За то какой праздникъ былъ для него, когда она, улыбаясь, шла, въ первый разъ, къ раскрытому балкону, сквозь который ярко свѣтило солнце, и блестѣла зелень, и ворковали голуби!

— Ишь, напоилъ! Ишь, напоилъ, разбойникъ!— шептала она, шатаясь.— Да пьяную еще ведетъ на Божій пиръ, на весенній праздникъ...

Въ этотъ же день (это было во второе воскресенье послѣ Пасхи) Талыгина ожидалъ другой праздникъ, который онъ дозволялъ себѣ каждое воскресенье.

На дворѣ ждала его цѣлая толпа дѣтей. Это была его пассія или, какъ говорилъ онъ, его "слабость". Для него было наслажденіемъ наблюдать надъ этою молодою, еще не сложившеюся, а потому болѣе простою, жизнью. Многіе мальчики приходили изъ школы, гдѣ были воскресные классы, послѣ обѣдни. Эта школа была заведена еще Павломъ Наумовичемъ.

Съ шумомъ и радостными возгласами вся эта крикливая ватага бросилась къ Талыгину.

— Шш... Кышш!...— махалъ онъ на нихъ руками, а они еще болѣе лѣзли къ нему съ хохотомъ.

Но одинъ, самый малый, курносый, быстроглазый мальчикъ продрался впередъ и обхватилъ его ногу.

— А ты наперво поцѣлуй меня, а потомъ и шугай!— пищалъ онъ, нахмурясь, визгливымъ голоскомъ.

Талыгинъ поднялъ его и поцѣловалъ.

— На что же тебѣ нужно, чтобъ я поцѣловалъ? Развѣ вкусно?

— Вкусно!— сказалъ, улыбаясь, мальчикъ.

— Ну, а что вкуснѣе: поцѣлуй или пряникъ?

Мальчикъ задумался.

— Ха-ха-ха!— хохотала толпа.— Дай ему пряникъ, дай! Небойсь, онъ его любо сотретъ. Онъ надысь у Митьки Торгубова трешный пряникъ схамкалъ.

— Пьяникъ лучше,— сказалъ мальчикъ съ самою серьезною миной.

— И я думаю то же. Онъ ближе къ цѣли,— и Талыгинъ вынулъ изъ кармана и далъ ему пряникъ.

— Ну, и всѣмъ дамъ!— закричалъ онъ.— Только вотъ что, ребятки! Скажите, да смотрите — думайте: какъ мнѣ вамъ дать такъ, чтобы никому не было ни завидно, ни обидно? А вотъ и пряники,— и онъ развернулъ передъ ними цѣлый свертокъ.— Вотъ тутъ большіе и малые, золоченые и простые. Вотъ есть и писанные, рисованные... Всякіе есть!

— Дядя-баринъ!— сказалъ одинъ,— ты мнѣ самый большой дай, да смотри — золотенькій.

— Погоди! А ты думай: ну, я тебѣ дамъ большой, а другимъ-то что?

Мальчикъ задумался и всѣ задумались, а Талыгинъ съ улыбкой вглядывался въ ихъ лица и наблюдалъ игру физіономій.

Вдругъ послышался топотъ и съ мягкимъ, едва слышнымъ, шумомъ къ крыльцу подкатилась карета. Нѣкоторые изъ мальчиковъ обернулись, другіе впились въ пряники. Талыгинъ и это подмѣтилъ.

Изъ кареты медленно вылѣзъ, потягиваясь и разминаясь, молодой человѣкъ, низенькій и толстый, съ большою головой, на которой была надѣта легкая широкополая панама. Сѣрое широкое пальто сидѣло на немъ мѣшкомъ.

— Принимаютъ, что ли?— лѣниво и медленно спросилъ онъ какимъ-то кисло-усталымъ голосомъ и приподнялъ шляпу. Затѣмъ такъ же лѣниво вытащилъ изъ кармана большой батистовый платокъ и обтеръ имъ круглую, слегка облысѣвшую, гладко обстриженную голову. Обтеръ и лицо, полное, румяное, съ небольшими умными глазками и насмѣшливою улыбкой на тонкихъ губахъ, надъ которыми едва пробивались свѣтло-русые усики.

— Принимаютъ!— сказалъ, весело улыбаясь, Талыгинъ, и гость медленно началъ подниматься по лѣстницѣ, молча и лѣниво размахивая направо и налѣво платкомъ и разгоняя столпившихся дѣтей, которыя нехотя разступались передъ нимъ.

— Это Канючковскій баринъ,— прошептали нѣкоторые изъ нихъ.

— Что это у тебя тутъ?— спросилъ онъ.— Аѳинская гимназія, sous la belle étoile?

— Нѣтъ,— отвѣтилъ Талыгинъ, пожимая бѣлую, мягкую руку гостя, своего школьнаго товарища Канючкова.— Я вотъ имъ предложилъ задачу: раздѣлить эти пряники поровну.

— А-а!— протянулъ Канючковъ.— Une etude psychologique? sur la nature сихъ малыхъ изъ малыхъ. Хорошее занятіе!

Канючковъ слылъ за остряка. Онъ былъ малороссъ и богатъ. Дѣдъ его, Остапъ Канючко, какими-то путями нажилъ большое состояніе. Канючковъ много читалъ и въ этомъ проходило почти все его время. Порой онъ пріѣзжалъ въ городъ или ѣздилъ по сосѣдямъ, въ томъ числѣ и въ Талыгину. Это онъ называлъ: встряхнуть брюшину. Онъ жилъ особнякомъ отъ его большой семьи, въ отдѣльномъ небольшомъ домикѣ, въ саду, и ходить, за нимъ были приставлены хорошенькая горничная и казачокъ. Талыгинъ звалъ его малороссійскимъ Эпикуромъ и любилъ говорить съ нимъ, какъ съ умнымъ человѣкомъ, но принималъ его рѣдко, за недосугомъ, на что Канючковъ ни мало не претендовалъ и не обижался. Самъ себя онъ называлъ: un chenapan breveté avec la garantie du gouvernement. Зиму онъ проводилъ въ. Петербургѣ, большею частью въ Англійскомъ клубѣ, гдѣ игралъ "по большой" и гдѣ его любили за его остроты и наивный характеръ. Этимъ остротамъ онъ былъ обязанъ успѣхомъ и удачей разныхъ дѣлишекъ и похожденій. Разъ онъ пришелъ въ почтамтъ пѣшкомъ, ради моціона, и подалъ письмо и стертый двугривенный. Экспедиторъ не принялъ двугривенный. "Гладкіе нынче не ходятъ!" — оказалъ онъ грубо. Канючковъ, молча, раза два тихо перевернулся передъ нимъ и развелъ руками.— "Помилуйте,— сказалъ онъ,— чего же глаже, а хожу!" Экспедиторъ взглянулъ на его гладкую фигуру и лысую, круглую голову, расхохотался и принялъ двугривенный.

— Ну, что же, ребятки,— обратился Талыгинъ къ мальчуганамъ,— говорите, какъ же иц будемъ дѣлить?

Но "ребятки", смущенные присутствіемъ "чужого", дичились и молчали.

— Вотъ что,— выскочилъ одинъ бойкій и встряхнулъ волосами.— Ты, дядя, самъ дѣли,— какъ знашь, такъ и дѣли! Мы тѣ вѣримъ, пра, вѣримъ!

— Voilà une resolution philosophique et bien pratique!— рѣшилъ Канючковъ.— Не дѣлай того самъ, что за тебя могутъ сдѣлать другіе. Дѣли же скорѣй и пойдемъ въ комнаты. Здѣсь жарко.

Но Талыгинъ не бросилъ дѣла.

— Я могу раздѣлить,— сказалъ онъ,— да вѣдь развѣ это мое дѣло? Ваши пряники, вы и дѣлите! Вотъ они вамъ,— и онъ положилъ ихъ на крыльцо.

Изъ толпы вдругъ протиснулся впередъ блѣдный мальчикъ въ розовой рубашкѣ. Лицо его было грустно-задумчивое. Онъ сталъ передъ пряниками, обратился ко всѣмъ остальнымъ и началъ считать ихъ, говоря полушепотомъ: "первой, другой, третій..."

Талыгинъ и Ванючковъ молча смотрѣли и улыбались.

Сосчитавъ всѣхъ (всѣхъ вышелъ чотъ), онъ вынулъ изъ кармана небольшой складной ножикъ и началъ дѣлить и рѣзать пряники такъ, чтобы каждому былъ ровный кусокъ отъ большихъ пряниковъ. Мелкіе онъ раздѣлилъ по-ровну. Потомъ онъ все разложилъ въ кучки и молча смотрѣлъ, какъ всѣ подходили и брали каждый свою кучку. Всѣ разобрали, ему ничего не осталось: онъ забылъ сосчитать себя. Талыгинъ молча вынулъ изъ кармана большой раззолоченный пряникъ и подалъ ему, но мальчикъ не бралъ и такъ же молча и вопросительно посмотрѣлъ на всѣхъ.

— Бери!— закричали мальчуганы.— Ничего, Ванюха, бери, не препятствуемъ!...

Мальчикъ нерѣшительно взялъ пряникъ, потомъ вдругъ, какъ будто спохватившись, досталъ изъ кармана какой-то обрывокъ клѣтчатаго платка и началъ завертывать пряникъ въ эту тряпку.

— Что же ты не ѣшь?— спросилъ Талыгинъ, видя, какъ всѣ другіе жевали и чавкали.

Мальчикъ посмотрѣлъ на него и улыбнулся.

— Сестричкѣ снесу,— сказалъ онъ мягкимъ, задушевнымъ шепотомъ, улыбнулся и покраснѣлъ.

— Ah, gredin!— сказалъ Ванючковъ, поднявъ пальцемъ его подбородокъ кверху.— Tu aura de l'influence sur les masses,— и, подхвативъ Талыгина, потащилъ его въ комнаты.— "Фанатикъ будетъ", порѣшилъ онъ про себя.

"Свѣтлый будетъ", подумалъ Талыгинъ.

— А я къ тебѣ пріѣхалъ,— говорилъ Ванючковъ на ходу,— галушки ѣсть.

— Да вѣдь ты ихъ каждый день дома ѣшь.

— Одна и та же пища вредна,— говорятъ доктора.

— Какъ одна и та же? Вѣдь и здѣсь будутъ галушки.

— Совсѣмъ нѣтъ; здѣсь будутъ другія. Il aura une difference dans l'idée du galouschka,— понимаешь?... Впрочемъ, я пріѣхалъ съ тебѣ съ своимъ виномъ. Ты не хлопочи. Вели только достать у меня изъ кареты бургонцу и ренвейнцу. Я знаю, что у тебя все питье — блаженная вода, не мутящая ума... А гдѣ же твоя голубка?— остановился онъ вдругъ.

Талыгина и Агнію Детровну онъ звалъ: les deux pigeons amoureux.

— А вотъ мы идемъ къ ней на балконъ. Посмотри, какая она стала.

Канючковъ посмотрѣлъ и удивился.

— Что это съ вами?... Больны?

— Чуть не умерла.

Канючковъ покачалъ головой.

— Пожелали попасть въ списокъ умершихъ? Такое статистическое самоотверженіе...

Онъ не договорилъ и посмотрѣлъ кругомъ.

— А у васъ здѣсь хорошо!— сказалъ онъ.

И дѣйствительно, было хорошо на этой широкой террасѣ. Она вся была уставлена гортензіями, вся убрана вьющимися растеніями. Передъ нею развертывалась клумба изъ розановъ, а далѣе полукругомъ поднималась рѣшетка изъ тѣхъ же вьющихся растеній: бріоній, вьюнчиковъ, турецкихъ бобовъ, хмѣлю. Густыя космы зелени ползли во всѣ стороны, разстилались по землѣ, свѣшивались сверху, цѣплялись за растрепанныя столѣтній ели, которыя почти сплошною стѣной поднимались сзади. Множество насѣкомыхъ: бабочекъ, пчелъ, мухъ — толпилось на цвѣтахъ, грѣлось на солнцѣ, жужжало на всѣ лады.

Банючковъ тяжело опустился на широкую отоманку.

— Здѣсь что хорошо?— началъ анализировать онъ вслухъ.— Здѣсь чувствуешь, что природа сама себя любитъ и не мѣшаетъ сама себѣ, какъ многіе люди, въ томъ числѣ и ты,— указалъ онъ на Талыгина.— Потому здѣсь хорошо,— продолжалъ онъ,— что каждая травка, каждая мушка довольны и ты чувствуешь это довольство. Нѣтъ ни порываній, ни стремленій; никто не торопится, а каждый дѣлаетъ свое дѣло съ наслажденіемъ, не замѣчая того. У людей дѣло составляетъ трудъ. Надо запречься въ хомутъ и тянуть лямку...

— Ну,— сказалъ Талыгинъ,— значитъ, ты совсѣмъ подходишь подъ эту категорію растеній и насѣкомыхъ и можешь засѣсть въ середину клумбы, на какой-нибудь розанъ, и сидѣть цѣлое лѣто, но только все-таки никакого дѣла не высидишь.

— Я, душа моя,— сказалъ Банниковъ съ простодушнымъ видомъ, обтирая лысину и смотря изъ подлобья на Талыгина,— и полагаю, что я нѣсколько тяжелъ для сиденья на розахъ. Матерія перетянетъ.

За столомъ разговоръ опять попалъ на ту же тему.

— Вѣдь вотъ,— разсуждалъ Талыгинъ, указывая на Канючкова,— умный человѣкъ, со способностями, а ничего не дѣлаетъ... Ну, возможно ли это за границей, въ западной Европѣ?

— Какъ ничего не дѣлаю?— оправдывался Банниковъ.— Каждый день, съ утра до вечера, не отдыхая, ношу три пуда собственнаго сала, а ты говоришь: ничего не дѣлаю!

— Вѣдь на тебя просто смѣшно и противно смотрѣть,—

продолжалъ Талыгинъ.— Еслибы дать тебя для анализа какому-нибудь психологу, то онъ крѣпко бы призадумался.

— Я полагаю,— возразилъ скромно Канючковъ, обгладывая телячью косточку,— что психологъ во мнѣ ничего не разберетъ. Тутъ дѣло салотопа...

— И когда же, въ какое время бездѣльничаетъ?— продолжалъ Талыгинъ, не слушая его.— Когда все просыпается, когда намъ нужны всѣ наличныя силы...

— Душа моя, я не наличная, а безличная сила. Я всю жизнь только и хлопочу о томъ, какъ бы обезличиться, потому что лицо, хотя бы и не высокопоставленное, стоитъ уже прямо на пути превращенія въ особу... Его замѣтятъ, отличатъ, превознесутъ и разнесутъ во всякихъ газетахъ и журналахъ. Еслибъ я добился до подобнаго скандала, то меня бы ругали, оплевали, прославляли, превозносили. А тамъ, глядишь, лѣтъ черезъ пятьдесятъ (вѣдь у насъ во всемъ спѣшатъ медленно) воздвигли бы на городской площади монументъ для назиданія юношества. И поставили бы меня, въ видѣ мѣднаго болвана, съ открытою лысиной, на солнце и морозъ, а тутъ еще галки и вороны, которыя вообще народъ не цивилизованный и монументовъ не различаютъ...

Талыгинъ посмотрѣлъ на коротенькую, толстую фигуру Канючкова, подвязанную салфеткой, на его лысину, представилъ себѣ эту фигуру въ формѣ мѣднаго болвана и захохоталъ своимъ добрымъ, открытымъ смѣхомъ.

Въ концу обѣда раскраснѣвшійся Канючковъ больше поддакивалъ собесѣднику, чѣмъ его оспаривалъ. Послѣ обѣда онъ засѣлъ на мягкій турецкій диванъ, обложенный подушками, и когда Талыгинъ началъ развивать ему какую-то новую теорію, то черезъ пять минутъ Канючковъ испустилъ такой аппетитный: храпъ, что Талыгинъ умолкъ, плюнулъ и, пожавъ плечами, отправился на верхъ.

— Этакое противное сало!— проговорилъ онъ и, захвативъ одну изъ своихъ записныхъ книжекъ, вышелъ на тотъ балконъ, который такъ любилъ его отецъ.

Съ этого балкона, вдали, виднѣлась дорога въ Мельтюковку.

"Ждетъ ли она меня?... Хорошая дѣвушка!... И надъ чѣмъ, теперь работаетъ ея пылкая головка?..." И онъ пристально посмотрѣлъ въ даль, туда, гдѣ дорога терялась въ кустахъ, подернутыхъ мглистымъ туманомъ.

XXVIII

Въ это самое время съ "хорошей дѣвушкой" совершались нехорошія вещи. Сила безнадежной любви дѣлала свое дѣло. Катя чаще и чаще начала останавливаться передъ тѣмъ мѣстомъ пруда, гдѣ она привыкла купаться. Она дѣлала это совершенно безсознательно. Она бродила по саду, по дому, какъ бы во снѣ, стараясь только объ одномъ, чтобы не думать, не вспоминать о "немъ", чтобы милый образъ, идеалъ, къ которому она прежде такъ сильно стремилась, не нарушилъ бы теперь ея насильственнаго покоя. Она давно сожгла всѣ свои тетради, рисунки, сожгла портретъ "его", и теперь всею силой воли искала одного забвенія, безчувствія. Среди этихъ поисковъ чаще, повелительнѣе являлась у нея мысль объ уничтоженіи... Какое-то страстное, томительное желаніе влекло ее туда, въ эту таинственную бездну... Вѣра, привязанности, мечты, думы — все было разбито, похоронено, и впереди манилъ неудержимо только одинъ этотъ желанный покой смерти.

Одинъ разъ она очнулась надъ самымъ прудомъ. Еще одна мгновенье — и она выпустила бы изъ рукъ стволъ ивы, нависшій надъ водой. Она бросилась бы съ наслажденіемъ въ это темное пространство тихой воды, изъ котораго таинственно смотрѣли какіе-то странные, уродливые образы: травы, заплетавшіеся сучья, упавшія каржи... Она очнулась, встала и снова начала свою отчаянную, бездумную прогулку.

Въ другой разъ она очнулась уже въ самой водѣ на аршинъ отъ берега. Сырой холодъ привелъ ее въ себя, она вышла на берегъ, вся дрожа и не понимая, какая сила завлекла ее въ воду. Въ домѣ она сказала, что оборвалась, стараясь достать бѣлую лилію... И Марья Петровна, и Пафнутьевна стали слѣдить за ней еще сильнѣе. Всѣ онѣ давно уже съ ужасомъ поняли, что съ ихъ Катей творится что-то нехорошее.

Пафнутьевна клала ей подъ подушку чертополохъ съ ладаномъ и постоянно ворожила на картахъ.

— Онъ околдовалъ!— докладывала она шепотомъ Марьѣ Петровнѣ, и обѣ съ ужасомъ крестились.

— Вѣдь какая была богомольная!— продолжала Пафнутьевна.— Подумайте-ка!... Ни всенощной, ни обѣдни не пропуститъ... А теперь поди-же на!... Подумайте-ка: "Не хочу! Не надо!..."

Марья Петровна плакала.

Наконецъ обѣ подумали позвать священника на домъ и

отслужить молебенъ матушкѣ "Неутолимыя Печали". Но и это средство не помогло. Катя заперлась въ своей комнатѣ и не отвѣчала на стуки и зовы во все время молебна. Анна Гавриловна и Пафнутьевна пригласили окропить двери ея комнаты святой водой, что тотъ и исполнилъ весьма добросовѣстно, примолвивъ при этомъ шепотомъ:

— Видно сердце окаменѣло,— не ощущаетъ благостыни...

Одинъ разъ вечеромъ, когда Катя лежала у себя на постели, не двигаясь и стараясь, по обыкновенію, ни о чемъ не думать, дверь тихо скрипнула и вошла нерѣшительно Марья Петровна, постояла, подошла къ постели и вдругъ упала на колѣни и, протягивая къ Батѣ руки, заговорила быстрымъ, сердечнымъ шепотомъ:

— Катя!... Голубка моя родная, что съ тобой?...— Слезы полились и не дали ей докончить.

Катя быстро вскочила и заговорила нетерпѣливо, съ дрожью въ голосѣ.

— Мама, я еще люблю тебя!... Не тронь меня, не тронь! Ничего не поможетъ...

И она быстро, порывисто, выбѣжала изъ комнаты въ садъ и до поздней ночи сидѣла, опустивъ голову, передъ темнымъ прудомъ. А сквозь деревья слѣдили за ней и сторожили ее, чередуясь, красавица Параша, и бѣловолосая Ѳеня, и бойкая Даша.

На другой день вечеромъ, когда со всѣхъ сторонъ нашли тучки, мелкій дождь шелъ, не переставая, тихо и грустно барабаня въ ветхую крышу Мельтюковскаго домика, Катя вдругъ быстро поднялась съ постели, она тихо подошла къ зеркалу, посмотрѣла безучастно на свое исхудалое, изжелта-блѣдное лицо, на свои большіе, потухшіе глаза, поправила волосы, затѣмъ какъ-то быстро, отрывисто выдвинула комодъ, нашла какую-то заброшенную работу и тихо пошла въ спальню, къ Марьѣ Петровнѣ.

"Надо встряхнуться, взять себя въ руки и... жить скотской жизнью!... Другаго выхода нѣтъ",— подумала она.

Но стиснутые зубы ея стучали, исхудалыя руки тряслись и все прыгало и ныло внутри ея.

Марья Петровна обрадовалась и удивилась, когда она сѣла подлѣ нея, на кресло, и принялась за работу. Она молча переглянулась съ Анной Гавриловной и, взглянувъ на образа, радостно перекрестилась. Частыя слезинки побѣжали изъ ея глазъ.

Катя пристально работала, не глядя ни на кого, съ тѣмъ

упорнымъ, лихорадочнымъ напряженіемъ, которое сродни безумію. Она быстро дѣлала стежки и чуть не вслухъ считала ихъ, мѣрно постукивая каблукомъ и стараясь ни объ чемъ не думать. "Я мертвая, мертвая, мертвая!" — повторяло у нея мысленно гдѣ-то въ мозгу...

Анна Гавриловна молча встала съ дивана и тихо удалилась въ дѣвичью пересказать, что, дескать, барышнѣ лучше стало...

Марья Петровна нагнулась въ Катѣ.

— Послушай меня, Катюночка моя!— зашептала она.— Я только два слова тебѣ,— два слова, и больше не буду... Вѣдь сердце все выболѣло!... Послушай, родная моя, ты о "немъ" не думай, не мечтай... Вѣдь три тысячи душъ... За него тамъ всякая хватается... Видишь, полебезилъ и — пропалъ...

— Да я, мама...— начала вдругъ Катя какимъ-то глухимъ, неестественнымъ голосомъ и не кончила.

Ея лѣвую руку и голову вдругъ дернуло, какъ у Марьи Петровны.

— Что это?... Господь съ тобой!— вскричала съ испугомъ Марья Петровна и. быстро поднявшись съ дивана, перекрестила ее.

А въ это время въ домику кто-то тихо подъѣхалъ. Какой-то чужой голосъ спросилъ: "дома?" — и черезъ нѣсколько секундъ кто-то мягко, почти неслышно прошелъ залу, вошелъ въ гостиную и остановился на порогѣ спальной.

Это былъ Ратищевъ.

Онъ былъ какой-то зелено-блѣдный, глаза ввалились. На шеѣ былъ повязанъ наглухо большой черный платокъ. Онъ только-что немного оправился отъ тяжелой болѣзни. Съ ожесточеніемъ боролся онъ противъ страсти, которая такъ нежданно и серьезно захватила его. Онъ и бѣсился, и любилъ, и ненавидѣлъ. Порой, среди ночи онъ вдругъ вскакивалъ съ глухимъ стономъ съ постели, начиналъ дико хохотать, такъ что старый Ѳедосѣичъ прибѣгалъ къ нему въ испугѣ и съ недоумѣніемъ останавливался на порогѣ спальни. Наконецъ, когда баринъ совсѣмъ пересталъ ѣсть и не вставалъ уже съ постели, весь желтый, съ дикими, воспаленными глазами, онъ догадался пригласить доктора.

Оправившись отъ болѣзни, Ратищевъ разъ поздно вечеромъ, исхудалый и желтый, какъ лимонъ, сидѣлъ на балконѣ въ своемъ китайскомъ халатѣ и въ первый разъ въ жизни почувствовалъ ея тягость. Голова его тихо кружилась и сердце ныло, и и каждый разъ при мысли о "ней" оно радостно сжималось и чувство довольства, покоя разливалось по всему существу.

"Ба, будетъ бороться!— подумалъ онъ.— Gouttons la noce! Чортъ не такъ страшенъ, какъ его малюютъ... Притомъ вѣдь и отецъ женился на бѣдной дворяночкѣ... Видно ужъ такова судьба de notre ancienne maison".

И сердце забилось тихо и покойно-радостно, точно его выпустили на свободу послѣ долгой неволи.

Марья Петровна встрепенулась, увидавъ его, и какъ-то оторопѣла и сконфузилась. "Вотъ легокъ на поминѣ",— подумала она и протянула ему руку.

— Что это васъ такъ давно не видно?— сказала она съ кислой улыбкой.

— Я былъ боленъ,— сказалъ онъ и потупился и, вдругъ взглянувъ на Катю, весь встрепенулся и съ легкимъ восклицаніемъ бросился къ ней.

Марья Петровна быстро обернулась и взвизгнула.

Катя, блѣдная, съ раскрытымъ ртомъ, лежала опрокинувшись на креслѣ, въ обморокѣ.

Марья Петровна, быстро и нервно дергаясь всѣмъ тѣломъ, бросилась вонъ съ крикомъ:

— Воды!!... Пафнутьевна!... Даша!...

Прибѣжала Анна Гавриловна, вбѣжала и Даша, и Ѳеня, и Параша,— принесли воды. Опрыснули, облили голову Кати, распустили лифъ... Она очнулась. Щеки ярко вспыхнули и неопредѣленная улыбка пробѣжала на ея губахъ...

— Что съ тобой... Катя, моя... дорогая?— шептала Марья Петровна, держа ее въ дрожавшихъ рукахъ.— Поди лягъ, успокойся, голубка!...

Катя стыдливо оглянула растегнутый лифъ, за который затекла вода, быстро поднялась съ кресла и ушла въ себѣ въ комнату.

За ней слѣдомъ пошла Анна Гавриловна, заковыляла Пафнутьевна и удалились всѣ дѣвушки. Марья Петровна крестилась, шептала молитву и растерянно смотрѣла на Ратищева.

— Присядьте, Михаилъ Ивановичъ,— сказала она, наконецъ, дрожащимъ голосомъ.— Никогда съ ней этого не бывало...

— Нервы!— сказалъ глухо Ратищевъ и замолкъ. Сидя на креслѣ, онъ машинально вертѣлъ шляпу. Марья Петровна упорно молчала. Лѣвую руку сильно дергало и она придерживала ее правою рукой.

— Марья Петровна,— заговорилъ вдругъ Ратищевъ какимъ-то нерѣшительнымъ голосомъ, оставляя шляпу на колѣняхъ.— Я... я пріѣхалъ къ вамъ съ предложеніемъ...— Онъ откашлянулся.— Я прiѣхалъ просить руки Катерины Львовны.— И онъ повелъ плечами, какъ будто морозъ пробѣжалъ по его спинѣ.

Одна рука его крѣпко сжимала ручку кресла, другая дрожала за жилетомъ. Онъ весь скосился и какъ-то смиренно склонилъ голову на сторону.

Марья Петровна всплеснула руками и посмотрѣла пристально на него. Изъ заплаканныхъ глазъ ея снова побѣжали слезы.

— Да вы любите ли ее, Михаилъ Ивановичъ?— спросила она дрожащимъ голосомъ.— Вѣдь она у меня... добрая!...

Ратищевъ скорчилъ гримасу вродѣ улыбки.

— Еслибъ я не любилъ ее,— сказалъ онъ,— то не сдѣлалъ бы предложенiя.

Марья Петровна опять посмотрѣла нерѣшительно. "Чтожь,— подумала она,— можетъ быть Катюша съ нимъ и будетъ счастлива. Вѣдь онъ околдовалъ ее".

— Она бѣдная дѣвушка, Михаилъ Ивановичъ,— сказала она.— Конечно, я дамъ за ней... тысячъ тридцать,— это еще бабка ей накопила,— да послѣ смерти моей Мельтюковка ей...— Она не договорила, всхлипнула и закрыла глаза платкомъ.

Ратищевъ молча сидѣлъ все въ той же позѣ, не поднимая глазъ.

— Вѣдь у васъ родня богатая, да знатная,— снова заговорила Марья Петровна, основательно высморкавшись.— Какъ-то примутъ ее? Она росла у меня въ любви...

— Я для себя женюсь на Катеринѣ Львовнѣ, а не для родни,— возразилъ Ратищевъ внушительно и желчно усмѣхнулся.

Прошло нѣсколько мгновенiй молча. Ратищевъ сдѣлалъ нетерпѣливое движенiе.

"Старая дура вздумала ломаться,— подумалъ онъ.— Мужицкiе нравы... Она, кажется, хочетъ что-то выторговать".

— Я право не знаю, что сказать,— начала опять робко Марья Петровна.— Благодарю за честь... Я рада... Не знаю только... Катя...— и она робко оглянулась на дверь.

Въ это время какъ-то порывисто-быстро вошла Катя. Руки ея дрожали. "Зачѣмъ прiѣхалъ онъ?" — спрашивала она себя еще въ своей комнатѣ. Въ сердцѣ ея неожиданно для нея самой вспыхнуло какое-то странное ожесточенiе противъ него. "Все равно,— подумала она,— онъ здѣсь, я должна съ нимъ объясниться и отдать ему его книгу... Пусть онъ не ѣздитъ сюда".— И она взяла книгу и, стиснувъ зубы, вошла въ гостиную.

141

— Катя!— сказала Марья Петровна, смотря на нее пристально и грустно.— Вотъ Михаилъ Ивановичъ проситъ твоей руки... Я благодарила за честь... Что ты скажешь?...

Брови Кати слегка дрогнули. Краска быстро разлилась по лицу и опять сбѣжала. Она пошатнулась и оперлась о косякъ двери.

— Я согласна!— прошептала она чуть слышно, не поднимая глазъ.

Наступило какое-то двусмысленное, тяжелое молчаніе, какъ будто въ хорѣ кто-то вдругъ затянулъ фальшивую ноту и оборвался. Марья Петровна взглянула на него: онъ какъ будто приросъ къ креслу, съежился, замеръ,— потомъ взглянула на Катю. Губы ея слегка задрожали. Она быстро встала и ушла въ спальню помолиться.

— Катерина Львовна!— хотѣлъ сказать Ратищевъ и не могъ. Боль въ боку, гдѣ у него была фонтанель, рѣзанула его какъ ножомъ, и онъ поблѣднѣлъ. Она взглянула на него. Яркая краска снова разлилась по лицу ея. Глаза вдругъ разгорѣлись и, вѣря и не вѣря себѣ, своимъ глазамъ, слуху, она подошла къ нему. Грудь ея бурно заволновалась. Все, чѣмъ такъ долго болѣло ея сердце, вдругъ поднялось, закипѣло. Она бросилась на кресло подлѣ него, схватила крѣпко его руку обѣими руками и упавъ головой къ нему на грудь, громко, истерически зарыдала, какъ ребенокъ.

Ратищевъ оторопѣлъ. Онъ сидѣлъ, не зная что дѣлать, что сказать. Этотъ бурный, страстный порывъ испугалъ его такъ же, какъ въ дѣтствѣ пугало его все стремительное, живое, шумное.

XXVIII

Мельтюковка разцвѣла и запѣла. Въ дѣвичьей составился постоянный хоръ подъ управленіемъ непремѣннаго регента Пафнутьевны. То дѣвушки выкрикивали, визгливыми голосами, аллегро:

Брякнули, брякнули!
Брякнули кони во широки ворота,
Брякнули вони во рѣшетчатые.
Дрогнуло, дрогнуло!
Дрогнуло сердце Катеринушки,
Дрогнуло сердце нашей Львовны души.

Или затягивали они заунывное анданте:

> Какъ у ласточки, у касаточки
> На лету крылья подломилися;
> Какъ у душечки красной дѣвицы
> Не въ умѣ было во замужъ идти...

Вся деревня ликовала. Бабы — и старыя, и молодыя — наперерывъ несли "доброй барышнѣ" и яицъ, и холста, и масла, и курицъ. Все удѣлялось отъ скуднаго, отъ семьи!

— Да на что это мнѣ?— отказывалась Катя.

— А ты не обидь! Прими, родная наша! Вѣдь мы те на счастье — отъ сердца... Вотъ какъ!

И Катя махала рукой, а Пафнутьевна все припрятывала въ чуланъ.

— И-и, матушка!— ворчала она.— Береги яичко да ниточку, будетъ курочка да рубашечка!

Женихъ ѣздилъ каждый день и каждый день привозилъ раззолоченную бонбоньерку конфектъ. Катя раздавала ее въ дѣвичьей, такъ что всѣ дѣвушки узнали "скусъ" питерскихъ конфектъ.

Жизнь ея теперь дѣлилась на двѣ половины, на время съ нимъ и безъ него. Съ нимъ былъ какой-то туманъ. Сердце трепетало и таяло... Безъ него была тишина, миръ, обдумываніе всего, что было пережито, перечувствовано съ нимъ. Каждое слово, каждая мелочь вспоминалась и разбиралась.

"А это я напрасно сказала,— припоминалось ей.— Ему было очевидно непріятно... А почему же онъ, когда разсердится, тоначинаетъ тяжело дышать?... Впрочемъ, онъ весь ломанный, дѣланный... Много, много надо времени и труда, чтобы переломить, пересилить натуру, съ дѣтства изуродованную. И я это сдѣлаю. И онъ будетъ такъ добръ, ласковъ и свѣтелъ! Онъ уже и теперь свѣтлѣетъ". И она вспоминала минуты, когда дѣйствительно внутри Ратищева свѣтлѣло, когда довольство своимъ чувствомъ,— довольство вѣрой въ другое я, близкое, родное,— уносило всю ложь, всю связанность дѣланной, изуродованной натуры.

Въ особенности вспоминала она первые дни, когда обаяніе новизны чувства охватило ихъ обоихъ полною волной, подняло и закружило,— когда по цѣлымъ часамъ они смотрѣли другъ другу въ глаза, не замѣчая, какъ летятъ эти часы,— когда все было такъ ново и такъ обаятельно, какъ будто для обоихъ началась новая жизнь.

— Послушайте, Michel,— говорила она,— знаете, мнѣ

кажется теперь все другое, и этотъ садъ совсѣмъ другой. И этотъ прудъ, и мама, и всѣ, всѣ — другіе. Я какъ будто теперь только проснулась или начала жить, и все это потому, что вы...

— "Ты"!— подсказалъ онъ ей полушепотомъ.

— Что ты...— продолжала она храбро, но тутъ же остановилась и отвернулась. На глазахъ у нея выступили слезы.— О, Michel!— вскричала она,— мнѣ кажется, нѣтъ ничего полнѣе, выше жизни вдвоемъ, другъ для друга, душа въ душу. Отчего это такъ мало счастливыхъ людей на свѣтѣ?... И неужели же мы будемъ несчастны?... Michel! отвѣчай мнѣ прямо, неужели мы будемъ несчастны, неужели ты когда-нибудь разлюбишь, бросишь меня?...

Она схватила его за руку; она смотрѣла прямо на него своими блестящими, страстными глазами.

Его глаза прищурились, запрыгали, губы искривились въ улыбку. Онъ протянулъ торжественно руку къ небу и началъ декламировать съ комической важностью:

— Je jure de mon salut, du ciel et de la terre!...

— Нѣтъ, Michel, перестань,— я серьезно прошу тебя!

— Я серьезно люблю тебя; но какъ же я могу ручаться за свое чувство?... Развѣ я знаю, какъ я буду чувствовать черезъ двадцать лѣтъ, черезъ два года, черезъ два мѣсяца, que sais-je?!

— Нѣтъ, Michel,— вскричала она, проводя рукой по лбу,— это чувствуется здѣсь, внутри!— и она постучала пальцемъ по своей, тяжело вздымавшейся, груди.— Я это чувствую, знаю. Я знаю, что никогда, никогда не разлюблю тебя!...

— А ты никого никогда не любила?

— Никого никогда!...

— Такъ какъ же ты можешь ручаться, что не полюбишь опять, если кто-нибудь тебѣ понравится?...

— Ахъ, Michel,— вскричала она и поднялась со скамейки,— какъ ты можешь такъ думать, такъ говорить!

— Да потому, что я опытнѣе и старше тебя (онъ хотѣлъ сказать — умнѣе).

Она опять сѣла подлѣ него и взяла его руку.

— Здѣсь не опытъ нуженъ,— сказала она,— а вѣра... Понимаешь ли,— она стиснула ему руку,— вѣра въ силу сердца, въ силу чувства?

Онъ тихо высвободилъ руку и пожалъ плечами.

Пролетѣло нѣсколько дней и первый пылъ сердца прошелъ. И для нея теперь эти дни казались такъ далеко, давно прошли. А для него выступили всѣ мелочи, съ которыми онъ прежде мирился, которыхъ не замѣчалъ и которые теперь кололи ему глаза чуть не на каждомъ шагу. Уютная жизнь, которая такъ обаятельно дѣйствовала на него незнакомой ему стороной семейной жизни, теперь снова стала чужой, отталкивающей. Мельтюковскій домикъ напоминалъ ему "хижину убогу". Простые, некрашенные полы, устланные половиками, и эти плетеные, хромые стулья, или эта мебель, обитая полуштофомъ, матеріей съ огромными разводами и этотъ ветхій портретъ — смотрѣли черезчуръ просто, элементарно. Притомъ ему приходилось ѣздить въ этотъ домикъ изъ-за тридцати верстъ.

— А вы останьтесь ночевать у насъ,— предложила ему разъ Марья Петровна, когда онъ долго засидѣлся вечеромъ.— Мы вамъ въ гостиной на свѣжемъ сѣнѣ постелимъ.

Онъ нахмурился и рѣзко отказался. Ему показалось противнымъ и смѣшнымъ это спанье въ Мельтюковкѣ, на свѣжемъ сѣнѣ, подъ одной кровлей съ своей Дульцинеей. "Par trop rustique!" — прошепталъ онъ.

Одинъ разъ передъ праздникомъ онъ засталъ бабу, которая, подоткнувъ юбку выше колѣнъ, въ рубашкѣ, безъ платка, усердно мыла маленькое крыльцо Мельтюковскаго домика. Со всего крыльца вода бѣжала цѣлыми потоками. Увидавъ его, баба растерялась.

— Какъ же это?!— вскричала она, поправляя платокъ на головѣ, съ огромными, выпущенными концами, которые, какъ рога, торчали въ разныя стороны.— А мы до те торопились обрядить-то, да не поспѣли... Погоди, батюшко родимый, вотъ я те постелю рогожку, а ты и пройди по рогожкѣ-то.

И онъ прошелъ по рогожкѣ, кисло встрѣтилъ Катю, цѣлое утро преслѣдовалъ ее замѣчаніями и долго вспоминалъ потомъ le deluge de Meltjukowka.

— Что это ты какъ нынче одѣта?— спрашивалъ онъ Катю.

— А что?— спрашивала Катя, оглядывая свое простенькое кисейное платье.

— Да такъ, comme une bourgeoise de Faubourg.

— Я думала, что ты меня не для нарядовъ любишь.

Онъ началъ пыхтѣть.

— Et moi, je supposais,— началъ онъ тѣмъ же мягкимъ шепотомъ, которымъ въ оно время Иванъ Тимоѳеевичъ дѣлалъ замѣчанія Александръ Павловнѣ,— et moi, je supposais, que tu desire à me plaire... И потомъ всѣ твои костюмы — какое-то удивительное безвкусіе, c'est le goût du temps du bon roi d'Ivetot...

И онъ подумалъ: "ей просто надо выписать костюмы пока хоть изъ Москвы отъ m-lle Fanny или Bibrat ".

И онъ послалъ въ Москву къ теткѣ просьбу о костюмахъ, послалъ также и старинное collier его матери,— которое еще подарилъ Иванъ Тимоѳеевичъ,— съ просьбой передѣлать его у Fulda по-модному. При этомъ онъ подумалъ, что collier стоитъ ровно столько, сколько онъ посадилъ на свою Берту,— ровно десять тысячъ рублей.

Когда черезъ двѣ недѣли онъ привезъ ей это collier въ бархатномъ футлярѣ, торжественно раскрылъ передъ ней и поднесъ съ поклономъ, Катя нахмурилась.

— Для чего это?!— изумилась она.— Вѣдь я знаю, что ты богатъ, а я бѣдна... Но что-жь общаго между этими бриллiантами и моей любовью въ тебѣ, Michel?!... Вѣдь это цѣлое состоянiе дли бѣдной семьи... Подари ихъ тѣмъ, которымъ нечѣмъ жить,— ихъ такъ много! А я... Ты, Michel, у меня богатство выше, дороже всѣхъ сокровищъ всего мiра... Сказать тебѣ, гдѣ оно, сказать?— И она нагнулась къ его уху и страстно прошептала:— Въ твоемъ сердцѣ... Да, да!

— Я вижу, что ты не понимаешь и не цѣнишь изящнаго,— сказалъ онъ съ кислой миной, захлопнувъ крышку экрана.— Но все-таки... это ты должна принять отъ меня и для меня.

И онъ тутъ же объявилъ, что завтра не будетъ у нея цѣлый день; что ему надо ѣхать въ городъ, дѣлать закупки и визиты. Въ сущности эти закупки, а тѣмъ болѣе визиты ему вовсе не нужно было дѣлать, но онъ хотѣлъ немножко освѣжиться, подышать чистымъ городскимъ воздухомъ; "а здѣсь, dans l'atmosphère de Meltjukowka, tu te sens absolument dépaysé и, пожалуй, совсѣмъ одичаешь".

Но собственно его тянуло пощеголять своимъ новымъ положенiемъ, пофигурировать въ качествѣ жениха.

Прежде всего онъ заѣхалъ въ княгинѣ Завольской-Бѣлокопытцевой, которая приходилась ему троюродной теткой и была его крестною матерью. Княгиня и лѣто и зиму жила въ городѣ въ большомъ домѣ, убранномъ старинной позолоченною мебелью. Она окружила себя маленькимъ дворомъ изъ дальнихъ родственниковъ и приживалокъ. Толпа слугъ въ ливреяхъ постоянно торчала въ ея передней. Ратищевъ, зная ея привычки, постарался попасть къ ея большому выходу, который совершался въ два часа. Впереди обыкновенно шелъ мажоръ-домъ, толстый, сѣдой, лысый Якимычъ, въ красной ливреѣ, въ чулкахъ и башмакахъ, онъ держалъ въ рукахъ нѣчто въ родѣ булавы швейцара. За нимъ слѣдовали приживалки и дальнiе родственники. Кто несъ подушечку, кто скамеечку, кто щетку, кто моську, кто лото, кто книгу. Послѣ всѣхъ шла сама княгиня въ черномъ платьѣ, застегнутомъ до подбородка, въ огромномъ чепцѣ,— шла сгорбившись, вытягивая длинную шею и посматривая изъ-подъ нависшихъ бровей своими маленькими, блестящими, холодными глазами. Ея сгорбленный, большой носъ нависъ надъ ввалившимися губами, которыми она постоянно жевала, причемъ дрожалъ и прыгалъ ея длинный, выдавшійся, подбородокъ и двигались впавшія щеки. Цвѣтъ лица у ней былъ темной охры. Она выходила въ большую, парадную гостиную, всю увѣшанную фамильными портретами, и усаживалась на диванъ, причемъ ей подкладывали подушечки, подставляли скамеечку, сажали моську и кота, а одинъ изъ дальнихъ родственниковъ, служившій въ качествѣ домашняго чтеца, развертывалъ французскій романъ и начиналъ читать съ "толкомъ и разстановкой".

За такимъ занятіемъ засталъ ее Ратищевъ.

— Bonjour, maman! (весь разговоръ шелъ по-французски).

— Bonjour, mon fils!— и она подставила свою сухую, ввалившуюся щеку подъ его поцѣлуй, а затѣмъ вытянула костлявую, словно у скелета, руку и дала ему поцѣловать.— Садись!

Чтецъ, который сидѣлъ на креслѣ подлѣ княгини, почтительно всталъ и уступилъ свое мѣсто.

— Какъ ваше здоровье?

— Плохо. Стара стала. Плохо можется.

— А я собираюсь новую жизнь начать... Je commence a me rajeunir,— сказалъ онъ съ нервной дрожью и косясь по сторонамъ.

— Что говоришь? Не слышу! Глуха стала.

— Собираюсь жениться.

— На комъ это?— и она посмотрѣла на него, встряхнувъ свою голову (она уже слышала, на комъ).

— На одной помѣщицѣ. Дѣвушка очень миленькая, très gentille et très distinguée.

— А какъ по фамиліи?

— Карбагаева.

— Ка-акъ?— и она повернула къ нему ухо, приподнявъ чепецъ.

— M-lle Karbagaeff...

— Корбаева, Каргаева, quel diable de noms ils s'ont en Russie!... Должно-быть изъ татаръ... Не слыхала, не слыхала! Корга, Karbaga... Dieu, Dieu, c'est à s'éstropier la langue!

Ратищевъ вытянулъ ноги и снова убралъ ихъ.

147

— Elle est très distinguée, très distinguée... Вы меня простите, милая maman,— началъ онъ тихо,— что я не спросилъ у насъ совѣта и... позволенія...

Она молча оглядывала коллекцію фамильныхъ портретовъ и шептала: "Karba, Karbaga", и вдругъ вскричала:

— Kabarga! Fest ce pas, qu'il y a un animal, qui se nomme Kabarga... Каббарга... As tu remarqué ce portrait,— и она показала на портретъ красиваго мужчины въ кафтанѣ Петровскихъ временъ.— C'est le prince Toulouguin, твой троюродный дѣдъ... Какъ онъ тебѣ нравится? А эта дама,— и она показала на портретъ красивой дамы въ платьѣ съ фижмами, съ мушкой. Она нюхала табакъ.— c'est la princesse Туракина. Elle était un peu parente (comme on dit) à la maison Hohen-Zerbein. Et ce portrait du comie Roumjanolî. C'est votre aieul... Pense — y un peu... Это все кровные, добрые предки. Cést une race distinguée, très distinguée!— Она посмотрѣла на него нѣсколько секундъ и затѣмъ отвернулась и быстро начала перебирать въ огромномъ ридикюлѣ, на которомъ бисеромъ были вышиты два голубка, и зашептала:— Карба, Карбага... Каргоба.— Наконецъ вытащила пузастую табакерку, ссыпанную брилліантами, съ портретомъ Великаго Князя.

— Tous ces gens, mon ami,— начала она,— уважали своихъ предковъ и не портили крови благородной, une noble race... Они презирали mésaillance.... une mésaillance!!...— И она сдѣлала такую гримасу, что даже Ратищеву сдѣлалось противно.

"Чортъ бы тебя взялъ,— подумалъ онъ,— съ твоей noble race!..." (Съ самимъ собой онъ не стѣснялся въ выраженіяхъ.) Но тутъ же ужаснулся своего преступленія и, опустивъ глаза, началъ усиленно гладить свою шляпу.

— Il y a des moments dans la vie, ma tante,— началъ онъ, какъ виноватый,— когда человѣкъ дѣйствуетъ не по разсудку, а по влеченію сердца... И кто знаетъ, можетъ-быть Богъ... ("Ну,— подумалъ онъ,— à la guerre comme à la guerre, пущу Бога въ ходъ, авось присмирѣетъ") — можетъ-быть Богъ указываетъ мнѣ мою судьбу, мое счастье.

Княгиня ничего не сказала. Она повела кругомъ глазами, какъ бы ища чего-то; при этомъ всѣ приживалки вскочили и вытянулись.

— Агаѳьюшка,— начала она, обращаясь къ одной изъ нихъ,— у меня въ кіотѣ образъ Владимірской Владычицы... Знаешь?— большой, съ сапфиромъ.

— Знаю-съ.

— Принеси!...— и она подняла палецъ кверху.

Агаѳьюшка бросилась и черезъ десять минутъ торжественна внесла образъ.

— Voilà,— начала княгиня.— Передай въ твой родъ. Этимъ образомъ меня благословилъ, умирая, князь Петръ Григорьевичъ. Я назначаю его въ твой родъ... Вотъ возьми...

Она взяла образъ, хотѣла благословить имъ, но Ратищевъ стоялъ, растерявшись, оттопыривъ впередъ шляпу, такъ что она просто передала ему. И потомъ вдругъ заговорила быстро и громко:

— И пожалуйста больше ничего не надо... И не знай меня..И не вози твою m-lle Карга, Карбага...

— Это будетъ, maman,— перебилъ Ратищевъ съ желчью,— m-me Ратищева, ваша дочь, моя жена...

— Ну, все равно,— недавно испечена, недавно...

И она замолкла и сидѣла, шамкая беззубымъ ртомъ.

Ратищевъ нѣсколько минутъ тоже молча держалъ образъ. На лицу его пробѣгали красныя пятна, губы его дрожали.

— Прощайте, maman!— сказалъ онъ.— Я весьма сожалѣю, что мой выборъ вамъ не нравится.

Она молча протянула ему костлявую руку, въ которой онъ приложился, а затѣмъ раскланялся и быстро вышелъ.

Вслѣдъ за нимъ, когда онъ былъ уже въ залѣ, раздался громкій шепотъ: "Каббарга!... Dieu, quelle horreur!..."

Ратищевъ быстро остановился, весь поблѣднѣлъ и еще быстрѣе пошелъ въ переднюю.

Цѣлую дорогу онъ дулся и пріѣхалъ мрачный къ Натальѣ Михайловнѣ Охлёбышевой. Наталья Михайловна не была его родственницей, но была дама для всего города почтенная, вдова генералъ-лейтенанта, умершаго въ П... губерніи, въ своемъ имѣньи. Всѣ, начиная съ губернатора, платили дань невольнаго уваженія Натальѣ Михайловнѣ. Въ городѣ она прожила, почти безвыѣздно, цѣлыхъ тридцать лѣтъ, выдала замужъ дочсрей, отпустила въ полкъ двухъ сыновей и жила окруженная внучками и племянницами. Домъ ея былъ какъ полная чаша, старинный, низенькій, съ высокою крышей и съ желѣзною рѣшсткой. Въ ней всѣ входили безъ доклада.

— А!— вскричала она, увидѣвъ Ратищева.— Добро пожаловать!— И она встала и пошла къ нему на встрѣчу, причемъ ея полная, шарообразная фигурка вся колыхалась и улыбалось круглое, подушкообразное лицо съ тройнымъ подбородкомъ и добрыми, ласковыми глазками.— Женишься, да?— Ну, поздравляю, поздравляю!... Давай поцѣлую! (она всѣмъ говорила ты).— Ратищевъ нагнулся и поцѣловалъ ея полныя, мягкія губы.— Дай тебѣ Господь счастья и довольства,— говорила она, крестя его большимъ крестомъ,— любовь и совѣтъ. Я тебя маленькаго няньчила у Ивана Тимоѳеича покойника, царство ему небесное, когда матушки твоей уже не было въ живыхъ, царство ей небесное!... Ну, садись, садись! Пусти, Машурка, его сѣсть! Возьми прочь твоихъ куколъ!... Ну, разскажи, крѣпко полюбилась тебѣ дѣвочка, хорошенькая, что ли? Слышала я объ ней,— затворницей жила у матушки своей. Я и мать знаю,— разъ видѣла ее здѣсь, въ городѣ, въ пансіонѣ у madame Дитрихъ... Кроткая и послушливая дѣвочка, говорятъ, и серьезница, все книжки читаетъ... А ты доброе дѣло задумалъ, я тебѣ скажу! Что за краса кобелемъ бѣгать или на старости шелуху разводить, вотъ какъ Петръ Алексѣевичъ!.... Она будетъ тебя любить... Что богатство? Богатство — вздоръ! Ты своимъ богатствомъ съ бѣдной подѣлись. Она будетъ тебѣ благодарна за богатство твое и за любовь твою...

— Я полагаю,— вставилъ Татищевъ, вспомнивъ гонку крестной матушки,— что не въ богатствѣ дѣло, а въ воспитаніи.

— Что же, она, кажется, воспитана хорошо... А я вотъ что тебѣ скажу, въ чемъ по-моему настоящее-то дѣло: въ добромъ сердцѣ, сударь мой! Найдешь ты простое, доброе сердце, которое за тебя готово будетъ и въ огонь и въ воду, и дорожи имъ, не теряй и благодари Господа... Вѣрь или не вѣрь мнѣ, а нѣтъ ничего выше и краше семейнаго счастья. Полно оно, какъ чаша Господня. Дѣтки вокругъ тебя, чистыя души, ангельчики Господни. Ты руководишь домомъ. Жена тебѣ помогаетъ. Ты ее любишь. Она смотритъ тебѣ въ глаза и думаетъ, не надумается, чѣмъ бы угодить тебѣ... Люби, люби ее, а безъ любви нѣтъ блага, нѣтъ счастья ни здѣсь, ни въ той жизни!...

И у Натальи Михайловны слезы выступили на глазахъ, а Ратищевъ закосился и забѣгалъ глазами. "Мѣщанское счастье" — прошепталъ онъ.

Отъ Охлёбышевой онъ поѣхалъ въ клубъ, тамъ обѣдалъ, дремалъ послѣ обѣда и остался проматывать вечеръ.

"Мѣщанское счастье!...— думалъ онъ, дремля на широкомъ, мягкомъ диванѣ.— Да чего же я ищу въ женитьбѣ?!"

И онъ подивился, что ни разу не задалъ себѣ этого вопроса.

Вечеромъ его всѣ поздравляли и онъ опять вошелъ въ роль жениха.

— Dis moi, mon cher,— сказалъ ему Вашочковъ, смотря на него сонно и кисло улыбаясь,— tu veux te dénaturaliser.

— Позвольте васъ поздравить съ "начатіемъ дѣла",—

сказалъ ему извѣстный ловеласъ, франтъ Гримневъ, адъютантъ губернатора, и скорчилъ при этомъ такую невинную, подобострастную гримасу, что Ратищева всего перекосило.

Онъ засидѣлся долго въ клубѣ и на другой день всталъ поздно. На дворѣ шелъ мелкій дождь. Въ Мельтюковку ѣхать не хотѣлось.

"Надо попробовать ладить съ своими чувствами. Ma chère Catrine подождетъ".

И онъ остался въ городѣ.

XXIX

"Сегодня онъ пріѣдетъ!" — была первая мысль, съ которой Катя проснулась. Прежде она просыпалась съ мыслью о Богѣ. Теперь этотъ міръ, крѣпкій, покойный, добрый и ласковый, закрылся, его нѣтъ. Тѣмъ свободнѣе сердце. Оно полнѣе можетъ отдаться любви къ нему, къ Мишѣ!... Ей такъ нравилось это имя. Но она должна была перемѣнить его на Michel, по желанію Ратищева.

Нѣсколько дней уже она начала вышивать ему маленькій paravant для свѣчей, картинку съ гравюры. Она нарисовала на бумажной канвѣ эту гравюру и затѣмъ проходила по этому рисунку шелками, темными и коричневыми крестиками. Картина изображала ожиданіе у колодца. Лицо молодой дѣвушки было даже немного похоже на ея лицо.

"Это будетъ мое ожиданіе, мое великое ожиданіе, то страшное ожиданіе..."

И теперь, когда она сопоставляла это тяжелое, прожитое время съ теперешнимъ,— о, какая радость вспыхивала въ ея сердцѣ! Ей хотѣлось молиться, благодарить, но кого?...

"Его, его!!... За всѣ радости, за всю сладость жизни..."

И она торопилась закончить картинку,— оставалось только нѣсколько стежковъ.

"Надо было бы отдѣлать. Ну, да отдѣлаетъ самъ,— онъ богаче меня". Она кончила, полюбовалась, затѣмъ завернула ее въ два чистые листа бумаги. Она воображала, съ какимъ торжествомъ, съ какой сіяющею радостью она поднесетъ ему.

"Нѣтъ,— подумала она,— ненужно этой радости, недодѣлать все просто, глубоко просто, безъ восторговъ, степенно и серьезно, и тогда жизнь будетъ правильна. Но что же это за жизнь — скучная, сухая?... Нѣтъ, надо немножко радости, немножко восторженности, все въ мѣру, въ гармоніи, и тогда будетъ хорошо, очень хорошо... Но что же онъ не ѣдетъ? Ужь 12 часовъ. Онъ всегда пріѣжаетъ къ кофе".

И она опять развернула работу, опять полюбовалась на нее, прищурясь и поворачивая головкой то на одну, то на другую сторону. Затѣмъ уже окончательно спрятала ее отдѣльно въ чистый, пустой ящикъ и, довольная, пошла въ садъ, пошла тихонько по аллейкамъ, улыбаясь внутри себя тихо и радостно.

День былъ ясный. Всѣ воробьи чирикали съ истиннымъ усердіемъ. Всѣ коноплянки перекликались съ такой неистовой радостью и солнце сіяло такъ тепло и ясно, что вся зелень отъ нестерпимаго блеска казалась темною, а по аллейкамъ все круглились маленькіе кружочки.

"Всю жизнь съ нимъ,— думала она,— каждый день и цѣлый день... Неужели это можетъ надоѣсть?... У насъ будутъ дѣти, я буду ихъ воспитывать".

И мечты, планы, одни за другими, сложнѣе и фантастичнѣе, полились, начали расти, развертываться. Она ходила все по одной и той же аллейкѣ и та же кривая, старая липа каждый разъ задерживала ея вниманіе и мѣшала мечтамъ, но онѣ утягивали сильнѣе и сильнѣе. Одинъ воробей самымъ нахальнымъ образомъ затрещалъ и пролетѣлъ мимо глазъ.

"Я — мечтательница,— встрепенулась она.— И неужели всю жизнь можно наполнить мечтами?"

— Барышня!— кричитъ красавица Параша,— пожалуйте кофе кушать.

"Кофе?... Что же онъ?! Вѣрно что-нибудь задержало..." И на сердце вдругъ упала какая-то тѣнь.

А на балконѣ уже Марья Петровна ждетъ давно пить кофе и Анна Гавриловна говоритъ, говоритъ безъ умолку.

— Теперь, матушка, если,— говоритъ,— взять кусокъ льду и посмотрѣть скрозь него на луну, то увидишь преисподнюю...

— Что же, Катя,— говоритъ Марья Петровна,— онъ вѣрно не будетъ къ кофе?

Она не вдругъ отвѣтила. Посмотрѣла въ ту сторону, съ которой онъ долженъ былъ пріѣхать, и подтвердила:

— Да, вѣрно, не будетъ.

"Я буду разсудительна и осторожна",— подумала она. А на сердцѣ тѣнь ложится все гуще и шире.

Она сѣла... Стайка воробьевъ насѣла на перильца.

Она бросала имъ крошки,— они садились на полъ, на столъ. "Смѣлый" бралъ у ней изъ рукъ.

Пафнутьевна, когда видѣла этотъ кормъ, всегда протестовала и разгоняла воробьевъ.

— Воробей, матушка,— говорила она,— птица нечистая. Въ домъ залетитъ — покойникъ будетъ. А вотъ осенью ихъ накрывать рѣшетомъ хорошо. Въ паштетъ идутъ. Они тогда страсть жирны бываютъ!

И она махнула рукой. Воробьи шарахнулись, но тотчасъ же опять вернулись. Два сѣли на краешекъ стола и, быстро повертывая головками и вверхъ и внизъ, чирикали. Катя бросила имъ крошки. "Если они схватятъ, онъ тотчасъ же прiѣдетъ, сiю минуту".

Они быстро подскочили, схватили крошки и такъ же быстро удалились.

"Какая я глупая! Развѣ они могли не схватить?... И я гадаю, точно Пафнутьевна".

— Катя, ты что же не пьешь кофе?

Она опять оглянулась кругомъ.

— Я не хочу, мама. Я подожду, можетъ-быть онъ прiѣдетъ.

— Что-жь,— сказала Марья Петровна,— ты посмотри, Пафнутьевна, чтобъ былъ горячiй кофе.

— Я посмотрю, матушка!— перебила Анна Гавриловна.— На плиту поставить, духомъ вскипитъ.

Убрали кофе. Катя было опять сошла въ садъ, но тотчасъ вернулась и побѣжала опять взглянуть на свою работу. "Понравится ему, или нѣтъ? Развѣ показать мамѣ? Нѣтъ, до него никто не можетъ взглянуть, ни однимъ глазкомъ,— никто!" Она спрятала работу и снова пошла въ садъ, и снова чирикаютъ воробьи и, словно сквозь сонъ, снова сiяетъ солнце. Только на сердцѣ теперь все шире и шире ложится тѣнь, словно всѣ кружочки, что рисуются на аллейкахъ, отпечатываются тамъ, внутри сердца, и каждый кружочекъ — это глазъ, которымъ онъ смотритъ въ ея сердце,— смотритъ оттуда, издалека... "А вотъ... можетъ-быть онъ уже ѣдетъ". Она стала прислушиваться.

Полдневное солнце пекло. Невозмутимая тишь. Даже воробьи замолкли. Каждая травка точно уснула и "мама-Маша, вѣрно, спитъ". Вдругъ среди этой тиши раздается стукъ какого-то экипажа, кто-то ѣдетъ вскачь. "Это онъ торопится!..." Она поблѣднѣла. Ближе, ближе... Она вся встрепенулась и какъ сумасшедшая кинулась бѣжать. Кровь ей бросилась въ лицо; на глаза выступили слезы. Она вбѣжала въ домъ, въ залу, подбѣжала къ окнамъ. Мимо двора катили двое роспусковъ. Мужики кричали и нахлестывали лошадей. Она стояла долго, приложа горячiй лобъ къ холодному стеклу. Сердце стучало въ груди. "Это не онъ, это не онъ, это не онъ",— повторяло оно. Тѣнь совсѣмъ заволокла все внутри. Больно, до слезъ больно!...

"Я буду благоразумна и разсудительна!— промелькнуло у ней въ головѣ. И тутъ же она подумала: — Никогда не должно говорить "буду!"

Прибѣжали Варя и Лиза.

— Тётя, Катя... Посмотри, это,— она говоритъ,— калина, а это — колокольчикъ... Вѣдь это колокольчикъ, да?

— Ахъ, отстаньте!... Что это вы цѣлый день не учитесь?... Что-жь, урокъ изъ грамматики знаете?

— Да вѣдь ты, тётя, сама не велѣла учить,— сказала, что теперь намъ праздникъ, вакація пришла.

— Ну, подите прочь!... Ну, да, теперь праздникъ.

"Только не для меня". Она подошла къ роялю. Ей инстинктивно не хотѣлось выйти изъ залы. Все какъ будто было ближе къ нему.

Стоя, облокотясь на табуретку, она начала играть. Это была та самая соната, которая когда-то ему понравилась. "Боже мой, какъ это было давно!... Надо хорошенько разучить ее и съиграть ему и еще B-dur..." И она порывисто сѣла и начала разучивать. Боль немного улеглась. Тѣни разсѣялись.

Она играла часъ, два. Она давно не играла,— онъ не любилъ музыки.

"Что хе онъ не ѣдетъ?" — сказала она, наконецъ. Тѣнь опять налегла.

Она встала и подошла къ окну.

"Какое противное окно! Отчего у насъ нѣтъ окна на дорогу? Я непремѣнно выстрою окно или балконъ на дорогу, по которой онъ будетъ ѣздить..." И ей представлялось, что весь міръ теперь раздѣленъ на это окно и на все остальное. Это окно — это все, а тамъ — пустыня. Это окно — цѣль жизни.

Въ дѣвичьей раздавались голоса. Дѣвушки пѣли:

Плыла лебедь, плыла бѣлая...

"Господи,— сказала она, откидываясь,— что это за пытка... ждать! А многіе ждутъ безнадежно... Нѣтъ, это муки адскія... А сколько есть бѣдныхъ мужичковъ, которые ждутъ цѣлые часы, цѣлое утро у какого-нибудь богача на крыльцѣ или въ сѣняхъ! Что-жь, можетъ-быть и я мужичокъ, а онъ — богачъ. Только я не стою у него въ сѣняхъ... Фу, Господи, какія глупости лѣзутъ въ голову!... Развѣ опять ариѳметикой заняться? Разъ — два, разъ — два. Нѣтъ, это ужасно!" — и она вытянула и стиснула руки, такъ что всѣ пальцы хрустнули.

"Миша, Michel, пріѣзжай, я прошу тебя, зову тебя!... Michel!

Michel! Michel!... Говорятъ, что если сильно пожелать чего, то непремѣнно исполнится... Я сильно, сильно буду желать".

И она напрягла всю свою волю и въ какомъ-то восторженномъ, напряженномъ состояніи смотрѣла въ окно минуть двадцать. Но затѣмъ силы оставили ее, утомленье обхватило. Она въ полномъ изнеможеніи опустилась на стулъ, опустила руки на колѣни. Полная тѣнь покрыла сердце. Какая-то горечь во рту, какой-то комъ подступаетъ къ сердцу.

— Катя, что же ты обѣдать? Иди, голубка моя.

— Ххы,— хыкала Пафнутьевна.— Кофею не пила, ничего не ѣла. Онъ просто тамъ белендрясничаетъ, въ городѣ то. Старыя шуры-муры справляетъ съ какой ни-на-есть амурашкой, а ты ничего не ѣшь, его ждешь.

Катя вдругъ поднялась. Глаза ея засверкали.

— Ты лжешь, няня!... Слышишь?— ты жестоко лжешь!— закричала она, топнула ножкой и разрыдалась.

Марья Петровна подхватила ее и замахала на Пафнутьевну. Она увела ее въ спальню и уложила, крестя:

— Господь съ тобой, голубка моя, ангелъ Божій! Чего тутъ убиваться? Что-нибудь задержало, а ты уже совсѣмъ разстроила себя... Усни, Господь съ тобой!...

Катя долго плакала, уткнувъ голову въ подушку, пока сонъ не унялъ это волненіе.

Во снѣ ей снилось, что она сидитъ съ нимъ въ саду, какъ каждый день, и лицо его такое доброе, ласковое.

"Michel,— говоритъ она,— мы никогда не разстанемся, никогда. Знаешь, вѣришь ли, я живу только тобой? Ты — мое солнце, мой воздухъ... Я не могу дышать безъ тебя".

Она проснулась поздно. Былъ уже теплый, душный вечеръ. На улицѣ стояла пыль и розовѣла на солнечномъ закатѣ.

"Съ нимъ что-нибудь случилось!" — вдругъ поднялся вопросъ и всю оледенилъ ее ужасомъ. Похолодѣли руки, ноги. Сердце перестало биться.

"На него вѣрно напали разбойники,— въ Осинкиномъ лѣсу шалятъ. Онъ ѣхалъ ночью, торопился ко мнѣ. Напали, зарѣзали и ограбили!..." И весь ужасъ этой страшной смерти пронизывалъ ее насквозь ледяными иглами. Голова закружилась.

Наконецъ, она не въ силахъ была овладѣть этимъ повелительнымъ, подавляющимъ страхомъ. Вся дрожа нервной, внутренней дрожью, она пошла къ Марьѣ Петровнѣ. Она застала ее на колѣняхъ передъ образомъ. Присутствіе другого человѣка сразу отрезвило ее и ей показались преувеличенными ея предположенія и мнительность.

Она невольно остановилась. Постояла съ полминуты и позвала подавленнымъ шепотомъ:

— Мама!

И вслѣдъ затѣмъ, какъ будто испугавшись, что мать не услышитъ ее, закричала: "Мама!"

Марья Петровна въ испугѣ вскочила съ колѣнъ.

— Что ты, Господь съ тобой!...

— Мама-Маша моя... Можетъ-быть его зарѣзали. Вѣдь въ Осинкиномъ лѣсу шалятъ. Анна Гавриловна разсказывала... ("Развѣ можно вѣрить Аннѣ Гавриловнѣ?" — подумала она.)

— Господь съ тобой, Катуля моя,— заговорила Марья Петровна,— успокойся... Ну, гдѣ онъ ночью поѣдетъ? Да и какъ его ограбятъ? Вѣдь съ нимъ человѣкъ, кучеръ, вѣрно ружье есть или сабля...

— Мама, помолись за меня!— вскричала она, опускаясь на диванъ, закрывая лицо руками и вся дрожа.— "Да зачѣмъ же,— думала она,— кому молиться? Тамъ все пусто, глухо, тамъ — уничтоженіе".

— Я всегда молюсь за тебя, Катуленька моя!

И она перекрестилась.

— Ты вся дрожишь.— И она накинула ей на плечи свой платокъ.

— Не надо, мама.

— Надѣнь, моя родная. Согрѣйся... А то чаю напейся — съ ромомъ, или липоваго цвѣту... Что ты такъ растревожилась? Онъ можетъ-быть такъ почему-нибудь не пріѣхалъ, что-нибудь задержало... Какая ни-на-есть нужда. Мало ли къ свадьбѣ надо что закупить, устроить, чего-нибудь смастерить... Катуля моя, а я тебѣ вотъ что, радость моя, скажу: всякій мужчина заставляетъ ждать нашего брата,— безъ этого у нихъ ужь и не обойдется. Бывало, сколько разъ я ждала Льва Никитича,— не тѣмъ будь помянутъ, покойникъ!... Сидишь, сидишь вечеромъ... Ну, и привыкла, наконецъ. Помолишься Богу, перекрестишься (и она перекрестилась), скажешь: "да будетъ воля его святая".

"Да,— подумала Катя,— и мнѣ прежде такъ легко было, покойно. Я точно игрокъ, который поставилъ va banque, все на одну карту... Все ему — вся жизнь, всѣ помыслы, все біеніе сердца, все!... Что если лопнетъ и все разлетится?..."

Въ это время въ столовой брякнула чашка и разлетѣлась въ дребезги.

Она вздрогнула всѣмъ тѣломъ и слегка поблѣднѣла.

— О, Господь Богъ надъ тобой... Что ты все пугаешься?... Чего вы тамъ бьете?... Все кое-какъ, не можете осторожнѣе... Не напасешься на васъ.

— Это я, матушка,— затараторила Анна Гавриловна, влетая съ ручкой отъ чашки.— Хотѣла подвинуть, да рукавомъ какъ-то задѣла...

Катя встала.

— Куда ты?

— Пойду къ себѣ, можетъ-быть усну!...

"Надо быть покойной. Да! Свершится все то, что свершится.... какъ стоики..."

Но тутъ же почувствовала, что это — напускное, что нельзя ей быть покойной, что тамъ внутри у ней натянута крѣпко, крѣпко нитка, которую можно только порвать, но не распустить,— такъ распустить мягко, покойно, чтобы сердце билось ровно, сладко...

Она прошлась по залѣ и постояла передъ окномъ,— передъ тѣмъ окномъ, за которымъ подразумѣвалась дорога.

Заря догорала. Деревья спали.

Она пошла къ себѣ и распахнула окно. (Пафнутьевна всегда запирала окна, если никто не сидѣлъ въ комнатѣ, и гасила свѣчи.)

Вечеръ былъ душный. Въ воздухѣ чувствовалась мгла. Ночной кузнечикъ рѣзво и сухо отбивалъ свою безконечную, трескучую трель. Въ тѣни липы, на травѣ, блестѣлъ свѣтлякъ. Она всматривалась въ этотъ зеленоватый огонекъ, въ эту блестящую искорку... "Это моя искорка, искорка надежды,— думала она.— Разгорится или погаснетъ? Да есть ли полно у меня теперь хоть одна искорка, хоть одна тѣнь надежды?— Она взглянула на небо: оно было совершенно ясно, ни облачка. И какая-то темная глубина была въ самомъ верху.— Тамъ и есть уничтоженье. Нѣтъ, оно здѣсь, кругомъ насъ. Тамъ нѣтъ ничего, ничего, а здѣсь — искорка. О, если разрастется она въ яркій, яркій свѣтъ любви!... Явится онъ, явится свѣтъ. Нѣтъ его и — тьма кругомъ, какъ въ могилѣ. Если не будетъ его, я убью себя,— убью съ радостью. Какъ-нибудь, да убью... А мама-Маша?... Ей будетъ тяжело, жестоко-тяжело. Но и она исчезнетъ, и все исчезнетъ... Все катится, рождается, умираетъ, преобразуется и исчезаетъ. Гдѣ же цѣль, конецъ?..."

И представленія развивались одно изъ другого, цѣплялись другъ за друга, какъ темныя чудища. Но среди вереницы ихъ безконечной она чувствовала все ту же натянутую нить. Порой она даже чувствовала, какъ эта нить дрожитъ и звенитъ въ ней. Она закрывала глаза, закрывала лицо руками. И все кружилось, кружилось передъ ней: онъ, свѣтъ, тьма, свѣтлякъ, мама-Маша...

Растворилась дверь. Она опять вздрогнула всѣмъ тѣломъ. Вошла Марья Петровну съ чашкой чая и хлѣбомъ.

— Выпей, Катуля, я тебѣ чаю принесла. Выпей хоть чашечку.

"Я выпью, чтобъ ее успокоить",— подумала она. Въ двери выглядывала Пафнутьевна и смотрѣла пристально, сосредоточенно.

Катя нахмурилась и принялась за чай.

— Ну,— сказала она,— мама-Маша, теперь я сыта, а ты покойна. Я по горло сыта!— и она провела подъ горломъ и улыбнулась.— Я теперь спать лягу. Не буди меня.

И она принялась раздѣваться.

Но, сбросивъ платье, она надѣла кофту и опять сѣла подъ окно и просидѣла всю ночь напролетъ. И опять мысли и представленія кружились, катились волнами. Опять струна начинала звенѣть и кружилась голова. Она на мгновеніе закрывала глаза. Потомъ вздрагивала всѣмъ тѣломъ и опять тотъ же круговоротъ мыслей и представленій катился безъ конца.

Однообразно, неслышно тянулись часы ночи. Сверчокъ замолкъ. Какая-то птичка въ кустахъ малины пропищала тоненькія нотки и также замолкла. Гдѣ-то далеко, далеко, чуть слышно, раздалось ржанье лошади. И снова тишина. Только шипящіе часы въ столовой усердно и звонко отбивали каждый часъ, два, четыре и послѣ послѣдняго удара каждый разъ долго гудѣлъ какой-то жалобный звукъ, точно воспоминаніе о свершившемся.

Но среди этой мирной тишины не успокоивалось сердце. Не налеталъ на него кроткій ангелъ мира. И все та же струна жгучаго, земного горя, отчаянія, ожиданія — звучала тоскующимъ звукомъ.

XXX

Одинъ за другимъ проснулись и встали всѣ въ домѣ. Встали и Анна Гавриловна, и Марья Петровна.

Вышла въ столовую и Катя; Она надѣла платье, которое онъ какъ-то похвалилъ,— бѣлое съ сѣрыми узенькими полосками. Вышла и молча сѣла къ столу на свое мѣсто. Потомъ вдругъ поднялась и поцѣловала Марью Петровну.

— Здравствуй, мама!— сказала она.— Мы не здоровались еще съ тобой.

А Марья Петровна смотрѣла на нее во всѣ глаза и удержала, ее за руку.

— Катя, голубка моя, что съ тобой?!

— А что?— Ничего.

— Похудѣла, пожелтѣла. Ты вѣрно дурно спала. Не стыдно ли такъ убиваться изъ-за пустяковъ!... Эхъ Катя, Катя!

— Ничего, мама,— сказала она, махнула рукой и улыбнулась.

И она думала, дѣйствительно все пройдетъ. И ея блестящіе, сильно блестящіе глаза щурились хмурились. По лицу перебѣгала нервная дрожь. Сухія губы потрескались.

Пафнутьевна смотрѣла на нее изъ подлобья. Ей было и жалко ее, и дулась она на нее за вчерашнее. Никогда еще во всю жизнь Катя такъ не кричала на нее.

"Вотъ,— думала она,— воспитай ихъ, барскую-то породу. А она выростетъ и будетъ топать на тебя".

Въ сердцѣ Кати остановилась одна мысль, одно рѣшеніе: "надо помириться со всѣмъ". Но именно это "все" представлялось въ видѣ такой страшной бездны, что при одной мысли о немъ кружилась голова и замирало сердце.

Она опять пошла въ столовую къ тому окну.

"Надо быть терпѣливой,— подумала она.— Терпѣніемъ до всего можно достичь, жгучимъ терпѣніемъ. Вѣдь это та же сила воли". Но при этомъ рѣшеніи какъ-то связывалось, каменѣло сердце. Она чувствовала, что ей все равно, что она гдѣ-то далеко, что ея даже вовсе нѣтъ, а здѣсь дѣйствуетъ одна машина, какой-то автоматъ.

Она прошлась по всѣмъ комнатамъ.

Въ дѣвичьей всѣ давно чистили клубнику къ обѣду.

Ей было все равно — клубника или малина, чистятъ или нѣтъ. Исчезнетъ дѣвичья, весь домъ, на мѣсто всего будетъ озеро, прудъ,— не все ли равно? Это потому насъ все такъ мучаетъ, что мы много думаемъ о себѣ. "Ахъ, да развѣ я о себѣ, а не о немъ думаю?" И вдругъ при этомъ воспоминаніи опять замутилось сердце.

"Ничего, ничего,— заторопилась она.— Я тиха, я мертва. Не надо волноваться. Терпѣнье, терпѣнье и воля!" И она стискивала руки и кусала губы, опустивъ головку.

— Тетя Катя,— приставала къ ней Варя,— намъ и сегодня будетъ праздникъ, и всегда праздникъ?

— Да, и всегда праздникъ. И сегодня праздникъ. Только мнѣ нѣтъ праздника. Ничего, ничего! Я мертва, я покойна, тиха!

И ей даже нравилось это новое положеніе, эта

159

деревянность сердца. Она даже дѣлала опыты. "Пойду къ мамѣ,— что (сердце) скажетъ при мамѣ?"

— Катя,— сказала Марья Петровна,— ты бы занялась чѣмъ-нибудь, а то ходишь какъ въ воду опущенная..

— Ничего, мама, я покойна, довольна!

"Ничего, ничего! Я тиха, я мертва, я тверда!

"Нѣтъ, лучше сидѣть тихо, тихо,— сидѣть часъ, два. Вообразить, что ты умерла, и сидѣть какъ мертвая. (И она усѣлась все передъ тѣмъ, же окномъ въ залѣ.) И руки сложить крестомъ. Да зачѣмъ же крестомъ? Вѣдь это — ложь, обманъ. А какъ онъ великъ, этотъ крестъ? О, какой чистый и прекрасный!...

"А что, если онъ къ кофе не пріѣдетъ?... Ничего, я тверда, я тиха, я мертва".

И дѣйствительно, онъ и къ кофе не пріѣхалъ. И она напилась кофе безъ него.

— Вотъ такъ-то лучше,— сказала при этомъ Марья Петровна.— Что его ждать-то. Когда не ждешь, Катя, тогда оно скорѣе бываетъ...

"И это правда: когда не ждешь, оно скорѣе бываетъ. Я мертва, я тверда. Все пройдетъ,— чего же ждать?... Старости, смерти?— Она придетъ... Сама придетъ, холодная, деревянная. Я мертва!"

Лиза подбѣжала къ ней съ куклой.

— Тетя Катя, посмотри, такъ хорошо?— На куклѣ былъ надѣтъ вѣнокъ изъ незабудокъ.— Это я на болотѣ нарвала. Тамъ много ихъ.

— Да, хорошо.

"Нѣтъ, я не мертва, я — кукла. Мы всѣ — куклы, и жизнь играетъ нами".

И она опять пошла и сѣла къ окну.

"А хорошо такъ, покойно. Покойно, когда никого не любишь. Не надо никого любить, никого, и будешь покойна. Надо быть эгоисткой. Но вѣдь тогда себя самое будешь любить. Нѣтъ, сдѣлать такъ, чтобы никого, никого не любить, и тогда будешь тверда и деревянна, будешь кукла. Да развѣ можно дѣлать какое-нибудь дѣло и не любить его,— дѣлать, какъ машина?... Отчего же нельзя? Вѣдь на фабрикахъ же работаютъ мастеровые какъ машины? Да развѣ я сама не работала какъ машина? Помнишь, въ то время, въ то страшное время?... Да теперь развѣ не то же время? Жизнь побаловала, улыбнулась и вдругъ... Нѣтъ, ничего, ничего! Я мертва, я тверда". И она открыла глаза и снова взглянула кругомъ.

"Какъ же я его встрѣчу, если онъ пріѣдетъ? Побѣгу къ нему, или просто выйду. Скажу: Bon jour, Michel. Отчего ты вчера не пріѣхалъ? А я сдѣлалась безъ тебя мертва и деревянна..."

Чуть слышный стукъ экипажа раздался вдали. Ока открыла глаза — и вдругъ всѣ мысли, всѣ чувства, настроеніе въ одно мгновеніе вспорхнули и слетѣли прочь, словно фантастическія птицы.

"Ничего, ничего. Я тверда, я мертва!" Но сердце сказывалось жизнью, оно сжалось до боли — и вдругъ забилось, забилось неистово, и замерло.

Экипажъ подъѣзжалъ. Она смотрѣла въ окно.

"Ахъ,— мелькнуло въ головѣ,— отчего я не вышла къ нему на встрѣчу! Мнѣ непремѣнно надо было выйти къ нему на встрѣчу — за деревню, въ рощу".

Показался тарантасу. Это былъ онъ. Онъ смотрѣлъ такимъ сіяющимъ..

"Броситься къ нему! Выскочить на крыльцо!— Но руки похолодѣли, потемнѣло въ глазахъ.— Ничего, ничего! Я тверда, я мертва".

Онъ вошелъ. Она вышла къ нему на встрѣчу. Внутри все было связано до боли. Голова кружилась.

"Я тверда, я мертва!"

Онъ взялъ ее за руку. И вдругъ отъ ощущенія этой руки, мягкой, теплой, родной руки,— отъ взгляда этихъ милыхъ, любящихъ и любимыхъ глазъ все запрыгало, задрожало внутри, заходило ходенемъ. Она хотѣла улыбнуться, но губы задрожали, подбородокъ запрыгалъ, задрожали щеки, а изъ глазъ тихо, одна за другой, покатились полныя, крупныя слезы. "Ничего, ничего,— бормотала она внутри себя,— не надо, я мертва!... Онъ не любитъ слезъ".

— О чемъ же ты плачешь? Calme-toi! Ничего, и онъ крѣпко, страстно поцѣловалъ, ея руку и обнялъ ее.

И не замѣчая какъ, какимъ-то инстинктомъ, они вышли на балконъ, въ садъ, сѣли на скамейку.

— О, Миш... Michel,— вскричала она,— еслибъ ты зналъ, какъ я люблю тебя! Ты для меня жизнь, свѣтъ, воздухъ, все... (и вдругъ она вспомнила, что все это ока говорила ему во снѣ).

Онъ взглянулъ на нее мягко и ласково. Онъ обнялъ ее и она припала головой къ его плечу. Ему вдругъ сдѣлалось необыкновенно легко дышать и думать. Какъ будто другая душа раскрылась передъ нимъ свободно и просто и одъ смотрѣлъ через нее и любовался на весь Божій міръ.

А кругомъ чирикали взапуски воробьи и перекликались

161

овсянки. А на аллейки ложились тѣни кружочками, и казалось, что онъ смотритъ на нихъ сквозь слёзы. И эти кружочки и слезы такъ чудно сливались съ теплымъ воздухомъ, съ зеленью и блескомъ солнца.

"Да,— подумалъ онъ,— я понимаю... Да, я понимаю теперь, для чего люди женятся!"

И онъ съ любовью посмотрѣлъ на ея покойное, радостное, счастливое лицо, на ея горѣвшія щеки, на ея закрытые глаза. Это было лицо добраго, кроткаго ребенка, тихое и ласковое. Онъ залюбовался за него.

— Катя, Михаилъ Ивановичъ, гдѣ вы?— кричала Марья Петровна съ балкона.

Они встрепенулись, встали и рука въ руку пошли въ балкону.

На балконѣ уже кипѣлъ самоваръ и распоряжалась Анна Гавриловна, заваривая кофе.

И вдругъ ему вся эта обстановка показалась не такой отталкивающей, какъ казалась до сихъ поръ. Правда, она казалась ему въ такой неизмѣримой дали, а на первомъ планѣ стояла она — та, которая не могла насмотрѣться на него.

"Elle est très gentille, très gentille,— думалъ онъ.— И какъ идутъ къ ней эти легкіе кудерки на вискахъ".

— А ты будешь еще пить?— спросила Марья Петровна.

— Буду, мама! Вѣдь я пила безъ него, а теперь съ нимъ, съ нимъ!— И она взглянула на него. Все внутри у ней блестѣло, играло. И все стало такъ радостно, празднично... "О, теперь и для меня праздникъ! Я ожила, я теперь живая!"

"Ба! вѣдь это любовь наполняетъ все, весь міръ. Есть любовь — и міръ великъ и радостенъ. Нѣтъ любви — и вездѣ пошлость и могила, вездѣ однѣ глупыя игрушки!"

— Ахъ,— вскричала она,— какая я безпамятная!...

И она опрометью бросилась и, вся торжествующая, принесла свою работу.

"Не надо волноваться,— шептала она на бѣгу,— надо быть ровной, покойной, воздержанной".

Онъ былъ очень обрадованъ сюрпризу, хотя внутри наклюнулось вдругъ: "въ Мельтюковкѣ барышня преподноситъ своему нареченному вышитую картинку: дѣвица, ожидающая возлюбленнаго у кладезя любви". Но онъ прогналъ тотчасъ же эту мефистофельскую тенденцію. Онъ былъ такъ голоденъ, а кофе такъ вкусенъ. И она была мила, очень мила, какъ-то воздушна, дѣтски-хороша. И все кругомъ сіяло.

Марья Петровна смотрѣла такъ свѣтло, радуясь чужой

радости. Воробьи щебетали такъ весело. Даже Пафнутьевна расправила брови и кисло улыбалась.

Онъ пробылъ до поздняго вечера. Послѣ обѣда устроилось катанье на лодкѣ. На водѣ Катя пропѣла романсъ:

> Ты какъ въ зыбкѣ, на зыби воды
> Нѣжное сердце качаешься.

И заря догорала, отражаясь въ водѣ, и тонкимъ, раздражающимъ ароматомъ вѣяло отъ прохладной води, отъ цвѣтущаго луга. Никогда во всю жизнь свою онъ не былъ доволенъ цѣлымъ днемъ, прошедшимъ такъ пріятно, такъ радостно.

"Да,— подумалъ онъ, уѣзжая,— я знаю теперь, зачѣмъ люди женятся". И опять семейная жизнь стала близка ему, и опять пахнуло вожделѣніемъ, жаждой, сладостью семейнаго очага.

XXXI

Разъ вечеромъ Ратищевъ и Катя сидѣли по обыкновенію въ саду, на маленькой скамейкѣ, подъ развѣсистой липой, надъ прудомъ.

— Michel,— сказала Катя,— говорятъ, что цѣпи брака тяжелы. Не вѣрь этому, Michel, ихъ нѣтъ, этихъ цѣпей брака. Это римляне выдумали узы Гименея... Если когда-нибудь, когда-нибудь ты разлюбишь меня (и голосъ ея слегка задрожалъ, она не смотрѣла на него и тихо, отрывисто гладила его по рукѣ). То... я не буду стѣснять тебя. Ты свободенъ въ ту же минуту. А я, я убью себя.— И она съ такою рѣшимостью, такъ упорно посмотрѣла на него, что онъ невольно отвернулся.

— Quelle horreur! — пробормоталъ онъ.— Tragédie eu un acte... Ну, а если ты меня разлюбишь, мнѣ тогда надо убить себя?

— Я, я тебя разлюблю!?— Она схватила его за обѣ руки.— Michel, посмотри па меня,— смотри прямо, прямо туда, мнѣ въ душу,— развѣ это возможно?

Онъ опять отвернулся и взглянулъ ей на руки. Солнце пятномъ упало на ея мизинецъ и засверкало радужнымъ блескомъ на алмазѣ маленькаго колечка.

— Tiens!— Сказалъ онъ, взявъ ее за мизинецъ.— Я у тебя никогда не видалъ этого колечка. Это драгоцѣнный камень, или страза?

Она быстро сняла его.

— Это кольцо мамы. Когда она была въ невѣстахъ, ей подарила его мать твоя. Возьми его,— это кольцо твоей матери... Думала ли она когда-нибудь, что оно будетъ передано тебѣ мною?

— Я думаю, что никогда не думала...— сказалъ онъ, примѣривая кольцо на свой мизинецъ. Оно вошло только на второй суставъ. И онъ помахалъ имъ въ воздухѣ.— Sais-tu,— сказалъ онъ,— намъ надо обручиться. Онъ отдалъ ей кольцо.

— Зачѣмъ, Miehel? Развѣ мы ужъ не обручены? Развѣ слово, данное тебѣ, не связываетъ сильнѣе, чѣмъ десять обручальныхъ колодъ?...

— Нѣтъ! Je suis très curieux de passer par cette cérémonie. Я никогда не обручался. Надо все испытать въ жизни. Allons, назначимъ день и обручимся, какъ добрые христіане.

— Какъ хочешь... Только не смѣйся надъ обрядомъ...

— Смѣяться, право, не грѣшно надъ тѣмъ, что кажется смѣшно... Когда же? Въ воскресенье? Я сниму мѣрку и закажу кольца.

— Хорошо.

И онъ заказалъ массивныя кольца. Онъ хотѣлъ, чтобы на кольцахъ былъ вытѣсненъ гербъ Ратищевыхъ, но ювелиръ сказалъ, что этого никто не дѣлаетъ. Притомъ,— сказалъ онъ по-нѣмецки,— вы напрасно заказываете такое тяжелое кольцо для невѣсты. Gnädige Fräulein будетъ неудобно носить это кольцо.

Насталъ вечеръ, назначенный для обрученья.

Ратищевъ долженъ былъ пріѣхать къ шести часамъ, но явился къ семи — во фракѣ, бѣломъ галстукѣ и бѣлыхъ перчаткахъ. Волосы его были гладко причесаны и все лицо выражало какую-то тонкую, до плоскости, оффиціальную торжественность. Даже подбородокъ какъ будто больше выдвинулся впередъ. Катя весело выбѣжала къ нему на встрѣчу и удивилась этой торжественности.

— Vous n' êtes pas parée?— спросилъ онъ, подавая ей руку, затянутую въ перчатку, и нахмурился.

— Но, Michel, я думала... это просто... Мы у себя... Ты сказалъ, чтобъ никого не было... Я не знала...

Онъ еще сильнѣе нахмурился.

И она сконфузилась, какъ будто дѣйствительно была въ чемъ-нибудь виновата.

Изъ гостиной тихо выступила Марья Петровна, въ шелковомъ полосатомъ платьѣ и въ какой-то парадной малиновой шали съ турецкими букетами. За ней виднѣлся батюшка въ толстой камлотовой рясѣ. Священникъ лысенькій, съ широкимъ, скуластымъ, краснымъ лицомъ, съ маленькимъ багровымъ носикомъ и жидкой сѣдой бородкой.

Ратищевъ торжественно подошелъ къ его благословенію, совершенно такъ, какъ когда-то, въ его дѣтствѣ, подходилъ Иванъ Тимоѳеевичъ къ благословенію отца Іакова.

— Во имя Отца и Сына...— заговорилъ батюшка какимъ-то испуганнымъ, хриплымъ голосомъ, торопливо и высоко вскидывая благословляющую руку и придерживая другою рукой рукавъ рясы.

Ратишевъ поздоровался съ Марьей Петровной. Всѣ стояли нѣсколько мгновеній.

— Что же, Михаилъ Ивановичъ,— заговорила робко Марья Петровна,— не прикажете ли начинать? Батюшка здѣсь уже съ полчаса дожидается. Вы вѣрно привезли кольца...

— Да, вотъ они,— сказалъ онъ, подавая кольца въ сафьянныхъ футлярчикахъ и медленно оглядываясь на всѣхъ, на Анну Гавриловну въ чепцѣ, съ красными лентами, на Пафнутьевну, стоящую у дверей угрюмо, на Лизу и Варю, которыя рядомъ стояли у печки, возлѣ кресла, обѣ въ новенькихъ платьицахъ, съ широко раздутыми юпочками и декольте.

Всѣ двинулись въ залъ,— священникъ впереди всѣхъ, понуривъ голову и положивъ руку на грудь, косясь изъ подлобья по сторонамъ. Нерѣшительнымъ шагомъ подошелъ онъ къ ломберному развернутому столу, накрытому скатертью, на которомъ стоялъ образъ "всѣхъ радостей", сдобный хлѣбъ и солонка. Батюшка громко крякнулъ и степенно надѣлъ новенькій епитрахиль, который подалъ ему дьячокъ..

— Миръ вамъ!— произнесъ онъ, обертываясь и на всѣхъ глядя въ упоръ изъ подлобья.

— И духови твоему...— протянулъ тоненькимъ фальцетомъ маленькій дьячокъ, въ желтомъ нанковомъ подрясникѣ.

Всѣ перекрестились. Марья Петровна нервно вздрогнула.

Когда женихъ съ невѣстою мѣнялись кольцами, кольцо Кати выскочило изъ ея руки, со звономъ брякнулось на полъ, подскочило и, прыгая, закатилось въ уголъ, подъ образъ.

Марья Петровна вздрогнула и поблѣднѣла. Анна Гавриловна громко ахнула. Дѣвушки, толкаясь, заторопились поднимать его. Параня, вся покраснѣвъ, подхватила его и подала невѣстѣ. Священникъ подумалъ немного, крякнулъ и продолжалъ обрядъ.

Марья Петровна перекрестилась и съ недоумѣніемъ переглянулась съ Пафнутьевной, та покачала головой неодобрительно и тоже перекрестилась.

Послѣ обрученья Ратищевъ какъ-то оффиціально подалъ руку Катѣ и впереди всѣхъ они прошли торжественно въ гостиную. Черезъ нѣсколько минутъ Анна Гавриловна также торжественно выступила съ большимъ подносомъ, на которомъ пѣнились высокіе, узенькіе бокальцы, и съ низкимъ поклономъ подошла къ Татищеву. Онъ медленно протянулъ руку и, взявъ бокалъ, съ любезной улыбкой нагнулся къ Катѣ.

— Allons, embrassons-nous,— сказалъ онъ, цѣлуя ее какъ-то холодно-вѣжливо.

Она постояла мгновеніе, восторженно смотря на него, и вдругъ порывисто обняла его и зарыдала.

— Qu' as tu?... Что съ тобой?— бормоталъ онъ, сконфуженный и удивленный, но она такъ же быстро махнула рукой, нѣсколько разъ провела платкомъ по глазамъ и еще со слезинками на красныхъ глазахъ, кусая губы, бросилась къ Марьѣ Петровнѣ и сосредоточенно, долго, начала цѣловать ея руки, лобъ, глаза.

— Я твоя, мама, твоя!— шептала она.— Я люблю тебя не меньше, даже больше.

Марья Петровна крестила ее и тихо всхлипывала, причемъ каждый разъ у ней подергивалась правая рука. Потомъ Катя быстро схватила подъ руку Ратищева.

— Allons въ садъ, уйдемъ отсюда!— сказала она, какъ маленькій ребенонъ, которому пришла прихоть.

Онъ съ недоумѣніемъ, нехотя, двинулся съ ней къ балкону. Она увлекала его за собой, заставила почти сбѣжать съ балкона.

Теплая свѣжесть іюльскаго вечера и міръ природы, тихій говоръ столѣтнихъ липъ обвѣяли ихъ.

Она влекла его дальше. Ей хотѣлось быть дальше отъ всѣхъ, съ нимъ вдвоемъ, среди тихой природы.

— Michel,— сказала она, остановившись вдругъ посреди аллейки,— il y a un autre monde, кромѣ этого, кругомъ насъ и этотъ міръ внутри насъ. Да, да! Не смотри такъ насмѣшливо, я его чувствую внутри меня, и тамъ, въ этомъ мірѣ, стоишь ты и мы теперь съ тобой крѣпко, крѣпко связаны.

— C'est de la pure poésie d'eté,— сказалъ онъ насмѣшливо.— Mais je n'enchaine persone.

Впрочемъ, эти слова о крѣпкой, крѣпкой связи какъ-то болѣзненно отдались въ его сердцѣ.

XXXII

Наступилъ Петровъ день и всего три дня осталось до свадьбы. День былъ необыкновенно душный. Съ ранняго утра бѣло-розовыя, кудрявыя облака медленно заволакивали горизонтъ. Мѣстами онѣ поднимались и расплывались въ блѣдно-сѣрыя одноцвѣтныя, мглистыя тучки, которыя съ трудомъ отличались отъ яснаго, также мглистаго, неба и глухо рокотали.

Ратищевъ пріѣхалъ противъ обыкновенія рано, въ совершенно лѣтнемъ сѣромъ костюмѣ. Катя была необыкновенно мила въ сѣромъ кружевномъ платьѣ, нарочно сдѣланномъ, по совѣту Ратищева, къ этому дню.

— Voilà! A présent nous faisons bien la paire, — сказалъ онъ, намекая на одинаковый цвѣтъ его костюма съ платьемъ Кати и любуясь на ея оживленное лицо.

— Какая нестерпимая жара!— сказалъ онъ, отирая раскраснѣвшееся лицо бѣлымъ душистымъ платкомъ съ широкими сѣрыми коймами.— Мы будемъ дѣлать шипучку, limonade gaseuse. Я привезъ машинку pour les eaux gaseuses и всѣ снадобья. Allons! Будемъ хозяйничать.

И онъ велѣлъ принести все привезенное и, загнувъ рукава щегольского сѣраго жакета и сбросивъ перчатки, принялся стряпать лимонадъ-газезъ — на удивленіе Марьи Петровны и всего дома. Лиза, Варя и Анна Гавриловна обступили столъ въ гостиной и жадно смотрѣли на операцію, которую онъ продѣлывалъ съ комическою важностью. Изъ двери выглядывали горничныя.

"Un civilisé parmi les indigènes de Meltjukoffka", подумалъ Ратищевъ, изъ подлобья оглядывая насмѣшливымъ взглядомъ все собраніе.

— On purrait te prendre pour un escamotage,— шепнула ему на ухо Катя и онъ вдругъ нахмурился, даже его дѣвая рука слегка задрожала.

— Давай же я тебѣ буду помогать,— прибавила она, взявши одну коробочку съ содой со стола.

Онъ молча взялъ ее у ней изъ рукъ и снова поставилъ на столъ.

— Vous servez un escamoteur et vous risque d'être prise a une escamotage!— прошипѣлъ онъ съ злобной усмѣшкой.

Катя слегка покраснѣла. Жаръ лѣтняго дня, высокій строй нервовъ бросили кровь ей въ голову при этомъ упрекѣ. Но эта вспышка такъ же быстро и упала. Брови ея запрыгали, поднялись высоко, слезки едва замѣтнымъ блескомъ заволокли глаза. Она бросилась подлѣ него на диванъ, схватила его руку съ чайной ложкой и со страстью поцѣловала нѣсколько разъ.

— J'ai plaeaaté, je ne voulais pas t'offwwer,— прошептала она страстно.

Онъ хотѣлъ улыбнуться, но состроилъ кислую гримасу.

И она стала помогать и услуживать ему такъ предупредительно и радушно, что всякая непріязнь исчезла. Не исчезла только духота въ воздухѣ. Всѣ птицы и насѣкомыя замолкли и даже кузнечики какъ-то лѣниво трещали. Со всѣхъ сторонъ на горизонтѣ образовались синеватыя, кудрявыя, мглистыя тучин.

Обѣдъ прошелъ какъ-то сонно. Катя ничего не ѣла. Татищевъ только все пробовалъ и отъ всего отказывался, несмотря на отчаянное подчиванье Марьи Петровны. Даже Анна Гавриловна примолкла, обмахивалась платкомъ и увѣряла, что непремѣнно гроза будетъ.

Послѣ обѣда Ратищевъ торжественно довелъ Катю до дивана гостиной и въ изнеможеніи повалился на этотъ диванъ, проговоривъ;

— Quelle chaleur étouffante!...

И это восклицаніе невольно и быстро, какъ бы электрическимъ токомъ, воскресило въ головѣ Кати тотъ періодъ пансіонской жизни, когда она старалась пріучить себя думать по-французски.

"Il a raison,— подумала она,— mais je ne trouve pas que cela soit gênant. Au contraire — je me sens à present plus à mon aise".

— Je pense,— прибавила она вслухъ,— que ce temps est favorable pour les mouches. Elles sont tout a fait à leur aise.

И дѣйствительно мухи съ какимъ-то ожесточеніемъ и пронзительнымъ жужжаніемъ перелетали съ окна на столъ и снова на окно, онѣ суетились и гонялись другъ за другомъ, какъ бѣшеныя.

— Elles me rappeknt,— началъ съ злой усмѣшкой Ратищевъ,— les fêmnies. Celles-ci sont aussi insouciantes et voltigent sans penser èa et là, n'apercevant rien et cherchant seulement les plaisirs.

— Merèi, monsieur, pour la haute opinion! Que vous avez de nous,— mais je pense, que les hommes ressemblent plus aux mouches, que — les fêmmes. Je me rappele même une Chansonette qui dit.

Les hommes, les hommes — les mouches
Voltigent autour des fêmmes...

Ils chercheut, perfides et louches,
Fletrir leur coeur et l'ame...
  Flyez, Flyez les belles
  Soyez aux hommes rebelles...

И Катя пропѣла шансонетку, грассируя и съ легкихъ кокетствомъ въ голосѣ, играя глазами и обмахиваясь венеціанскимъ вѣеромъ, который подарилъ ей Ратищевъ.

Ратищевъ потемнѣлъ. Этотъ голосъ, эта манера ярко напомнили ему его Берту, которая, такъ же грассируя, пѣла передъ нимъ шансонетки и такъ же обмахивалась вѣеромъ, который онъ подарилъ ей. Что-то темное, зловѣщее поднялось со дна его сердца и заволокло голову.

"Toutes les femmes sont fausses и perfides,— подумалъ онъ,— и дуракъ тотъ, который ими увлекается".

— Ecoutez ma belle,— сказалъ онъ мягкимъ, но высокомѣрнымъ тономъ.— Vous n'êtes pas assez spirituelle pour copier les franèaises et carilloner leurs cliansonettes... Это вамъ вовсе непристало. Предоставьте это à ces dames. Celui qui est bête, ne peut pas être spirituel.

И тутъ же подумалъ: "да развѣ она не то же?" — и пожалъ плечами.

Катя вдругъ поблѣднѣла и отбросила вѣеръ.

— Ты шутишь!— сказала она подавленнымъ голосомъ.

Онъ медленно покачалъ головой и посмотрѣлъ на нее въ упоръ злобными глазами.

— Michel!— проговорила она съ трудомъ, тихо наклоняясь къ нему,— вѣдь это вспышка, вѣдь ты любишь меня, да?..

Онъ молча отодвинулся отъ нея въ противоположный уголъ дивана.

Она чувствовала, какъ нестерпимый холодъ медленно сжалъ ея грудь. Она встала и отошла въ другой уголъ комнаты.

Иногда пустое, ничтожное обстоятельство, жестъ, взгляду, слово освѣщаетъ бездну, въ которую толкаетъ страсть человѣка. Всѣ мелочи его характера, все стадо выходить передъ ней, какъ изъ бездны, освѣщенное мрачнымъ свѣтомъ. "Онъ никогда меня не любилъ и не думалъ любить,— догадалась она.— Онъ только обрадовался новому чувству, новому положенію, въ которомъ не бывалъ съ дѣтства. Она вспомнила, какъ широко всегда распахивалось передъ нимъ ея сердце, все существо ея; она передавала ему съ такою радостью всякое чувство, всякую мысль, промелькнувшую въ ея мозгу. А онъ?...

Но вмѣстѣ съ этимъ освѣщеніемъ вставала опять бездна мрачной пустоты жизни, совершенно черная бездна, которую теперь рѣшительно нечѣмъ было наполнить. Сердце замирало, голова кружилась, руки и ноги холодѣли...

"Нѣтъ, не можетъ быть,— думала она; быстро теребя и обрывая кружевца, которыми были обшиты ея рукава,— хватаясь какъ утопающій за соломенку.— Не можетъ быть. Это — вспышка, не болѣе. Это вліяніе духоты въ воздухѣ. Ему тяжело дышать. Всякая мелочь его волнуетъ, сердитъ... У кого не бываетъ такихъ минутъ... У однихъ больше, у другихъ меньше..."

Она встала и твердо, довѣрчиво подошла къ нему.

— Michel,— сказала она съ легкой дрожью въ голосѣ,— помнишь ли, въ тотъ разъ,— во второй разъ, когда мы видѣлись съ тобой, когда ты не былъ еще женихомъ,— ты говорилъ мнѣ о твоемъ одиночествѣ, о твоемъ бѣдномъ дѣтствѣ ("почему же бѣдномъ?" — подумалъ онъ)... Ты говорилъ мнѣ тогда, что въ твое сердце упалъ свѣтлый лучъ, какъ въ темницу, и что ты видишь впереди другую жизнь, свѣтлую и радостную ("Grand Dieu!— подумалъ онъ, пожавъ плечами,— какая риторика! Неужели я это говорилъ когда-нибудь?... Чего она вретъ, какъ на мертваго!"). Гдѣ же эта жизнь?... Michel, вѣдь я люблю тебя такъ же, какъ и прежде. Я вся полна самоотверженія и любви къ тебѣ. Кромѣ тебя у меня нѣтъ... цѣли въ жизни...— Голосъ ея сильно задрожалъ.— Все, весь міръ,— все, что можетъ привлекать меня къ жизни — это твое счастье!... Но вѣдь для этого необходима и твои любовь, хоть немного ея... Пусть она будетъ блѣдна, скупа,— насколько можетъ любить твое сердце,— но мнѣ необходима она...

Онъ упорно молчалъ, не смотря на нее, и барабанилъ пальцами по ручкѣ дивана.

— Michel, намъ необходимо это объясненіе!... Michel, я умоляю тебя!...

Онъ нетерпѣливо пожалъ плечами и искоса взглянулъ на нее. И вдругъ сквозь черты ея лица — свѣжія, молодыя, полныя красоты и силы — на него выглянули старческія морщина и кислое выраженіе нервной Марья Петровны" Ему даже показалось (или это дѣйствительно было), что лѣвую руку ея сильно дернуло... "И мы будемъ связаны на вѣкъ, на всю жизнь!— представилось ему.— Non, non! Pas si bête!" — И онъ прямо, въ упоръ, взглянулъ на нее со злобной, презрительной усмѣшкой.

Она еще сильнѣе поблѣднѣла и оперлась на столъ передъ диваномъ.

Въ это время, въ передней, послышался какой-то шумъ,

хлопанье дверьми, затѣмъ твердые, скорые шаги. Дверь изъ залы распахнулась и вошелъ Талыгинъ, какъ и всегда, спокойный, ясный, сіяющій...

Онъ бросилъ бѣглый взглядъ на Ратищева и съ радостномъ лицомъ бросился къ Катѣ.

— Ждали, или не ждали меня?— сказалъ онъ. весело, протягивая ей свою широкую руку.

Она какъ, бы машинально протянула ему свою холодную, дрожащую руку и какъ-то судоржно-крѣпко пожала ее.

"Что это, какая она холодная и блѣдная?" — невольно подумалъ онъ и, обернувшись къ Ратищеву, слегка поклонился ему.

Ратищевъ, не мѣняя позы, кивнулъ ему головой медленно и небрежно.

— Позвольте познакомить васъ,— сказала Катя какимъ-то не своимъ, глухимъ, прерывающимся голосомъ:— это Дмитрій Павлычъ Талыгинъ, а это Михаилъ Иванычъ Ратищевъ... женихъ мой,— прибавила она чуть слышно.

"Она торопится закрѣпить наши узы!— промелькнуло въ головѣ Ратищева.— Предусмотрительно!..."

Онъ медленно привсталъ и холодно-слабо пожалъ протянутую ему руку Талыгина, котораго лицо слегка поблѣднѣло и брови высоко вскинулись.

До сихъ поръ Ратищевъ только мелькомъ слышалъ отрывочные разсказы о Талыгинѣ отъ Кати. При этихъ разсказахъ у него всегда поднималось какое-то неопредѣленное враждебное чувство. И вотъ теперь случай свелъ ихъ прямо лицомъ къ лицу.

Талыгинъ опять обратился къ Катѣ:

— Позвольте отъ души поздравить васъ!— и онъ протянулъ и крѣпко пожалъ ея холодную руку.— Я искренно и глубоко желаю вамъ полнаго счастья!...

"Что же это значитъ?— подумалъ онъ.— Отчего она сама не своя? Неужели она выходитъ за него потому, что онъ богатъ? (Богатство Ратищева было извѣстно въ околодкѣ.) Неужели она жертвуетъ для своей матери?" — И онъ прямо и пристально посмотрѣлъ на Ратищева, который въ это время слѣдилъ за нимъ своими бѣгающими глазками и быстро отвернулся.

Ратищевъ думалъ при этомъ: "Можетъ-быть она любила его и предпочла меня. Кто разгадаетъ сердце женщины?— И онъ опять, невольно, вспомнилъ свою Берту.— Можетъ-быть она сама себя обманываетъ своей любовью... Pour elle c'était un prestige — мое богатство, умъ... И ея это ослѣпляло" — и онъ со злобой посмотрѣлъ на входящую Марью Петровну.

Она вошла, завивывая ленты чепца, который былъ надѣтъ немного на бокъ. Глаза ея щурились и слипались. На правой щекѣ было большое красное пятно. Очевидно, ее разбудили и она вошла спросонокъ, не успѣвши даже заглянуть въ зеркало.

— Здравствуйте, Дмитрій Павлычъ! Что васъ давно не видно? Я даже дочку успѣла просватать...

Ратищева сильно покоробило при этомъ извѣстіи. "Этакая сонная деревенская дура!" — подумалъ онъ.

Талыгинъ поздравилъ и ее.

— У меня была серьезно больна моя мать,— сказалъ онъ, садясь въ кресло подлѣ маленькаго столика, на которомъ лежала книга Жеро. Марья Петрова начала участливо распрашивать, какъ и что случилось съ Агніей Петровной.

Въ это время Катя тихо пошла и сѣла въ уголъ, около печки, на кресло. Ей было трудно двигаться,— голова ея сильно кружилась. Что-то тяжелое надавило ей на грудь. Ноги и руки отнимались. Мысли, чувства — все смѣшалось, перепуталось, все проходило какъ будто во снѣ, въ какихъ-то темныхъ потьмахъ... Люди не люди — какія-то тѣни сидѣли передъ ней, говорили, что-то дѣлали... Какой-то рѣзкій холодъ пробѣгалъ по спинѣ. Она нервно вздрагивала и на мгновенье приходила въ себя, но въ это быстрое мгновеніе сильная тупая боль сжимала ей сердце и она опять застывала въ своемъ забытьи и неподвижности.

Талыгинъ машинально взялъ книгу Жеро, машинально перелистовалъ ее и обратился къ Катѣ съ вопросомъ, прочла ли она книгу?

Катя не могла отвѣчать. Она полусознательно поняла, что у ней спрашиваютъ, и кивнула головой.

— А вы не читали этой книги?— обратился Талыгинъ къ Ратищеву.

Ратищевъ отвѣтилъ многозначительнымъ кивкомъ.

— Что же вы объ ней скажете? Не правда ли, у него логика не всегда строга? Онъ, какъ всѣ французы, больше думаетъ сердцемъ, чѣмъ головой?

Ратищевъ откинулся отъ спинки дивана.

"Такъ вотъ откуда у ней идетъ философія!— подумалъ онъ и у него вдругъ загорѣлось желаніе передъ нею, въ ея глазахъ, уничтожить этого доморощеннаго деревенскаго философа.— Пусть полюбуется!" — подумалъ онъ съ злорадствомъ.

— Нѣтъ, я не совсѣмъ согласенъ съ вами,— сказалъ онъ.— Жеро, мнѣ кажется, болѣе послѣдователенъ, чѣмъ многіе французы и нѣмцы. Но только я, вообще, не люблю сентенціозныхъ сочиненій. Они ложны... dans leur fondement même.

И онъ началъ доказывать докторально и дидактически, что мораль и культъ — все это напускное, субъективное и мѣняется съ вѣками, съ народомъ и даже человѣкомъ,— что все абсолютное вообще химера, что мы часто гонялись и гоняемся за иллюзіями.

— Пора, кажется, понять намъ,— говорилъ онъ,— что человѣчество относительно такъ сказать высшихъ истинъ вертится все въ одномъ кругу, начиная съ нирваны буддизма... за три тысячи лѣтъ до насъ.— И онъ покосился на Марью Петровну, которая усиленно хлопала глазами, и на Катю, которая сидѣла неподвижно, опустивъ голову и крѣпко стиснувъ ее холодными руками.

Марья Петровна оглянулась на нее, быстро поднялась съ кресла и подошла къ ней...

— Что съ тобой, Катуля, родная моя?!— И она съ ужасомъ отняла ея холодную руку отъ головы и начала ощупывать эту горячую голову и ея блѣдное лицо.

— Оставь!... Не тронь меня!— прошептало съ трудомъ Катя сквозь стиснутые зубы.— Все пройдетъ...

— Что съ ней?— испуганнымъ шепотомъ спросила Марья Петровна, обращаясь къ Ратищеву, но Ратищевъ не смотрѣлъ за нее.

Она нѣсколько секундъ постояла, посмотрѣла на всѣхъ и пошла въ спальню.

— Господи, Господи!— шептала Марья Петровна, крестясь. Вѣрно простудилась давеча,— стояла на сквозномъ вѣтру, въ легонькомъ платьицѣ...

XXXIII

Между тѣмъ Ратищевъ продолжалъ свою лекцію и чѣмъ далѣе, тѣмъ болѣе примѣшивалъ французскихъ фразъ.

— J'admets volontier — говорилъ онъ,— que la religion est une question à résoudre pour rhumauité. Но согласитесь сами, que c'est une question de pur evolution... А все развитіе въ сущности, весь прогрессъ вертится только, на улучшеніи матеріальнаго быта. Къ нему все идетъ, къ самоуслажденія, и въ немъ toute la force et le load de revolution.. Весь этотъ кодексъ морали — не болѣе какъ договоръ, un code dn droit de l'homme. Условіе — ты не бей меня, я не бью тебя, чтобы намъ можно было жить вдвоемъ и не съѣсть другъ друга... И посмотрите, въ настоящее время этимъ кодексомъ болѣе пользуются всякіе плуты и дураки, а умному и честному весьма плохо жить, если судьба... si le déstin не доставила его въ независимыя условія (онъ подумалъ о своихъ средствахъ). Повѣрьте, что люди лучше поймутъ другъ друга,— я разумѣю людей развитыхъ ("une race elevé", подумалъ онъ),— когда цивилизація, искусства, художества сдѣлаются культомъ. Возьмите par exemple Грецію, времена Перикла,— c'est l'âge d'or,— ну, и Флоренцію, въ средніе вѣка... Этотъ вѣкъ — la renaissance — также могъ быть золотымъ вѣкомъ, еслибы не помѣшалъ ему культъ... Весь этотъ вѣкъ былъ такъ-сказать борьбой съ культомъ, который, наконецъ, затянулъ его своимъ чернымъ покровомъ, и... началась эта histoire des papes... (При этомъ въ памяти его промелькнула "Histoire des Papes", и даже въ сафьянномъ переплетѣ, съ золотымъ обрѣзомъ, которая стояла въ секретномъ шкафу Ивана Тимоѳеевича.) Что же можетъ быть выше этой картины удобствъ жизни,— прибавилъ онъ,— среди возвышенныхъ, эстетическихъ наслажденій?" — И онъ нарисовалъ, какъ могъ, тускло и вяло, картину этого идеала общественной жизни. Но картина вышла блѣдной, безцвѣтной. И вдругъ онъ рѣзко замолчалъ и нахмурился.

"Я, кажется, разболтался,— подумалъ онъ.— Вѣроятно, я мечу только бисеръ, напрасно. Ce paysan philosophe ничего въ этомъ не смыслитъ".

Во все время этого exposition de foi Талыгинъ не прерывалъ ни однимъ словомъ Ратищева. Онъ слушалъ молча, внимательно, облокотись на колѣно и подперевъ голову рукой. Онъ не любилъ спорить. Онъ спорилъ только для выясненія своихъ собственныхъ убѣжденій и тотчасъ же прекращалъ споръ, если видѣлъ, что противникъ старается только выгораживать собственное самолюбіе. По мѣрѣ того, какъ Ратищевъ развивалъ свою теорію золотого вѣка, взглядъ Талыгина уходилъ все болѣе и болѣе куда-то въ глубь. Прошло нѣсколько секундъ прежде, чѣмъ онъ началъ возражать Ратищеву, и тонъ его голоса былъ задушевный и искренній.

— Мнѣ кажется, вы ошибаетесь и смотрите односторонне.

Ратищевъ сдѣлалъ нетерпѣливое движеніе и слегка покраснѣлъ.

Не думая, не гадая, Талыгинъ уязвилъ его въ самое больное мѣсто. Ратищевъ считалъ себя всегда и во всемъ многостороннимъ.

— Я вообще не понимаю,— продолжалъ Талыгинъ,—

какихъ-нибудь замкнутыхъ, конкретныхъ взглядовъ. Мнѣ кажется, какъ въ математикѣ величины идутъ въ безконечность, въ двѣ противуположныя стороны: отрицательную и положительную,— такъ и въ человѣческихъ взглядахъ, въ ихъ развитіи и во всѣхъ явленіяхъ. Правда, границы между этими взглядами могутъ быть приняты только условно, примѣняясь къ духу времени.

И онъ началъ доказывать постепенное осложненіе всѣхъ взглядовъ, идей, въ связи съ осложненіемъ положительныхъ знаній. Ратищевъ нѣсколько разъ прерывалъ его какъ-то рѣзко и небрежно.

— Помилуйте,— говорилъ онъ,— да кто же этого не знаетъ! Вы, вѣроятно, читали и Конта, и Литре... Но вѣдь это-то именно и есть односторонность.

И Талыгинъ соглашался, но тутъ же опять, вслѣдствіе этого самаго соглашенія, выходилъ на дорогу того широкаго скептицизма, который идетъ рядомъ со всякой теоріей, вызывая ее и потомъ роняя, когда она переживетъ свой вѣкъ, вызвавъ новое движеніе впередъ. Въ его взглядѣ прогрессъ являлся какимъ-то широкимъ, міровымъ, всеобхватывающимъ закономъ. Но этотъ взглядъ онъ не могъ высказать послѣдовательно,— Ратищевъ постоянно прерывалъ его. Онъ ссылался на разныя имена, даже на брошюры, самыя эфемерныя, о которыхъ Талыгинъ никогда ничего не слыхалъ. Но эти ссылки и возраженія не смущали его. Онъ ясно и твердо опрокидывалъ ихъ всѣ, такъ что наконецъ у Ратищева не хватало силъ бороться. Онѣ дѣлался болѣе и болѣе рѣзокъ и даже грубъ и наконецъ замолкъ. А Талыгинъ продолжалъ и кончилъ свой взглядъ.

— Повѣрьте,— заключилъ онъ тѣмъ же довѣрчивымъ, убѣждающимъ тономъ,— что весь матеріальный прогрессъ всегда будетъ служить только оболочкой для развитія міросозерцанія. Мы должны идти путемъ мелкихъ трудныхъ изысканій, часто тяжелыхъ. Только изъ нихъ, просвѣтленныхъ мыслію, выходитъ то движеніе, которое медленно, но неотразимо обхватываетъ цѣлыя массы и путемъ развитія ведетъ ихъ къ уразумѣнію истины.

Послѣдній слова Талыгинъ произнесъ выразительно, одушевленно, почти восторженно. Ратищевъ давно уже сидѣлъ отвернувшись отъ него и смотрѣлъ, насмѣшливо улыбаясь, куда-то въ стѣну, хотя глаза его продолжали бѣгать и коситься. При послѣднихъ словахъ онъ взглянулъ на Талыгина съ худо скрытымъ презрѣніемъ, "Un entousiaste enragé" — подумалъ онъ.

— Я вообще не люблю спорить объ отвлеченныхъ предметахъ,— сказалъ онъ сухо и не глядя на Талыгина,— а въ особенности съ людьми мнѣ мало знакомыми. Вы извините меня и согласитесь, что такой споръ не всегда бываетъ даже удобенъ...

Талыгинъ вспыхнулъ. Въ глубинѣ его, глазъ сверкнулъ яркій огонекъ. Но тотчасъ же онъ овладѣлъ этимъ волненіемъ, стихъ и только на губахъ его появилась едва замѣтная улыбка недоумѣнія. Онъ провелъ рукой по лбу и волосамъ, всталъ, взялъ свою широкополую, сѣрую, мягкую шляпу и медленно подошелъ къ Катѣ.

— Позвольте проститься,— сказалъ онъ,— и еще разъ пожелать вамъ полнаго, глубокаго счастья!

Она вздрогнула, съ недоумѣніемъ посмотрѣла на него и подала ему руку.

— Что съ вами!?... Вы, кажется, нездоровы?

Она не вдругъ отвѣтила.

— Да, кажется, больна...

Онъ обернулся кругомъ и посмотрѣлъ подозрительно на Ратищева.

Въ это время тучи, медленно собиравшіяся со всѣхъ сторонъ, заволокли все небо. Въ комнатѣ сильно стемнѣло. Порывистый вѣтеръ со стукомъ распахнулъ двери балкона. Катя вся вздрогнула и порывисто вскочила съ кресла. Поднялся и Ратищевъ. Талыгинъ бросился къ дверямъ, быстро закрылъ ихъ и плотно припёръ всѣ задвижки. Потомъ еще разъ пристально посмотрѣлъ на Катю, которая, казалось, не замѣчала его и стояла какъ статуя, опираясь на кресло, взглянулъ еще разъ на Ратищева и тихо, склонивъ голову, вышелъ.

Въ столовой онъ обратился въ Марьѣ Петровнѣ съ вопросомъ:

— Что съ ней, съ Катериной Львовной?...

— Не знаю... Господи! должно-быть простудилась... Давеча стояла, разговаривала съ нимъ, здѣсь, а тамъ былъ отворенъ балконъ... Говорю: "Катуля, милая, простудишься,— видишь, какая тяга..."

Въ это время Пафнутьевна и дѣвушки торопливо затворяли вездѣ овца. Вѣтеръ несъ цѣлыя облака пыли.

Талыгинъ взглянулъ въ окно, посмотрѣлъ на часы и протянулъ Марьѣ Петровнѣ руку.

— Куда же вы,— удивилась она,— отъ чаю?! Въ эдакій вѣтеръ и... сейчасъ дождь хлынетъ... Переждите лучше.

— У меня кожанъ... Я привыкъ... Засвѣтло надо домой поспѣть.

И онъ уѣхалъ.

Ратищевъ постоялъ нѣсколько секундъ около стола, побарабанилъ пальцами и растерянно посмотрѣлъ кругомъ, на весь этотъ, какъ онъ называлъ, belle entourage de Meltjukofika.— "Чортъ знаетъ,— подумалъ онъ,— это просто какое-то болото съ prophète de la vérité... на кочкѣ.

Онъ взялъ шляпу и тихо подошелъ къ Катѣ.

— Катерина Львовна!— сказалъ онъ.

Она опять вся вздрогнула и съ недоумѣніемъ уставилась на него.

— Vous êtes indisposée?!... Васъ можетъ-быть разстроилъ нашъ споръ съ этимъ paysan enragé или наша давешняя размолвка...

Она ничего не отвѣчала и смотрѣла на него неподвижными глазами.

"Quelle position ridicule!— подумалъ онъ и пожалъ плечами.— Пожалуй, еще за водой придется бѣжать!..."

— Я вамъ совѣтую лечь, успокоиться... Усните!...

И онъ протянулъ ей руку.

Она не вдругъ, медленно, подала ему руку, холодную, какъ ледъ. Онъ слегка пожалъ ее.

"Elle est tout-à fait histerique... peut être epileptique",— подумалъ онъ съ ужасомъ и, какъ-то съѣжившись, быстро вышелъ изъ комнаты.

На порогѣ столовой стояла Марья Петровна. Онъ холодно поклонился и протянулъ ей руку.

— Какъ, и вы уѣзжаете?— вскричала она.— Въ этакій дождь!... А что же Катя?...

И дѣйствительно, цѣлый водяной ураганъ хлынулъ на землю, билъ, хлесталъ и гудѣлъ какъ бѣшеный.

— Къ сожалѣнію, я долженъ ѣхать,— сказалъ Ратищевъ, пожавъ плечами.— Велите, пожалуйста, подать мою карету...— Даша, скричи!... Господи!...

Въ это время яркая, красновато-лиловая, молнія дважды освѣтила окна и почти вслѣдъ за ней раздался оглушительный ударъ.

Марья Петровна перекрестилась и въ ужасѣ раскрыла ротъ.

На порогѣ спальной появилась Катя. Она двигалась медленно, какъ автоматъ. Марья Петровна кинулась къ ней.

— Катуля моя, родная, что съ тобой?!...

Она тихо отстранила ея руку и глухо проговорила:

— Уснуть...

Глаза ея были полузакрыты и неподвижны.

Въ это время новая, еще болѣе яркая, молнія на нѣсколько мгновеній раскрыла все небо.

Ратищевъ былъ уже на крыльцѣ, къ которому медленно подъѣзжала его карета. Страшный ударъ какъ бы упалъ съ неба. Лошади шарахнулись и попятились. Ратищевъ нагнулъ голову и быстро, инстинктивно, поднялъ руку кверху. Дождь хлесталъ со всѣхъ сторонъ, не переставая, и заплескивалъ все крыльцо. Ратищевъ, дрожа внутренней дрожью, началъ спускаться, слегка поскользнулся и чуть не упалъ.

"Мельтюковщина проклятая! Que le diable t'emporte!" — проворчалъ онъ, нервно дергая дверцу кареты.

— Ты гдѣ же тамъ спишь?— закричалъ онъ злобно на кучера.— Пошелъ въ Рагузино, къ Пенязеву!

И онъ быстро вскочилъ въ карету и захлопнулъ дверцу.

Кучеръ отчаянно началъ хлестать лошадей.

Карета покатилась съ ляцканьемъ по лужамъ. Дождь захлопалъ, забарабанилъ по ея крышѣ. Еще новый ударъ полетѣлъ ей въ догонку.

Только въ полночь добрался онъ до Пенязева.

— Что это ты... нежданно-негаданно?!— удивился и обрадовался Пенязевъ.— Вѣрно отъ невѣсты... Эй, человѣкъ! скорѣе сюда чего-нибудь закусить и бутылку холоднаго... Погрѣйся и вспрыснемъ... Сыро!... брррръ!...

Ратищевъ комфортно усѣлся подлѣ камина, въ которомъ трещалъ огонь, и съ наслажденіемъ потеръ руки.

— Ухъ!— вздохнулъ онъ свободно, точно сбросилъ какую-то страшную тяжесть.— Sais-tu que la passion est toujour une folie d'animal!...

— Amen!— сказалъ Пенязевъ, закуривая сигару.

XXXIV

Цѣлую ночь Талыгинъ ѣхалъ или вѣрнѣе тащился къ городу. Въ полночь гроза унялась, но дождь не переставалъ, разошелся и грустно барабанилъ въ опущенный верхъ тарантаса.

"Все это напускное,— думалъ онъ,— и все пройдетъ, какъ сонъ. Года отрезвятъ меня. Дѣло мое принесетъ что-нибудь (принесетъ ли пользу?— усомнился онъ). Явится новое чувство, болѣе широкое, индифферентное, объективное".

Тарантасъ тихо толкнуло. Онъ съѣхалъ съ большой дороги на проселочную.

"Пусть ее!— думалъ онъ.— Счастья, счастья! Довольства жизнью!... Полнаго, если возможно, желаю ей".

Тарантасъ сильно встряхнуло. Лошади шли шагомъ.

"Неужели она идетъ въ бездну?... Нѣтъ!... У сердца есть инстинкты, у ней есть умъ,— да, несомнѣнный умъ... Она не отдалась бы безъ выбора. А можетъ-быть мать уговорила?... Но мать такъ ее любитъ. Все это — предубѣжденіе. Я не знаю его и сужу по первому впечатлѣнію, подъ самымъ невыгоднымъ вліяніемъ. Онъ воспитанъ, развитъ, богатъ, уменъ. Вѣроятно, женится по любви, по страсти... И будутъ они любить другъ друга".

Онъ вздохнулъ.

— Семенъ, ступай скорѣе!... Этакъ мы къ завтрему не доѣдемъ...

— Слякоть, Митръ Павлычъ. Ишь какъ грузно!... Эхъ, вы, намокли!...— Онъ нахлесталъ лошадей и онѣ тронулись легкою рысцой.

"Да, работать, работать, работать! Отдать всего себя дѣлу! Шестерня!— подумалъ онъ.— Мои цѣли были нечисты, двоились. Для широкаго дѣла нужна полная свобода. Хотѣлось вкусить сладостей семейнаго очага, раздѣлить время между дѣломъ и отдыхомъ... Развѣ машина отдыхаетъ?... Оттого она и ровна, не брызжетъ страстью, не кипитъ, когда не слѣдуетъ... Пусть оно достается — это мѣщанское счастье — тѣмъ, кто живетъ для него и ради него въ своемъ узкомъ мірѣ... "А у тебя широкая дорога?" — спросилъ внутри насмѣшливый голосъ.— Пройдутъ года. Умаюсь! Можетъ-быть доплыву до пристани одинокимъ. Можетъ-быть случай пошлетъ другую..."

Но и эта "другая" представлялась ему все въ томъ же миломъ, обольстительномъ образѣ, съ которымъ сроднилось его сердце. Онъ встряхнулъ головой и выглянулъ изъ-подъ зонта тарантаса. Дождь пересталъ. Впереди какъ будто свѣтлѣло. По дорогѣ въ сторонѣ тянулся безконечный лѣсъ.

"Это Тельковскій,— промелькнуло у него въ головѣ и онъ вспомнилъ о своихъ плотахъ.— Какъ-то они дойдутъ? Опоздаетъ Иванъ Длинный. Не пригонитъ ихъ". И мало-по-малу онъ погрузился въ свой обычный дѣловой міръ. И начали ему представляться колеса, рычаги, винтики... А небо дѣйствительно свѣтлѣло. Всходилъ уже хмурый, пасмурный день.

Громкій собачій лай вызвалъ его изъ думъ. Передъ нимъ

179

разстилалось поле. Лошади бѣжали рысцой. Какой-то человѣчекъ, весь мокрый, съ огромнымъ ягдтажемъ и ружьемъ на плечѣ промелькнулъ мимо.

"Qui va à la chasse perd за place!— подумалъ онъ и горько усмѣхнулся самъ надъ собой.— А ты еще думаешь наблюдать надъ другими,— продолжалъ онъ съ тѣмъ же грустнымъ чувствомъ.— Сперва сломи себя, выдрессируй, сдѣлайся дѣйствительной шестерней, и потомъ съ совершенной объективностью изучай эти живыя, волнующіяся, глубокія силы".

Бѣлый день чуть-чуть началъ заниматься, когда Талыгинъ въѣхалъ въ городъ. Тарантасъ его съ громомъ запрыгалъ по мостовой и онъ очнулся отъ тяжелой, дремотной думы.

Въ городѣ Талыгинъ пробылъ цѣлый день, шляясь по разнымъ дѣламъ и покупая разныя вещи. Между прочимъ, онъ зашелъ къ часовщику-жиду. Онъ напомнилъ ему Ратищева.

На другой день онъ выѣхалъ на разсвѣтѣ. Проѣзжая мимо Мельтюковки, онъ выглянулъ изъ тарантаса.

"Да будетъ миръ надъ тобой! И тутъ же подумалъ:— Да развѣ можетъ выгорѣть это желаніе?..."

Подъѣзжая къ дому, онъ встрѣтился съ верховымъ, который везъ ему ергакъ. Его выслала ему Агнія Петровна.

"Посылать въ такую погоду человѣка! Отрывать отъ дѣла!— подумалъ онъ. Однако ергакъ надѣлъ, потому что дулъ холодный, сѣверный вѣтеръ. И тутъ же другая мысль явилась въ головѣ:— Нѣтъ сильнѣе этой привязанности, какъ привязанность матери! Жена любитъ для наслажденія, для себя... Только мать любитъ вполнѣ самоотверженно, любитъ до старости, до гробовой доски, того, кого она дѣйствительно ".

А мать сидѣла у окна, закутавшись въ соболью шубку, и ждала его. Какъ только тарантасъ подкатилъ къ крыльцу, она съ ясной улыбкой и сіяющимъ лицомъ встала и пошла къ сыну на встрѣчу.

— Не подходи, не подходи!... Холодный!— закричалъ онъ.— Сейчасъ приду,— обогрѣюсь...

Въ передней его ждали два мужика. Одинъ изъ нихъ былъ, приземистый, уже пожилой, посѣдѣвшій, съ курчавыми волосами, курносый и съ добродушнымъ, улыбающимся, краснымъ лицомъ, которое было все въ мелкихъ складкахъ. Это былъ Архипъ, староста изъ ближней его деревни.

Другой былъ высокій, молодой парень съ блѣднымъ, угрюмымъ лицомъ, съ бѣлыми, прямыми волосами, нѣсколько сутуловатый и некрасивый.

— Здравствуй, Митръ Павлычъ!— сказалъ Архипъ, при входѣ Талыгина, и отрывисто поклонился.

— Здравствуй. Ты что?...

— Да все насчетъ жердняку-то пришелъ, какъ, то-ись, обрядить прикажешь... Шутъ его знаетъ... Мы его все толкимъ вдоль, а онъ какъ быдто поперекъ лѣзетъ... Значитъ — претъ его это изнутри-то...

— А это кто съ тобой?— и онъ кивнулъ на парня, который поклонился ему въ поясъ.

— А это,— понижая голосъ и подавшись тѣломъ впередъ, заговорилъ Архипъ,— это... я те послѣ доложу.— И онъ кивнулъ головой и мигнулъ глазомъ... Это — Калинкинскій работникъ.

Парень смотрѣлъ изъ подлобья, въ упоръ, на Талыгина и молча мялъ шапку въ рукахъ.

Талыгинъ вошелъ въ комнаты и нѣсколько разъ поцѣловалъ мать.

"Какъ будто похудѣлъ",— подумала она.

— Ну, что же?— и онъ опять вышелъ въ переднюю и оглянулъ парня.

— Это онъ значитъ до твоей милости пришелъ,— заговорилъ Архипъ.— То-ись я значитъ его привелъ... (Отъ него нѣсколько пахло виномъ и дегтемъ. Онъ совсѣмъ подошелъ къ Талыгину и съ сильными жестами, размахивая руками и подмигивая, чуть не на каждомъ словѣ, началъ ему шептать подъ ухо:) Бяда у ево... То-ись значитъ одолѣла эта блажь,— ну, и полюбилась ему дѣвка-то наша, у Семена Бабашки, дочь его... Дѣвка-то, знашь, ничего... Хорбша дѣвка... Рабоча и весела така... Да вотъ парня-то значитъ все сумленье беретъ... (Талыгинъ слушалъ внимательно. Онъ привыкъ къ этому безсвязному, безалаберному языку.) Бабашка-то тянетъ съ него... Мужикъ-то лихой, скулящій! "Ты, батъ, подай мнѣ двадцать рублевъ и бери Машку-то. А то не по тебѣ, батъ, невѣста. Мимо иди!" — Песъ его знать, шутъ этакій!... Ну, оно хошь... А парень, значитъ, задачливый, охочъ къ работѣ-то. Одно слово — работей!... Ну, гдѣ онъ эку-ту прорву денегъ заберетъ... А дѣвка-то, слышь, ему по нраву пришлась... Удавлюсь, батъ, да и шабашъ!...

— Чего-жъ ему надо отъ меня?— спросилъ Талыгинъ.

— А ты помоги ему, Митръ Павдычъ!... Онъ те заработать. Пра слово, заработать... Я порукой. Архипъ Михрѣевъ порукой... Вотъ те!— И онъ всей пятерней, съ короткими моторными пальцами, ткнулъ по воздуху.— Помоги!

Онъ опять понизилъ голосъ и подвинулся къ Талыгину.

— Вотъ на Здвиженье будетъ у насъ сланье... Слать, али что?... Онъ те заработать.

— А ты ужъ успѣлъ выпить?— спросилъ Талыгинъ.

Архипъ мотнулъ головой и опять, наклонившись къ Талыгину, проговорилъ все тѣмъ же хриплымъ шепотомъ:

— У Степана Шабалки седни истины были, а я, значитъ, кумомъ... Ну, и не обезсудь, виноватъ... Поднесли,— ну, и выпилъ.

Талыгинъ обратился къ парню и пристально посмотрѣлъ на него.

— Тебя какъ зовутъ?— спросилъ онъ.

Но парень не успѣлъ разинуть рта, какъ Архипъ отвѣтилъ за него.

— Иваномъ... Иванъ Толковый... Такъ и прозыватся: Толковый!... Помоги ему, Митръ Павлычъ,— пра слово, помоги!... Парень во какой работать — лютый!... А какъ Здвиженье-то будетъ, онъ те евося что наворотитъ!...

— Что же,— спросилъ Талыгинъ,— ты мнѣ заработаешь?

— Заработаю...— сказалъ парень какимъ-то деревяннымъ внутреннимъ голосомъ.

— Какъ не заработать!... И-и-и...— началъ опять Архипъ,— на Здвиженье онъ те эвося...— Но Талыгинъ махнулъ на него рукой...

— Что-жь, полюбилась тебѣ, что ли, крѣпко дѣвка-то?

Парень потупился и усиленно завертѣлъ шапкой.

— И-и-и, грѣхи наши!...— проговорилъ Архипъ и икнулъ.

— Ну, я тебѣ помогу. Смотри, заработай!...

И онъ вынулъ изъ бумажника и подалъ ему двѣ красныхъ депозитки. Парень, не торопясь, какъ будто нехотя, принялъ ихъ, потомъ медленно вытащилъ изъ-за пазухи кошель, развязалъ и бережно положилъ въ него деньги. Руки его слегка дрожали. Потомъ онъ опять взглянулъ изъ подлобья на Талыгина и вдругъ упалъ на колѣни и поклонился ему въ ноги.

— Что ты!... Чего?!... Вѣдь я не Богъ, не царь, не набольшій... Ты лучше заработай, не обмани!...— И онъ круто повернулся и вышелъ изъ передней...

"Онъ купилъ ее!" — вдругъ промелькнуло въ его головѣ. Но онъ тотчасъ же прогналъ эту обидную мысль и снова окунулся въ свою обычную работу.

Прошло нѣсколько дней, и никогда эта работа не шла такъ бойко и споро, какъ въ эти дни.

"Я, кажется, дѣйствительно начинаю превращаться въ шестерню",— думалъ онъ.

Только по вечерамъ, когда ему приводилось чертить

планы, дѣлать выкладки или записывать и сводить итоги дневныхъ наблюденій,— только въ эти тихіе, душные вечера, среди раздражающаго запаха липъ, бѣлымъ цвѣтомъ обсыпавшихъ всѣ тѣнистыя деревья и весь лѣсъ кругомъ,— онъ чувствовалъ опять приливъ томительнаго волненія. Точно какая-то невидимая рука вдругъ сжимала его сердце и туманъ бросался въ голову. Онъ, на мгновенье, закрывалъ глаза, встряхивалъ головой и, вздохнувъ, снова, усиленно, принимался за цифры и чертежи. Но иногда волненіе росло, а не исчезало,— и ему приходилось бросать работу и, стиснувъ зубы, лежать, стараясь какъ-нибудь измѣнить ходъ мыслей и настроеніе.

До "Липокъ" наконецъ долетѣла вѣсть о томъ, что Мельтюковская барышня просватана,— та вѣсть, сообщить которую своей "родной" не доставало духу у Талыгина. "Къ чему?— подумалъ онъ.— Все равно узнаетъ отъ кого-нибудь".

Она дѣйствительно узнала и стала слѣдить за нимъ. Ей не хотѣлось его спросить, но она подмѣтила по его лицу, похудѣвшему и постоянно озабоченному, не улыбавшемуся, по его серьезному, грустному взгляду, что въ его сердцѣ идетъ борьба. Чуткое сердце матери угадало ее, но помочь ей она ничѣмъ не могла.

"Время залѣчитъ",— думала она и молилась Богу. Разъ она вошла въ кабинетъ сына, своей твердой, неторопливою походкой. Онъ сидѣлъ надъ чертежомъ, опустивъ голову. Когда она подошла къ нему и тихо поцѣловала въ голову, онъ вздрогнулъ и приподнялся съ кресла... Агнія Петровна улыбнулась, взяла его за руку и посмотрѣла на него.

— Митя,— сказала она,— если сердце болитъ, то это не поможетъ,— и она указала на чертежъ.

Онъ посмотрѣлъ на ея ласковые, голубые, умные глаза и добрую улыбку. Что-то поднялось у него изнутри сердца и захватило дыханье... Онъ обнялъ ее, припалъ къ ея груди и зарыдалъ.

Она ничего не говорила, только гладила его русые, слегка волнистые, волосы и цѣловала ихъ, а па эти волосы тихо падали слезинки изъ ея добрыхъ, старческихъ глазъ.

Онъ быстро встряхнулъ головой и утеръ рукавомъ глаза.

— Это ничего, родная,— оказалъ онъ,— это пройдетъ. Только теперь тяжело. Время все залѣчитъ... Ты правду говоришь.

Они нѣсколько секундъ молчали.

— Я думаю съѣздить за границу не надолго, мѣсяца на три... Посмотрю на заводы, фабрики... Это отрезвитъ.

— Поѣзжай, голубчикъ!— сказала она.— А я за тебя похозяйничаю. Буду скакать, какъ ты, изъ одного завода въ другой.— И она сквозь слёзы улыбнулась. И онъ тоже улыбнулся въ первый разъ послѣ нѣсколькихъ недѣль тяжелой жизни.

XXXV

Ратищевъ проболталъ съ Пенязевымъ до разсвѣта, разсказалъ ему и объ разрывѣ съ невѣстой. Выпили за этотъ разрывъ и даже разцѣловались.

— Ты теперь — нашъ, свободный человѣкъ! Un homme libre!— говорилъ Пенязевъ, радостно потрепывая его по колѣнкѣ, и тутъ же подмигнулъ ему на хорошенькую горничную, случайно заглянувшую въ комнату...

На другой день Ратищевъ вернулся къ себѣ только къ вечеру. На письменномъ столѣ, въ кабинетѣ, на самой серединѣ, лежалъ портретъ его матери, все съ тѣмъ же разбитымъ стекломъ. Ратищевъ нарочно положилъ его тутъ, чтобы не забыть вставить новое стекло. Машинально взялъ онъ его теперь въ руки и посмотрѣлъ на него.

"Вѣроятно, была такъ же глупа и еще можетъ-быть глупѣе,— подумалъ онъ.— И тоже чѣмъ-нибудь увлекла отца — ce vieux satyre! Вѣдь всякая женщина — не болѣе какъ отраженье, рабское и блѣдное. Мужчины. Онѣ живутъ только сердцемъ, половой страстью..."

И онъ приподнялъ крышку бюро, бросилъ портретъ въ кучу бумагъ и принялся ходить по комнатѣ.

"Надо же, однако, формально кончить съ этой чепухой,— подумалъ онъ,— а не то скажутъ, что обрадовался предлогу, удралъ и спрятался..."

И онъ досталъ листъ почтовой толстой, сильно глазированной, бумаги съ гербомъ Ратищевыхъ и принялся писать.

Нѣсколько разъ онъ вставалъ, думалъ, пожималъ плечами, ухмылялся, перечеркивалъ написанное, наконецъ кончилъ и переписалъ брулльонъ. Вотъ это письмо:

"Вы требовали отъ меня, вчера, объясненія. Мнѣ кажется это объясненіе совершенно излишнимъ. Мы выросли въ разныхъ условіяхъ и другъ другу чужіе. Мои требованія отъ жизни выше и разумнѣе вашихъ и между нами цѣлая пропасть. Вы не можете оцѣнить (онъ написалъ "понять" и вычеркнулъ) моихъ возвышенныхъ, многостороннихъ стремленій. Для васъ вся жизнь заключена въ какой-то страстности. Выйдя замужъ, вы мучили бы и меня, и себя постоянной вашей самоотверженной любовью. Предвидя въ этой нашей общей жизни рядъ непріятныхъ и тяжелыхъ для обоихъ насъ сценъ, я долженъ по неволѣ (онъ написалъ: "съ чувствомъ глубокаго сожалѣнія" и вычеркнулъ) отказаться отъ чести быть вашимъ супругомъ и просить васъ принять увѣреніе въ моемъ отличномъ уваженіи.

"Михаилъ Ратищевъ".

"PS. Возвращаю при семъ ваше обручальное кольцо и прошу передать мое почтеніе вашей матушкѣ".

Онъ медленно вложилъ это письмо въ конвертъ, запечаталъ большой гербовой печатью и надписалъ адресъ: "Милостивой Государынѣ — Екатеринѣ Львовнѣ Карбагаевой" ("а не Ратищевой" — подумалъ онъ и усмѣхнулся). Подписавъ внизу: "въ собственныя руки, въ Мельтюковку", онъ подчеркнулъ, съ той же усмѣшкой, эти послѣднія слова.

Покончивъ съ письмомъ, онъ снялъ съ пальца обручальное кольцо, вложилъ его въ футлярчикъ, завернулъ въ толстую бумагу, обвязалъ тесьмой, запечаталъ, а на конвертѣ письма приписалъ: "При семъ письмѣ кольцо въ футлярѣ". Затѣмъ онъ потянулся, всталъ и отворилъ окно.

"Вотъ какъ люди выходятъ на чистый воздухъ!" — подумалъ онъ.— А теперь скорѣй укладываться и "Dahin! Dahin! Who die Citronen blühen!"... Тамъ жизнь сама сказываемся и даетъ знать свою силу". И въ его скупомъ воображеніи блѣдно и въ туманѣ обрисовались Тиволи и фраскатанка съ черными, жгучими глазами и южнымъ пыломъ въ крови.

Онъ сталъ укладываться. Ему попались наброски его курса анатоміи. Онъ съ любовью собралъ ихъ и уложилъ въ портфель.

"Теперь работа закипитъ,— подумалъ онъ,— голова освѣжилась, эта умная голова, все преодолѣвающая!" И онъ, отбросивъ портфель, гордо прошелся по компатѣ и взглянулъ, проходя, въ большое стѣнное зеркало.

"Пожелтѣлъ же я однако,— подумалъ онъ,— avec ces bille visées de Meltjukoffka! Точно померанецъ..."

Вечеромъ, ложась спать, онъ отдалъ письмо и посылку Ѳедосѣичу.

— Это письмо и посылку отправить завтра пораньше въ Мельтюковку, съ Григорьемъ!— сказалъ онъ.— Пусть отдастъ толкомъ, въ руки. Отвѣта не нужно!

"Пускай себѣ читаетъ на здоровье!— подумалъ онъ.— Желаю ей полнаго счастья и дюжину ребятъ!..."

И онъ съ наслажденіемъ потянулся и заснулъ.

Но письма она не читала.

Когда она разсталась съ Ратищевымъ, Марья Петровна проводила ее въ ея комнату. И она, не раздѣваясь, упала на постель и закрыла глаза.

Марья Петровна и Пафнутьевна долго уговаривали ее раздѣться, но не добились отвѣта.

— Пусть лучше выспится, голубка моя... Можетъ-быть, Богъ милостивъ, все пройдетъ сномъ,— сказала Марья Петровна.

И, перекрестивъ ее, она вышла съ Пафнутьевной и приперла дверь.

Гроза на мгновенье какъ будто притихла, только дождь лилъ по-прежнему.

Марья Петровна помолилась Богу отъ души и наплавалась досыта. Дождь почти пересталъ. Но черезъ часъ надвинулись новыя тучи и снова засверкала молнія и посыпались удары какъ будто надъ самымъ домомъ. Марья Петровна, Пафнутьевна и Анна Гавриловна зажгли свѣчи и молились.

Буря бушевала цѣлую ночь и на другой день всѣ проспали и встали поздно, сонные.

Марья Петровна, съ заспанными пазами, еще въ кофтѣ и юпкѣ вошла въ комнату Кати.

"Спитъ... Такъ и не раздѣлась, голубка моя!" — подумала она и подошла въ ней.

Катя лежала на спинѣ. Руки ея были вытянуты, голова повернута на бокъ, глаза закрыты, а сквозь полуоткрытый ротъ ярко бѣлѣли стиснутые зубы. Она какъ будто улыбалась. Какимъ-то страннымъ показалось ея лицо Марьѣ Петровнѣ — блѣдное, восковое, съ посинѣлыми губами.

"Точно мертвая" — подумала она и сердце ея сжалось.

Она тихо приложила руку къ ея лбу. Лобъ былъ холодный. Она взяла ее за руку, и блѣдная, сухая рука была холодна, какъ ледъ...

У Марьи Петровны все задрожало внутри. Не помня себя отъ страха, она торопливо вышла изъ комнаты.

— Пафнутьевна! А, Пафнутьева!— закричала она.— Поди сюда!... О, да брось ты тамъ!...

Пафнутьевна бросила недомытую чашку и съ раскрытымъ ртомъ, выпуча глаза, выплыла въ столовую.

— Посмотри скорѣй, что съ ней!... Она точно не живая... Господи!...

За Пафнутьевной выскочило нѣсколько горничныхъ, Анна Гавриловна, всѣ вошли въ комнату Кати и всѣ начали ощупывать, прислушиваться.

— Катя! А, Катя!.... Катулечка!... День уже!— дрожащимъ голосомъ звала Марьи Петровна, теребя ее за руку.— Господи! Господи!— твердила она и руки ея тряслись и судорожно сжинались.— Пафнутьевна!... вѣдь это смерть,— шептала она.

— Спрыснуть ее наде, что ли?— посовѣтовала Анна Гавриловна.

И ее спрыснули, потомъ окурили перьями. Но и это не помогло. Начали окуривать ладаномъ. Удушливый дымъ пошелъ по комнатѣ. Кто-то закашлялъ. Кто-то завылъ. Въ дѣвичьей сердитый голосъ прокричалъ:

— Барышня померла, а ты пристаешь!...

Наконецъ перепробовали всѣ средства, и руки у всѣхъ опустились. Настала мертвая тишина.

Марья Петровна, сидя на креслѣ, металась, прикладывала руки то ко лбу, то къ груди.

— А вы не убивайтесь, матушка, не убивайтесь!— уговаривала ее Анна Гавриловна.— Богъ милостивъ. Можетъ-быть она такъ только... обмерла, голубка!

— Голубушка наша!— послышалось въ заднихъ рядахъ.

И на этотъ возгласъ, какъ будто по сигналу, раздался общій стонъ и рыданіе. Вопли понеслись по всему дому, по двору, шире и шире. На дворъ бѣжали уже бабы изъ деревни, всхлипывая и причитая на бѣгу.

— За дохтуромъ бы послать,— посовѣтовала Пафнутьевна.

— Что ужь тутъ дохтуръ!... Что поможетъ?— началъ протестовать какой-то слезливый голосъ.

— Не поможетъ тутъ дохтуръ. Молоньей ее, видно, голубушку, Господь спалилъ... Власть на всемъ Господня.

"Книжки все читала, вотъ и спалилъ",— промелькнуло въ отуманенной головѣ Марьи Петровны.

— Пошлите, матушка, пошлите скорѣе за дохтуромъ,— затараторила у ней надъ ухомъ Анна Гавриловна.— Пошлите, и впрямъ онъ ужь въ этомъ какъ ни-на-есть средство знаетъ.... Вѣдь они на это обучены...

И, поддерживаемая Анной Гавриловной, Марья Петровна пошла къ себѣ. Всѣ передъ ней сторонились и, толкаясь, разступались. Она усѣлась, стоная, передъ столомъ. Отыскали у Кати и принесли почтовой бумаги и перо. Отыскали сургучъ и какую-то печать, еще покойника Павла Лаврентьича. Все положили передъ Марьей Петровной.

— Какъ же?... Къ кому писать?— простонала Марья Петровна.

— Къ Княжичу пошлите,— посовѣтовала Анна Гавриловна.— къ самому Княжичу. Къ кому же больше и посылать. Окромя его никто не поможетъ.— И тутъ же разсказала, какъ одной больной въ Хлыновкѣ простой знахарь помогъ." — Вотъ простой, сиволапый мужичишка, еще ему за прошлый годъ, князь Редвинскій пятьсотъ въ спину влѣпилъ, а все-таки помогъ.

Марья Петровна, поддерживая одну руку другой, написала письмо и надписала на конвертѣ дрожащимъ почеркомъ кривыми буквами:

"Его превосходительству. Осипу Францевичу Княжичу".

И Егора Мухоярова отправили въ городъ.

— Да смотри — торопись, погоняй пуще, не жалѣй. Пуще погоняй!— наказывала Анна Гавриловна.

Княжичъ былъ провинціальный эскулапъ-тузъ. Слава о немъ гремѣла даже въ смежныхъ губерніяхъ. Болѣе полвѣка онъ практиковалъ и оперировалъ въ околодкѣ и, говорятъ, нажилъ болѣе полмилліона. Не мало наѣзжало въ губернскій городъ медиковъ молодыхъ съ новыми, свѣжими силами, знающихъ и талантливыхъ, но Княжичъ безъ труда, какъ бы шутя, двумя-тремя словами, сказанными ѣдко, кстати, въ нѣсколькихъ домахъ, подкашивалъ подъ самый корень ихъ репутаціи и незыблемо сидѣлъ въ общемъ мнѣніи горожанъ, какъ сидитъ заржавленный гвоздь въ гнилой доскѣ — крѣпко и непоколебимо. Эскулапъ былъ какой-то сомнительной націи: не еврей и не полякъ. Самъ себя онъ выдавалъ то за венгерца, то за чеха, то за поляка, смотря по надобности. Средняго роста, худощавый, съ крупными, но мягкими, закругленными чертами лица, съ высокимъ лбомъ, едва прикрытымъ волосами, съ нахмуренными бровями, изъ-подъ которыхъ свѣтились холодные, сѣрые глазки, съ большими оттопыренными губами и ушами, съ подбородкомъ вложеннымъ въ высокій черный галстукъ — онъ непріятно поражалъ кисло-сладкимъ выраженіемъ лица. Говорилъ небрежно, растягивая слова, постоянно причмокивая, и при этомъ весь ломался, выставляя какъ будто на-показъ свои большія бѣлыя руки съ длинными пальцами, которыми было сдѣлано такъ много весьма удачныхъ операцій.

Въ Мельтюковку онъ пріѣхалъ только на другой день въ вечеру. Катя лежала по-прежнему. Надъ ней успѣли уже отслужить молебенъ съ поднятіемъ мѣстной иконы. Анна Гавриловна уговаривала священника соборовать, но священникъ не согласился.

— Оно конечно,— сказалъ онъ,— душа ея еще витаетъ въ тѣлѣ, но благодати она уже не восприметъ.

И, громко крякнувъ, онъ принялся служить молебенъ о здравіи "тяжко недугующей рабы божіей дѣвицы Екатерины".

Читая Евангеліе, онъ строго посмотрѣлъ на всѣхъ, и, давая цѣловать его, шепнулъ Аннѣ Гавриловнѣ:

— Отпѣвать въ четвертокъ, что ли, будете?...

Всю ночь на-пролетъ у постели Кати просидѣла Пафнутьевна. Сонъ клонилъ ее. Она твердила: "смертію смерть поправъ и сущимъ во гробѣхъ животъ даровавъ". На ночь Анна Гавриловна догадалась поставить у изголовья постели чистый тазъ съ водой.

— Пускай ея душенька выкупается,— сказала она шепотомъ Пафнутьевнѣ,— и чистая явится къ ангеламъ божіимъ.

Въ полночь въ тазу что-то сильно заполоскалось. Пафнутьевна протерла глаза, перекрестилась, навострила уши — и съ замираніемъ сердца, какъ кошка, подошла въ тазу. Въ тазу на заднихъ лапкахъ сидѣла большая мокрая мышь и глазки ея ярко блестѣли при свѣтѣ лампады, теплившейся въ углу передъ образомъ.

— Ишь, шкура поганая!— проворчала Пафнутьевна.— Для тебя нарочно, что ли, тазъ-то припасли?!

И она взяла тазъ съ мышью, унесла его въ дѣвичью; тамъ, схвативъ мышь за хвостъ, она, размахнувшись, крѣпко и хлестко ударила ее объ уголъ стола.

— Замоли о душѣ рабы божьей Екатерины!— проговорила она и, поднявъ оконную раму, съ силой выбросила мертвую мышь на широкій дворъ и высунулась въ окно.

Ясная, звѣздная ночь тихо раскинулась надъ спящей Мельтюковкой.

"Гдѣ-то ея душенька летаетъ теперь?" — подумала Пафнутьевна, глядя на яркія звѣзды и, зѣвнувъ, опустила раму.

На другой день всѣ нетерпѣливо ждали Княжича. Посылали нѣсколько разъ на дорогу. Наконецъ, къ вечеру, раздалось по всему дому:

— Ѣдетъ, ѣдетъ!...

И всѣ уставились въ окошки.

На дворъ медленно въѣзжалъ небольшой тарантасикъ, запряженный разношерстной, поджарой тройкой. Колокольчики скупо звенѣли. Какъ-то лѣниво, какъ будто нехотя, вылѣзъ изъ тарантасика Княжичъ, въ оленьей дохѣ, съ которой онъ не разставался даже въ лѣтніе жары. Вслѣдъ за нимъ выскочилъ тоже медикъ, его ассистентъ, молодой человѣкъ, въ очкахъ, низенькій, вертлявый, съ сладкой улыбкой и полузакрытыми сонными глазками. Онъ, почтительно поддерживая Княжича подъ руку, ввелъ его на крыльцо.

Медленно, вяло, раскутывался Княжичъ, какъ-то подозрительно оглядываясь кругомъ, и, наконецъ, одернувъ черный длинный сюртукъ, искривившись всѣмъ тѣломъ и опустивъ кисти рукъ внизъ, какъ дѣлаютъ собаки, сидя на заднихъ лапахъ, вошелъ въ столовую.

— Здравствуйте!— проговорилъ онъ слащавымъ голосомъ.— Гдѣ же больная?...

Его повели и за нимъ тихо пошла толпа. Онъ медленно, приставивъ руку въ глазамъ въ видѣ зонта, оглянулъ всѣхъ и, подойдя въ Катиной постели, сѣлъ на самый край ея и потеръ руки.

— Давно это она у васъ?...— спросилъ онъ, носясь на Катю.

— Со вчерашняго утра,— заговорила дрожащимъ голосомъ Марья Петровна.— Я вчера утромъ вошла въ ней... Съ ночи должно быть...

— Съ ночи будетъ,— перебила Анна Гавриловна.

Онъ медленно оглядѣлъ съ ногъ до головы Анну Гавриловну, затѣмъ потрогалъ руки Кати и опять потеръ свои. Потомъ досталъ изъ бокового кармана длинный стетоскопъ и, вставивъ одинъ конецъ его въ свое большое, оттопыренное, ухо, другой приставилъ въ распахнутой груди Кати. Потомъ опять посмотрѣлъ на ея лицо, приподнялъ пальцемъ одну вѣку, почмокалъ и сказалъ:

— Д-да!

И онъ опять присѣлъ на край постели.

— Perilepsis!— процѣдилъ онъ сквозь зубы и взглянулъ на своего ассистента, который стоялъ, почтительно нагнувшись, около него.

— А вы бы шторы тутъ, что ли, повѣсили!— заговорилъ онъ вдругъ.— Вѣдь ей свѣтъ прямо въ глаза.

И онъ помахалъ рукой.

Всѣ переглянулись.

— Ставни можно закрыть,— догадалась Анна Гавриловна.— Мы и такъ на ночь всѣ запираемъ. Все сохраннѣе...

Онъ опять всталъ и началъ ей постукивать грудь и животъ, тяжело надавливая своими длинными, жесткими пальцами. Потомъ немного отошелъ отъ постели, прямо уставивши глаза на лицо ея, перегнувшись назадъ и подпершись фертомъ.

— Д-да!— процѣдилъ онъ сквозь зубы, покачиваясь.— Дѣвушка хорошенькая!

У него была дочь однихъ лѣтъ съ Катей.

Кто-то въ заднихъ рядахъ началъ тихо всхлипывать. Онъ быстро обернулся и замахалъ руками.

— Ахъ!... Вы ужь пожалуйста!— заговорилъ онъ громичргъ, рѣзкимъ, гнусавымъ тономъ.— Не безпокойте ее. Подите вонъ!

И онъ опять раздражённо махнулъ обѣими руками.

Всѣ испуганно попятились и тихо вышли. Остались только Пафнутьевна, Анна Гавриловна и Марья Петровна.

Онъ опять молча уставился на лицо Кати, на открытую грудь ея. Что-то сладострастное, холодное и острое, какъ анатомическій ножъ, сверкнуло въ его стальныхъ глазкахъ.

— Придется, пожалуй, вскрыть, какъ скоропостижную...— сказалъ онъ вполголоса и, не договоривъ, вдругъ остановился.— Ну,— сказалъ онъ, помолчавъ немного и оборачиваясь въ полъоборота къ Марьѣ Петровнѣ,— тутъ намъ, собственно говоря, дѣлать нечего.— Онъ чмокнулъ и искоса взглянулъ на потерянное лицо Марьи Петровны.— А вамъ нужно спокойствіе, сударыня, главное — спокойствіе... Прощайте-съ!

И онъ протянулъ свою большую руку, обернувъ ладонью кверху и широко разставивъ пальцы.

Но Марья Петровна, не подавая руки, вдругъ, какъ стояла, такъ и упала передъ нимъ, съ тихимъ стономъ, на колѣни.

Княжича всего покоробило и повело.

— Ваше превосх... Осипъ Францевичъ!... Человѣкъ вы...— заговорила она, всхлипывая, дрожа всѣмъ тѣломъ и какъ-то подѣтски хватая его за длинныя полы сюртука. Она захлебнулась слезами и начала гнуться къ полу.

— Ахъ!— заговорилъ Княжичъ быстро и раздраженно, выставивъ обѣ ладони впередъ.— Я не Богъ! Вѣдь я не Богъ!— И, совершенно искрививъ голову на бокъ, продолжалъ:— Помилуйте, къ чему это отчаянье?... Ну, Богъ милостивъ!...

— Poslouchay kochany pane Boleslawe,— обратился онъ по-польски къ ассистенту,— тамъ, въ маленькой аптечкѣ... что-нибудь... Ну, хотя aqua lauro-cerasi...

Пане Болеславе опрометью бросился въ переднюю, быстро раскрылъ привезенный имъ ручной шкафчикъ и, схвативъ обѣими руками стекляночку, такъ же быстро принесъ и подалъ ее Княжичу.

— Вотъ, вотъ!... Это въ водѣ. По десяти капель, черезъ часъ... Вамъ надо серьёзно лѣчиться, сударыня, серьезно!— прибавилъ онъ, видя, какъ ее дергаетъ.

Анна Гавриловна взяла одною рукой стекляночку, а другой поддерживала Марью Петровну.

— Ну, до свиданья! До свиданья... Богъ милостивъ!— И онъ быстро обернулся и пошелъ вонъ.

Въ передней, жуя и чмокая, онъ такъ же медленно началъ окутываться.

Марья Петровна вдругъ всполохнулась и опустила быстро руку въ карманъ.

— Анна Гавриловна, матушка, вѣдь я забыла ему деньги-то!— И она вынула двѣ новенькія серіи, заранѣе приготовленныя и сложенныя вчетверо.

Анна Гавриловна, ничего не говоря, выхватила деньги и бѣгомъ отправилась съ ними въ переднюю.

— Ваше превосходительство!— кричала она на бѣгу,— ваше превосходительство!...

Княжичъ навострилъ уши.

— Вотъ-съ... деньги забыли отдать. Извините-съ!

Онъ какъ-то неохотно протянулъ руку, но, увидавъ серіи, быстро, судорожно сжалъ ихъ въ большой кулакъ и сунулъ въ боковой карманъ.

— Благодарю-съ!... Напрасно-съ!— проговорилъ онъ.

Потомъ, одѣвшись, онъ постоялъ молча, какъ будто что-то раздумывая, развелъ руками и прибавилъ:

— А я заѣду еще дня черезъ два. До свиданья-съ!— прибавилъ онъ съ сладкой улыбкой и медленно вышелъ.

Съ отъѣздомъ его какъ будто все опустилось и всякая надежда лопнула. Но настало то состояніе, которое во всякомъ случаѣ лучше висѣнья между небомъ и землей, жизнью и смертью.

Потолковали и рѣшили еще подождать до завтра. Порядокъ въ домѣ рушился. Все шло необыкновенно. Ставни были закрыты. Всѣ говорили шепотомъ. Время тяжело тянулось на свинцовыхъ крыльяхъ. Опять насталъ вечеръ, ночь и смутное ожиданіе чего-то опредѣленнаго: произнесенія приговора.

"Хоть бы словечко промолвила, послѣднее мнѣ словечко!" — подумала Марья Петровна, смотря на полуоткрытый ротикъ Кати, и при этомъ вдругъ припомнила ея послѣднее слово: "Уснуть!"

— А вѣдь надо бы гробикъ заказать,— проговорила тихо и нерѣшительно Анна Гавриловна.— Чай скоро-то не поспѣетъ...

— Что же, заказать можно,— сказала Пафнутьевна.— Вѣдь надо въ городъ. Къ послѣзавтрешнему утру бы...

Всѣ помолчали.

— Какъ мѣрку-то снять?— спросила Пафнутьевна.— Вѣдь живую мѣрить-то не годится...

— А такъ просто на глазъ,— сказала Анна Гавриловна.— А то по платью можно. Вотъ генеральшу Бѣлищину хоронили. Гробочикъ заказали, а мѣрку-то забыли. Такъ платье старое у кого-то въ городѣ нашли,— ну, и смѣрили.

Смѣрили по платью и отрядили опять того же Егора въ городъ.

— Въ послѣзавтрему, къ утру!— наказывала Анна Гавриловна.— Не забудь: розовый, атласный, позументъ серебряный, съ лапками...

XXXVI

На другое утро, ранехонько, Анна Гавриловна подошла къ Катѣ. Пафнутьевна дремала подлѣ на креслѣ.

— Пафнутьевна! А, Пафнутьевна!— вдругъ проговорила она испуганнымъ шепотомъ.

Пафнутьевна вдругъ вскочила и вытаращила глаза.

— Вѣдь голубушка-то наша,— посмотри-ка,— кажется, тронулась... Упокой, Господи, душу ея!— И она, заморгавъ глазами, начала креститься.

Пафнутьевна подошла, нагнулась въ Катѣ, постояла и... начала тоже всхлипывать и креститься.

Разбудили Марью Петроѣну, которая только-что забылась на полчаса. Поднялись всѣ, началась суматоха и опять плачъ и вопль... Сомнѣваться долѣе имъ казалось грѣхомъ и Искушеніемъ.

"Вѣрно ужь и тогда она была не живая" — подумала Анна Гавриловна.

И всѣ повѣрили, всѣ принялись за дѣло.

Не вѣрило только одно сердце матери. Оно цѣплялось, скользя и обрываясь, за всякій блѣдный призракъ надежды. Страшна была для него эта темная, непроглядная ночь, эта безцѣльная, одинокая жизнь.

Она подошла къ тѣлу Кати и начала громко звать и толкать его. "Теперь уже все равно, не повредитъ" — подумала она, путаясь въ сужденіяхъ.

— Катя, Катулечка!— говорила она.— Вѣдь это я зову,— я, твоя мама-Маша... Проснись родная, голубка... единств...

И, не договоривъ, съ глухимъ стономъ она упала безъ чувствъ на это безотвѣтное, холодное тѣло. Ее отняли, унесли и уложили въ постель.

Тѣло раздѣли и начали обмывать. Анна Гавриловна распустила ей косу.

— Гляди-кось! Ниже пояса... Чай до пятокъ достанетъ.— И она вытянула волосы. Дѣйствительно, коса достала до пятокъ.— Дѣвушки, дайте-ка мнѣ ножницы,— я отрѣжу кусочекъ на память!...

И она отрѣзала небольшую прядь волосъ и отнесла Марьѣ Петровнѣ.

— Возьмите-ка, матушка, на память!— сказала она.— Схоронятъ, такъ ничего не останется!...

Марья Петровна машинально взяла, посмотрѣла, догадалась. Судорожно сжала она въ рукѣ, поднесла къ губамъ эту милую прядь и... опять впала въ забытье и закрыла глаза.

Потолковали, въ чемъ положить Катю. Подвѣнечное платье еще не было готово. Дѣвушки доказывали, что всего лучше одѣть въ бѣлое, кисейное, съ прошивками. Онѣ всѣ шили, въ прошломъ, году, это платье во дню рожденія и кончили его въ одну ночь.

И ее одѣли въ это бѣлое платье и перехватили тонкую дѣвичью талію бѣлымъ атласнымъ поясомъ. Потомъ сложили ей. руки на груди и понесли бережно, какъ большую, дорогую куклу, суетясь и тяжело переступая. Въ залѣ уже были накрыты два ломберныхъ стола чистой скатертью и лежала вся кружевная подушка. Но подушка оказалась низка. Подложили томикъ Жеро, подвернувшійся подъ руку. На грудь положила Пафнутьевна маленькій образокъ Спасителя, снявъ его изъ ея комнаты, изъ угла.

— Невѣста Господня!— раздалось изъ толпы и кто-то громко зарыдалъ. Кто-то завылъ пронзительно, неистово. Это были красавица Параня. Ее съ трудомъ вынесли въ сѣни. Она билась и стонала.

— Цвѣтами бы убрать ее,— прошептала Анна Гавриловна.— У Еленьтевыхъ, третьяго года, тоже дочку хоронили,— та вся въ цвѣтахъ лежала. Страсть, какъ хорошо было глядѣть!... И духу-то меньше. Значитъ — отъ цвѣтовъ-то хорошій духъ идетъ и отбиваетъ... А на ночь-то все чай надо будетъ тазъ со льдомъ подставить. Вѣдь жара теперь...

— "Она любила, голубушка моя, цвѣты. Въ дѣда покойника была" — подумала Пафнутьевна.— Дѣвки!— скомандовала она.— Айдате, рвите всѣ цвѣты, къ чему оставлять?... Все было ея, съ ней все и въ гробъ пойдетъ.

Дѣвушки торопливо пошли въ садъ, въ цвѣтникъ, и начали обрывать и обрѣзывать всѣ ея любимые левкои, гвоздики, махровыя розы.

— Посмотри-ка, дѣвынька, кака краса Господня!— сказала

Даша, указывая на бѣлую лилію, которая пышнымъ цвѣтомъ развернула на царственномъ стеблѣ большіе, снѣжно-бѣлые, сладко-пахучіе цвѣты. Срѣзала и ее.

— Это ей на грудь! Въ ручки,— сказала Ѳеня!

Таня посмотрѣла и ничего не отвѣтила. Она, молча всхлипывая, обрѣзывала розы. Изъ глазъ ея катились крупныя слезы и какъ росинки падали и сверкали на этихъ розахъ.

И тѣло убрали цвѣтами.

Лиза и Варя принесли тоже цвѣты,— онѣ набрали ихъ съ лужаекъ, съ пруда,— тѣ самые цвѣты, по которымъ она учила ихъ строенію цвѣтка. Онѣ сплели вѣнокъ. Это тоже она ихъ выучила.

— Вотъ такъ!— сказала Анна Гавриловна, оглядывая все кругомъ.— Пусть лежитъ, какъ въ цвѣтничкѣ своемъ, райская душа!— И, отступивъ отъ стола, она тяжело опустилась на колѣни своимъ массивнымъ тѣломъ и, тихо, истово, перекрестясь, поклонилась въ землю.

Подняли и привели Марью Петровну. Тихо, вся дрожа, подошла она къ столу и, наклонясь надъ рукой Кати, поцѣловала эту восковую, хорошенькую ручку съ блѣдно-синими, длинными ноготками.

— Святая моя...— шептала она,— замоли Господа о моей душѣ грѣшной, чтобы скорѣе свидѣлись мы... съ тобой... тамъ, гдѣ никто и ничто не разлучаетъ...

И она тихо опустилась на колѣни и, вся дрожа, тоже поклонилась до земли. Но встать уже не могла. Ея подняли и отвели опять въ спальню.

День становился жаркимъ. Тучки собирались и бродили по небу, тѣсня одна другую, и проносились мимо съ тихимъ вѣтеркомъ

— Ставни-то надо бы закрыть!— сказала Анна Гавриловна.— Одно вотъ это окно е запирать. Все будетъ прохладнѣе!... Да и мухи не станутъ плевать на нее...

Давно уже послали за священникомъ. Онъ пріѣхалъ теперь, вошелъ, кряхтя и охая, согнувъ голову, и сказалъ всѣмъ: "Миръ вамъ!"

Началась панихида. Понесся синій дымъ ладана изъ кадильницы. Цѣпи ея тихо бряцали и всѣ тихо крестились.

Черезъ два часа пришелъ читальщикъ — сѣденькій старичокъ съ маленькими, слезящимися глазками.

Вечеромъ, когда полный мѣсяцъ поднялся надъ Мельтюковкой, послѣ сильнаго напряженія нервы у всѣхъ начали опускаться и всѣхъ клонилъ сонъ.

— Что-жь,— сказала Анна Гавриловна нерѣшительно,— надо все-таки кому-нибудь ночевать въ залѣ.

— Да вѣдь читальщикъ будетъ,— замѣтила Пафнутьевна.

— Ну, а отлучится онъ куда?...

— Я лягу въ залѣ,— сказала Параня.— Я не боюсь мертвецовъ.

Анна Гавриловна посмотрѣла на нее.

— Нѣтъ, тебѣ не годится. Тебѣ еще со сна что почудится. Ты и такъ спишь непокойно... Нѣтъ,— сказала она, нахмурясь и махнувъ рукой,— сама, я лягу... Только креселко бы сюда перенести, въ немъ можно спать.

И она расположилась въ залѣ на креслѣ и вскорѣ захрапѣла.

Часу въ третьемъ къ ней пришла Пафнутьевна въ кофтѣ и юпкѣ и разбудила ее.

— Не спится все мнѣ, матушка,— зашептала она неровнымъ голосомъ.— Все она мнѣ, голубушка, мерещится. Все какъ будто я ее на рукахъ укачиваю... Вѣдь воспитанница она моя была!...

И она захныкала, отирая кофтой слезы.

— Подите тамъ сосните, а я посижу.— И она усѣлась на мѣсто Анны Гавриловны.

Уже въ растворенное окно сѣрѣло утро и даль туманилась сквозь тихо покачивающіяся вѣтви черемухи. Свѣжій вѣтерокъ тянулъ изъ окна и отклонялъ пламя свѣчей. Читальщикъ читалъ вялымъ голосомъ и нюхалъ табакъ.

Пафнутьевна крѣпко спала. Читальщикъ послушалъ, какъ она громко храпѣла, раскрывъ ротъ, искоса посмотрѣлъ на усопшую, на ципочкахъ вышелъ вонъ и притворилъ двери.

Часы летѣли, утро свѣтлѣло яснѣе и яснѣе и заря шире и шире разливалась по небу. На верхушкахъ черемухи трепетно, робко заалѣли листочки отъ первыхъ лучей восходящаго солнца. Въ черемухѣ проснулись и громко зачирикали воробьи.

Въ это время Пафнутьевнѣ снилось, что Катю уже хоронятъ и гробикъ поставили надъ могильной ямой. "Что это у батюшки лицо-то какое нехорошее!" — думаетъ она. А батюшка вдругъ вскидываетъ на нее глазами — черными, строгими, и они горятъ, какъ угли, и смотрятъ прямо въ ея темное, дряблое сердце..."Ты — грѣховодница!— говоритъ грозно священникъ.— Ты все гадала и ее уморила. Жизнь твоя теперь никому ненадобна!" — "Да, никому "ненадобна, ваше превосходительство!" — говоритъ Анна Гавриловна и тоже, смотритъ строго на Пафнутьевну".

"— Ее надо зарыть, вмѣстѣ съ ней,— говорятъ кругомъ Пафнутьевны,— вѣдь она воспитала ее".

Батюшка, совсѣмъ черный, грозно кричитъ:— "Зарыть, зарыть!..." Пафнутьевяа падаетъ на колѣни.

"— Ваше превосходительство!..." — хочетъ сказать она и не можетъ... Языкъ, руки, ноги нѣмѣютъ и она падаетъ въ могилу. Земля съ страшнымъ стукомъ и громомъ рушится на нее.

"— Няня, няня!" — зоветъ ее изъ гробика, гдѣ-то подъ землей, тихій, ласковый, знакомый голосокъ. Она хочетъ открыть ихъ и не можетъ...

Во время этого сна два воробушка робко влетѣли въ комнату. Это былъ "смѣлый" съ его подругой. Они трепетно покружились надъ Катей и опустились. "Смѣлый" сѣлъ ей прямо на грудь и чирикнулъ, клюнулъ цвѣтокъ, опять чирикнулъ и клюнулъ образъ. Потомъ клюнулъ ей палецъ и вдругъ оба воробья шарахнулись и опрометью бросились въ окно.

Катя быстро отдернула руку и вся потянулась. Потомъ медленно поднялась, сѣла на столъ и тихо протерла тяжелыя, не поднимавшіяся вѣки.

Цвѣты посыпались съ нея дождемъ. Образокъ покатился и съ рѣзкимъ стукомъ ударился объ полъ. Пафнутьевнѣ показалось во снѣ, что на нее рушится земля.

Тупая, ноющая боль поднялась въ рукахъ, въ ногахъ Кати, во всѣхъ суставахъ, мышцахъ. Жизнь вернулась въ нее и начала, свое дѣло...

— Няня!— тихо позвала она, увидавъ наконецъ Пафнутьевну.— Няня!...

Пафнутьевна вздрогнула, открыла глаза... Ее обдало ужасомъ. "Это опять во снѣ... Вѣдь она — мертвая!" — подумала она и снова закрыла глаза:

— Няня!— опять тихо позвала Катя.

Пафнутьевна взглянула на нее и очнулась, уразумѣла. Она вся задрожала, затряслась. Съ радостнымъ воплемъ кинулась къ ней и обхватила ее руками.

— Няня,— проговорила съ трудомъ Катя,— я вѣдь не умерла... Я все слышала...

Но Пафмутьевна не слушала ея. Дрожа всѣмъ тыловъ, она стащила ее со стола вмѣстѣ со скатертью.

— Матушка!... Святители!... Заступница Небесная!— бормотала она.— Вернулась ты къ намъ... Изъ гроба встала... Свѣтъ ты нашъ!— и, крѣпко обхвативъ ее, слабую, едва двигавшуюся, она повела ее, вся дрожа и качаясь, въ спальню.

— Барыня!— кричала она, рыдая.— Матушка!...— но голосъ ея обрывался.

И, какъ только ввела она ее въ спальню, Марья Петровна, какъ была въ рубашкѣ, въ юбкѣ, вся, однимъ движеніемъ всего тѣла, бросилась къ ней, упала подъ ноги и начала цѣловать ея руки.

А тамъ уже бѣжала Анна Гавриловна, вся перепуганная, изумленная. И съ разныхъ концовъ сбѣгались всѣ: кто еще въ одной рубашкѣ, кто плача и охая, но у всѣхъ глаза блестѣли радостью.

— Ишь ты, чудо какое свершилось!— говорили, крестясь, набѣжавшія бабы.

Пафнутьевна все держала ее, обхвативъ крѣпко руками, точно приросла къ ней.

Катя тихо потянулась къ креслу и нѣсколько рукъ бросились и усадили ее.

Марья Петровна встала рядомъ. Она точно помолодѣла и вся переродилась. Катя положила голову на грудь къ ней и какъ-то странно казалось ей быстрое біеніе этого родного ей сердца — сердца матери.

— Мама!— сказала она.— Мнѣ тебя стало жалко... А умирать такъ хорошо, покойно!...

А Пафнутьевна наскоро опустилась передъ образами, помолилась и сѣла подлѣ нея на полъ.

— Ненасмотрѣнная ты моя!— шептала она, утирая кулакомъ слезы.

Варя и Лиза стояли въ однѣхъ рубашечкахъ подлѣ.

— А это я тебѣ, тетя, положила водяной цвѣтокъ. Я сама его достала,— сказала Варя.

Катя тихо посмотрѣла на нее и погладила ее по головкѣ.

Дѣвочка заплакала.

— Ангелъ нашъ бѣлый!... Изъ рая къ намъ вернулась,— говорила, плача, Параня.

— Точно причастница сидитъ,— прошептала, всхлипывая, Ѳеня.

И всѣ онѣ радовались такъ просто, поло и открыто этой молодой вернувшейся жизни. Всѣ цѣловали руки, ноги, платье Кати.

"Для всѣхъ для нихъ нужна моя жизнь,— подумала она.— И буду я жить для нихъ, для всѣхъ".

Не обрадовался только одинъ человѣкъ. На дворъ медленно въѣзжала телѣга съ гробомъ. Но бабы тотчасъ же начали гнать гробовщика со двора и звонкими голосами разсказывать наперерывъ, что случилось.

Гробовщикъ сумрачно поглядѣлъ на окна и, медленно соскочивъ съ телѣги, вошелъ въ сѣни съ задняго крыльца.

"На радостяхъ вѣрно поднесутъ и за гробъ хоть половину заплатятъ", подумалъ онъ.

XXXVII

Только черезъ пять дней по отъѣздѣ Ратищева за границу привезли письмо его и кольцо въ Мельтюковку. Получивъ его, Марья Петровна встрепенулась и испугалась.

"Что еще онъ тутъ написалъ?" — подумала она и долго прятала письмо, молилась, со всѣми совѣтовалась и, наконецъ, спросила Катю.

— Мама,— сказала она,— мнѣ все равно! Я умерла... Дай я прочту или сожгу его... Мнѣ все равно!

И она прочла письмо безъ всякаго волненія.

— Мама,— сказала она,— надо отослать ему кольцо его и брилліанты.

Болѣзнь или припадокъ мнимой смерти сдѣлалъ переворотъ въ организмѣ Кати, такой же таинственный, еще необъясненный современною наукой, какъ и сама болѣзнь. Княжичи назвали бы это состояніе анеміей, недостаткомъ иннерваціи, но въ сущности ихъ вовсе не интересуетъ и никогда не интересовали подобные, не карманные, вопросы. Болѣзнь Кати произвела ту перемѣну въ ея нервахъ, то состояніе, котораго она тщетно добивалась, когда боролась со своею страстью. Это состояніе можно назвать полною пассивностью. Въ немъ не было ни горечи, ни того кисло-сладкаго чувства, которое остается послѣ тяжелой болѣзни или долгаго раздраженія. Это былъ полный индифферентизмъ, полное отсутствіе всякаго внутренняго импульса.

По цѣлымъ днямъ она просиживала на одномъ мѣстѣ, всего же чаще въ саду. Все возбуждало въ ней мысли, но только на одно мгновеніе. Всѣ эти мысли тотчасъ же обрывались и она погружалась въ какой-то тихій совъ на яву. Проходили цѣлые часы, но она ихъ не замѣчала.

Иногда она пугалась этого спокойствія. Ей представлялась опять возможность повторенія глубокаго сна смерти.

"Хорошо, если умрешь,— думала она — а если опять придется ожить?... И что опять будетъ съ мамой?"

И только этою любовью или этой привычкой, этимъ инстинктивнымъ чувствомъ она жила.

Все въ Мельтюковкѣ ей казалось чужое. Гдѣ-то вдали двигались эти знакомыя съ дѣтства лица. Они смѣялись, волновались, страдали, шумѣли,— словомъ, жили прежней мелочною жизнью. И эта жизнь была для нея теперь совершенно чужая. Она не понимала ея.

— Катулечка!— говорила иногда Марья Петровна сквозь слезы, смотря, какъ она сидѣла, какъ будто задумавшись, за столомъ, не дотрогиваясь до кушанья, все съ тѣмъ же исхудалымъ, мертвенно-блѣднымъ лицомъ.— Катуля моя, что съ тобой?

И Катя пробуждалась.

— Мнѣ хорошо, покойно, мама!— тихо говорила она.— Не бойся, я не умру. Я — вся твоя.

И она принималась за ѣду и, не кончивъ ея, снова погружалась въ свою апатію.

Такъ иногда бываетъ съ испорченными часами. Ихъ толкнешь: они пойдутъ и — снова остановятся.

Иногда по цѣлыми вечерамъ она просиживала около матери, у которой голова теперь постоянно тряслась. Это было слѣдствіе послѣдняго удара, который словно колесомъ проѣхалъ по ея сердцу. Марья Петровна говорила обыкновенно простыя слова, давала пустыя рѣшенія и сентенціи. И Катя молча слушала ихъ и отвѣчала коротко и часто не впопадъ. Ей были пріятны эти тихія, сердечныя рѣчи, этотъ добрый, ласковый голосъ. Онъ чуть чуть, какъ легкій, нѣжущій вѣтерокъ, пробѣгалъ по ея дремавшимъ нервамъ и возбуждалъ въ нихъ какой-то слабый слѣдъ тихаго чувства.

Одинъ разъ, въ своей комнатѣ, она принялась за книгу. Сначала многое, что было прежде для нея такъ ясно, теперь вдругъ стало совсѣмъ непонятнымъ наборомъ словъ. Она принудила себя съ трудомъ вдумываться въ каждое слово и только мало-по-малу, какъ-то медленно, начала выдаваться изъ этихъ словъ связная мысль. Голова у ней начала болѣть и кружиться.

Вошла Марья Петровна. При видѣ этого ненавистнаго чтенія голова ея затряслась сильнѣе. Губы что-то зашептали. Она тихо подошла къ Катѣ и сѣла съ ней рядомъ, на кровать.

— Катя,— оказала она тихо и робко,— вѣдь ты мнѣ говорила, что ты — моя, вся моя...

Катя тихо оторвалась отъ книги и посмотрѣла на нее съ недоумѣніемъ.

— Зачѣмъ же,— спросила Марья Петровна еще тише,— ты опять принялась за книги, Катуля моя? Страшны онѣ мнѣ... Я безъ нихъ вѣкъ прожила.

Катя ничего не отвѣчала. Марья Петровна нерѣшительно протянула руку къ книгѣ.,

— Катуля моя, ради моего спокойствія!... Вѣдь можетъ-быть я уже не долго проживу.

И Катя отдала ей книгу.

— Я ихъ всѣ спрячу, сохраню. Только бы онѣ на глаза тебѣ не попадались, не соблазняли тебя.

Катя тихо, молча, кивнула головой.

"На что мнѣ въ самомъ дѣлѣ эти книги?— подумала она.— Я теперь знаю все резъ нихъ. Я знаю, что въ этомъ мірѣ есть два міра. Одинъ міръ — чувства. Имъ я жила и отжила вполнѣ. Другой — которымъ живутъ камни и воздухъ. Они не трепещутъ, не волнуются, они покойны какъ мохъ, какъ плѣсень, они стоятъ на рубежѣ этихъ двухъ міровъ, и я теперь на рубежѣ ихъ,— скоро, можетъ-быть, я опять уйду въ этотъ міръ полнаго покоя. Вѣчный круговоротъ жизни и смерти катитъ свое колесо... Куда?— Въ неизвѣданную даль!..."

И ей смутно представились нѣкоторыя мѣста изъ книгъ, гдѣ именно толковалось объ этомъ круговоротѣ. И эти мѣста теперь какъ-то странно примѣнялись въ ея жизни. Да еще представлялось ей во всемъ необъятномъ, мистическомъ величіи эта буддійская нирвана. Она посмотрѣла на небо, ясное, голубое.

"Что же,— подумала она,— можетъ-быть и я буду тамъ".

Изъ ея пассивности всѣхъ сильнѣе будила ее Пафнутьевна. Она чуть не на каждомъ шагу приставала въ ней съ кушаньемъ.

— Не ѣстъ, да и только!— докладывала она Марьѣ Петровнѣ и тутъ же ѣла сама то, что предлагала ей.— Душа-то у ней еще не принимаетъ, матушка!— поясняла она и при этомъ вдругъ восторгалась:— Господи!— говорила она взволнованнымъ голосомъ,— шутка ли сказать, гдѣ была душенька ея! Въ садахъ Господнихъ летала!— Она перекрестилась и вдругъ, насупившись, подумала:— "А хорошо, что мышь-то я въ тѣ поры догадалась убить. Это видно она, поганая, замолила всрнуться ея душенькѣ...

Разъ Катя сидѣла въ саду. День былъ ясный, жаркій, но она сидѣла укутанная въ тепломъ бурнусѣ. Ей было постоянно холодно. Передъ ней стояли Варя и Лиза. Она тихо толковала имъ, изъ чего состоитъ земля и какъ она переходитъ въ траву, какъ распускаются разныя соли въ водѣ, которыя кормятъ растеніе, и что все это дѣлаетъ солнце. "А траву ѣстъ овца, корова. Стало-быть то, что было въ травѣ — тѣ соли перешли въ овцу и корову. И когда умираютъ овца и корова, то онѣ гніютъ и опять становятся землей. Такъ все одно переходитъ въ другое и обращается въ землю", заключила она.

— Вѣдь это Богъ все такъ дѣлаетъ?— спросила Варя.

Катя пристально посмотрѣла на нее.

"Для каждой поры,— подумала она,— для каждаго возраста есть свои понятія и вѣрованія. Этотъ великій образъ чего-то могучаго, недоступнаго, таинственнаго и постоянно волнующаго человѣчество — необходимъ ихъ дѣтскому сердцу и представленію". И она сказала.

— Да, это Онъ все дѣлаетъ.— И начала говорить имъ о Богѣ-человѣкѣ, о томъ, какъ онъ любилъ всѣхъ, какъ онъ любилъ правду, чтобы никто не лгалъ,— поясняла она,— чтобы сердце у всякаго было открыто...

— Развѣ у него, тетя, есть дверцы?— спросила Лиза.

Но вдругъ и Варя, и Лиза насторожили уши и, вытянувшись, посмотрѣли изъ-за кустовъ.

По аллейкѣ раздались чьи-то торопливые шаги. Это шелъ Талыгинъ.

Онъ похудѣлъ, немного поблѣднѣлъ, но теперь на щекахъ его набѣжалъ румянецъ отъ волненія, которое онъ не могъ подавить. Глаза его тихо сіяли.

Онъ былъ уже въ Петербургѣ и писалъ письмо въ матери, что завтра выѣзжаетъ въ Варшаву, когда принесли ему телеграмму.

"Р.,— телеграфировала Агнія Петровна,— отказался отъ ея руки. Пріѣзжай скорѣе!"

Она долго думала, прежде чѣмъ послала эту телеграмму.

"Ну, а какъ я вызову его понапрасну?— думала она.— Можетъ-быть она не захочетъ быть его женой. Съѣзжу сама и все разузнаю, а можетъ-быть и устрою".

Но тутъ опять нападало сопѣніе.

"Можетъ-быть что-нибудь напутаю. Вѣдь это дѣло его сердца и его головы. Нынче они все сами устраиваютъ. Оно и лучше. Пошлю телеграмму. Какъ рѣшитъ онъ... Пусть прилетитъ хоть на денекъ. Еще посмотрю на него".

И онъ дѣйствительно летѣлъ на паровозѣ, на пароходѣ и на пятые сутки ужь обнималъ мать.

Катя не замѣтила въ немъ никакой перемѣны. Онъ ей показался такимъ же чужимъ, какъ и всѣ.

— Здравствуйте!— сказала она и тихо протянула ему руку.

А онъ смотрѣлъ на нее съ сжатымъ сердцемъ; которое вдругъ все наполнилось сожалѣніемъ къ этому слабому, опустившемуся существу, къ этимъ потухшимъ, но все-таки прекраснымъ глазамъ, которые казались теперь больше отъ желтыхъ, впалыхъ щекъ и приподнятыхъ бровей.

— Какъ вы перемѣнились!— сказалъ онъ.

— Да, я была больна сильно. Чуть не умерла... Вы, вѣроятно, слышали...

— Вамъ теперь надо скорѣй поправляться, оживать, выходить на... ("прежній путь, съ новыми силами,— хотѣлъ сказать онъ и остановился.— Ей ненадо ничего напоминать изъ прошлаго,— подумалъ онъ.— Все это еще будетъ тревожить ее").

— Зачѣмъ?— спросила она какъ-то безчувственно, какъ будто и этотъ самый вопросъ ее нисколько не интересовалъ.— Вѣдь я умерла для всего. У меня нѣтъ внутри ни силъ, ни энергіи,— ничего ни въ сердцѣ, ни въ умѣ. И это такъ хорошо!... Зачѣмъ же мѣнять?... Чтобъ опять волноваться и страдать?... ("въ этомъ мірѣ" — подумала она).

Талыгинъ покачалъ головой.

— Это временное состояніе у васъ, Катерина Львовна,— сказалъ онъ.— Это пройдетъ. Въ жизни даже у здороваго человѣка есть приливы и отливы. Иной разъ все кажется не такъ и все спрашиваешь себя: зачѣмъ, да къ чему? Что это все за глупости такія?... Но такая хандра можетъ приходить только отъ разочарованія, а у человѣка съ цѣлью ясно опредѣленной и широко поставленной ея нѣтъ. Ему кажется только порой, что онъ всѣхъ любитъ, а порой, что онъ никого не любитъ, въ томъ числѣ и себя... У васъ это пройдетъ.

— Нѣтъ, не пройдетъ,— сказала она тихо, покачавъ головой.— Перечувствовать болѣе того, что я перечувствовала, я не могу. Я помню очень хорошо, какъ была полна эта привязанность, которая такъ быстра завладѣла моимъ сердцемъ. Но эта привязанность, Димитрій... (она не вдругъ вспомнила, какъ его зовутъ) Павлычъ, ничто передъ другими чувствами. Я помню, какъ рыдала и обмирала надо мной моя мать. Я пережила тогда... Да, я поняла ея чувства. И повѣрьте, нѣтъ ничего ужаснѣе, какъ лежать мнимо мертвой... Слышать, сознавать и — не откликнуться на это чувство... Эти минуты такъ глубоко потрясаютъ весь организмъ, что послѣ нихъ дѣйствительно становишься мертвымъ и все кругомъ умираетъ.

И она все это говорила тихо, ровно, спокойнымъ, точно искуственнымъ голосомъ.

— Катерина Львовна,— сказалъ Талыгинъ и съ нетерпѣніемъ сжалъ свои руки,— вы ошибаетесь. Я увѣряю васъ, что ошибаетесь. Вы живы... Вы вернулись къ жизни. У васъ съ сердца свалился этотъ темной, тяжелый кошмаръ, который такъ долго давилъ васъ... (она не вдругъ поняла, о чѣмъ говорилъ онъ) Въ васъ есть способности,— да, большія способности, силы. Онѣ только дремлютъ. Вы обязаны жить и отдать всему живущему эти способности...

Она посмотрѣла на него съ недоумѣніемъ.

Варя и Лиза шли подлѣ нихъ, смѣялись, рѣзвились и лепетали дѣтскими живыми голосами, онѣ прятались другъ отъ друга то за Катю, то за Талыгина.

— Кто же меня обязываетъ?— спросила Катя.

— Все!... Даже воздухъ, которымъ вы дышите, солнце, которое такъ скупо васъ грѣетъ... Каждый обязанъ трудиться для движенія впередъ, для развитія. И если мы чувствуемъ боль жизни, всѣ невзгоды ея, то мы обязаны....— да. мы обязаны позаботиться о томъ, чтобы будущія поколѣнія не знали ихъ... Только постояннымъ самопожертвованіемъ,— и можетъ-быть длиннымъ рядомъ пожертвованій и трудовъ,— можно выйти на ту широкую дорогу, о которой мы такъ горячо мечтаемъ, такъ неопредѣленно, и которой мы вовсе не знаемъ.

Она съ трудомъ понимала его. Она чувствовала, что ее зовутъ куда-то, опять на борьбу, изъ того міра, въ которомъ такъ тихо, покойно спали и сердце и умъ ея. И она слабо защищалась.

— Что де я могу дѣлать, еслибы даже и были у меня силы? Гдѣ же это дѣло?...

"Вѣдь вы же имѣли его,— хотѣлъ сказать онъ.— Вы шли полнымъ ходомъ. У васъ блисталъ несомнѣнный талантъ..." Но не сказалъ онъ этого.

Въ это время они подходили къ балкону. Варя и Лиза совсѣмъ расшалились.

— Это будетъ твой конь, а это мой,— говорила Лиза и ухватилась за Талыгина.— Мы будемъ каждая прятаться за свой конь.

Талыгинъ схватилъ Лизу за обѣ руки и, какъ ни сопротивлялась она, выдвинулъ ее впередъ передъ Катей.

— Вотъ вамъ дѣло, Катерина Львовна!— сказалъ онъ.— Она играетъ жизнью и жизнь играетъ въ ней, и когда она, эта жизнь, обернется къ ней своей строгой, серьезной стороной, какъ мачиха (онъ выпустилъ изъ рукъ Лизу, которая барахталась и вырывалась), то застанетъ ее врасплохъ, и горе ей, если въ ея сердцѣ и умѣ не будетъ силъ вступить въ борьбу.

— Я учу ихъ и воспитываю,— сказала Катя.

— Катерина Львовна!.— Онъ остановился и посмотрѣлъ на нее какъ-то сосредоточенно.— Повѣрьте, что эта задача гораздо сложнѣе, чѣмъ вы думаете. Повидимому, вопросъ простой:

сдѣлай изъ ребенка человѣка! Но кто же изъ насъ знаетъ человѣка? Нѣтъ, еще не рѣшена эта задача древнихъ философовъ... Знаете ли вы, насколько сложна эта жизнь, которая теперь играетъ въ ней (онъ указалъ на Лизу) такъ беззаботно и кажется такой простой? Многіе думаютъ, эти присяжные сердцевѣды, что же можетъ быть проще воспитанія?... Развей умъ, подчини ему страсти, чувства, и — задача рѣшена... Вѣдь это такъ просто!... Но я васъ спрошу: вотъ эти два маленькія созданія, которыя теперь играютъ около насъ,— что они?— Это сумма всего, что было пройдено въ разныхъ поколѣніяхъ ихъ предковъ, подъ разными условіями; да прибавьте къ этому среду, которая ихъ будетъ окружать, во время ихъ развитія, да ваше воспитаніе, которое вы дадите имъ по вашему крайнему разумѣнію... Разберите все это — и вы невольно запутаетесь и ужаснетесь той задачи, которую такъ беззаботно берутъ на себя воспитатели.

Онъ помолчалъ.

— Я тружусь надъ этою задачей, Катерина Львовна, уже пять лѣтъ...

Она посмотрѣла на него и подумала: "Онъ ничего не говорилъ мнѣ объ этомъ до сихъ поръ. Странно!"

— Я не много сдѣлалъ,— продолжалъ Талыгинъ,— да не много сдѣлаютъ и тѣ, которое будутъ трудиться надъ этой задачей упорно, еще много лѣтъ... Но пусть трудятся.

Онъ провелъ рукой по лбу и волосамъ и посмотрѣлъ на нее. Ея лицо немного оживилось. На немъ явились вниманіе и усиліе понять его.

— Катерина Львовна!— началъ онъ снова,— пять дней тому назадъ я былъ въ Петербургѣ (голосъ его сталъ ровенъ, взглядъ потухъ, онъ ушелъ къ себя) и только сегодня вернулся,— меня вызвала оттуда телеграмма моей матери. Вотъ она, прочтите ее!— и онъ вынулъ изъ кармана и подалъ ей телеграмму.

Она съ удивленіемъ прочла и опустила руки.

— Катерина Львовна, хотите вы вмѣстѣ работать со мной надъ этимъ общимъ великимъ дѣломъ?... Не говорите мнѣ теперь ни да, ни нѣтъ,— вы послѣ скажете. Послѣ завтра я пріѣду къ вамъ. О моихъ чувствахъ я ничего не говорю. Зачѣмъ... А теперь до свиданья!— И онъ протянулъ ей руку.

Она тихо протянула ему свою руку и онъ пожалъ ее крѣпко, отрывисто, своей горячей, слегка дрожавшей рукой, затѣмъ быстро пошелъ къ балкону, но вдругъ остановился и вернулся въ ней.

— Я объ одномъ прошу васъ, сказалъ онъ:— Мнѣ не надо

сожалѣнія,— я не хочу его... Я ищу любви къ дѣлу, которому отдалъ себя. Эта любовь, однако, можетъ связать насъ такъ...— Онъ не договорилъ.— До свиданья!— сказалъ онъ и, быстро отвернувшись, опять пошелъ въ дому.

— Тётя,— сказала Варя,— посмотри, я нашла тотъ цвѣтокъ, что мы тогда искали съ тобой.

Она молча взяла этотъ цвѣтокъ и тихо пошла въ дому. Когда она подходила, то услыхала стукъ отъѣзжавшаго тарантаса.

И вдругъ этотъ далекій, окружавшій ея міръ, и этотъ садъ, съ цвѣтущими липами, и вся обстановка Мельтюковки — все придвинулось къ ней и стало опять своимъ.

Въ первый разъ въ эту ночь она уснула спокойно, какъ спитъ совсѣмъ здоровый человѣкъ, и долго спала поутру.

Марья Петровна испугалась и, вся замирая, подошла въ ея постели. Но дыханіе ея было ровно. На щекахъ выступилъ румянецъ, на лбу потъ, на губахъ стояла тихая улыбка.

— Христосъ съ тобой!— прошептала Марья Петровна и, полюбовавшись на нее и крестясь, вышла тихо изъ комнаты.

XXXVIII

Было уже позднее утро. Солнце высоко свѣтило и воробьи громко чирикали въ саду, когда Катя проснулась. Она машинально перекрестилась, какъ прежде, по привычкѣ, и сердце ея забилось, какъ прежде, тихо и радостно. Дѣтское игривое настроеніе обхватило ее.

Она быстро приподнялась, оперлась на подушку, приподняла шторку и, прищурясь, посмотрѣла въ садъ, ярко освѣщенный солнцемъ. Все блестѣло въ немъ послѣ сильнаго дождя, который шелъ всю ночь. Воробьи копошились въ акаціяхъ и подъ ихъ шаловливымъ перелётомъ гнулись ихъ гибкія вѣтви, обвѣшанныя свѣтлозелеными стручками.

Было что-то торжественно-радостное въ этомъ утреннемъ солнцѣ и въ свѣжей умывшейся зелени, блестѣвшей подъ тысячами прозрачныхъ, хрустальныхъ капель. За акаціей вставали липы въ ихъ темномъ уборѣ, а тамъ, вдали, виднѣлись ивы и тихая вода пруда ярко блестѣла на солнцѣ сквозь мглистый туманъ.

"Господи!— подумала Катя,— какъ хороша природа! И неужели все это вышло само собой, случайно, и нравится намъ и находить отвѣтъ во всемъ нашемъ существѣ тоже случайно?—

Нѣтъ, нѣтъ!... Что-то есть во всемъ этомъ... Что-то скрыто, что, любитъ насъ и любитъ эту природу... И намъ не надо думать надъ этимъ, а надо такъ же любить, любить безъ конца, вѣчно!... Если есть жизнь въ вѣчности... Господи!— и она перекрестилась уже сознательно и слезы выступили у ней на глазахъ,— вѣришь въ Тебя, во Твою любовь и — все полно жизни и значенья... Улетаетъ вѣра и — все холодно, мертво и пусто, какъ холодная могила!..."

Она долго сидѣла, вытянувъ руки, и машинально сгибала и разгибала пальцы, а радостныя слезы тихо катились изъ ея глазъ. Мысли какъ то обрывками проносились въ ея головѣ, обхваченной волненьемъ, и только сердце усиленно, восторженно билось тихимъ, радостнымъ боемъ.

— Катя, Катя!... Что-жь ты все спишь!— послышался за дверью голосъ Марьи Петровны.

— Я сейчасъ, сейчасъ, мама! Я здорова, совсѣмъ здорова. Встаю!— И она радостно вскочила и начала одѣваться.

"Сегодня онъ будетъ за отвѣтомъ,— думала она,— что же я отвѣчу ему?... Сердце молчитъ, не замираетъ, какъ тогда... (Она поскорѣе прогнала всякое воспоминаніе о "томъ", когда-то миломъ...) Что-жь я принесу ему?... Холодную, разсудочную привязанность?— Но мошетъ-быть она свяжетъ насъ сильнѣе. Страсть скоро потухаетъ. Онъ честенъ, добръ. Въ немъ есть что-то симпатичное — простое, свѣтлое и вмѣстѣ съ тѣмъ крѣпкое. Будемъ работать вмѣстѣ надъ его сложнымъ дѣломъ".— И она принялась умываться.

Въ комнату ворвались Варя и Лиза.

— Тетя, тетя!— кричала Лиза.— У насъ вездѣ по алейкамъ прыгаютъ маленькія лягушечки... Такъ много, много!... Таки маненьки, маненьки!... А Пафнутьевна говоритъ: нельзя ихъ брать въ руки,— руки опоганишь.

— Лиза!— спросила Катя, вытирая лицо, и быстро пагнувшись къ дѣвочкѣ,— ты любишь Дмитрія Павлыча?

— Люблю, тетя. Я всѣхъ люблю... Только волковъ не люблю. Они, говорятъ, злые.

— А ты, Варя, любишь его?

Она задумалась.

— Люблю! Онъ — добрый... А тотъ, что, помнишь, еще тогда былъ... Еще ты цѣловалась съ нимъ.

Катя зажала ей ротъ и строго сказала:

— Шш!... О томъ не говори никогда!...

На балконъ вынесли уже второй самоваръ, когда она вышла къ чаю. Теплый, влажный воздухъ стоялъ надо всѣмъ.

Облака то двигались нехотя, серебристыми клубами, надвигаясь на все небо, то расходились и уносились въ даль. Птицы — и старыя, и только-что вылетѣвшія изъ гнѣзда — весело чирикали. Воробьи маленькими стайками перепархивали съ дерева на дерево и, какъ только вышла Катя, всѣ бросились, посыпались на балконъ, на столъ и впереди всѣхъ "смѣлый" и прыгалъ, и чирикалъ, и топорщился, подымая хохолокъ. И въ первый разъ Катя, послѣ своей болѣзни, хотя слабо, откликнулась сердцемъ на этотъ зовъ.

"Они разбудили меня,— подумала она,— отъ сна смерти и теперь зовутъ въ свой волнующійся міръ!"

И она начала кормить ихъ и говорить имъ тѣ нѣжныя слова, на которыя они прежде такъ любили откликаться.

Зазвенѣлъ колокольчикъ ближе и ближе и въ переднюю пронеслись дѣвушки. Точно онѣ ждали кого-нибудь.

"Кто это еще?— подумала Марья Петровна.— Я еще неодѣта".

У Кати сердце слегка дрогнуло и опять оправилось и забилось тихо и ровно.

"Я рѣшилась,— подумала она.— Чего же волноваться понапрасну".

Вошелъ Талыгинъ, всѣмъ сказалъ "здравствуйте" и сѣлъ подлѣ Марьи Петровны.

Воробьи было шарахнулись въ сторону и опять мало-по-малу налетѣли.

— Вамъ кофе или чаю?— спросила покойно и просто. Катя и пристально посмотрѣла на него.

Тутъ только замѣтила она, что онъ похудѣлъ и измѣнился.

"Мнѣ не надо сожалѣнья!" — промелькнуло у ней въ головѣ.

— Дайте чаю!— сказалъ онъ.— Здѣсь можно курить?...— И онъ, не дожидаясь отвѣта, закурилъ папиросу.

— Да!— отвѣтила Марья Петровна и какъ-то испуганно посмотрѣла и на нее, и на него.

"Опять онъ сталъ ѣздить,— подумала она.— И будутъ говорить объ учености".

Катя подала ему стаканъ чаю и снова принялась за кормленіе воробьевъ. Марья Петровна молча допивала четвертую чашку кофе (это была ея страсть). Всѣ молчали. Только чирикали птицы, да издали, изъ дѣвичьей, доносились голоса и тихій смѣхъ.

— Мама,— сказала тихо Катя, но твердо и ровно,— Дмитрій Павлычъ хочетъ, чтобы я была его женой. Я рѣшилась... Но безъ твоего согласія не пойду!...

И Марья Петровна, и Талыгинъ быстро приподнялись съ креселъ. Марья Петровна съ недоумѣніемъ смотрѣла то на него, то на дочь. А она спокойно пила чай. Она какъ будто еще не вышла изъ той пассивности, которой жила такъ недавно и такъ долго.

"Я сдѣлала свое дѣло,— подумала она,— а тамъ пусть рѣшаютъ за меня случай и другіе..."

— Марья Петровна!— сказалъ Талыгинъ съ легкимъ волненіемъ въ голосѣ,— это было давнишнее желаніе мое и моей матери. Обстоятельства не позволяли мнѣ высказать этого раньше... Впрочемъ, можетъ-быть я и самъ одинъ виноватъ въ этомъ ("да и во всемъ, что случилось" — подумалъ онъ).

А Марья Петровна, раскрывъ ротъ и сложивъ руки, точно на молитву, смотрѣла на него.

"Какъ же это,— недоумѣвала она,— сама высказала, а не онъ, и такъ вдругъ, точно отрубила... Да и онъ вѣдь — не тотъ. Онъ точно родной. И смотритъ такимъ добрымъ, хорошимъ..."

— Господь съ вами!— сказала она.— Я вѣдь никому помѣхой не была и не буду. Ея счастье — мое счастье. Только бы она была счастлива, а мнѣ ничего не надо.

У ней потекли слезы и ноги задрожали.

— Да мы что же стоимъ!?— спросила она.— Садитесь.

И онѣ сѣли

— Я, Дмитрій Павлычъ, вѣкъ изжила одинокой,— начала она, утеревъ глаза платкомъ и какъ бы разсуждая сама съ собой.— Не было у меня опоры... Моя жизнь вся какая-то растерянная. Всего я боялась. Думаю я, хоть теперь, можетъ-быть, на концѣ дней моихъ, послѣ недавняго испытанія, Господь посылаетъ мнѣ покой и счастье...

Она замолчала и прямо смотрѣла на него, а ему вдругъ стало, жаль этой измятой, искалѣченной жизни, которую пришибло такъ рано и сильно на первыхъ порахъ ея весны и едва не доконалъ недавній громовой ударъ.

— Марья Петровна,— сказалъ онъ просто,— у меня есть одна "родная" мать... Вы будете другой и тоже "родной".

Онъ всталъ, взялъ ее исхудалую, дрожащую руку и крѣпко поцѣловалъ. А она перекрестила его и взявъ за голову обѣими руками поцѣловала въ лобъ.

— Господь съ тобой,— сказала она, посмотрѣвъ ему прямо въ глаза.— Ты точно родной... Право!...

И всѣ замолкли. И всѣмъ вдругъ стало легко, хорошо и все ясно. Точно всѣ они дѣйствительно были родные.

— Пафнутьевна! А, Пафнутьевна!— позвала, улыбаясь, Марья Петровна.

И Пафнутьевна вошла, какъ кошка, косясь на всѣхъ, съ раскрытымъ ртомъ.

— Что же ты не поздравишь жениха и невѣсту?

Талыгинъ и Катя переглянулись черезъ столъ и оба, разомъ, уставились на Пафнутьевну, а она, еще больше раскрывъ ротъ и приподнявъ брови, посмотрѣла на всѣхъ и вдругъ, всплеснувъ руками, начала дивиться:

— Господи!... Святители!... Матушка барыня! Вѣдь онъ мнѣ во снѣ снился... Ей-богу, снился! "Что ты, говоритъ, няня, мнѣ свою голубку-то не отдашь?... Вѣдь я ее не на деньги покупаю, а на сердце мѣняю..." И такъ онъ это хорошо таково сказалъ!

Она помолчала, пожевала и поглядѣла на него.

— Родной ты!... Сердечный нашъ!— сказала она.

"Ну, и для нея родной",— подумалъ Талыгинъ и улыбнулся.

Она подошла къ нему.

— А ты ее люби!— оказала она.— Не мудруй надъ ней. Вѣдь она у насъ смиренна,— охъ, кака смиренна! Иной разъ и надоешь ей чѣмъ, ничего не скажетъ. Только ручкой махнетъ... Ясные вы мои!...

Она повернулась, перекрестилась, совсѣмъ было ушла и вдругъ снова вернулась.

— А тотъ былъ,— заговорила она шепотомъ,— совсѣмъ чужой, да злющій! Вѣдь правду, барыня, говоритъ пословица: понравится сатана пуще яснаго сокола!...

Но она не договорила. Катя нахмурилась и замахала рукой.

И Пафнутьевна умолкла и вышла, такъ же махнувъ обѣими руками, какъ будто говоря: "ну, я все сказала!..."

Но не успѣла она и пяти минутъ пробыть въ дѣвичьей, какъ въ столовой раздались голоса, шепотъ, и вдругъ, робко толкаясь, всѣ дѣвушки, подъ предводительствомъ бойкой Даши, вышли на балконъ. Красавица Параня заливалась, плавала отъ радости.

— Дмитрій Павлычъ! Барышня Катерина Львовна... Матушка барыня!— заговорила Даша кланяясь.— Пришли "прыздравить". Дай вамъ Богъ счастья, талану, совѣтъ да любовь!

Талыгинъ быстро всталъ и, доставъ изъ портмоне десятирублевку, протянулъ имъ.

— Вотъ вамъ,— сказалъ онъ,— на гостинцы!

Даша не брала.

— Что-жъ вы, глупенькія, не берете!— удивилась Марья Петровна.— Вѣдь онъ на радостяхъ вамъ, даритъ, отъ полнаго сердца...

И Даша, закраснѣвшись, взяла и поклонилась.

И всѣ поклонились и чуть не бѣгомъ побѣжали назадъ въ дѣвичью, точно дѣти.

А на балконъ взбѣжали Варя и Лиза.

— Тетя,— сказала Лиза, запыхавшись и едва удерживай слезы,— ты опять замужъ выходишь и опять умрешь?— и она расплакалась.

— Нѣтъ,— сказала Катя, цѣлуя ее,— я теперь буду жить и трудиться,— и она съ улыбкой взглянула на Талыгина.

А въ дѣвичьей вдругъ хоромъ раздались звонкіе, визгливые голоса. Они запѣли свадебную пѣсню. Но Катя вдругъ поблѣднѣла.

— Мама,— сказала она торопливо,— я не могу!... Волнуетъ, напоминаетъ!...

Она не договорила и, прежде чѣмъ Марья Петровна успѣла встать, Талыгинъ уже бросился въ дѣвичью и пѣніе прекратилось.

Передъ отъѣздомъ въ Мельтюковку, прощаясь съ матерью, Талыгинъ сказалъ:

— Я, можетъ-быть, вернусь къ обѣду, родная! А если не вернусь до вечера, то ты меня не жди. Значитъ — я счастливъ!

— Ступай, ступай! Будь счастливъ, мой родной!— сказала она и перекрестила его.

— Да зачѣмъ же ты крестишь меня? Вѣдь ты знаешь, что я этого не люблю.

— Да вѣдь я для себя, а не для тебя крещу, бусурманъ некрещеный!... Вѣдь тебя не убудетъ.

И Талыгинъ пробылъ въ Мельтюковкѣ цѣлый день.

Онъ дѣйствительно былъ счастливъ, какъ ребенокъ, самъ не замѣчая этого счастья. Цѣлый день шли у нихъ тихія, простыя рѣчи. Они говорили и не могли наговориться и часто перебивали другъ друга. Она разсказала, что чувствовала во время летаргическаго спа, и онъ слушалъ ее съ замираніемъ сердца. Они разсказывали и вмѣстѣ совѣтовались другъ съ другомъ.

Такъ встрѣчаются, послѣ долгой разлуки, братъ съ сестрой. И все, и обо всемъ имъ хочется передать другъ другу въ тихихъ, сердечныхъ рѣчахъ.

Вечеромъ Даша не вытерпѣла.

— Что это за свадьба!— роптала она.— И пѣсню спѣть нельзя, когда у те внутри душа сама поетъ... Айда-ти, дѣвки, на задворки!... Споемъ тамъ!

И дѣвки составили хороводъ и запѣли:

Ты, улица узка, хороводъ широкій,
Вы, люди, раздайтеся, разодиньтеся,
Дайте мнѣ, младешенькѣ,
Поскакати, поскакати — поплясати.

А Настя приплясывала и прищелкивала въ серединѣ хоровода и припѣвала:

У меня-ля, младешеньки, свекровь-то лихая,
Журитъ, бранитъ свекровушка,
Съ бѣла свѣта гонитъ!...

И всѣмъ имъ при этихъ словахъ представлялась Пафнутьевна, въ видѣ злой свекрови.

Талыгинскій кучеръ, Семенъ, обнявшись съ Егоромъ и покачиваясь, бродили но двору.

— Ты разсуди!— философствовалъ Егоръ.— На все есть качество... А одначе напл... Поцѣлуемся въ уста сахарны.

И они поцѣловались.

Когда Талыгинъ поздно вечеромъ выѣхалъ со двора, то миновали они деревню благополучно, но на спускѣ Семенъ чуть не опрокинулъ тарантасъ въ канаву.

— А ты не обсудь,— лепеталъ онъ,— Митръ Павлычъ!... Другъ я твой!... Должонъ я чувствовать!...

И онъ плакалъ.

Талыгинъ уложилъ его въ тарантасъ и, взявъ возжи, сѣлъ на козла и поѣхалъ самъ.

Ночь широкимъ, нѣжущимъ просторомъ спустилась на спавшую землю. Тарантасъ ѣхалъ лугами, по окраинѣ долины. Подъ горой, на болотинѣ, трескучимъ крикомъ кричалъ коростель. Отовсюду пахло свѣже-скошеннымъ сѣномъ. Свѣжестью тянуло изъ лѣсу. Лошади фыркали и бодро бѣжали по пыльной дорожкѣ. Полная чаша прозрачнаго сѣровато-синяго неба опрокинулась надъ широкою луговиной.

"Жизнь моя полна теперь, какъ полная чаша,— думалъ Талыгинъ,— и я плыву на полныхъ парусахъ. Надо сдѣлать такъ, чтобы ни одна капля изъ этой чаши не пропала даромъ!..."

ЭПИЛОГЪ

Прошло около восьми лѣтъ.

Многое измѣнилось въ Мельтюковкѣ. Усадьба опустѣла. Садъ стоялъ заброшенный. Дворъ заросъ крапивой, репейникомъ и дикимъ волчецомъ. Домикъ снова стоялъ безъ жильцовъ, пустой, одинокій, съ заколоченными ставнями. Только въ кухнѣ его жилъ Егоръ Мухояровъ, въ качествѣ сторожа, вмѣстѣ съ какой-то полуслѣпой старухой, пріютившейся Христа-ради.

Марья Петровна уже покоилась на Вознесенскомъ кдадбіщѣ. Подлѣ нея лежала Пафнутьевна. Надъ обѣими шумѣли молодыя березки.

Дѣвичья вся расползлась. Всѣ ушли на вольные заработки. Одна красавица Параня отстала и улеглась также на кладбищѣ.

Старое улеглось, а новый узелъ жизни, не завязывался, и напрасно Агнія Петровна съ прежнимъ кроткимъ терпѣніемъ ждала внука или хоть внучку. Явился, пожалуй, внукъ, но только раньше времени, хиленькій, слабый, который простоналъ цѣлый день и на другой скончался. Доктора нашли у Кати какое-то органическое поврежденіе и долго она не могла оправиться послѣ этихъ несчастныхъ родовъ.

Хуже всего было то, что болѣзнь оставила какое-то легкое и легко вспыхивающее раздраженіе въ ея и безъ того раздражительной, нервной натурѣ. За всякое дѣло она стала приниматься съ лихорадочной живостью: чтеніе или письмо все равно горѣло въ ея рукахъ. И понятно, много выходило недодѣланнымъ, недодуманнымъ, во многомъ схватывались однѣ верхушки, хотя, правду надо сказать, въ этихъ верхушкахъ и была главная суть дѣла.

— Катя, дорогая моя, бери съ меня примѣръ,— говорилъ Талыгинъ.— Я не мечусь, не волнуюсь, а работаю, какъ машина...

Но именно всего меньше она могла брать съ него примѣръ и походить на машину.

Вскорѣ библіотека Талыгина, въ которой собрано было все "существенное", вышедшее на всѣхъ языкахъ, въ два послѣдніе вѣка, стала тѣсна для нея. Не встрѣчалось многаго необходимаго для ея быстрой работы или для ея пылкой фантазіи.

Чуть не каждый мѣсяцъ привозили изъ города новый тючокъ съ книгами.

— Ну, опять дрова привезли!— говорила Агнія Петровна.— Куда будешь новую полѣнницу ставить? Мѣста ужь нѣтъ!

И дѣйствительно, кабинетъ Талыгина становился уже тѣсенъ. Вездѣ по угламъ были навалены эти полѣнницы, а Катю все тянуло въ даль, въ новыя окна, и двери, въ новыя стороны свѣта, и она представляла Талыгину новые списки книгъ, брошюръ, которыя нерѣдко нельзя было найдти и достать, которыя трактовали даже о такихъ спеціальныхъ вопросахъ, какъ вліяніе болотистыхъ мѣстностей на приростъ населенія и его умственное развитіе... Не могла она еще сознать одного — безпредѣльности знанія и безсилія передъ ея безграничнымъ просторомъ ограниченной природы человѣка.

"Синій чулокъ вырабатывается изъ ней" — съ ужасомъ думалъ Талыгинъ.

Но всего менѣе изъ нея могъ выработаться синій чулокъ. Не голова, а сердце тянуло ее въ свѣтлую область, и только на то она отзывалась, что влекло неудержимо ея доброе сердце.

И смутно начала она догадываться, что и здѣсь, у Талыгина, ей мало воздуха. Ее тянуло туда, въ столицу, въ тѣ завѣтныя книгохранилища, гдѣ все, или почти все, можно достать.

Одинъ разъ, зимой, вся семья сидѣла на верху, въ комнатѣ съ тѣмъ балкономъ, на которомъ когда-то умеръ Павелъ Наумовичъ. Эта комната была общеизлюбленной, зимней и лѣтней, резиденціей.

Талыгинъ работалъ въ одномъ углу, за конторкой. За большимъ письменнымъ столомъ работала Катя. Она дѣлала какую-то компиляцію изъ двухъ толстѣйшихъ томовъ.

На угольномъ, необозримомъ диванѣ, обитомъ полосатымъ тикомъ, засѣдала Агнія Петровна и сооружала какое-то колоссальное вязанье для дома.

Вдругъ на дворѣ послышалось бряцанье бубенчиковъ, въ прихожей раздались голоса, возни и по лѣстницѣ бойко и легко вбѣжала Лиза. За ней шелъ степенно, не торопясь, земскій врачъ Шапшиловъ.

Изъ Лизы выросла живая, пухлая блондинка съ вздернутымъ носикомъ. Она сошлась и жила цѣлый годъ съ докторомъ "на испытаніи", повинуясь его теоріи, въ силу которой никто не долженъ жениться съ оника, а сперва испытать "сродство натуръ" и ихъ "симпатичность", какъ онъ выражался. Талыгинъ и Катя сначала удивились и даже возмутились этой теоріей, но Шапшиловъ съумѣлъ помирить ихъ съ нею.

Невысокаго роста, плотный, некрасивый, угреватый, онъ поражалъ необыкновенно умнымъ, нѣсколько задумчивымъ выраженіемъ лица.

Для Талыгина онъ былъ стимуломъ новаго поворота въ его работахъ. Ученикъ и горячій поклонникъ Сѣченова, онъ все подводилъ въ "рефлексамъ" и "задерживающимъ центрамъ", такъ что даже Талыгинъ находилъ крайности въ его психологическихъ взглядахъ и теоріяхъ. Тѣмъ не менѣе это не мѣшало имъ говорить по цѣлымъ часамъ, оспаривать другъ друга по цѣлымъ, долгимъ зимнимъ вечерамъ, искать новыхъ путей, болѣе крѣпкихъ и глубже уходящихъ въ темную чащу психическихъ явленій.

— Тетя,— сказала Лиза, вбѣжавъ и цѣлуя Катю,— мы привезли письмо отъ Вари. Чудо какое интересное!...

— Мы къ вамъ только на минуту,— говорилъ Шапшиловъ, протягивая руку Талыгину и смотря на часы,— заѣхали проѣздомъ. Торопимся въ Шапшиловку.

Поздоровавшись со всѣми, принялись за письмо.

Оно было изъ Петербурга.

Вотъ уже нѣсколько мѣсяцевъ, какъ Варя уѣхала туда съ одной знакомой дамой. Высокая, стройная, серьезная дѣвушка, съ большими, карими, задумчивыми глазами, Варя кончила курсъ въ мѣстной гимназіи, выдержала экзаменъ на званіе домашней учительницы и, всѣми помыслами и стремленіями, рвалась въ Петербургъ.

— Тетя,— говорила она,— тамъ кипитъ работа. Тамъ закладывается новая жизнь. Пусти меня положить въ нее мой камешекъ...

И Талыгины, воспользовавшись первымъ случаемъ, снарядили ее въ столицу.

Шапшиловы привезли теперь первое письмо отъ нея и Катя принялась читать его вслухъ:

"Дорогая моя Лиза! Вотъ уже двѣ недѣли, какъ я здѣсь,— писала Варя,— а до сихъ поръ не выбрала даже свободной минутки писать къ вамъ,— такъ была занята. Но теперь все устроилось и я на верху блаженства. У меня въ недѣлю два урока, по десяти рублей въ мѣсяцъ. Достала срочный переводъ съ нѣмецкаго, по двѣнадцати рублей съ листа, и кромѣ того небольшую корректуру въ редакціи "Дѣтскаго Журнала". Я обезпечена, довольна, счастлива. Каждый день приноситъ что-нибудь новое. Все идетъ впередъ. Профессора: Кавелинъ, Сѣченевъ, Стасюлевичъ, Пеликанъ, Ценковскій, Костомаровъ — читаютъ лекціи въ Пассажѣ. Это просвѣтители просыпающагося общества, и еслибы ты видѣла, какъ жадно, съ какимъ благоговѣніемъ слушаетъ ихъ восторженная публика. Вездѣ собираются кружки. Спорятъ, толкуютъ, обсуждаютъ. Вездѣ чувствуется біеніе жилки обновленія, переустройства. У насъ образовалась община. Мы живемъ, какъ братская семья. Заря надъ нами! Заря новой жизни! Ахъ, Лиза, какъ радостно бьется сердце!"

— Ну, дѣвочка немного фантазируетъ!— прервалъ Шашпиловъ.— Молодое пиво бродитъ и сколько въ немъ дрожжей, это мы еще увидимъ, а не мы, такъ наши дѣти. А намъ пора,— добавилъ онъ, вставая и посмотрѣвъ на часы.— Надо засвѣтло добраться до Шапшиловки.

— А письмо?— спросила Катя.

— Письмо мы вамъ оставимъ. Кушайте на здоровье!

Талыгинъ и Катя проводили ихъ до крыльца и затѣмъ, возвратясь снова на верхъ, дочли письмо Вари. Оно все было проникнуто восторгами и свѣтлыми надеждами на будущее.

...″Лиза, дорогая Лиза!— такъ заканчивалось письмо.— Мы такъ долго жили въ потьмахъ, безъ воздуха и свѣта, что теперь, когда настаетъ эта желанная и такъ долго жданная пора обновленія, сердце не можетъ пережить ея восторговъ, а что еще ждетъ впереди! Что еще совершится!..."

Сердце Кати забилось усиленно. Ее всю потянуло туда, въ этотъ кипучій омутъ предразсвѣтной работы,— потянуло такъ же, какъ нѣкогда, нѣсколько лѣтъ назадъ, тянуло Талыгина.

И жажда быть тамъ, гдѣ кипитъ это движеніе мысли, знанія, новой, строящейся жизни, стала мучить ее съ каждымъ днемъ сильнѣе и сильнѣе. Она чувствовала, что голова ея несвободна и сердце влечетъ невольно въ это передовое окно, въ которое льется къ намъ свѣтъ развитія.

— Митя!— сказала она на третій день борьбы,— я не могу. Меня тянетъ, влечетъ туда...

— Куда?!— удивился Талыгинъ, которому было такъ покойно и хорошо среди его сложной работы.

— Туда, ближе къ свѣту..

— Развѣ здѣсь ты не можетъ работать?!— снова удивился онъ.

— Нѣтъ... Всѣ книги, все идетъ къ намъ оттуда, съ Запада. Притомъ я хочу видѣть, какъ строится новое зданіе, какъ кладутъ его фундаментъ. Мнѣ хочется пожить, хотя немного, этой лихорадочной, трепетной, радостной жизнью, слиться съ движеніемъ этихъ молодыхъ, юныхъ головъ и сердецъ... Пусти меня!...

— Поѣзжай!— сказалъ грустно Талыгинъ, пожимая плечами.— Это разстроитъ мои планы и работы, но ничего!... Я долженъ проводить тебя.

И Катя оживилась и дѣятельно принялась собираться.

Она торопила Талыгина и онъ оборвалъ кое-какъ всѣ свои работы.

"Я не надолго!— думалъ онъ.— Устрою ее и вернусь".

Черезъ недѣлю, послѣ этого, они были уже въ Петербургѣ и устроились не далеко отъ набережной Невы, въ маленькой чистенькой квартиркѣ изъ трехъ комнатъ, въ третьемъ этажѣ, съ балкономъ, съ котораго открывался видъ на Неву.

Черезъ нѣсколько дней квартирка оказалась тѣсна. Въ нее чуть не каждый вечеръ собиралось человѣкъ тридцать. Здѣсь были юные и пожилые уже офицеры, были студенты и журналисты, было все, что жаждало знанія, новыхъ идей, новыхъ началъ, жаждало свѣта.

Каждый вечеръ въ этомъ импровизованномъ клубѣ шелъ бурный разговоръ. Тутъ выяснялись и сталкивались разныя теоріи. Тутъ въ первый разъ проводились простые принципы, которые могли бы быть примѣнены прямо къ жизни, устроить ее, еслибы люди были дѣйствительно людьми. Но дѣло терялось въ этихъ долгихъ, оживленныхъ спорахъ, которые чуть не каждый вечеръ тянулись далеко за полночь и которые заставалъ въ самомъ горячемъ мѣстѣ разсвѣтъ бѣлой петербургской ночи.

Талыгинъ обыкновенно не принималъ участія въ этихъ дебатахъ, болѣе потому, что не одобрялъ споръ ради спора. Для него давно уже здѣсь было все рѣшено. Онъ пошелъ даже дальше въ своихъ выводахъ. Онъ слушалъ молча и наблюдалъ, какъ въ увлеченьи оживленнаго спора высказывается характеръ того или другого изъ спорящихъ, какъ влеченія въ альтрюизмъ или къ собственному я играютъ на этой разумной скрипкѣ, которая называется "человѣкомъ".

Точно такъ же мало участвовала въ этихъ спорахъ и Катя, можетъ-быть изъ безсознательнаго подражанія Талыгину. Но тѣмъ съ большимъ жаромъ она разсматривала всѣ ближайшіе вопросы, задѣваемые въ этихъ спорахъ.

Каждое утро, какъ только отпирались двери Публичной библіотеки, она уже была тамъ, у своего рабочаго столика, отъ котораго не отрывалась почти до вечера.

Напрасно Талыгинъ пытался отвлечь ее отъ сухой книжной работы и увлечь въ тотъ міръ фантазіи и образовъ, изъ котораго когда-то, еще въ Мельтюковкѣ, она представила ему отрывки. Катя отговаривалась, что теперь не до "образовъ", фантазіи, теперь надо дѣло дѣлать и разрабатывать ближайшіе экономическіе вопросы, хотя бы только теоретически. Напрасно онъ убѣждалъ ее, что экономическіе принципы безсильны, что дѣло — въ людяхъ, въ ихъ характерахъ, въ ихъ психической постройкѣ... Она въ этомъ съ нимъ никакъ не сходилась.

Впрочемъ и убѣждать ему было некогда. У него самого явилось столько мелькихъ, чисто практическихъ вопросовъ, которые надо было разрѣшить. Сегодня онъ осматривалъ сельско-промышленную выставку, завтра новый способъ очищенія коноплянаго масла, послѣ завтра слушалъ лекцію о новыхъ способахъ сыроваренія и т. д. безъ конца...

Отъ этой мелочной технической толкотни онъ былъ вдругъ, сразу, оторванъ и разбуженъ.

Возвратясь одинъ разъ домой изъ вольно-экономическаго общества, онъ нашелъ Катю, по обыкновенію, сидящую за ея рабочей лампой. Свѣтъ лампы, упавшій какъ-то странно на лицо ея, вдругъ указалъ ему то, что онъ не замѣчалъ до сихъ поръ.

— Катя!— сказалъ онъ садясь подлѣ и вглядываясь въ ея лицо,— ты ужасно измѣнилась.

— Я!?...— Она еще что-то хотѣла сказать и вдругъ закашлялась.

Кашель былъ весьма нехорошій — глухой, надрывающій, петербургскій кашель.

— Это ничего,— съ трудомъ, улыбнувшись, проговорила она, схвативъ Талыгина крѣпко за руку, а другой держась за грудь.— Я вчера простудилась... Знаешь ли, вѣтеръ такой былъ острый, сѣверный. Я ѣздила утромъ на Пески.

— Катя!— этого нельзя запускать, я завтра же пошлю за докторомъ.

— Хорошо... Только это — пустяки!...

Докторъ ничего не могъ сказать опредѣленнаго, но совѣтовалъ остерегаться.

— Главное: бросьте занятія, на время, берегитесь и не простужайтесь.

Но занятія бросить она не могла, какъ не можетъ мотылекъ оторваться отъ той свѣчи, которой пламя уже жжетъ его крылья. Талыгинъ уговаривалъ, просилъ, молилъ, сидѣлъ съ ней по цѣлымъ днямъ. Знакомые условились чередоваться около нея, не покидать ее, и всѣ общими силами берегли ее отъ простуды и занятій.

Всѣ вѣрили въ ея силы. Всѣ ждали отъ нея многаго. Она

выдавалась въ ихъ шумныхъ собраніяхъ, составляла авторитетъ. Нерѣдко она руководила дебатами. Многое началось по ея иниціативѣ...

Но никакія старанія не могли спасти того, что должно было неизбѣжно погибнуть.

Хроническій катарръ разгорался, превратился въ острый. Петербургская ранняя весна торопила разрушеніе и скоротечная чахотка явилась на свой привычный праздникъ.

Талыгинъ совсѣмъ опустился, въ первый разъ въ жизни опустился отъ этого удара, который разразился такъ тяжело и неожиданно. Онъ собралъ консиліумъ изъ лучшихъ докторовъ. Лучшіе доктора посылали на югъ, но онъ не повѣрилъ имъ, а повѣрилъ старому товарищу, доктору не знаменитому, но грубо откровенному.

— Вотъ что я тебѣ, братъ, скажу,— обратился онъ къ Талыгину, когда они послѣ осмотра Кати остались вдвоемъ.— Мазуны все врутъ! Я уже насмотрѣлся на эти петербургскія каверны. Заростаютъ, проклятыя, да не надолго. А у ней, видишь самъ, горитъ полымемъ и прогоритъ мигомъ. Повезешь куда-нибудь въ Соренто и тамъ похоронишь на берегу синяго моря.

Талыгинъ поблѣднѣлъ. До этого разговора у него еще тлѣла маленькая искра. Теперь и она погасла. Сердце сжалось, руки задрожали. Онъ чувствовалъ, какъ нестерпимый холодъ мрачной, одинокой жизни медленно, но крѣпко захватываетъ его своими цѣпкими, безпощадными когтями.

Онъ не поѣхалъ на югъ и предсказанье сбылось.

Это совершилось въ воскресенье, на Пасху, вечеромъ. Весь день былъ точно лѣтній, ясный, рѣдкій гость на петербургскомъ небѣ. Часу въ шестомъ солнце уже низко опустилось къ горизонту.

Къ Талыгину собрался почти весь кружокъ, но разговоры не клеились. Всѣ сидѣли угрюмо. Всѣ чего-то ждали съ безнадежною грустью.

Катя чувствовала себя лучше.

— Мнѣ удивительно легко!— повторяла она всѣмъ, сидя у отворенныхъ дверей балкона. Яркіе солнечные лучи врывались въ эти двери и падали красными пятнами на потолокъ и вершины стѣнъ. И вся Катя подъ ихъ теплымъ свѣтомъ казалась окруженною какимъ-то розовымъ сіяньемъ...

— Мнѣ такъ хорошо,— говорила она,— на этомъ весеннемъ воздухѣ. Говорятъ, чахоточнымъ вреденъ этотъ воздухъ... Это неправда! Имъ такъ легко дышать. Ихъ дышешь —

ненадышешься!— И она закашлялась и долго лежала въ забытьи.

Всѣ молчали, думая, что она спитъ. Солнечныя пятна на стѣнахъ становились блѣднѣе, гасли. Съ улицы едва доносился гулъ экипажей.

Катя очнулась.

— Что это?!— заговорила она чуть слышно.— Мнѣ кажется... вездѣ свѣтъ... сіяніе... Нѣтъ, это такъ кажется...— И она снова забылась. Талыгинъ хотѣлъ высвободить свою руку изъ ея горячей руки.

Она снова очнулась и заговорила

— Мнѣ снилась мама-Маша и Мельтюковка... Темная Мельтюковка... и онъ, онъ... тоже темный, совсѣмъ темный... Michel... А ты, ты... ты... свѣтлый...

Она помолчала.

— Митя,— сказала она,— скоро ли же они пойдутъ?...

— Кто?— тихо спросилъ онъ.

— Они... всѣ они... къ свѣту... Ахъ, какое сіяніе!...

Варя на цыпочкахъ подошла къ ней и старалась заглянуть въ ея глаза, широко раскрытые и неподвижные...

Они уже начинали тускнѣть.

— Не мѣшай!...— чуть слышно, невнятно, прошептала она. Отвернулась, вытянулась и... началась агонія...

Когда послѣднее клокотанье въ горлѣ замолкло, Талыгинъ молча нагнулся и поцѣловалъ ее въ холодный лобъ, затѣмъ обернулся и посмотрѣлъ на всѣхъ какъ-то тупо, растерянно.

Многіе плакали. Варя приникла къ ея рукамъ и обливала ихъ слезами.

Шатаясь, Талыгинъ вышелъ на балконъ. Солнце сѣло въ огромную, тяжелую тучу. Она медленно ползла, поднималась выше и выше, какъ темносизая, мрачная мгла, и ему казалось, что эта туча надвигается на все, что еще такъ не давно было освѣщено яркимъ свѣтомъ теплыхъ надеждъ. Въ ней чувствовалось что-то роковое, мрачное, свинцовое, пророческое...

Дрожащая рука его держалась за чугунныя перила. Тамъ, внизу, открывалась какая-то бездна, мрачная, холодная... Голова у него закружилась.

Онъ отошелъ отъ перилъ и, скрестивъ руки, облокотился о колодную стѣну.

Изъ комнаты долеталъ до него шумъ тихой, торжественной возни. Тамъ убирали тѣло Кати.

Точно тяжелый, безвыходный сонъ окружилъ его и надавилъ ему на сердце.

Онъ чувствовалъ, что еслибы слезы подступили къ горлу, хлынули изъ глазъ, ему легче бы было.

Но мрачная, сухая туча надвигалась на его сердце, а въ головѣ проносилось что-то безсвязное, отрывочное... И все мерещились ему ея послѣднія стремленія, порыванья къ свѣту...

И думалъ онъ, что это стремленье всего человѣчества. И гдѣ же предѣлъ ему?...

Отъ свѣта въ свѣту... болѣе и болѣе яркому, чистому...

Онъ взглянулъ на небо. Мрачная туча обхватила полнеба. Сухой, холодный вѣтеръ летѣлъ съ нея.